ELLA DANZ
Rosenwahn

Angermüllers fünfter Fall

GMEINER *Original*

Personen und Handlung sind frei erfunden.
Ähnlichkeiten mit lebenden oder toten Personen
sind rein zufällig und nicht beabsichtigt.

Besuchen Sie uns im Internet:
www.gmeiner-verlag.de

© 2010 – Gmeiner-Verlag GmbH
Im Ehnried 5, 88605 Meßkirch
Telefon 07575/2095-0
info@gmeiner-verlag.de
Alle Rechte vorbehalten
1. Auflage 2010

Lektorat: Claudia Senghaas, Kirchardt
Herstellung / Korrekturen: Daniela Hönig / Doreen Fröhlich
Umschlaggestaltung: U.O.R.G. Lutz Eberle, Stuttgart
unter Verwendung eines Fotos von: jodofe / photocase.com
Druck: Fuldaer Verlagsanstalt, Fulda
Printed in Germany
ISBN 978-3-8392-1056-7

Das Heideröslein

Sah ein Knab ein Röslein stehn,
Röslein auf der Heiden,
War so jung und morgenschön,
Lief er schnell, es nah zu sehn,
Sah's mit vielen Freuden.
Röslein, Röslein, Röslein rot,
Röslein auf der Heiden.

Knabe sprach: Ich breche dich,
Röslein auf der Heiden!
Röslein sprach: Ich steche dich,
Dass du ewig denkst an mich,
Und ich will's nicht leiden.
Röslein, Röslein, Röslein rot,
Röslein auf der Heiden.

Und der wilde Knabe brach
's Röslein auf der Heiden;
Röslein wehrte sich und stach,
Half ihr doch kein Weh und Ach,
Musst' es eben leiden.
Röslein, Röslein, Röslein rot,
Röslein auf der Heiden.

Johann Wolfgang von Goethe

Für Aslı, Gül, Nurşen, Sema, Semra und die anderen!

Dank an W. für die unverzichtbare Hilfe und Unterstützung.

ROSA ALBA

Dieser Duft ... Brigitte lehnte sich weit über den Gartenzaun, schloss die Augen und sog die köstlichen Aromen, die zu ihr herüberströmten, langsam und konzentriert durch die Nase ein. Bilder tauchten vor ihr auf. Sie reiste auf dieser duftenden Wolke weit zurück in die Vergangenheit, in einen blühenden Garten, von Sonnenlicht durchflutet, eine Decke auf dem Rasen unter den Rosenbüschen, darauf ein junges Mädchen und ein junger Mann. Die beiden halten sich fest, sie küssen sich, sie lieben sich, umgeben von einem zartrosa Blütentraum, umfangen von einem unvergleichlichen Wohlgeruch.

»Moin, Frau Kalbe, passen Se man auf, dat Se nich noch in die Brennnesseln kippen!«

»Herr Politza!« Erschrocken fuhr Brigitte herum. »Wie oft hab ich Ihnen schon gesagt, Sie sollen klingeln, wenn Sie aufs Grundstück kommen?«

Auch wenn er ihre Gedanken sicher nicht erraten konnte, war es ihr trotzdem peinlich, ausgerechnet von Politza aus ihren romantischen Rosenträumen gerissen zu werden.

»Sie hören dat doch sowieso nich.«

Politza zuckte nur ungerührt mit den Schultern und kraulte den Hund, der freudig auf ihn zugestürzt war, mit einer Hand hinter den Ohren. Brigitte überging seine Antwort. Es hatte keinen Sinn, mit ihm zu diskutieren, das wusste sie inzwischen. Also schluckte sie ihren Ärger hinunter. Sie brauchte Politza. Von ihrer Rente, die sie für ziemlich knapp bemessen hielt, für das, was sie von diesen grässlichen Kindern in der Schule jahrelang hatte erdulden müssen, konnte sie sich keinen anderen oder besseren Helfer für Haus und Garten leisten. Also lebte sie mit Politzas Unzuverlässigkeit, seiner Unverschämtheit und der Alkoholfahne, die er hin und wieder schon am Vormittag ausatmete.

Kurz nach fünf am Nachmittag hatte Politza die Arbeit eingestellt und seinen Lohn gefordert, obwohl noch lange nicht alle Aufgaben erledigt waren, die auf Brigittes Liste notiert waren, und schon gar nicht das ganz besondere Projekt, das sie für heute geplant hatte.

»Hab 'nen wichtigen Termin«, hatte Politza entgegnet, als sie protestieren wollte. Sie konnte sich schon denken, was das für ein Termin war. Im ›Pik As Treff‹ am Bahnhof warteten sie wahrscheinlich schon auf ihn und eine erste Lokalrunde.

»Und wann kümmern Sie sich um die Rosen im Vorgarten? Da müssen die Wildtriebe geschnitten werden, und dann sollen Sie auch noch die Obstbäume mulchen und …«

»Man ganz sutsche! Dat kriegen wir alns gebacken, Frau Kalbe. Sie kennen mich doch.«

»Wie sieht's denn aus mit nächster Woche, Herr Politza?«, hatte Brigitte fast ängstlich gefragt, die ihn nur zu gut kannte und sich über ihre hilflose Abhängigkeit von der Unterstützung dieses unerträglichen Menschen ärgerte.

»Gut sieht dat aus. Ich melde mich.«

Zur Bestätigung hatte Politza auf das Handy in seiner Hosentasche geklopft und war verschwunden.

Seufzend setzte sich Brigitte auf die Bank auf der Terrasse. Der Hund legte sich neben sie und sah sie erwartungsvoll an.

»Ach Alma. Wir sind schon zwei arme, alte Mädchen, was?«

Als Antwort wedelte Alma mit dem Schwanz. Brigitte streichelte mechanisch über den Kopf des Hundes und dachte wieder an ihr Vorhaben. Dann musste sie es eben allein machen.

Wenn sie es recht bedachte, war ihr Politza als Mitwisser eh nicht recht. Wer weiß, welche Schlüsse er gezogen und was er sich dann noch alles herausgenommen hätte, bei seinem ohnehin schon reichlich respektlosen Verhalten ihr gegenüber. Sie begann zu überlegen, wie sie vorgehen wollte. Auf jeden Fall musste sie noch abwarten, bis die Helligkeit etwas nachgelassen hatte. Zwar war ihr Grundstück das vorletzte am Uferweg des kleinen Sees am Rande von Eutin, doch bei diesem Wetter waren auch spätabends häufig noch Radfahrer und Jogger unterwegs, und gesehen werden wollte sie bei ihrer Aktion auf keinen Fall. Aber sie konnte schon einmal das notwendige Gerät herrichten. Brigitte erhob sich und ging, gefolgt von Alma, über den Rasen zum Geräteschuppen. Bald darauf stand die Schubkarre bereit, darin lagen ein Spaten, ein Stück Plastikfolie, Schnur, eine Gartenschere und ein paar Arbeitshandschuhe.

»Jetzt gibt's erst einmal Abendbrot.«

Alma schien jedes Wort ihres Frauchens zu verstehen, denn sie bellte erfreut und sprang in großen Sätzen voraus zur Treppe, die von der Terrasse hinauf in die Küche führte. Je älter er wurde, desto verfressener wurde der Hund, ganz anders als Brigitte, die das Gefühl hatte, immer weniger Nahrung zu brauchen. Die Mahlzeiten, die sie stets allein verzehrte, abends hin und wieder vor dem Fernsehgerät, wenn ein Konzert oder eine Oper, manchmal auch ein interessanter Dokumentarfilm übertragen wurden, waren auch nicht dazu angetan, ihren Appetit zu steigern.

Als sie noch berufstätig war, hatte sie mittags meist einen Imbiss mit den Kolleginnen eingenommen, hin und wieder trafen sie sich auch abends zum Essen in einem Restaurant, aber seit ihrer Pensionierung war das höchstens noch zwei, drei Mal vorgekommen. Selbst in einer Kleinstadt wie Eutin konnte man sich aus den Augen verlieren.

Wie jeden Abend gab es auch heute zwei Schnitten Graubrot. Vollkornbrot vertrug Brigitte nicht, da begannen ihre Innereien zu revoltieren. Auf einem der Brote Wurst, auf dem anderen Käse, dazu eine aufgeschnittene Tomate mit Salz und Pfeffer. Sie trug das Tablett mit ihrem Abendessen und dem Napf für Alma hinaus auf die Terrasse. In ihrem ganzen Leben hatte Brigitte nur höchst selten einmal richtig gekocht. Es war nie ihre Leidenschaft gewesen, am Herd zu stehen, und es fehlte ihr wohl auch ein Gefühl dafür. Umso anstrengender fand sie es, jetzt, wo sie nur noch zu Hause war, jeden Mittag für sich sorgen zu müssen. Aber zum Glück hatte sie die Segnungen der Mikrowelle für ihren Einpersonenhaushalt entdeckt und immer einen Vorrat Fertiggerichte im Tiefkühler.

Was für ein wunderbarer Maienabend! Die Sonne verschwand hinter dem Hügel am anderen Ufer, aber es war trotzdem noch angenehm mild. Brigitte hatte ihr Mahl beendet und schenkte sich eine dritte Tasse Kräutertee ein. Die Amsel, die wie jedes Jahr in der Hecke zum Seeweg nistete, begann in den höchsten Tönen zu singen, doch das bekannte Gefühl von Abendfrieden wollte sich heute nicht über den Garten und Brigittes Gemüt legen. Eine leise Erregung hatte sich ihrer bemächtigt. Gleich war der Zeitpunkt gekommen.

Als sie das Tablett hineingebracht hatte, verließ sie das Haus durch die Vordertür, schlenderte zum Gartentor und warf vorsichtige Blicke auf die Straße, die links von ihr vor dem Nachbargrundstück in einem Wendekreis endete. Die Straße war leer. Im Haus direkt gegenüber waren sämtliche Fensterläden geschlossen, die Bewohner waren verreist und die junge Familie daneben grillte im Garten hinter dem Haus, wie Brigitte laut herüberschallender Musik und einer würzig duftenden Rauchwolke entnahm, die rechts neben dem Dach aufstieg. Ihr direkter Nachbar auf der rechten Seite, der alte Herr

Wahm, ging um die Zeit meist schon schlafen und selbst wenn nicht – er war fast blind.

Sie atmete tief durch und ging dann entschlossenen Schrittes zum Geräteschuppen. Alma, die ihr auf Schritt und Tritt folgte, sah sie gespannt an.

»Ganz ruhig! Braver Hund«, sagte Brigitte zu dem Tier und meinte sich selbst, als sie mit der Schubkarre in Richtung Zaun ging. Das Nachbargrundstück war das letzte am Seeufer gelegene, danach begann ein kleines Wäldchen. Der Hund spitzte die Ohren und schien die Pfoten noch leiser als gewöhnlich aufzusetzen. Irgendwann bei der Gartenarbeit hatte Brigitte entdeckt, dass der Zaun schadhaft war und sich an einer Stelle problemlos öffnen ließ. Da auf ihrer Seite einige Büsche direkt davor standen, das Haus nebenan ohnehin unbewohnt war und sie die Reparatur wahrscheinlich hätte bezahlen müssen, sah sie davon ab. Außerdem schätzte sie die Himbeeren und Kirschen, die dort drüben wuchsen. Obwohl der Garten zum Seeweg hin durch eine hohe Hecke vor fremden Blicken geschützt wurde, lief sie sicherheitshalber noch einmal zu der kleinen Pforte und spähte den Spazierweg hinauf und hinunter. Keine Menschenseele.

Schnell zurück zur Schubkarre und ohne noch weiter darüber nachzudenken, hinüber zu dem duftenden Objekt ihrer Begierde.

In der Dämmerung wurde das traumhafte Parfum jetzt noch intensiver. Doch das war nicht der Augenblick, sich dem Duftrausch und den Erinnerungen, die er auslöste, hinzugeben. Mit einer resoluten Bewegung zog sie die Arbeitshandschuhe an, band die über und über mit Knospen und bereits erblühten Rosen bestückten Zweige vorsichtig zusammen und legte die Folie herum, um nichts zu beschädigen. Natürlich hätte Brigitte sich die Pflanze auch kaufen können. In irgendeiner auf Rosen spezialisierten Gärtnerei wäre sie bestimmt fündig geworden, unbezahlbar war die Sorte auch nicht. Aber sie wollte gerade dieses Exemplar, das inzwischen bestimmt anderthalb Meter hoch war und jedes Jahr so üppig blühte und diesen einzigartigen Duft verströmte. So viel Schönheit in der verlassenen, verwilderten Nachbarschaft war einfach nur eine ungeheure Verschwendung. Brigitte hatte den Platz neben ihrer Terrasse schon vorbereitet: Nah bei der Gartenbank sollte der Rosenbusch stehen, sodass man sich darunter setzen, seinen Wohlgeruch aufnehmen und sich in den Blättern und Blüten verlieren konnte.

Behutsam begann sie, mit dem Spaten von außen nach innen die Erde abzutragen, um die Wurzeln freizulegen. Alma, die eine ganze Weile Brigittes Tätigkeit interessiert zugesehen hatte, schien das Buddeln ansteckend zu finden und fing plötzlich an, ebenfalls mit den Pfoten die Erde wegzuschaufeln.

»Alma! Lass das!«, versuchte Brigitte in einem energischen Befehlston, das Tier am Wühlen zu hindern. Sie hatte keine Lust, heute Abend noch das verdreckte Fell des Golden Retrievers zu waschen. Doch Almas Ehrgeiz schien geweckt. Immer schneller spritzten die Brocken aus dem Erdloch. Alle Versuche, Alma zu bremsen, liefen ins Leere. Da hörte der Hund plötzlich auf zu wühlen und beförderte etwas nach draußen. Das Licht war immer weniger geworden und Brigitte konnte nicht erkennen, worum es sich bei dem Fundstück handelte. Sie hob das Teil trotz Almas Protest auf. Es war ein ziemlich großer Knochen.

Alma hatte sich wieder dem Graben zugewandt. Ein zweiter Knochen, etwas kleiner als der davor, kam an die Oberfläche. Der Hund scharrte, wühlte, buddelte wie im Rausch. Noch ein Knochen kam zum Vorschein und dann noch einer und noch einer und dann begriff Brigitte und für einen Moment schien ihr Herz auszusetzen. Unter der köstlich duftenden Rosa alba – einer echten Félicité Parmentier – war ihr Hund soeben auf die skelettierten Überreste eines Menschen gestoßen.

KAPITEL I

Langsam und vorsichtig bewegte er sich, den Rücken dicht an die Wand gepresst, in Richtung Zimmertür, die nur angelehnt war. Inzwischen war er sich sicher: Da war jemand. Schon die ganze Nacht über war er unruhig gewesen, aber das war normal. In einer fremden Umgebung schlief er beim ersten Mal meistens schlecht. Jedes Haus hatte seine ganz eigenen Geräusche: Heizungsrohre, in denen es rauschte, einen Kühlschrank, der auf einmal knackte, als wolle er sich dehnen, oder einen Ast, der bei einem Windstoß plötzlich gegen das Fenster klopfte. Das war im Haus von Steffen und David nicht anders. Aber jetzt war schon Morgen, er war gerade aufgewacht und hatte eindeutig Schritte gehört. Da wieder! Jetzt kamen sie näher.

Ganz behutsam drückte Georg Angermüller mit der ausgestreckten Hand gegen die angelehnte Tür und spähte durch den Spalt in das andere Zimmer. Er konnte nur kurz einen nackten Arm sehen und schloss aus der daran hängenden, nicht sehr großen Hand und dem zierlichen, goldenen Armband, dass es sich bei dem Eindringling um eine Frau handeln musste. Sonderlich Respekt einflößend sah der Kriminalhauptkommissar in diesem Moment bestimmt nicht aus, in seinem verschwitzten T-Shirt und den Boxer-Shorts. Trotzdem beschloss er, zum Angriff überzugehen, und stieß mit einem Ruck die Tür auf. Ein schriller Schrei gellte ihm entgegen.

Ihm gegenüber stand eine kleine, nicht ganz schlanke Person mit blonden Haaren, in einem bunten Sommerkleid, und hielt sich entsetzt beide Hände vor den Mund.

»Was machen Sie hier?«, fragte Georg die Frau verblüfft,

die offensichtlich einen Riesenschreck bekommen hatte und um Fassung rang.

»Was machen Sie hier? Wer sind Sie?«, fragte sie statt einer Antwort aufgeregt zurück.

»Ich wohne hier.«

»Aber dieses Haus gehört Steffen von Schmidt-Elm und David Reid, meinen beiden Nachbarn, und die sind seit gestern verreist. Also, was tun Sie hier?«

Das klang schon etwas resoluter, die Frau schien sich wieder gefangen zu haben.

»Ich bin ein Freund von Steffen und David und hüte das Haus, so lange sie weg sind«, erklärte Angermüller. »Und wie sind Sie hier hereingekommen?«

»Natürlich mit einem Schlüssel. Ich wohne nebenan und gieße hier die Blumen, wenn meine Nachbarn nicht da sind.«

»Das verstehe ich jetzt nicht«, meinte Georg kopfschüttelnd. »Eigentlich wollte Steffen Ihnen Bescheid geben, dass jemand hier ist und Sie sich nicht kümmern brauchen. Er sagte mir, er würde einen Zettel bei der Nachbarin durchstecken, wenn er sie nicht mehr selbst erreicht. Dann hat er das wohl in der Abreisehektik vergessen.«

»Das wird wohl so sein«, nickte die Frau zustimmend. Mit einem strahlenden Lächeln streckte sie Georg plötzlich ihre rechte Hand entgegen.

»Ich bin Derya Derin. Ich wohne wie gesagt gleich in dem Haus da drüben. Wenn Sie irgendwas brauchen, klingeln Sie doch einfach bei mir.«

»Georg Angermüller. Sehr erfreut.«

Sie schüttelten sich die Hand, standen sich dann einen Augenblick stumm gegenüber und musterten sich gegenseitig. Schien eine nette Person zu sein, die Nachbarin. Mit einem Mal fiel Georg ein, dass er ja immer noch in T-Shirt und Unterhose war.

»Äh, entschuldigen Sie, ich müsste mich dann mal fertig machen. Die Pflicht ruft.«

»Ach so, ja natürlich! Ich will Sie nicht aufhalten.«

Derya Derin machte nicht den Eindruck, dass ihr an der Situation, einem fremden Mann in Unterwäsche gegenüberzustehen, irgendetwas peinlich war.

»Dann wünsche ich Ihnen einen schönen Tag und auf gute Nachbarschaft! Und wie gesagt, wenn Sie was brauchen ...«

»Ja, vielen Dank! Ich wünsche Ihnen auch einen schönen Tag. Sie finden allein raus?«

»Aber sicher. Na denn man tschüss, Herr Nachbar, und bis bald!«

Sie gab ihm noch einmal die Hand.

»Bis bald. Tschüss!«

Georg war gerade auf dem Weg ins Bad, da klingelte es an der Haustür. Er war etwas erstaunt, als er nach dem Öffnen schon wieder die Nachbarin erblickte, die ihm ihren Schlüssel vors Gesicht hielt.

»Ich hab zwar einen Schlüssel und behalte den auch, für alle Fälle, wer weiß, wozu es gut ist, aber jetzt sind Sie der Hausherr und da klingele ich natürlich.«

Angermüller nickte nur und wartete ab, was sie sonst noch wollte. Aber die Nachbarin schaute ihn nur freundlich an.

»Ist noch irgendwas?«

»Ach Entschuldigung, ich bin aber auch ...«, sie schlug sich gegen die Stirn. »Ich wollte nur noch wissen, ob Sie sich jetzt um die Blumen kümmern?«

»Aber das ist doch selbstverständlich. Ich bin ja schließlich hier, um in Haus und Garten nach dem Rechten zu sehen«, antwortete Angermüller, nun ein wenig ungeduldig. Er wollte wirklich endlich ins Bad, eine Dusche nehmen und sich anziehen.

»Na gut. Aber nicht vergessen! Herr Schmidt-Elm ist nämlich mit seinen Pflanzen ziemlich pütscherig und da braucht jede eine andere Pflege. Hat er Ihnen auch alles genau aufgeschrieben? Wenn nicht, könnte ich Ihnen ja meine Liste geben.«

»Danke. Ich weiß Bescheid, Frau ...«

Ihren Namen hatte er nicht behalten.

»Derin, das ist türkisch. Derya Derin von Deryas Köstlichkeiten«, kam sie ihm zu Hilfe.

»Gut, Frau Derin. Aber jetzt wird es wirklich Zeit für mich.«

»Aber natürlich! Ich rede und rede und Sie müssen los. Also, nichts für ungut. Einen schönen Tag noch mal und ich hoffe, wir sehen uns bald!«

»Das hoffe ich auch. Tschüss, Frau Derin.«

Er war sich nicht sicher, ob er das wirklich hoffte. Die Frau war schon irgendwie sympathisch, aber ihre Gesprächigkeit fand er, zumindest gleich nach dem Aufstehen, ziemlich anstrengend.

Ein paar Stunden später stieg Georg Angermüller gut gelaunt aus dem Dienstwagen. Sein Morgen war nach Derya Derins Abschied völlig geruhsam verlaufen. Entgegen sonstiger Gewohnheit hatte er statt Tee einen aromatischen Milchkaffee aus der luxuriösen, italienischen Kaffeemaschine genossen, sich dazu ein knuspriges Croissant gegönnt und die Zeitung gelesen. Ein wenig hatte er sich gefühlt wie im Urlaub – frei und unabhängig. Und nun schien auch noch die Sonne.

»Was für ein wunderschöner Tag heute!«

»Wat is mit dir denn los?«

Claus Jansen klang muffig, doch der Kriminalhauptkommissar ließ sich davon nicht irritieren.

»Hör doch mal, wie die Vögel zwitschern und schau dir diese verschwenderische Natur an. Ach ja, Frühling lässt sein blaues Band wieder flattern durch die Lüfte ... Du musst mal so richtig tief durchschnaufen, Claus! So riecht das nur im Mai!«

Jansen hatte lediglich ein Kopfschütteln für Angermüllers poesievolle Begeisterung und fragte missmutig: »Wat sollen wir eigentlich hier? Können die Eutiner dat nich allein?«

»Die Kollegen waren der Meinung, dass es wahrscheinlich ist, dass hier Fremdverschulden vorliegt. Deshalb haben Sie uns angefordert.«

»Na ja.«

Niemand konnte diesen beiden Silben einen so skeptischen Klang geben wie Kriminalkommissar Jansen.

Ein Streifenwagen und der Wagen der Kriminaltechnik parkten vor dem Haus, das als letztes in der kleinen Straße stand, die in einem Wendekreis vor einem Wäldchen endete.

»Hier wohnt man ja nicht schlecht. Bestimmt schön ruhig in der Ecke.«

»Mir wär das zu weit ab vom Schuss«, widersprach Jansen.

Sie grüßten kurz die beiden uniformierten Beamten, die ins Gespräch vertieft im Vorgarten standen, nur kurz hochblickten und sie ums Haus nach hinten schickten. Durch wuchernde Hecken und unter tief herabhängenden Zweigen bahnten sie sich den Weg auf den rückwärtigen Teil des Grundstückes. Hier wurde Angermüller die bevorzugte Lage erst richtig klar. Nur ein schmaler Streifen Land, auf dem ein Spazierweg lief, trennte es vom Ufer eines Sees.

»Was sagst du jetzt? Ist das nicht traumhaft hier!«

»Mmh«, machte Jansen nur gleichgültig und lenkte seine Schritte zu den Kollegen von der Kriminaltechnik. Alle waren sie in ihre weißen Schutzanzüge verpackt, worum Angermüller sie angesichts der sommerlichen Temperaturen nicht beneidete. Zwischen zwei Plastikwannen hockte Ameise nicht weit von der Hauswand unter einem Rosenbusch und grub behutsam mit einer kleinen Kelle durch den Boden. Ihm gegenüber tat sein Kollege Friedemann das Gleiche. Der dritte im Bunde war ein junger Mann, den Angermüller noch nicht kannte, der vorsichtig das von den beiden anderen ausgehobene Erdreich durch ein großes Sieb schaufelte.

»Moin, moin! Seid ihr schön am Buddeln?«, grüßte Jansen die Truppe.

»Ihr Klugschnacker habt mir noch gefehlt«, knurrte Ameise, der eigentlich Andreas Meise hieß, ohne hochzusehen. »Komm mir hier vor wie Indiana Jones.«

Mit einer ganz besonderen Zartheit, über die Angermüller sich immer wieder wunderte, säuberte Ameise mit einem Pinsel die freigelegten Knochen vor sich, nahm die Kelle wieder auf und schob langsam und vorsichtig den Erdboden unterhalb der schon freigelegten Teile beiseite.

»Schlecht drauf heute? Am Boden rumkrabbeln ist doch deine Spezialität!«, meinte Jansen munter, doch Ameise stellte sich taub.

»Morgen, Kollegen. Bald könnt ihr unseren Kandidaten in seiner ganzen Schönheit bewundern«, mischte sich Friedemann ein, der kurz vor dem Pensionsalter und im Gegensatz zu Andreas Meise ein ganz umgänglicher Typ war.

»Grüß euch«, antwortete Angermüller und sah zu dem jungen Mann. »Habt ihr Verstärkung mitgebracht?«

»Richtig, das ist der Dario Striese, macht die Ausbildung an der Fachhochschule in Kiel. Der darf jetzt mal eine Zeit lang bei uns reinschnuppern. Angermüller und Jansen, das Dreamteam vom K1«, stellte Friedemann sie einander vor. Der Praktikant, der vor Eifer oder vor Hitze ganz rote Ohren hatte, hob nur kurz eine Hand und vertiefte sich dann wieder ins Durchsieben der Erdhaufen.

Vom Schädel fast bis zum Becken hatten die Männer das Skelett bereits freigelegt.

»Was ist mit dem einen Arm passiert?«, fragte Angermüller, während er aufmerksam das knöcherne Gerüst betrachtete und den Anblick, wie immer, ein wenig schaurig fand. Das hier war kein künstliches Skelett aus dem Biologieunterricht, das war das, was von einem Menschen übrig geblieben war.

»Da«, machte Ameise nur und zeigte auf die eine der Plastikwannen, in der ein paar gesäuberte Knochen lagen. »Die hat das Hundchen schon ausgegraben.«

»Welches Hundchen?«

»Das von der Nachbarin, die bei den Kollegen in Eutin den Fund gemeldet hat.«

»Ah so. Kommt jemand von der Rechtsmedizin dazu?«, wollte Angermüller wissen.

»Das ist noch nicht so klar. Da ja dein spezieller Freund im Urlaub ist, haben die einen kleinen Engpass zurzeit. Die hübsche Neue, die den Schmidt-Elm vertreten soll, hat uns schon dreimal über Handy angerufen und auf später vertröstet. So ein verrücktes Huhn wie die hab ich in meiner ganzen Laufbahn noch nicht erlebt.« Ameise schüttelte seinen Kopf. »Sach ma«, fragte er dann mit anzüglichem Grinsen, »stimmt das wirklich, dass der Schmidt-Elm mit seinem Angetrauten eine Hochzeitsreise macht?«

»Warum eigentlich immer dieser bescheuerte Unterton, Andreas? Bist du nur so ein verklemmter Spießer oder bist du auch schwul und traust dich nur nicht? Uns kannst du es doch ruhig sagen, Kleiner, wir haben damit kein Problem.«

Angermüller war ein eher gutmütiger Mensch, doch irgendwann langte es auch ihm. Der etwas zu kurz geratene Kollege ließ wirklich keine Gelegenheit für einen blöden Kommentar ungenutzt vorübergehen. Friedemann grinste schadenfroh, und der Praktikant hielt einen Moment irritiert mit seiner Tätigkeit inne und sah zu ihnen herüber. Ameise blieb die Antwort schuldig und grub unbeirrt weiter unter dem Rosenbusch, dessen gerüschte, zartrosa Blüten einen intensiven Duft verströmten. Er buddelte mit Ingrimm, wie Angermüller schien, und leise fluchend – vorgeblich über die dornige Pflanze, an der er immer wieder hängen blieb.

»Falls es die Ruckdäschl wirklich nicht hierher schafft«, erklärte Friedemann, »dann sind wir halt so nett und liefern ihr den Kunden frei Haus. Aber es wär schon besser, sie würde sich selbst zur Inaugenscheinnahme auf den Weg hierher machen, damit sie die Bodenbeschaffenheit und noch so einiges andere beurteilen kann. Na ja, noch ist nicht aller Tage Abend.«

»Könnt ihr denn so auf den ersten Blick was zu dem Knochenmann sagen? Liegezeit zum Beispiel?«, fragte Jansen.

Friedemann schüttelte bedauernd den Kopf. »Höchstens, dass er nicht erst vorgestern hier vergraben wurde. Alles andere muss die rechtsmedizinische Untersuchung klären.«

»Ach so, hier«, Ameise griff in die kleinere Wanne links neben sich. Sein Ärger war wieder verraucht. »'ne Kleinigkeit hab ich für euch. Das hier ist bestimmt nicht uninteressant. Hat unser Lehrling gefunden.«

Angermüller drehte und wendete die kleine Plastiktüte. »Eine Halskette mit einem Anhänger?«

»Ja. Scheint aus Gold zu sein, mit irgendeinem blauen Stein«, bestätigte Ameise. »Und im Gegensatz zu meinem Kollegen«, er warf einen Seitenblick auf Friedemann, »sage ich jetzt schon, dass die Liegezeit auf jeden Fall viel weniger als 50 Jahre beträgt. Wenn du dir mal den Verschluss der Halskette genauer anschaust in dieser Herzform – das ist ein ganz modernes Teil, industrielle Fertigware, würde ich sagen. Wegen des niedlichen Kettchens geh ich übrigens davon aus, das hier ist 'ne Dame. Aber gib wieder her. Erst ma kriegt die neue Frau Doktor die Kette als Beifund in die Rechtsmedizin. Der appetitliche Käfer wird euch bestimmt mehr dazu sagen können.«

»Kann ich wenigstens gleich ein Foto davon haben?«

»Aber sehr gern. Ganz wie der Herr Kollege wünschen.« Völlig spurlos war Angermüllers Rüffel scheinbar doch nicht an Ameise vorübergegangen. »Noch was«, fuhr Ameise fort. »Bis jetzt haben wir kein Fitzelchen Kunststoff, Textilfasern, Leder oder sonst was gefunden, und bei einer kurzen Liegedauer findest du normalerweise immer irgendwas. Deshalb nehme ich stark an, man hat die Lady hier völlig ohne was verbuddelt.«

Das war Andreas Meise. Friedemann tat seine Pflicht und Ameise dagegen ging seinem Job mit Akribie und einer gewissen Leidenschaft nach, dachte Angermüller. Seine persönlichen Eigenarten hieß es eben ertragen. Wie um diesen Eindruck zu dokumentieren, zeigte Ameise mit dem Kopf nach rechts und sagte leise: »Da drüben am Zaun, die vertrocknete Jungfer, das ist übrigens die Nachbarin. Und ihr Fiffi hat das Skelett ganz allein entdeckt, sagt sie.«

Eine zierliche, ältere Frau stand hinter dem Gartenzaun. Neben ihr saß ein ziemlich großer Hund mit hellem Fell, der sich erhob und freundlich mit dem Schwanz wedelte, als Angermüller und Jansen näher kamen.

Die Nachbarin bat sie auf die Terrasse. In dem großen Garten mischten sich harmonisch Rasen, Blumenbeete und höhere Sträucher, wie von der Natur mit lockerer Hand gestreut. An einem alten Holzschuppen wucherte eine Clematis, die erste Blüten zeigte, neben einer Vogeltränke prangte ein Pfingstrosenbusch, und auch ein paar Rhododendren blühten am Zaun in bunter Farbenvielfalt.

»Ein wirklich wunderschönes Plätzchen, an dem Sie hier wohnen, Frau Kalbe!«

Durch das Grün der Hecke sah man die Wasserfläche des kleinen Sees glitzern. Bis auf das Rascheln der Blätter in der leichten Brise und den Gesang der Vögel gab es keine störenden Geräusche, höchstens ab und an ein Fahrrad, das auf dem Uferweg vorüberknirschte. Frau Kalbe reagierte nicht auf Angermüllers Bemerkung. Adrett in Hose und Bluse gekleidet, saß sie aufrecht und schmal auf der Kante eines Gartenstuhls, ihre Augen wanderten ruhelos umher. Das in allen Nuancen von Grau und Silber schimmernde Haar war knapp über der Schulter gerade abgeschnitten, der Pony setzte sich exakt im rechten Winkel dazu ab und ließ Angermüller an Cleopatra denken. Dazu passte allerdings nicht die spröde Korrektheit, die von der Frau ausging.

»Dann erzählen Sie doch mal, Frau Kalbe«, forderte er sie auf. »Wie sind Sie denn auf Ihren Fund gestoßen?«

»Das hab ich zwar vorhin schon bei Ihrem Eutiner Kollegen getan …«, sie klopfte nervös auf den Hals des Tieres neben sich. »Können Sie sich vorstellen, wie entsetzt ich war, als ich realisierte, was der Hund da ausgegraben hat?«

»Wie ist es denn dazu gekommen? Das Tier ist einfach so rüber aufs Nachbargrundstück und hat angefangen zu buddeln?«

Frau Kalbe nickte nur. Es wirkte fast schüchtern. Das passt eigentlich gar nicht zu der Frau, dachte Angermüller, die auf den ersten Blick für ihn unnahbar, ja fast arrogant gewirkt hatte.

»Wie lange wohnen Sie denn schon hier?«

»Bald zwei Jahre.«

»Mit dem Hund?«

Sie nickte wieder.

»Komisch, dass das Tier dann nicht schon früher darauf gestoßen ist. Es sei denn …«

Angermüller sprach fast mehr zu sich selbst und sah zu Jansen, der nur ratlos die Schultern hob. Brigitte Kalbe blickte unsicher von einem zum anderen und schien mit einem Mal in sich zusammenzusinken. Sie tupfte sich zaghaft mit ihrem

Taschentuch an die Nase und plötzlich bemerkte Angermüller, dass sie weinte.

»Aber Frau Kalbe!«

Diese Reaktion hatte der Kommissar nun überhaupt nicht erwartet. Jansen starrte ins Leere und war seinem Kollegen nicht die kleinste Hilfe.

»Ach, es hat sowieso keinen Sinn. Ich schaff das einfach nicht.« Frau Kalbe wischte sich noch einmal mit einer anmutigen Bewegung über die Augen. Dann straffte sie sich. »Wissen Sie, ich habe so etwas wirklich noch nie getan. Ich schwöre es Ihnen!«

»Was denn, Frau Kalbe?«

»Fremdes Eigentum angetastet«, kam leise die Antwort.

Und dann erzählte Brigitte Kalbe, wie sie am Abend zuvor das Nachbargrundstück betreten hatte, in der unredlichen Absicht, den berauschend duftenden Rosenbusch auszugraben und neben ihre Terrasse zu pflanzen.

»Ich weiß auch nicht, was mit mir los war. Es muss der unvergleichliche Duft der Rosa alba gewesen sein. In meiner Jugend kannte ich mal einen Garten, wissen Sie, da stand genauso eine Félicité Parmentier ...«

Einen Moment schien sie sich in ihren Erinnerungen zu verlieren. Angermüller und Jansen wendeten gleichzeitig den Blick hinüber zu der Pflanze, die auf die alte Dame so eine ungeheure Anziehungskraft ausgeübt hatte. Gerade hatten Ameise und Friedemann die Rose vollständig ausgegraben und waren nun dabei, mit dicken Handschuhen bewehrt, die Erde vorsichtig aus ihren Wurzeln auf das Sieb zu schütteln. Frau Kalbe hatte sich wieder gesammelt und berichtete, wie Alma plötzlich angefangen hatte zu buddeln, und sie irgendwann erkennen musste, was ihr Hund da Grauenhaftes entdeckt hatte.

»Mir ist fast das Herz stehen geblieben. Ich habe meine

Sachen in die Schubkarre geschmissen, bin hierher zurück gerannt und sofort ins Haus. Ich habe versucht, mich zu beruhigen. Mein erster Gedanke war, ich könnte die Sache für mich behalten. Aber ich habe die ganze Nacht kein Auge zugetan. Ständig sah ich diese Knochen wieder vor mir, habe darüber nachgedacht, wer sie wohl vergraben hat, was da wohl vorgefallen ist. Und wann. Ob hier nebenan etwas Schreckliches passiert ist und ich davon nichts mitbekommen habe? Mir wurde klar, ich würde mit dem Wissen um das, was hier nebenan unter dem Rosenbusch liegt, meines Lebens nicht mehr froh. Andererseits war mir die Sache natürlich auch äußerst unangenehm, Sie verstehen?«

Brigitte Kalbes Wangen waren leicht gerötet. Sie sah besorgt zwischen den beiden Beamten hin und her. Da Jansen sich schon während ihrer Erzählung betont unbeteiligt gegeben hatte, war es an Angermüller, der Frau beruhigend zuzunicken.

»Keine Sorge, Frau Kalbe. Uns interessiert nur, was Sie uns an Einzelheiten zu Ihrem Fund berichten können. Alles andere ist unwichtig.«

»Aber ich habe Ihnen eigentlich schon alles gesagt, was ich weiß. Ich fürchte, ich kann Ihnen da nicht weiterhelfen.«

Frau Kalbe wirkte immer noch ziemlich nervös und schaute ängstlich zu dem kleinen Diktiergerät, das Jansen aus der Tasche zog.

»Damit wir uns alles besser merken können, zeichnen wir unser Gespräch auf. Dann fangen wir doch mal mit Ihren Personalien an.«

Penibel machte Brigitte Kalbe ihre Angaben. Im Sommer wurden es zwei Jahre, dass sie ihr Haus bezogen hatte, und so lange sie hier wohnte, hatte das Nachbarhaus leer gestanden. Wie ihr die anderen Nachbarn erzählt hatten, gehörte das Grundstück einer Erbengemeinschaft, die sich nicht einigen konnte. Einige wollten verkaufen, aber nicht an die anderen Erben, einige wollten vermieten, andere wollten auf gar keinen Fall fremde Leute in dem Haus haben, und so passierte überhaupt nichts damit. Nach Frau Kalbes Wissen zog sich dieser Zustand schon mindestens fünf Jahre lang hin. Vielleicht zwei, drei Mal hatte sie jemanden nebenan gesehen. Es war meist eine ältere Frau gewesen, die im Haus und auf dem Grundstück einfach nur nach dem Rechten zu sehen schien.

»Das ist so schade. Da drüben verfällt alles und der Garten verwildert. Die ganzen Unkräuter, die sich dort angesiedelt haben, machen natürlich vor meinem Zaun nicht halt, und ich habe eine Menge Mehrarbeit damit. Übrigens war auch mein Häuschen über ein Jahr unbewohnt. Aber nicht wegen einer Erbstreiterei, sondern weil es für seine bescheidene Größe ziemlich teuer und außerdem in einem ausgesprochen schlechten Zustand war. Ich habe bestimmt das Doppelte des Kaufpreises noch einmal für die Renovierung ausgegeben. Aber es hat sich gelohnt. Ich will hier nicht mehr weg. Obwohl, nach dieser Entdeckung jetzt ...«

»Ein *Nazar*«, sagte Niemann bloß, nach einem Blick auf das Foto der Kette mit dem blauen Anhänger, das Angermüller ihm auf den Schreibtisch gelegt hatte.

»Hä?«, machte Jansen, der daneben stand, »nix verstehen.« Und auch Angermüller schaute etwas ratlos.

Thomas Niemann genoss das Erstaunen der beiden Kollegen. Allgemein wurde er in der Lübecker Bezirkskriminalinspektion nur ›der Schreibtischtäter‹ genannt, denn sein bevorzugter Arbeitsplatz war nun mal sein Schreibtisch. Waren die anderen draußen unterwegs, Zeugen befragen, Spuren verfolgen, so war er der Meister der Recherche, ob am Computer oder im Sichten von Akten, und er besaß ein phänomenales Gedächtnis.

»Tscha, man merkt, dass ihr noch nie Urlaub in der Türkei gemacht habt, Kollegen. Dann würdet ihr nämlich wissen, dass dieser Anhänger auch ›Fatimas Auge‹ genannt wird. Überall, auf Märkten und in Souvenirläden, kann man das da kaufen. In allen möglichen Größen.«

»Und wat soll dat?«, fragte Jansen.

»Fatimas Auge soll gegen den bösen Blick helfen. Die Leute tragen das als Schlüsselanhänger bei sich oder bringen es in ihrer Wohnung gegenüber der Eingangstür an. Ich hab die Dinger auch in Taxen hängen sehen, sogar mal in einem Kinderwagen. Ist halt so eine Art Talisman. Und natürlich wird es als Schmuck angeboten. Meine Frau musste sich letztes Jahr in Bodrum unbedingt auch so eine Kette kaufen.«

»Da sieht man wieder, dass Reisen doch bildet. Klasse, Thomas«, meinte Angermüller. »Dann haben wir jetzt ja immerhin einen Anhaltspunkt.«

»Worum geht's denn überhaupt?«

Angermüller gab Niemann eine kurze Zusammenfassung über den Skelettfund bei Eutin.

»Die Rechtsmedizin kümmert sich um die Knochen, aber wir wissen noch nicht, wie lange die für die Untersuchung brauchen. Dieser Anhänger beweist aber zumindest, dass es sich nicht um einen Pesttoten aus dem Mittelalter handelt.«

»Aber dass es jemand aus der Türkei ist, muss das auch nicht heißen. Wie gesagt, meine Frau hat auch so 'n Ding.«

»Wie geht's der eigentlich, was macht die so?«, wollte Jansen wissen. »Wurde die in den letzten Wochen noch lebend gesehen?«

»Jansen, alter Spinner«, grinste Niemann nur und rollte hinüber zu seinem Rechner. »Wie lange, sagtest du, stand die alte Hütte am See leer?«

»Ungefähr fünf Jahre«, antwortete Angermüller.

»Na gut, dann werd ich jetzt gleich bei der DASTA in Kiel anfragen. Die sollen als Erstes die letzten zehn Jahre der Datei für Vermisste und unbekannte Tote durchforsten, alles was es hier in der Region so an abgängigen Personen gibt und ob da zufällig schon was Passendes dabei ist. Vielleicht haben wir ja mal Glück.«

Es war früher Abend, als Georg Angermüller seinen Arbeitsplatz im siebten Stock des Behördenhochhauses an der Possehlstraße verließ. Mit dem Fahrrad fuhr er am Wasser des St.-Jürgen-Hafens entlang und über den Mühlendamm in Richtung Altstadt. Der Fahrtwind war mild und die Bewegung tat ihm spürbar gut. Nachdem ihn der Arzt beim letzten Gesundheits-Check vorsichtig darauf hingewiesen hatte, dass sich sein über den Winter erneut angestiegenes Gewicht zu einem Problem für seine Gesundheit entwickeln könnte, wenn er dem nicht gegensteuerte, hatte er sich fest vorgenommen, es nicht so weit kommen zu lassen. So nutzte er jede Gelegenheit, mit dem Rad zu fahren oder zu Fuß zu gehen. Er versuchte auch, sich beim Essen zu mäßigen, doch das war die ungleich schwierigere Übung für ihn.

Das Wissen darum, keinen Termin zu haben, von niemandem zu Hause erwartet zu werden, keine Absprachen über das Abendessen oder die Kinderbetreuung treffen zu müssen, fand er ungewohnt entspannend. Zumindest bis Mitte nächster Woche würde das auch noch so bleiben, denn Julia und Judith waren mit der Schule auf einer Naturerkundungsfahrt im Katinger Watt. Seiner Meinung nach bedurften die mittlerweile 13-jährigen Zwillinge ohnehin nicht mehr der lückenlosen Obhut ihrer Eltern. Doch das war ein Thema, das Astrid ganz anders sah, und er verdrängte es schnell aus seinen Gedanken, um sich nicht die gelöste Feierabendstimmung zu verderben.

Vor einem Restaurant an der Trave im Malerwinkel suchte er sich zwischen den vielen Touristen einen freien Tisch. Das bunt durcheinander gewürfelte, riesige Speiseangebot auf der Karte, das nach vielen Fertigzutaten aussah, ließ ihn sich gegen ein Essen entscheiden. Es war sowieso noch zu früh und so bestellte er nur ein Glas Rotspon, genoss den Blick auf vorübergleitende Schiffe und die letzten Sonnenstrahlen dieses prachtvollen Tages und überlegte, was er sich in Steffens Luxusküche heute kochen sollte. Ein warmer Abend wie dieser verlangte nach leichten Gerichten, etwas Fisch auf Salat, dazu knuspriges Baguette, oder einfach nur ein Teller Caprese mit Steffens ausgesucht köstlichem Olivenöl. Oder sollte er vielleicht doch lieber eine große Portion frischen Spargel kaufen, den einige Bauern im Umland in hervorragender Qualität anbauten? Mit Katenschinken, neuen Kartoffeln und Butter ein Gedicht! Aber auch lauwarm mit einer Balsamico-Vinaigrette war dieses feine Gemüse nicht zu verachten. Georg ließ sich mit der Entscheidung Zeit. Allein das Nachdenken über all die kulinarischen Möglichkeiten bereitete ihm schon ein stilles Vergnügen.

Eine Stunde später fuhr er mit einem Pfund Spargel, Kartoffeln und Schinken im Fahrradkorb in Richtung Burgfeld. Kurz überlegte er, ob er einen Umweg über St. Jürgen machen und bei Astrid vorbeischauen sollte. Als er ihr vor zwei Wochen von Steffens Vorschlag berichtet hatte, dass er während der Hochzeitsreise der Freunde ja das Haus hüten könnte, hatte er das für eine Schnapsidee gehalten und überhaupt nicht damit gerechnet, dass Astrid damit einverstanden wäre. Aber zu seiner großen Überraschung hatte sie nur um eine kurze Bedenkzeit gebeten und dann zugestimmt. In seine erste Freude darüber hatte sich bei ihm allerdings bald die leise Frage gemischt, warum seine Frau so bereitwillig ihr Einverständnis gegeben hatte.

Georg zögerte. Sollte er Astrid jetzt wirklich einen Besuch abstatten? Für den nächsten Abend waren sie ja ohnehin verabredet und außerdem merkte er, dass er im Geiste bereits nach Verteidigungsstrategien suchte, sollten wieder die strittigen Themen hochkochen, bei denen ihre Gespräche in letzter Zeit unweigerlich landeten. Also entschied er sich gegen den Besuch zu Hause und trat etwas kräftiger in Pedale.

Bumtschibum – der Rhythmus der Musik und Paolo Contes rauer Gesang waren einfach mitreißend. Gut gelaunt tänzelte Angermüller in der geräumigen Küche umher, auf der Suche nach passenden Küchengeräten zur Zubereitung seines Abendessens. Gerade wollte er mit dem Spargelschälen anfangen, da klopfte es laut an die offen stehende Terrassentür.

»Einen schönen guten Abend, Herr Angermüller. Ich habe es mit Klingeln versucht, aber Sie scheinen wegen der Musik nicht gehört zu haben.«

Die Nachbarin von heute Morgen. Langsam wurde sie lästig.

»Ist Ihnen die Musik zu laut?«, fragte Angermüller nicht sehr freundlich statt einer Begrüßung und schickte sich an, nebenan im Wohnzimmer die Anlage leiser zu drehen.

»Was denken Sie? Ich verehre Paolo Conte!«, sie lächelte ihn strahlend an. »Hier: Ich habe Ihnen was zu essen mitgebracht.«

Und sie hob einen mit einem weißen Tuch bedeckten Korb hoch. Mist, er hatte ihren Namen schon wieder vergessen.

»Frau Nachbarin, das ist sehr nett, aber wirklich nicht nötig. Ich bin gerade dabei, mir mein Abendessen zu machen.«

Die Frau spähte zum Küchentisch.

»Oh, Spargel! Ich liebe Spargel! Dann können wir ja zusammenschmeißen. Zu zweit zu essen ist doch sowieso netter als allein. Ich finde, das ist eine hinreißende Idee – oder erwarten Sie jemanden zum Essen?«

Resigniert schüttelte Angermüller den Kopf. Diese Frau war der reine Tsunami, sie überrollte einen völlig und ließ einem keine Möglichkeit zur Flucht.

»Und wissen Sie was? Ich habe sogar einen schönen kühlen Weißwein dabei, der wunderbar zum Spargel passt, einen weißen Doluca. Wollen wir auf der Terrasse essen?«

Eine gute halbe Stunde später saßen sie draußen an einem üppig gedeckten Tisch. Spätestens, als die Nachbarin die Schüsselchen und Tellerchen aus ihrem Korb gepackt hatte, begab sich Georgs Gereiztheit wieder auf den Rückzug. Das erste Glas Wein tat ein Übriges. Kurz wunderte er sich noch, dass der Genuss von Alkohol für seine türkische Nachbarin scheinbar völlig normal war, aber dann spähte er neugierig auf das appetitliche Arrangement, das sich vor ihm ausbreitete und ihm den Mund wässrig werden ließ. Um den Spargel herum gruppierten sich gefüllte Auberginen und Muscheln, knusprige Zucchiniküchlein, Schafskäse in Teigröllchen, Fischrogenpaste und einiges mehr. Und wie es seine Art war, bemühte sich Georg, eifrig von allem zu kosten und fragte interessiert nach Namen und Zusammensetzung der ihm zumeist fremden Speisen.

»Das schmeckt ja köstlich«, lobte er, während er sich ein weiteres von den roten, scharfwürzigen Bällchen nahm, etwas Zitrone darüber träufelte und es in ein Salatblatt rollte, wie Derya es ihm gezeigt hatte.

»Was ist das?«

»Das sind *Çiğ Köfte*, rohe *Köfte* aus Lammhack und Bulgur mit ganz vielen Gewürzen. Ich mag das auch sehr. Dieses Gericht ist eine Spezialität aus Südostanatolien. Eigentlich trinkt man am besten *Ayran* dazu. Aber ich finde, Weißwein geht auch. Zum Wohl, Georg!«

Nachdem die Nachbarin bemerkt hatte, dass Angermüller ihr Name immer noch nicht geläufig war, hatte sie ihm kurzerhand noch einmal ihren Vornamen genannt, Derya, und gleich entschieden, dass sie jetzt Georg zu ihm sagen und ihn duzen würde.

»Wir sind Nachbarn. Wir sind, denke ich, in etwa gleich alt. Wir essen zusammen, trinken zusammen, wir werden uns bestimmt noch öfter sehen – dann können wir uns auch gleich duzen, finde ich. Oder hast du was dagegen?«

Ihm blieb gar keine Wahl als zuzustimmen. Während er sich an den türkischen Spezialitäten gütlich tat, schien es Derya der Spargel angetan zu haben, den Angermüller lauwarm in einer Vinaigrette angerichtet hatte.

»Köstlich, Spargel ist einfach was Wunderbares und erst mit dieser Vinaigrette!«

Allmählich, und ganz gegen Georgs Erwartungen, entwickelte sich ein richtig netter Abend aus diesem spontanen gemeinsamen Essen, obwohl es hauptsächlich Derya war, die redete. Doch was sie erzählte – zuerst vieles über die türkische Küche, später einiges über sich und ihren Werdegang –, war interessant, und sie war dabei amüsant und unterhaltend.

»Nach dem Abi wusste ich nicht so richtig, was ich machen sollte. Eigentlich war ich in Hamburg für Jura eingeschrieben. Aber dann bin ich am Ende des ersten Semesters nach Berlin abgehauen. Ich hab mich an der Schauspielschule beworben und die haben mich tatsächlich genommen!«

»Schauspielerin! Das hört sich ja interessant an.«

»War leider nicht so aufregend, wie du glaubst. Ich durfte immer nur türkische Kopftuchmuttis, Putzfrauen oder Krankenschwestern spielen.«

Es klang ziemlich enttäuscht.

»Aber schau mich doch mal an!«, rief sie plötzlich, sprang auf und breitete theatralisch beide Arme aus. »Bei meiner

Größe, mit dieser Figur, diesen Haaren – die sind natürlich nur blond gefärbt, hast du wahrscheinlich längst bemerkt –, den dunklen Augen und diesen Wangenknochen«, sie klopfte mit den flachen Händen darauf. »Auch wenn ich sicherlich keine schlechte Schauspielerin bin – das haben mir meine Regisseure oft genug gesagt –, mein türkischer Migrationshintergrund, wie man heute so schön sagt, lässt sich eben einfach nicht verleugnen.«

Dass ihre blonde Haarfarbe nicht echt war, hatte er eigentlich nicht gedacht. Für seine Ohren sprach sie wie eine echte Norddeutsche. Georg machte ein ernstes Gesicht und gab sich Mühe, sein Gegenüber so unauffällig wie möglich zu mustern.

Derya lachte los. »Du brauchst nicht so mitleidig zu gucken! Wer weiß, vielleicht werd ich ja doch irgendwann noch für Hollywood entdeckt!«, meinte sie fröhlich. »Aber abgesehen davon bin ich eigentlich ganz glücklich, wie alles gekommen ist.«

»Und dann hast du also einen Cateringservice für Spezialitäten aus deiner Heimat aufgemacht?«

Derya schüttelte lachend den Kopf. »Gleich mehrfach falsch! Ganz so schnell ging das natürlich nicht. Ich hab alle möglichen Jobs gemacht, bevor ich mit dem Kochen anfing. Natürlich beherrsche ich die Spezialitäten der türkischen Küche, aber auch wenn ich in Istanbul geboren bin: Seit fast 40 Jahren ist Lübeck meine Heimat. Deryas Köstlichkeiten liefert alles, was es rund ums Mittelmeer gibt, von Frankreich bis Ägypten, aber genauso ein Berliner Büffet oder ein schleswig-holsteinisches Fischeressen. ›Deryas Köstlichkeiten liefert Feines aus den Küchen dieser Welt‹ heißt mein Werbespruch.«

»Das hört sich gut an.«

»Ja, find ich auch. Aber ich sabbel und sabbel! Jetzt möchte ich mal was über dich hören!«

»Tja, was willst du denn wissen?«

»Na ja, zum Beispiel etwas über deinen Migrationshintergrund: Dass du kein Norddeutscher bist, höre ich doch sofort!«

»Ach ja? Und ich dachte immer, nach so vielen Jahren ...«

»Wie lange bist du denn schon in Lübeck?«

»Gut 15 Jahre sind es jetzt schon.«

»Ich finde deinen Akzent ausgesprochen charmant. Du kommst aus Bayern, nicht?«

»Ich bin in Oberfranken geboren und aufgewachsen. Und dass wir zu Bayern gehören, stimmt zwar, hören wir Franken aber nicht so gern.«

»Franken? Kenn ich, kenn ich! Würzburg, Nürnberg und so.«

»Würzburg gehört zu Unterfranken, Nürnberg ist in Mittelfranken und ich komm aus einem kleinen Dorf bei Coburg. Das ist in Oberfranken.«

»Das kann ich mir jetzt bestimmt nicht alles merken. Also Coburg. Und wie war's da so?«

»Ach, ich hab eigentlich ganz gern dort gelebt. Ein hübsches altes Städtchen in einer schönen Landschaft, viele Schlösser und Parks rundherum. Und die Leute haben so ein gelassenes, freundliches Wesen, die meisten jedenfalls. Und was natürlich ganz wichtig ist: die fränkische Küche und nicht zu vergessen das Bier und der Frankenwein!«

»Das hört sich ja alles klasse an. Warum bist du überhaupt dort weggegangen?«, wunderte sich Derya.

Kurz überlegte Georg, ob er den Hauptgrund für sein Bleiben in Lübeck damals nennen sollte. Mit Sicherheit wären dann aber Nachfragen nach Astrid und den Kindern gefolgt, wo sie denn wären und was seine Frau dazu sagte, dass er für ein paar Wochen einfach so allein in Steffens Haus wohnte. Das ganze Thema war ihm zu heikel und er hatte keine Lust, jetzt seine persönliche Situation zu erklären, schon gar nicht einer fremden Frau. Auch wenn sie ihm bereits erstaunlich vertraut schien, hatte er Derya schließlich erst heute Morgen kennengelernt. Er kam sich zwar ein wenig unaufrichtig vor, entschied sich aber trotzdem dagegen, Astrid zu erwähnen.

»Tja, ich hab ein Praktikum hier bei der Bezirkskriminalinspektion gemacht, das war noch während meines Jurastudiums, und zuerst war es vor allem der Job, der mir gut gefallen hat, so interessant und abwechslungsreich. Auch die Kollegen waren nett, Lübeck fand ich gut, das hat irgendwie eine witzige Atmosphäre, so zwischen Groß- und Kleinstadt. Und natürlich ist auch die Umgebung nicht zu verachten, die Ostsee, die Holsteinische Schweiz. Als dann hier eine Stelle frei wurde, hab ich mich beworben und sie tatsächlich auch bekommen. Inzwischen bin ich schon seit 15 Jahren hier oben.«

»Und fehlt dir deine alte Heimat gar nicht?«

»Vielleicht die Klöße und das Bier«, sinnierte Angermüller. »Aber ich hab sowieso das Gefühl, dass mir immer der Ort verheißungsvoll erscheint, an dem ich gerade nicht bin. Eigenartig, oder?«

»Find ich gar nicht! Mir geht das immer so mit Istanbul. Es erscheint mir wie die tollste, aufregendste Stadt der Welt, wenn ich hier daran denke, ein flirrender, pulsierender Traum. Aber kaum bin ich dort, sehne ich mich nach der Ruhe und Beschaulichkeit in meinem braven, deutschen Norden.«

»Der is halt olber, der Mensch, würde meine Mutter jetzt sagen.«

»Der Mensch ist komisch, heißt das?«

Angermüller nickte.

»Recht hat deine Mama.«

Sie schwiegen einen Moment. Derya spielte mit dem Anhänger ihrer Kette, die sie um den Hals trug. Angermüller schaute etwas genauer hin.

»Ist das ein *Nazar*, was du da an deiner Kette hast?«

»Stimmt. *Nazar Boncuğu*«, sagte Derya erstaunt und hielt die Perle mit den unterschiedlichen Blautönen so, dass Georg sie besser sehen konnte.

»*Nazar* heißt böser Blick und *Nazar Boncuğu* ist die blaue Perle gegen den bösen Blick, Fatimas Auge sagen manche auch. Woher kennst du das? Bist du schon mal in der Türkei gewesen?«

»Nein, den Ausdruck hab ich von einem Kollegen, der neulich erst in Bodrum Urlaub gemacht hat.«

»Die Kette hat mir meine Mutter gegeben. Sie hat diese blauen Dinger in allen Größen bei sich zu Hause und immer eine Dose mit kleineren Perlen als Vorrat, weil sie die allen Leuten als Glücksbringer schenkt. Unter Türken ist das sehr verbreitet. Und kann ja nicht schaden, gegen den bösen Blick gewappnet zu sein, oder?«

»Ich hab so einen Anhänger heute zum ersten Mal gesehen.«

»Ach und wo?«

»Das war im Zusammenhang mit meinem Job.«

»Was genau ist eigentlich dein Job?«

»Ich bin beim Kommissariat 1, Mordkommission und Kapitaldelikte.«

»Oh Mann, bei der Mordkommission, wie spannend! Na, dann erzähl doch mal, Herr Kommissar, wo hast du diesen Anhänger denn gesehen? Das finde ich ja aufregend!«

»Tut mir leid«, meinte Angermüller bedauernd. »Das sind laufende Ermittlungen, wozu ich leider gar nichts sagen darf.«

»Schade! Aber Mordkommission, wie das schon klingt! Ich stell mir den Beruf ja total interessant vor.«

»Na ja, so toll wie im Fernsehen ist's bei uns nicht immer. Ist auch viel Bürokratie und Papierkram. Aber letztendlich, stimmt schon: Es ist eine sehr vielfältige Tätigkeit und manchmal auch ziemlich interessant. Sonst wär ich wahrscheinlich auch nicht so lange dabeigeblieben.«

»Und wie viele Verbrecher hast du schon zur Strecke gebracht?«

»Also das kann ich dir wirklich nicht sagen«, lachte Angermüller. »Das hab ich noch nie nachgezählt.«

»Muss ein schönes Gefühl sein, wenn man immer wieder für Gerechtigkeit sorgt.«

Es klang richtig schwärmerisch, wie Derya das sagte.

»Ich muss dich enttäuschen. In den seltensten Fällen steht am Ende das Gefühl, dem Opfer, seinen Angehörigen und auch dem Täter gerecht geworden zu sein. Manchmal ist das Opfer im Leben ein richtiges Schwein gewesen und der Täter ein armes Würstchen, der keinen anderen Ausweg mehr sah, manchmal ist es umgekehrt. Und was dann die Mühlen der Justiz daraus machen, steht noch auf einem ganz anderen Blatt. Die Wirklichkeit ist ausgesprochen vielschichtig und besteht eben nicht nur aus Schwarz und Weiß.«

Das Gesicht in die rechte Hand gestützt, die tief in ihren blonden Locken vergraben war, hing Derya über der Tischplatte und himmelte ihren Gesprächspartner unverhohlen an.

»Jedenfalls finde ich toll, wie du so darüber redest. Wie ein echter, aufrechter Kämpfer für das Gute.«

Langsam wurden ihm diese Lobeshymnen zu viel und Georg schielte auf seine Armbanduhr. Derya schien sein verstohlener Blick nach der Zeit nicht entgangen zu sein, denn sie sah ebenfalls auf ihre Uhr.

»Uuh, ist das schon spät! Ich hab morgen einen großen Auftrag und du musst ja wieder frisch für die Verbrecherjagd sein. Dann geh ich jetzt wohl mal besser.«

Sie erhob sich und auch Georg stand von seinem Stuhl auf.

»Ich helfe dir noch kurz abräumen und dann bin ich verschwunden.«
»Das ist wirklich nicht nötig. Ich kann das auch prima allein.«
»Stimmt, du kannst ja sogar kochen. Na gut, dann pack ich nur noch meinen Korb zusammen und verschwinde.«
Georg brachte sie kurz darauf zur Tür.
»War ein schöner Abend, vielen Dank, Herr Nachbar. Ich hoffe, wir sehen uns noch öfter.«
»Ja, ich fand's auch schön und vielen Dank für die köstlichen türkischen Spezialitäten.«
»Nichts zu danken. Gute Nacht.«
Derya verabschiedete sich mit zwei Küsschen auf Angermüllers Wangen. Als sie durch das Gartentor in der Dunkelheit verschwunden war, machte er sich ans Aufräumen. Er war ziemlich müde, aber irgendwie auch gut gelaunt.

Zufrieden schlenderte Derya zurück zu ihrer Wohnung. In ihrem Korb befanden sich nur noch die leeren Schälchen und Schüsseln. Das war ja viel einfacher gewesen als erwartet. Dieser Georg Angermüller war genau so, wie Steffen seinen Freund beschrieben hatte: Ein echter Genießer, der wirklich Ahnung vom Kochen und Essen hatte und alles über Zutaten und Zubereitung ganz genau wissen wollte. Und zum Glück war er ihr auch richtig sympathisch. Im Grunde war er genau ihr Typ, auch vom Aussehen her. Sie mochte schon immer große, kräftige Männer, vielleicht weil sie selbst ziemlich kurz geraten war. Auch seine dunklen, lockigen Haare gefielen ihr gut. Sie musste unwillkürlich lächeln. Ein wirklich netter Nachbar auf Zeit. Doch es war müßig, darüber noch länger nachzudenken. Seufzend schloss sie die Haustür auf. Schade, aber bei einem wie ihm war es ja sowieso zwecklos.

Doch sie wusste jetzt, dass er der Richtige war, wenn sie Hilfe brauchte. Sollte sie von Gül bis zum Wochenende immer noch nichts gehört haben, dann würde sie ihm von ihr erzählen und von den Sorgen, die sie sich machte. Denn das war ja der Grund, warum sie überhaupt Kontakt zu ihm aufgenommen hatte. Er konnte ihr garantiert weiterhelfen. Schließlich war er Polizist.

KAPITEL II

»Einen wunderschönen guten Tag, Kollegen. Ich soll euch von Frau Dr. Ruckdäschl ausrichten, dass es folgendermaßen aussieht mit der PMI-Bestimmung eures Knochenpuzzles: Dem einzigen Beifund nach zu urteilen lag die Person höchstwahrscheinlich nicht länger als 20 Jahre in der Erde. Das schließt die Ruckdäschl aus der Machart der Kette mit dem *Nazar*-Anhänger, die eher modern ist, vor allem der herzförmige Verschluss. Exakter kann sie bei so einem kurzen Intervall die Liegezeit eben nicht bestimmen, soll ich euch sagen. Jedenfalls nicht auf die Schnelle.«

»Das wissen wir doch«, brummte Angermüller.

»Glücklicherweise hat sie es ja gestern trotz ihrer vielen Termine noch zur Auffindestelle geschafft, aber auch die persönliche Inaugenscheinnahme des Liegemilieus hat Frau Doktor nicht so richtig weitergebracht.«

Thomas Niemann stand in dem kleinen Raum, der die Büros von Angermüller und Jansen voneinander trennte und in dem der Schreibtisch für die Schreibkraft untergebracht war.

»Sonst hat sie nichts gesagt?«

»Oh, sie hat sehr viel gesagt. Dass es nicht fair ist, dass der Schmidt-Elm so lange im Urlaub ist und alles an ihr kleben bleibt, wo sie doch erst ein paar Monate hier ist. Und dass sie auch nicht zaubern kann.«

»Wieso ruft sie überhaupt hier an? Wir haben doch gar nichts außer der Reihe von ihr verlangt«, wunderte sich Angermüller leicht verärgert.

»Ich glaube, die wollte einfach loswerden, dass sie's nicht leicht hat, die gute Frau, damit wir zu schätzen wissen, wie fleißig sie ist. Folgende Erkenntnisse soll ich euch durchgeben: Das Skelett ist weiblich und die Person war bei ihrem Ableben, nach der Entwicklung der Weisheitszähne und der Wachstumsfugen zu urteilen, zwischen 16 und 20 Jahre alt, schätzt die Ruckdäschl.« Niemann überflog erneut seine Notizen. »So weit erst mal zu der Person.«

Angermüller schüttelte den Kopf. »Also bei manchen Leuten weiß man wirklich nicht. Das ist doch schon prima. Mehr wollen wir ja gar nicht von ihr.«

»Das war aber noch nicht alles: Die Rose, unter der die Überreste gefunden wurden, gehört zur Gattung Rosa alba und heißt«, Niemann sah auf seine Aufzeichnungen, »Félicité Parmentier! Frau Doktor schätzt das Alter der Pflanze auf drei bis fünf Jahre. Aber diese Mitteilung ist rein privat, denn sie hat eine Schwäche speziell für diese Rosen.«

»Das ist zwar nichts unbedingt Neues, aber du scheinst bei der Ruckdäschl ja einen Stein im Brett zu haben, Thomas, wenn sie dir sogar etwas über ihre persönlichen Schwächen erzählt.«

»Eigentlich wollte sie ja dich sprechen«, grinste Niemann und schwenkte dann ein paar Papiere vor Angermüllers Gesicht. »Aber jetzt leg dir schon mal eine Dankesrede für mich zurecht, ich war nämlich auch nicht untätig.« Er legte die Computerausdrucke auf den Schreibtisch. »Das sind weibliche, vermisste Personen aus Lübeck und Umgebung aus den letzten 20 Jahren. Ich habe nach dem Anruf von der Ruckdäschl erst mal die Frauen für euch vorsortiert.«

»Thomas!«, entfuhr es Angermüller, gleich als er auf den ersten Bogen schaute.

»Hey, was ist los? Verpass ich irgendwas?« Jansen kam aus seinem Büro herüber und warf neugierige Blicke auf das Blatt in Angermüllers Hand.

»Boah«, machte auch er beeindruckt.

Auf dem Vermisstenblatt aus der Vermi/Utot-Datei war das Foto einer jungen Frau zu sehen. Sie hatte langes, dunkles Haar und lächelte schüchtern in die Kamera. Deutlich zu erkennen war die Kette mit dem Anhänger, die sie am Hals trug. Eine verschieden blau getönte Perle, das Auge Fatimas.

»Danke für eure Komplimente, Kollegen. Ich sach ja, alles Glückssache. Ich hab der Ruckdäschl sofort eine Röntgenaufnahme von den Zähnen des Mädels gefunkt, die zum Glück wegen einer kieferorthopädischen Behandlung vorlag. Die hatten wir damals kurz nach ihrem Verschwinden angefordert, weil wir schon mal 'ne Leiche hatten, die dann aber doch nicht mit ihr identisch war. Sobald die Rechtsmedizin den Zahnstatus verglichen hat und grünes Licht gibt, könnt ihr sofort loslegen.«

»Meral Durgut aus Lübeck«, las Angermüller. »Zum Zeitpunkt ihres Verschwindens vor drei Jahren gerade 18 geworden.«

»Hübsches Kind«, meinte Claus Jansen bedauernd. »Da haben die Kollegen aus Eutin wohl doch recht gehabt mit ihrem Verdacht auf Fremdverschulden. An Altersschwäche ist sie bestimmt nicht gestorben.«

Als am Nachmittag der Zahnabgleich vorlag, stand eindeutig fest, dass es sich bei dem Eutiner Fund um die sterblichen Überreste von Meral Durgut handelte. Angermüller setzte die Staatsanwaltschaft in Kenntnis und machte sich mit Jansen auf den Weg zur Altstadtinsel, wo die Familie Durgut wohnte.

Durch behutsame Sanierung war ein Teil der Lübecker Altstadt mit ihren historischen Ganghäusern und Höfen mittlerweile zu einer begehrten Wohnlage geworden. Die Touristen drängten sich gern über das alte Pflaster, duckten sich durch die engen, niedrigen Gänge, bestaunten die pittoresken Ensembles und ihre Bewohner – und hätten am liebsten noch in deren Wohnzimmern fotografiert. Auch viele Ferienwohnungen wurden hier angeboten und erfreuten sich, mit ihrem romantischen Flair und nah bei den touristischen Attraktionen gelegen, großer Beliebtheit. Doch dazwischen gab es immer noch andere Ecken, wo die dicht an dicht stehenden Gebäude schattige Dunkelheit verbreiteten, der Putz bröckelte und aus den Haustüren der muffige Geruch alter Häuser strömte. Schon lange hätte es hier einer Modernisierung und viel Farbe bedurft, um mit den schicken, aufgehübschten Häuschen in der Nachbarschaft mithalten zu können.

In der angegebenen Hausnummer standen im Untergeschoss die Räume einer ehemaligen Kneipe leer – dem verblichenen Plakat im Fenster nach zu urteilen, schon ziemlich lange. Als sie den engen Hausflur betraten, kullerte den Beamten von der schmalen, steilen Treppe, die in den ersten Stock führte, ein Fußball entgegen. Jungenstimmen waren zu vernehmen. Das Einzige, was Angermüller aus ihrer lautstarken Unterhaltung heraushörte, waren die Worte *Galatasaray* und Werder Bremen. Schließlich sprangen, ohne von den Kommissaren Notiz zu nehmen, zwei vielleicht sechsjährige Jungs an Angermüller und Jansen vorbei, schnappten sich den Fußball und verschwanden nach draußen.

An der rechten der beiden Wohnungstüren war ein Schild mit dem Namen Durgut angebracht. Angermüller sah Jansen an, dann holte er tief Luft und klingelte. Eine angenehme Mission war das keineswegs, in der sie hierher unterwegs waren, und er sah der Reaktion der Familie mit gemischten Gefühlen entgegen. Sacht bewegten sich Schritte zur anderen Seite der Tür. Offensichtlich sah jemand durch den in Augenhöhe angebrachten Spion. Dann hörte man ein leises: »Ja bitte?«

»Guten Tag, wir sind von der Polizei«, sagte Angermüller langsam und deutlich und hielt seinen Dienstausweis in die

Höhe. »Dürfen wir bitte kurz zu Ihnen hereinkommen? Es geht um Meral Durgut.«

Kette und Schlüssel klapperten, die Tür wurde geöffnet und eine junge Frau stand ihnen gegenüber. Auch wenn sie stark geschminkt und ihr Haar unter einem eng gebundenen Kopftuch verborgen war, ihre Ähnlichkeit mit Meral Durgut war unübersehbar.

»Bitte«, sagte sie statt einer Begrüßung. Angermüller fiel kein anderes Wort als hoheitsvoll für die kaum merkliche Bewegung des Kopfes ein, mit der sie den Beamten bedeutete, einzutreten.

»Haben Sie meine Schwester gefunden?«, fragte sie im Flüsterton, sofort, nachdem sie die Wohnungstür geschlossen hatte. Angermüller nickte.

»Wie – wie geht es ihr?«

Die Art, wie sie fragte, ließ den Kriminalhauptkommissar vermuten, dass sie die Antwort schon ahnte.

»Können wir uns vielleicht irgendwo hinsetzen?«, schlug Jansen vor und sah sich suchend um.

»Bitte, sagen Sie mir erst eines«, die Frau blieb vor einer der drei Türen stehen, die von dem dunklen Flur abgingen. »Ist Meral tot?«

Es widerstrebte Angermüller, hier und jetzt diese Frage zu beantworten, trotzdem nickte er kurz. Sein Gegenüber atmete hörbar aus, schloss die Augen und presste die Lippen zusammen. Doch nur für einen kurzen Moment, dann blickte sie wieder auf und bat die Kommissare um etwas Geduld.

»Meiner Mutter geht es nicht so gut. Sie hat sich vorhin ein bisschen hingelegt.«

»Sollen wir ein andermal wieder kommen?«

»Nein, nein, wo wir schon so lange gewartet haben!«, wehrte sie ab. »Aber es ist vielleicht besser, ich wecke sie erst einmal und rede mit ...«

»Sibel!«

»Jetzt ist sie doch schon wach geworden.«

Unauffällig gab Jansen seinem Kollegen ein Zeichen, sie zogen ihre Schuhe aus und stellten sie zu den Paaren, die sich ordentlich neben der Wohnungstür reihten. Die junge Frau sah wortlos zu und mit der gleichen knappen Bewegung wie zuvor ließ sie die Kommissare in ein Wohnzimmer eintreten. Unter der niedrigen Decke gruppierte sich eine Couchgarnitur mit dicken, dunkelroten Polstern um einen Tisch, auf dem in einer Vase ein Strauß roter Rosen stand. Hinter der Glastür einer Vitrine gab es eine Fotosammlung in aufwendigen Rahmen und ein Service goldener Mokkatässchen. Gegenüber an der Wand hing ein ziemlich großer Flachbildschirm. Etwas verloren saß eine Frau in der Mitte der Couch und zog sich gerade mit unendlich langsamen Bewegungen ein dunkles Tuch über ihr graues Haar. Die Wand hinter ihr schmückte ein Kelim mit erdfarbenen Ornamenten.

»*Anne*, das sind Polizisten. Die kommen wegen ...«

»Entschuldigung, ich krank, kann nicht aufstehen«, begrüßte die Mutter die beiden Männer mit schwacher Stimme. »Bitte nehmen Sie Platz.«

Angermüller und Jansen versanken, nachdem sie sich vorgestellt hatten, in zwei der Polstersessel, und als die Tochter im dritten Platz nehmen wollte, entspann sich ein kurzer Dialog auf Türkisch zwischen den beiden Frauen.

»Möchten Sie vielleicht einen Tee trinken?«, fragte die Junge schließlich.

»Sehr freundlich, danke, nein«, lehnte Angermüller ab und wandte sich an die Frau auf dem Sofa.

»Frau Durgut, bitte entschuldigen Sie, dass wir Sie behelligen müssen, gerade jetzt, wo Sie krank sind. Es geht um Ihre Tochter Meral ...«

»Was ist mit ihr?«, fragte sie kraftlos.

Aus den Akten wusste Angermüller, dass die Frau Mitte 40 war, nur wenig älter als er selbst. Doch tiefe Falten liefen über ihre Stirn und die Wangen, vor allem um die Augen herum sah sie unendlich alt und müde aus, und das dunkle Kopftuch komplettierte noch diesen Eindruck. Irgendwie wirkte Frau Durgut seltsam unbeteiligt und ruhig auf ihn.

»Wir haben die traurige Nachricht, dass Ihre Tochter Meral verstorben ist, Frau Durgut. Gestern wurde sie gefunden.«

Mit einem müden Blick sah sie zu ihm herüber. Er war sich nicht sicher, ob sie seine Mitteilung verstanden hatte.

»Wir würden Ihnen gern ein paar Fragen stellen, denn wir haben Grund zu der Annahme, dass sie nicht auf natürliche Weise ums Leben gekommen ist. Wenn es Ihnen jetzt nicht recht ist, kommen wir gern ein anderes Mal wieder.«

Sibel hatte nach der Hand ihrer Mutter gegriffen, die mit leerem Blick nur regungslos dasaß, und streichelte sie sanft. Für einen Moment herrschte Stille im Zimmer. Angermüller blickte auf den Rosenstrauß auf dem Couchtisch. Es waren Stoffblumen, wie er inzwischen festgestellt hatte. Er fragte sich, ob er sich hier wohlgefühlt hätte. Keine drei Meter vom Fenster entfernt stand die nächste Hauswand, und hätte nicht die Stehlampe neben der Couch den Raum erhellt, wäre es trotz des sonnigen Maitages ziemlich dunkel gewesen.

»Frau Durgut, haben Sie verstanden, was ich Ihnen gesagt habe?«, fragte er noch einmal vorsichtig. Jansen klopfte nervös mit den Fingern seiner rechten Hand auf die Sessellehne.

»Sibel gute Tochter«, hob Frau Durgut plötzlich an. »Immer da für kranke Mutter. Meral keine Tochter mehr.«

Bei den Worten ihrer Mutter hob Sibel den Blick und schaute die beiden Kommissare an, fast trotzig, wie Angermüller schien.

»Ich habe Kopfweh. Bitte gehen Sie.« Die Mutter schloss die Augen und legte eine Hand auf die Stirn.

»Gut, Frau Durgut. Dann brechen wir hier lieber ab und versuchen es ein andermal«, Angermüller hievte sich aus seinem Sessel und Jansen tat es ihm gleich. »Gute Besserung dann. Auf Wiedersehen.«

Es kam keine Antwort mehr.

»Was meinen Sie«, fragte der Kriminalhauptkommissar im Flur die junge Frau. »Wann können wir noch mal wiederkommen? Wann geht es Ihrer Mutter wieder besser oder wann treffen wir Ihren Vater zu Hause an?«

»Seit drei Jahren, seit Meral weg ist, ist der Zustand meiner Mutter so. Sie muss starke Medikamente nehmen, einerseits um überhaupt schlafen zu können, andererseits um den Tag zu überstehen. Ich fürchte, da kann ich keine Voraussage treffen, wann Sie mit ihr sprechen können. Außerdem hat sie ein schwaches Herz.«

»Und Ihr Vater?«

»Der ist für ein paar Wochen bei meinem Bruder in der Türkei.«

»Wann kommt er zurück?«

»In zwei Wochen ungefähr.«

»Gut, dann reden wir eben jetzt mit Ihnen. Wie alt sind Sie?«, fragte Jansen kurzerhand.

»19. Warum?«

Ein überraschter und gleichzeitig ungehaltener Blick traf die Beamten aus Sibels dunklen Augen.

»Sie sind volljährig, dann können Sie uns auch Auskunft geben. Können wir uns vielleicht in Ihre Küche setzen?«

Die Geste, mit der Sibel Angermüllers Frage beantwortete und sie eintreten ließ, war nicht mehr hoheitsvoll zu nennen, sondern von unwilliger Arroganz. Da in dem engen Raum nur zwei am Tisch Platz hatten, blieb Angermüller, gegenüber von Sibel an die Spüle gelehnt, stehen. Genau wie im Wohnzimmer war es auch hier sehr ordentlich und aufgeräumt und wirkte fast unbewohnt.

»Sie wohnen hier bei Ihren Eltern?«, eröffnete Angermüller das Gespräch.

»Natürlich. Ich bin ja noch unverheiratet.«

Sibel sah ihm gerade in die Augen, ohne je mit den Lidern zu schlagen, wie Angermüller schien, so als ob sie die Wirkung ihrer Worte ganz genau beobachten wollte. Die junge Frau wirkte ausgesprochen selbstbewusst auf ihn. Das Muster ihres Kopftuches war genau auf die Farben ihrer Bluse abgestimmt, die sie zur eng anliegenden schwarzen Hose trug. Der Kommissar musste an die hochhackigen Schuhe denken, die ihm im Flur neben der Eingangstür aufgefallen waren. Das eng gebundene Tuch, unter dem sich das aufgetürmte Haar verbarg, hatte eher den Anschein eines modischen Accessoires denn einer traditionellen Kopfbedeckung. Sibel schien sich der optischen Wirkung ihres Äußeren auch vollkommen bewusst.

»Was machen Sie beruflich?«

»Ich mache eine Ausbildung zur Steuerfachgehilfin«, antwortete Sibel knapp, schüttelte dann ärgerlich den Kopf und fragte aufgebracht: »Wozu wollen Sie mir eigentlich noch Fragen wegen Meral stellen? Das haben Sie bestimmt alles in Ihren Akten. Ihre Kollegen haben damals doch stundenlang mit meinen Eltern geredet!«

»Sie erlauben, dass wir entscheiden, wem wir wann welche Fragen stellen, ja?«, entgegnete Angermüller mit einem freundlichen Lächeln, worauf Sibel nur genervt ihren Blick wegdrehte. »Schön, dass wir uns einig sind. In unseren Unterlagen steht, Meral hatte Probleme mit dem Elternhaus. Können Sie sich an die Zeit erinnern, als Ihre Schwester vor drei Jahren verschwunden ist?«

»Allerdings.«

»Erzählen Sie bitte: Was hat Ihre Schwester damals gemacht, was für Leute kannte sie?«

»Meral ging aufs Gymnasium. Sie war in der 12. Klasse, sie wollte studieren, hatte große Ideen. Anwältin wollte sie werden.«

»Wie fanden das Ihre Eltern?«

»Die haben gedacht, sie hat halt Flausen im Kopf und das verliert sich wieder, wenn sie erst einmal verheiratet wäre.«

»Hatte Meral denn schon Heiratspläne? Mit 18?«, fragte Angermüller erstaunt.

»Schon als Kind war sie Burak, unserem Cousin, versprochen worden.«

»Wohnt der auch hier in Lübeck?«

»Nein, er lebt in der Türkei, in dem Ort, aus dem unsere Eltern stammen. Aber Meral und Burak kannten sich schon seit der Kindheit, wir waren ja oft in den Ferien da gewesen. Ich glaube, sie hätten wirklich gut zusammengepasst.«

»Und Meral hat auch so gedacht?«

Wieder schoss ein unmutiger Blick aus Sibels Augen zwischen Angermüller und Jansen hin und her.

»Meral hat überhaupt nicht gedacht, glaube ich. Sie hatte angefangen, sich zu verändern, wollte nicht mehr auf die Eltern hören, wollte sein wie ihre deutschen Klassenkameradinnen. Ständig gab es Ärger bei uns wegen ihr. Es kam heraus, dass sie einen deutschen Freund hatte.«

»Wie haben Ihre Eltern reagiert?«

»Sie haben alles versucht, sie zur Vernunft zu bringen, aber mit Meral war einfach nicht zu reden.«

»Ihre Eltern wollten, dass sie die Beziehung zu dem deutschen Jungen beendet?«

»Diese sogenannte Beziehung war längst schon wieder vorbei. Aber Meral schwor trotzdem, dass sie Burak niemals heiraten würde.«

»Und Ihr Vater und Ihre Mutter?«

»Die haben gebittet und gebettet, ihnen das nicht anzutun, aber meine Schwester war knallhart und hat gedroht, einfach zu gehen.« Die junge Frau hielt einen Moment inne und schien ganz in ihrer Erinnerung gefangen. »Ein paar Wochen später, kurz nach ihrem 18. Geburtstag, ist sie tatsächlich gegangen. Als mein Bruder herausbekam, dass sie bei ihrer Freundin untergekommen war, ist sie von dort verschwunden. Aber alle zwei Tage hat sie mich angerufen und gefragt, wie es den Eltern geht, und ich sollte ihnen sagen, sie würde gut klar kommen und sie bräuchten sich keine Sorgen machen. Außerdem täte es ihr natürlich leid, aber sie hätte nicht anders handeln können. Hat wohl geglaubt, mit diesen Anrufen könnte sie irgendwas wieder gutmachen.«

»Und Ihre Eltern haben die Hochzeitspläne dann sofort aufgegeben?«, erkundigte sich Jansen mit offensichtlichem Zweifel in der Stimme.

»Natürlich, was hätten sie denn sonst tun sollen?«, fragte Sibel gereizt zurück. Statt einer Antwort zuckte Jansen nur mit den Schultern.

»Aber von diesem Tag an existierte Meral für meine Eltern nicht mehr.«

»Deshalb kam die Vermisstenanzeige auch nicht von Ihrer Familie, sondern die Lehrerin und zwei Freundinnen meldeten Ihre Schwester als vermisst?«, wollte Angermüller wissen.

»Das wird wohl so sein«, sagte die junge Frau ohne erkennbare Regung.

»Kennen Sie die Leute, mit denen Meral damals zusammen war?«

Sibel schüttelte nur den Kopf.

»Und Sie, Sibel? Wie denken Sie über Ihre Schwester?«

»Meine Mutter ist krank geworden durch sie. Und wissen Sie, wie es meinem Vater geht? Nachdem Meral von zu Hause abgehauen war, hat er sich nicht mehr unter die Leute getraut, hat Angst gehabt vor den Fragen seiner Kollegen und Freunde. Unser Onkel, der auch hier in Lübeck wohnt, hat ihm bittere Vorwürfe gemacht, warum er nicht besser auf seine Tochter aufgepasst hat. Alle haben schlecht über unsere Familie geredet!« Unter dem Skandal, den ihre Schwester in der türkischen Gemeinde ausgelöst hatte, litt Sibel offensichtlich immer noch. »Warum war Meral nur so verdammt egoistisch? Sie hat nur an sich selbst gedacht und überhaupt nicht an ihre Familie, was sie uns allen damit angetan hat. Erwarten Sie denn, dass ich jetzt um meine Schwester trauere?«

»Ich weiß nicht«, meinte Angermüller und sah sie an. »Sie ist ja trotz allem Ihre Schwester.«

»Meral hat großes Unglück über unsere Familie gebracht, unsere Mutter ist durch die Schande krank geworden, unseren Vater hab ich seitdem nie mehr lachen sehen. Vielleicht wird jetzt ja alles besser, wo endlich klar ist, dass sie nie wieder zurückkommt. Ich bin froh darüber.«

»Puh«, machte Jansen, als sie aus der Haustür traten. »Dat is ja man 'n Düwel! Unglaublich, mit 19!«

»Na ja, das Mädel hat es nicht leicht«, meinte Angermüller nachdenklich. »Sie scheint ja nicht dumm zu sein, lernt einen Beruf, bewegt sich mitten im deutschen Alltag. Andererseits lebt sie mit den Eltern in dieser düsteren Wohnung, möchte wahrscheinlich alles wieder ins Lot bringen, was Meral ihrer Meinung nach kaputt gemacht hat, muss sich um die kranke Mutter kümmern – du hast ja gesehen, in welchem Zustand die Frau ist.«

»Natürlich! Vollgepumpt mit Tranquilizern. Und die Ärzte verschreiben ihr das Zeug bestimmt, ohne nachzudenken.«

»Wahrscheinlich fühlt Sibel sich verantwortlich für ihre Eltern, nachdem Meral die so enttäuscht hat, will alles richtig machen und dabei auch noch stolz auf was sein. Ich hatte nicht das Gefühl, dass sie das Kopftuch aus Demut trägt.«

Sie traten aus dem Schatten der Gassen auf die Straße an der Trave, wo sie den Wagen abgestellt hatten. Das plötzliche Sonnenlicht blendete und Angermüller empfand die Wärme direkt als wohltuend.

»Und was denkst du, Claus? Hat die Familie was mit dem Tod von Meral zu tun?«

»Irgendwie ist es schon komisch, dass weder Mutter noch Tochter Genaueres wissen wollten, wo wir die Schwester gefunden haben, was genau passiert ist und so.« Jansen hob ratlos die Schultern und sah Angermüller an. »Tscha, woran denkt ein Mensch mit gesunden Vorurteilen bei so einer Geschichte schon? Ehrenmord natürlich.«

»Darauf haben die Kollegen damals natürlich auch getippt, weil die Familie so gar kein Interesse am Verbleib der Tochter zu haben schien. Aber es gab keine konkreten Anhaltspunkte, zumal es ja auch keine Leiche gab.«

»Ist klar. Aber jetzt haben wir sie ja. Wir sollten also auf jeden Fall den Onkel besuchen, der hier in Lübeck wohnt, und zumindest nachprüfen, wann der Bruder in die Türkei gegangen ist, denn normalerweise sind Brüder ja für solche Fälle zuständig. Auch wenn er nur der Stiefbruder ist, wie ich in den Akten gesehen habe.«

Bei der Suche nach den Menschen aus dem Umfeld der Toten stellte sich heraus, dass die Mitschülerinnen, die Meral als vermisst gemeldet hatten, zum Studium nach Berlin gezogen waren und nur an manchen Wochenenden und in den Semesterferien nach Lübeck zurückkamen. Auch bei zwei weiteren Freundinnen, die wie Meral aus türkischen Familien kamen, hatten Jansen und Angermüller kein Glück. Nur die Lehrerin, die mit den Mädchen damals zur Polizei gegangen war, trafen sie gleich beim ersten Versuch zu Hause an. Sie war eine der aufrechten Vertreterinnen ihrer Zunft, die für diesen Beruf wirklich gemacht waren, die nicht nur ihn liebten, sondern auch die Kinder und Jugendlichen, mit denen sie zu tun hatten.

Simone Kaltenbach empfing die beiden Beamten in ihrem Arbeitszimmer, das vor Büchern und Papier überquoll und in dem eine riesige Pinnwand hing, die mit ihren vielen Fotos, Zeichnungen und Gedichten von Klassenfahrten, Schulfesten und erfolgreichen Abiturjahrgängen zeugte. Zwischen Schulheften und Briefen stand ein voller Aschenbecher auf dem Schreibtisch. Trotz einer offen stehenden Tür zum Garten roch es im Zimmer unangenehm nach altem Zigarettenrauch. Die Lehrerin war eine große, kräftige Frau – um die 50, schätzte Angermüller –, ein ruhiger Typ, der Energie und Zuversicht ausstrahlte.

»Ach ja, Meral. Das war ein ganz liebes Mädchen. Ich habe oft an sie denken müssen in den letzten Jahren. Immer hab ich mich gefragt, ob sie wirklich abgetaucht oder ob ihr nicht doch etwas zugestoßen ist. Ich hab auch gedacht, sie würde sich bestimmt melden, wenn sie noch lebt. Richtig überraschend ist diese Nachricht jetzt also nicht für mich, aber trotzdem trifft es mich natürlich irgendwie.« Simone Kaltenbach blickte durch das Fenster hinter ihrem Schreibtisch in den sonnigen Garten, der mit seiner Pflanzenfülle wie eine grüne Wildnis aussah. »Meral war eine gute Schülerin. Fleißig, eifrig, interessiert und von schneller Auffassungsgabe. Sie wäre bestimmt eine tolle Anwältin geworden. Aber sie war eben auch eine gute Tochter. Sie wollte vor allem ihren Eltern Freude bereiten, sie glücklich machen.

Nur hatten die halt andere Ziele im Leben für Meral vorgesehen.«

»Aber ihre Schwester hat es uns gegenüber so dargestellt, dass Meral ziemlich skrupellos ihre eigenen Interessen durchgesetzt hat«, warf Angermüller erstaunt ein.

»Das ist völliger Blödsinn«, entgegnete Frau Kaltenbach ruhig. »Aber es wundert mich nicht. Sibel muss so etwas sagen, zu ihrem eigenen Schutz. Nachdem Meral verschwunden war, ist Sibel trotz guter Noten mit der Mittleren Reife von der Schule abgegangen. Sie hat sich völlig zurückgezogen von allen, die sie kannte, und plötzlich Kopftuch getragen. Gegen Kopftuch hab ich nichts, wenn es für ein Glaubensbekenntnis steht. Bei uns gibt's auch Leute, die tragen ein Kreuz um den Hals. Aber ich weiß nicht, ob das alles Sibels eigene Entscheidungen waren oder die Eltern es verlangten, keine Ahnung. Jedenfalls hoffe ich, sie ist glücklich damit.«

Mit der routinierten Selbstverständlichkeit der jahrzehntelangen Raucherin griff Simone Kaltenbach nach ihren Zigaretten, klopfte eine heraus und zündete sie an. »Sie entschuldigen«, wandte sie sich lächelnd an die Beamten. »Das ist hier einer der wenigen Orte, an denen ich meinem Laster noch ungestört frönen kann. Und irgendwie muss ich ja auf mein tägliches Quantum kommen.« Genüsslich nahm sie einen tiefen Zug.

»Wie denken Sie denn über Merals Verhalten gegenüber ihren Eltern?«, wollte Angermüller wissen.

»Das Mädchen war hin und her gerissen zwischen der Liebe zu ihnen und ihrer eigenen Zukunft. Meral ist ein gutes Beispiel für die schwierige Situation von Migrantenkindern, vor allem wenn sie aus einfachen, bildungsfernen Familien kommen, wie das so schön heißt. Dort zählen unsere Werte wie Bildung, Berufstätigkeit, Selbstverwirklichung nicht, vor allem nicht für Frauen und Mädchen. Und ich rede jetzt keineswegs von islamischen Fundamentalisten, nur von ganz normalen Familien, die einfach nur gläubig und konservativ sind. Oder traditionell, sagt man wohl eher. All das, was hier ja leider immer mehr verloren geht, der Zusammenhalt in der Familie, die Wertschätzung der Heimat, der eigenen Kultur und Gebräuche, hat bei denen eben noch eine große Bedeutung, und die jungen Leute hängen zwischen diesen unterschiedlichen Lebensentwürfen. Das alles unter einen Hut zu kriegen ist verdammt schwierig.«

»Wie haben Sie überhaupt mitbekommen, dass Ihre Schülerin familiäre Probleme hatte?«

»Ich war drei Jahre lang Merals Klassenlehrerin und gleich als ich sie kennenlernte, spürte ich, dass sie in mir mehr sah als eine Lehrerin. Sie suchte das Verständnis eines Erwachsenen, brauchte jemanden, mit dem sie reden konnte, der sie verstehen würde und der auch ihre Fähigkeiten anerkannte. Es gab da wohl eine Tante, die aber nicht in Lübeck lebt. Wie gesagt, Meral war ein begabtes Mädchen, aber zu Hause gab es niemanden, der sie mal gelobt hätte, geschweige denn, mit den Gedanken und Problemen eines Teenagers hier in unserer Gesellschaft umgehen konnte oder sich überhaupt dafür interessiert hätte. Was glauben Sie, wie vielen der sogenannten Problemkindern nur die Wärme und Anerkennung in der eigenen Familie fehlt! Die überforderten Eltern kommen mit dem Spagat zwischen den Kulturen selbst nicht klar und zu leiden haben es die Kinder. Sie können sich nicht vorstellen, wie glücklich die sind, wenn man ihnen nur mal anerkennend über den Kopf streicht!« Energisch schnippte die Lehrerin die Asche von der Zigarette. »Aber ich schweife ab. Wir hatten schon ein besonderes Vertrauensverhältnis, Meral und ich. Sie war immer ein ziemlich ruhiges, aber fröhliches Mädchen gewesen. Sie ging ganz normal angezogen, Jeans und T-Shirt, kein Kopftuch und schon gar kein langer Mantel. Vom Typ her eher bescheiden. Irgendwann in der 12. Klasse hatte ich plötzlich den Eindruck, dass sie noch ruhiger war als früher, viel weniger lachte, dass es ihr irgendwie nicht gut geht, und stellte sie zur Rede.« Noch in der Erinnerung daran schüttelte Simone Kaltenbach verwundert ihren Kopf. »Sie wollte erst nicht raus mit der Sprache, aber ich habe nicht lockergelassen. Sie hatte sich in einen deutschen Jungen aus der Schule verliebt. Das war so ein Schüchterner, ein bisschen Einzelgängerischer. Irgendwie haben ihre Eltern davon Wind bekommen. Und kurz darauf hat Meral die Beziehung zu dem Jungen wohl ziemlich abrupt beendet. Der muss total geplättet gewesen sein, hab ich gehört. Sie hat mir jedenfalls nicht ihre Gründe genannt, aber ich nehme an, der häusliche Stress war ihr zu groß. Und dann kam der größte Schock für sie.« Die Lehrerin schwieg einen Moment. »Ihre Eltern eröffneten ihr, dass sie einen Cousin in der Türkei heiraten sollte. Für die Sommerferien war die Verlobung geplant. Das Mädchen wusste nicht mehr ein noch aus. Wissen Sie, Meral hatte einen Fehler: Sie wollte alles perfekt machen. Sie wollte die perfekte Schülerin sein, die perfekte deutsche Freundin in ihrer Clique, die perfekte türkische Tochter für die Eltern. Das ist ein völlig unmöglicher Spagat. Das Mädchen wurde depressiv. Es war beängstigend.«

»Aber sie ist doch von zu Hause abgehauen, wie ihre Schwester sagte.«

Die Lehrerin nickte und drückte langsam ihre Zigarette im Aschenbecher aus. »Nachdem sie 18 geworden war. Da hat sie plötzlich so eine Art Schnitt gemacht in ihrem Leben. Nach langem Ringen mit sich selbst ist sie schließlich von zu Hause weggegangen. Und ich hab ihr noch zugeraten! Heute zweifle ich, ob Meral wirklich stark genug war für diesen Schritt. Sie hat furchtbar gelitten unter der Trennung von ihrer Familie, hat sich zwar ins Leben gestürzt wie eine Wilde, ist ausgegangen mit den anderen, hat getanzt, getrunken, doch im Grunde ging es ihr ziemlich schlecht. Sie konnte nicht mehr mit ihrer Familie leben, das hatte sie überdeutlich zu spüren bekommen – aber auch nicht ohne sie. Und dann war sie plötzlich wie vom Erdboden verschluckt.« Mit verschränkten Armen saß Frau Kaltenbach auf ihrem Stuhl und starrte nach draußen. »Sie fehlte ein paar Tage unentschuldigt in der Schule, und als ihre Freundinnen auch nichts über ihren Verbleib wussten, sind wir zur Polizei gegangen.«

»Hatten Sie denn eine Vermutung, was mit ihr passiert sein könnte?«

»Na ja, ihre Familie, bei der wir zuerst waren, als wir nach Meral suchten, war völlig unkooperativ und tat total desinteressiert. Auch wenn Sie jetzt denken, dass ich voller Vorurteile bin: Natürlich war mein erster Gedanke, dass man das Mädchen in die Türkei entführt hat oder sie einem Ehrenmord zum Opfer gefallen ist. Aber Ihre Kollegen haben damals keine Anzeichen dafür entdecken können. Vielleicht finden Sie ja jetzt raus, was passiert ist, auch wenn es eigentlich schon zu spät ist.«

Wieder folgte auf einen sonnigen, strahlenden Tag ein angenehm milder Abend. Angermüller war nicht noch einmal ins Büro zurückgekehrt, hatte sich nur von Jansen am Tor I vorm Behördenhochhaus absetzen lassen, um sein dort abgestelltes Fahrrad zu holen, und sich dann in den Feierabend verabschiedet, da er heute Abend Astrid zum Essen erwartete. Sie hatten vereinbart, dass jeder für sich wohnte in den knapp drei Wochen, die Steffen und David verreist waren, und sie sich nur ab und zu trafen, was auch ziemlich unproblematisch war, solange die Zwillinge auf Klassenreise waren. Jeder sollte die Möglichkeit haben, durch die räumliche Trennung ein wenig mehr zu sich selbst zu finden. Eine andere Perspektive konnte manchmal ganz neue Erkenntnisse hervorbringen. Das wusste Georg nur allzu gut aus seinen beruflichen Zusammenhängen. Für die Zeit nach der Rückkehr von Julia und Judith hatte Astrid einen genauen Plan ausgearbeitet, wer sich wann und wo um die beiden kümmern sollte. Diesem Teil des Experiments schaute Georg mit etwas gemischten Gefühlen entgegen, doch bis dahin war ja noch über eine Woche Zeit.

Voller Vorfreude auf den heutigen Abend hatte er in der Innenstadt seine Einkäufe gemacht, denn er wollte Astrid mit etwas besonders Köstlichem verwöhnen. Irgendwie schon komisch, die eigene Frau zum Besuch zu erwarten. Aber wer weiß, wozu es gut war. Nun schmorte im Backofen ein Huhn, nur mit Salz, Pfeffer, frischem Thymian und Zitrone gewürzt, ein Hochgenuss. So ein Huhn war genau das Richtige bei diesem warmen Wetter, es war ein leichtes Gericht und einfach zuzubereiten. Natürlich kam es auf die Qualität des Tieres an. Niemals hätte Georg eines dieser Billighühner angefasst, die blass, neben Bergen aus Hühnerbrustfilet, in den Supermärkten zu unglaublich niedrigen Preisen angeboten wurden. Diese Fabrikhühner hatten kein Fett, keinen Geschmack und waren mit einem Freilandhuhn vom Biohof überhaupt nicht zu vergleichen, von der üblen Massentierhaltung gar nicht zu reden. Seit er gelesen hatte, dass der Appetit der Wohlstandsgesellschaft auf mageres Filet den kleinen Geflügelzüchtern in Afrika die Existenz zerstörte, da sie mit den billigen Hühnerflügeln und Keulen, die quasi als Abfall aus Europa dorthin exportiert wurden, nicht mithalten konnten, kaufte er grundsätzlich nur noch ganze Tiere.

Zum Zitronen-Thymian-Huhn passte hervorragend eine selbst gemachte Mayonnaise mit einem Hauch Knoblauch und ein schön frischer, grüner Salat. Als Vorspeise sollte es nur ein wenig Weißbrot, Öl und Salz und ein paar Oliven geben. Zum Nachtisch hatte er Erdbeeren besorgt, die jetzt auch schon in Norddeutschland reif waren und die ihn durch ihren wunderbaren Duft überzeugt hatten. Er würde sie mit wenig Zucker bestreuen und einfach nur mit Vanilleeis und Sahne servieren – ein hervorragender Abschluss für ein frühsommerliches Menü. Einen sizilianischen Rotwein hatte er bereits geöffnet, eine Flasche Prosecco kalt gestellt und falls Astrid Weißwein bevorzugte, lag auch davon etwas im Kühlschrank. Seine Vorbereitungen waren so gut wie abgeschlossen und er rieb sich zufrieden die Hände.

Wer weiß, dachte Georg gut gelaunt, vielleicht ergaben sich aus so einem Abend zu zweit in einer fremden Umgebung ja ganz neue, frische Perspektiven für die Beziehung. Mit Verwunderung stellte er eine seit Langem nicht mehr empfundene Nervosität beim Warten auf seinen Gast an sich fest.

Da er sich ohnehin um den Garten kümmern musste, die Pflanzen brauchten dringend Wasser bei dem trockenen Wetter, und schließlich war das ja der offizielle Grund für sein Hiersein, ging er hinaus und lenkte sich ab beim Sprengen des Rasens und dem Wässern der vielen Rosenbüsche ums Haus. Steffen und David schienen eine besondere Vorliebe für Rosen zu haben, andere Blumen gab es kaum. Er betrachtete die blühenden Pflanzen mit ihren unterschiedlichen Formen und Farbschattierungen mit größerem Interesse als sonst. Manche von ihnen verströmten ein sehr intensives Aroma, aber so einzigartig wie die Rosa alba auf dem Grab von Meral Durgut schien ihm keine einzige zu duften.

Ein Blick auf die Uhr sagte Derya, dass sie jetzt einen Zahn zulegen musste, wenn sie pünktlich um sieben bei ihrer Kundin sein wollte. Auch für sie als Profi war ein vegetarisches Büfett für 20 Personen ein großes Stück Arbeit, vor allem, weil ihr Ehrgeiz verbot, auf Fertigprodukte zurückzugreifen, und sie alles selbst frisch zubereitete. In der türkischen Küche spielten Gemüse eine wichtige Rolle, und es gab eine Vielzahl von schmackhaften Gerichten ohne Fleisch, sodass dieser Auftrag für Derya nichts Besonderes war. Allerdings hatte sie sich heute wohl doch ein bisschen viel zugemutet. Schließlich durfte sie nicht vergessen, dass sie diese Aufgabe fast allein bewältigen musste, da Gül immer noch nicht wieder aufgetaucht war und Derya es bisher nicht für nötig gehalten hatte, sich jemand Neuen zu suchen. Noch nicht jedenfalls. Gül würde zurückkommen, daran wollte sie fest glauben. Also hatte sie nur ihre Freundin Aylin gebeten, die eigentlich schon vor einer halben Stunde hatte hier sein wollen, ihr ein wenig zu helfen.

Zur Personalsuche hatte Derya überhaupt keine Lust. Sie verabscheute es, die Bewerber und Bewerberinnen an sich vorüberziehen zu lassen, sich ihre Geschichten anzuhören, genau zu spüren, wann sie nicht ehrlich waren, bei manchen auf den ersten Blick zu erkennen, dass sie nie mit ihnen würde zusammenarbeiten können, sich bei anderen nicht sicher zu sein und nie wirklich zu wissen, wie die Personen sich dann in der konkreten Zusammenarbeit letztendlich verhalten würden. Sie hasste diese Bewerbungsgespräche! Gül musste einfach wieder zurückkommen.

»Son Schiet! *Hay Allah*!« Wie der Blitz schoss Derya zu dem großen Backofen und riss die Klappe auf. Der *Börek* leuchtete ihr goldbraun, besprenkelt mit kleinen Punkten von Schwarzkümmel, entgegen und verbreitete einen appetitanregenden, zwiebelwürzigen Duft. »Gerade noch gut gegangen«, seufzte Derya erleichtert. Wo Aylin nur blieb? Sie hätte es wissen müssen, da die Freundin nicht gerade für ihre Zuverlässigkeit bekannt war. Zumal sie diesen Job ohnehin nicht wegen des Geldes tat, eher wegen der Langeweile, unter der sie oft litt. Wie Derya war Aylin in Lübeck aufgewachsen. Sie kannten sich schon seit der Schulzeit. Aylin hatte Innenarchitektur studiert, viele Jahre mit großem Erfolg für eine Hamburger Firma gearbeitet, die Häuser und Wohnungen wohlhabender Leute ausgestattet, und dabei immer aus dem Vollen geschöpft. Viel lieber noch hätte sie das aber für ihre eigenen vier Wände getan und war deshalb auch ständig auf der Jagd nach einem entsprechend situierten Mann. Nach zahlreichen unglücklich endenden Affären hatte Aylin dann endlich das richtige Opfer gefunden: Karl Jochen, genannt Kajott, ein großer, schwerer Gemütsmensch, 15 Jahre älter als sie, Dosenfischfabrikant, eher bodenständig und frei von feiner Lebensart, aber mit Fortüne und Geld.

Es klingelte.

»Na endlich. Hallo, meine Liebe!«

»Ciao, Bella! Lass dich küssen!«

Eine Wolke kosmetischer Düfte hüllte Derya ein, weiche Locken streiften sie, während Aylin ihr zur Begrüßung zwei Küsschen neben die Wangen hauchte. Ihre Freundin sah wie immer aus wie einem Werbefilm entstiegen: die perfekte Figur in ein knappes, sonnengelbes Kleidchen gehüllt, das viel von ihrer glatten, braunen Haut frei ließ und bestimmt nicht billig gewesen war, Finger- und Zehennägel im gleichen Auberginenton wie der Lippenstift lackiert und das offene Haar in schwarzglänzenden Kaskaden frisiert. So fegte sie wie ein Sturm mit ihren goldenen Riemchensandalen in Deryas Flur.

»Sag mal, Aylin, meinst du, du bist so richtig angezogen für die Küchenarbeit?«, fragte Derya, während Aylin ihr hochhackiges Schuhwerk erleichtert von den Füßen streifte.

»Meine Füße!«, stöhnte sie nur.

Fast bereute Derya, ausgerechnet Aylins Angebot zur Mithilfe angenommen zu haben. Bestimmt würde sie gleich nach einem Kaffee verlangen und sich erst einmal ausruhen müssen. Schon ließ sie sich in der Küche erschöpft auf einen Stuhl fallen.

»Bitte, sag doch Alina zu mir. Warum kannst du dir das nicht merken? Du weißt doch, dass alle finden, dass das besser zu mir passt, und Liebes, machst du mir bitte einen Kaffee? Ich brauche erst einmal fünf Minuten für mich.«

Alina – Derya konnte sich einfach nicht daran gewöhnen, ihre alte Freundin bei diesem Namen zu nennen. Und sie wollte es auch nicht. Aylin hatte immer schon Probleme mit ihrer Herkunft gehabt, fühlte sich bei der Nennung ihres türkischen Namens sofort in die Vorurteilsschubladen ihrer deutschen Mitbürger sortiert und war glücklich, wenn man sie für eine Italienerin hielt. Durch die Heirat mit Kajott hatte sie endlich den ungeliebten Nachnamen Ataman abgelegt und hörte nun auf Alina Krumbehn, was Derya auch nicht gerade schön fand. Außerdem sah Derya keinen Grund, auf ihre türkische Herkunft nicht stolz zu sein.

Während Aylin ohne Punkt und Komma den neuesten Klatsch von sich gab, von ihren Einkäufen und Reiseplänen berichtete, ging Derya im Geiste durch, was alles noch zu tun war. Am besten, sie würde den Couscoussalat und die Walnusssoße selbst zubereiten und Aylin die Dekoration überlassen, denn das konnte ihre Freundin wirklich gut.

Nach einer Viertelstunde, und nachdem sie von Derya mit einer riesigen Schürze versorgt war, legte Aylin los und versah Soßen, Salate, Gemüsegerichte, Pasteten und Süßspeisen mit kunstvollem Dekor. Es schien ihr wirklich Freude zu bereiten. Derya mischte den erkalteten Couscousgrieß mit fein geschnittener grüner Paprika, Tomatenwürfeln, schwarzen Olivenscheiben, großblättriger Petersilie und gehackten Frühlingszwiebeln, und bereitete ein Dressing aus Salz, Zitrone, Olivenöl und einem Hauch Rosenpaprika zu. Sie ließ Aylin einen winzigen Löffel probieren – denn mehr wollte die Freundin auf gar keinen Fall, wegen des vielen Öls und seiner Kalorien –, und die fand den Geschmack ganz wunderbar. Auch von der Walnusssoße kostete Aylin nicht mehr als eine Fingerspitze, war begeistert und bedauerte, sich auch davon aus Figurgründen keine größere Portion leisten zu dürfen.

Als die Köstlichkeiten zum Verpacken bereitstanden, holte Derya ein paar kleine Teller und Schüsseln aus dem Schrank und verteilte darauf von allem eine kleine Portion.

»Ist das nicht ein bisschen viel für dein Abendessen? So wirst du es aber nicht schaffen abzunehmen«, kommentierte Aylin streng.

»Das ist doch nicht für mich allein.«

»Für wen denn noch? Etwa für Koray? Ich denke, der mag nur Pizza!«

»Für meinen neuen Nachbarn. Der ist ein richtiger Feinschmecker.«

»Ach. Von dem weiß ich ja noch gar nichts!«

»Er wohnt ja auch erst seit dieser Woche hier.«

»Und? Wie alt ist er? Was macht er? Sieht er gut aus?«

»Er sieht sehr gut aus: groß, dunkle Locken, ein nettes Gesicht ...«

»Könnte es sein, dass das der sympathische Typ ist, der gerade nebenan seine Rosenbüsche wässert?«

Das Huhn im Backofen hatte eine goldig knusprige Färbung angenommen und bewirkte, dass Georg sich ganz schwach vor Hunger fühlte. Eigentlich hatte er Astrid schon vor einer halben Stunde erwartet. Er goss sich ein Glas vom Nero d'Avola ein und setzte sich an den Tisch, den er für sie beide auf der Terrasse gedeckt hatte. In der Mitte prangten in einer Kristallvase drei rote Rosen, die er sich erlaubt hatte, im Garten abzuschneiden. Das flaue Gefühl in seinem Magen verstärkte sich von Minute zu Minute. Dann hielt er es nicht mehr aus, nahm eins von den Weißbrotstückchen, das unter der festen Kruste sein flaumiges Innenleben barg, tunkte es in das Schälchen mit dem jadegrünen Olivenöl und streute ein wenig Salz darüber. Kaum hatte er es in den Mund geschoben, schloss er genießerisch die Augen. So einfach und doch so köstlich! Er fuhr noch eine Weile so fort und nahm dann einen Schluck von dem kräftigen, dunklen Rotwein. Schon ging es ihm besser.

Endlich erlöste ihn die Klingel von seiner Ungeduld.

»Schön, dass du da bist, mein Schatz!«

Georg umarmte seine Frau und gab ihr einen zärtlichen Kuss. Sie trug eine weiße Hose und ein Top in türkis, der Farbe, die so wunderbar zu ihrem blonden Haar passte. Sie sah unglaublich jung aus, fand er. Dass ihre Haut schon so viel Sonnenbräune angenommen hatte, war ihm zu Hause noch gar nicht aufgefallen.

»Tut mir leid, dass es später geworden ist, aber ich muss …«

»Aber das macht doch nichts!«, unterbrach er sie euphorisch. Die Aussicht auf ihren gemeinsamen Abend gefiel ihm immer besser.

»Sonst bin ich ja immer derjenige, der zu spät kommt, da hast du auch mal was gut. Darf ich bitten!«

An ihrem Lächeln sah er, dass ihr seine selbstkritische Bemerkung gefiel.

»Das riecht ja sehr gut!«, schnüffelte Astrid, als er sie durch die Küche nach draußen führte. »Was gibt es denn? Du hast hoffentlich nichts Aufwendiges gemacht! Wir wissen ja, dass du immer ein wenig übertreibst, wenn's um das Thema Essen geht, nicht wahr?«

Sie lächelte fein und er musste in diesem Moment plötzlich an seine Schwiegermutter denken.

»Es gibt ein bisschen Brot und Öl, ein paar Oliven, und als Hauptgang hab ich Hühnchen gemacht. Ein ganz leichtes Essen, dem Wetter angepasst. Nimm doch Platz.« Er schob ihr galant einen Stuhl zurecht. »Aber erst mal trinken wir einen Prosecco«, sagte er und eilte in die Küche.

»Bitte nur ganz wenig, Georg«, wehrte Astrid ab, als er ihr das Glas vollgießen wollte. »Du weißt doch, ich vertrage das nicht so gut.«

»Na ja, du wirst immer ganz fröhlich, wenn du ein bisschen mehr davon trinkst. Das ist doch nicht das Schlechteste, oder, mein Schatz?«

Sie ging auf seine launige Bemerkung nicht ein. »Du hast mich vorhin unterbrochen. Ich wollte dir noch sagen, was heute los war und warum es so spät geworden ist.«

»Schwamm drüber! Jetzt bist du ja da. Zum Wohl!«

»Ja, zum Wohl! Also, wir hatten mal wieder eine Krisensitzung zum Thema Finanzen. Das Land hat ja schon vor einiger Zeit seine Zuschüsse gekürzt und jetzt drohen uns auch noch Gelder der Stadt verloren zu gehen. Du kannst dir vorstellen, wie die Stimmung bei uns ist!«

Georg nickte. Astrid war Sozialpädagogin und arbeitete in einer Beratungsstelle für Asylbewerber. Sie war sehr engagiert und liebte ihre Tätigkeit. Seit sie vor einem Jahr wieder angefangen hatte, mehr Stunden zu arbeiten, hatten sich gewisse Schwierigkeiten im Familienalltag im Hause Angermüller eingestellt. Die waren zumindest nach Astrids Interpretation der Auslöser für die sich häufenden Auseinandersetzungen und Diskussionen.

»Wie gesagt, wir sind alle ganz schön unter Druck. Martin hat sich mit der Frau von der Stadtverwaltung angelegt und sich ungeheuer aufgeregt. Hinterher war er nur noch deprimiert und da ...«

»Jetzt sag nicht, du hast ihn hierher zum Essen eingeladen?«, fragte Georg, nichts Gutes ahnend.

Astrid warf ihm einen unsicheren Blick zu. »Ich habe einfach gedacht, das wäre jetzt irgendwie nicht gut, wenn er heute Abend allein zu Hause hockt ...«

»Ich hatte mich so auf den Abend mit dir gefreut.«

Die Enttäuschung hinter seinen Worten war nicht zu überhören und Astrid griff nach Georgs Hand. »Das tut mir leid, Schatz«, sagte sie leise. »Ich wusste nicht, dass dir das so wichtig ist, ich ...«, sie unterbrach sich und sah ihren Mann an. »Bitte entschuldige – wir holen das nach, ja?«

Statt einer Antwort hob er nur resigniert die Schultern. Tat es ihr wirklich leid um den verlorenen Abend zu zweit? Es klingelte.

»Das wird Martin sein. Du hast doch nicht wirklich was dagegen, dass er mit uns isst, oder?« Sie sah Georg fragend an. Als der nur stumm den Kopf schüttelte, lächelte sie schelmisch. »So, wie ich dich kenne, reicht das Essen ja sowieso für drei.«

Als ob das das Problem gewesen wäre, dachte Georg.

Wunderbar hatte sich das Aroma von Thymian und Zitrone mit dem des saftigen Hühnchens verbunden. Der zarte Kopfsalat und die Knoblauchmayonnaise ergänzten es perfekt. Martin schien es bestens zu munden, und auch seinen harten Arbeitstag hatte er wohl ziemlich schnell verdrängen können. Gut gelaunt langte er mit großem Appetit zu, schluckte reichlich von Georgs Rotwein und begann schon wieder seine Schnurren aus dem Seglermilieu zum Besten zu geben. Astrid, die am

Wein nur genippt hatte, jetzt nur noch Mineralwasser trank und als eher zurückhaltend bekannt war, kicherte manchmal wie ein Schulmädchen.

Georg fühlte sich plötzlich satt. Nach ein paar Bissen legte er sein Besteck zur Seite und sah zu, wie sich Martin dicke Stücke Thymianhuhn mit Mayonnaise in den Mund schob. Ärger schnürte ihm den Magen zu. Was hatte Astrid sich bloß dabei gedacht, ihren Kollegen ausgerechnet heute Abend hierher einzuladen? Aber das war ja nichts Neues. Von Anfang an, seit Martin vor einem Jahr zu ihrem Asylhilfe-Projekt gestoßen war, hatte sie ihn zu allen möglichen Gelegenheiten mitgebracht oder eingeladen, wie familiär oder intim die auch immer sein mochten. Dass sie es heute wieder gemacht hatte, fand er absolut gedankenlos und konnte es nur als Gleichgültigkeit gegenüber seiner Person interpretieren.

Schon lange hatte er sich nicht mehr so zurückgesetzt gefühlt. Hatte Astrid denn überhaupt kein Interesse mehr an einem Abend mit ihm allein? Sah sie nicht die Chance, die sich ihnen bot? Oder war es nur gekränkte Eitelkeit, die ihn jetzt übertrieben reagieren ließ? Nach außen war Georg nichts anzumerken. Als Astrid erstaunt fragte, warum er heute so wenig essen wollte, meinte er nur, vorher wohl zu viel von Brot und Öl genommen zu haben, was sie mit einem zustimmenden Nicken quittierte. Martin schien von alledem nichts mitzubekommen, redete und redete und lud Astrid für das kommende Wochenende mal wieder auf sein Schiff zum Segeln ein.

»Kannst ja auch mitkommen, Georg. Platz ist mehr als genug für drei auf meinem Kahn.«

Armleuchter! Martin wusste ganz genau, dass Georg seekrank wurde, wenn er nur an eine Bootspartie dachte, und genauso gut wusste er, dass Astrid, die seit ihrer Kindheit schon diesem verdammten Segelhobby frönte, sein Angebot ganz bestimmt nicht ausschlagen würde. »Danke für die tolle Einladung! Aber ich denke, ich genieß das schöne Wetter lieber an Land.«

Es kam ihm ganz recht, als es an der Tür klingelte. Allerdings fragte er sich, wer das jetzt wohl sein könnte und stand erstaunt seiner Nachbarin mit ihrem Korb gegenüber.

»Hallo, Georg! Eigentlich wollte ich schon viel früher vorbeikommen und dir was zum Abendessen rüberbringen. Jetzt hast du bestimmt schon gegessen, oder? Ich musste aber erst einmal meinen Auftrag ausliefern, was sich ein bisschen hingezogen hat. Darf ich?«

Und ehe er antworten konnte, schob sich Derya an ihm vorbei in Richtung Küche und begann ihren Korb auszuräumen. »Na ja, nicht so schlimm. Ein bisschen naschen magst du bestimmt noch. Außerdem halten sich die Sachen auch bis morgen.« Sie strahlte ihn an. »Hast du Lust auf ein Glas Wein?«

»Entschuldige, ich habe Besuch ...«

Erst jetzt bekam Derya mit, dass Leute auf der Terrasse saßen. »Oh Gott, das tut mir leid. Das ist mir jetzt wirklich sehr unangenehm! Wenn ich das gewusst hätte – ich bin gleich wieder verschwunden.«

Es entging Georg nicht, dass Derya neugierig den Hals reckte, um einen Blick auf seine Gäste zu erhaschen. Aber er hatte nicht die geringste Lust, seine Nachbarin zu der Runde zu bitten.

»Das sind alte Freunde von mir. Astrid und Martin«, sagte er schnell. Es war nicht der Moment, Derya zu erklären, dass es seine Frau war, die da mit einem anderen Mann zu ihm zum Essen gekommen war.

»Okay, ich bin schon wieder weg. Schönen Abend noch!«

»Danke gleichfalls.«

»Dann vielleicht bis morgen?«

»Ja, vielleicht bis morgen«, nickte Georg unkonzentriert und schloss die Haustür hinter ihr.

»Damenbesuch? Um diese Uhrzeit?« Martin hob neckisch drohend seinen Finger, als Angermüller wieder zurück an den Tisch kam. »Georg, du Schwerenöter!«

»Das war nur Derya, meine Nachbarin.«

»Ihr scheint ja recht schnell bekannt geworden zu sein, wenn ihr euch schon duzt«, meinte Astrid. Es klang ein wenig spitz.

Das also war ihr nicht entgangen. Sie saß mit dem Rücken zur Tür und schien ihm und Derya aufmerksam zugehört zu haben.

»Was ist das eigentlich für ein Name, Derya?«

»Ein türkischer. Derya ist in Istanbul geboren.«

»Eine Türkin? Trägt sie ein Kopftuch?«

Er schüttelte unwillig den Kopf. Manchmal stand Astrid der Kleinkariertheit ihrer Mutter wirklich in nichts nach. Das passte gar nicht zu ihr. Eigentlich war sie doch eine weltoffene Frau mit wachem Geist, wie sonst hätte sie sich in ihrem Beruf für die vielen armen Teufel von Asylbewerbern engagieren können? Oder sollte hinter dieser herablassenden Frage vielleicht etwas ganz anderes stecken? Eifersucht vielleicht?

»Quatsch. Derya ist eine moderne Frau. Sie ist Schauspielerin und genauso viel Deutsche wie Türkin.«

»Schauspielerin?«

Auch die Art, wie Astrid dieses Wort quasi mit spitzen Fingern aussprach, hätte durchaus zu seiner Schwiegermutter Johanna gepasst. Täuschte er sich oder wurde Astrid ihrer Mutter wirklich immer ähnlicher? Irgendwie plätscherte die Unterhaltung noch eine Weile so dahin, und als Astrid sagte, sie wolle jetzt nach Hause, sie sei müde, hielt Georg sie nicht auf. Sie lösten die Runde auf und verabschiedeten sich. Astrid bot Martin an, ihn mit dem Auto nach Hause zu fahren.

»Ach, Georg«, sagte sie dann noch, als sie schon aus der Tür war, »bitte vergiss nicht, dass wir am Sonntag zum Kaffeetrinken bei meinen Eltern eingeladen sind. Soll ich dich abholen?«

Er nickte, wenig begeistert. Auf dieses Kaffeetrinken bei seinen Schwiegereltern hätte er gern verzichten können. Aber das hätte Astrid mit Sicherheit wenig gefallen. Bestimmt wollte sie ihn nur abholen, um mit ihm gewisse Sprachregelungen abzustimmen, damit die Familie nicht einen falschen Eindruck bekäme. Irgendwie hatte sie sich wirklich verändert oder waren ihm ihre biederen Züge früher nur nicht so aufgefallen?

Nachdem er alles aufgeräumt hatte, setzte sich Georg noch mit einem Glas Wein auf die Terrasse. So lange war es noch gar nicht her, dass er hier in diesem Haus Elizabeth kennengelernt hatte, die Schwester von David. Die charmante Engländerin hatte ihn tief beeindruckt mit ihrem Witz und ihrer Nonchalance, doch damals hatte er seine Gefühle als irrationale Schwärmerei abgetan, mag sein, er hatte auch nur Angst vor den Konsequenzen gehabt. Wenig später, bei einem Besuch in London, zu dem ihn Steffen und David eingeladen hatten, wäre er vielleicht zu einer Entscheidung bereit gewesen. Doch da war seine schöne Illusion sogleich zerstoben – Elizabeth hatte jemanden kennengelernt und war frisch verliebt.

In Georgs Innerem herrschte ein ziemliches Durcheinander. Astrid gegenüber wechselten seine Gefühle ständig zwischen Festhalten und Loslassen. Er kannte sich bei sich selbst nicht mehr aus. In dem Bemühen, seine Beziehung wieder ins Lot zu bringen, war er heute jedenfalls kein Stück weitergekommen.

Aber sein Fehler war es nicht gewesen, dachte Georg trotzig. Er nahm einen letzten Schluck Rotwein. Wahrscheinlich sollte er nicht so viele Gedanken auf das verfahrene eheliche Miteinander verschwenden und die Wochen in Steffens Haus einfach als einen Urlaub vom Familienalltag genießen. Und außerdem war es wohl am besten, sich darin zu üben, die Dinge auf sich zukommen zu lassen.

KAPITEL III

»Selbstverständlich habe ich Respekt vor ihm, schließlich ist er der Ältere. Aber trotzdem hab ich meinem Bruder damals natürlich Vorwürfe gemacht!« Der nicht sehr große, gedrungene Mann mit den fröhlich wirkenden Gesichtszügen beugte sich über die Computertastatur auf seinem Schreibtisch hinüber zu den Beamten und gestikulierte lebhaft mit beiden Händen. »Seine Familie muss man im Griff haben, verstehen Sie!« Er zwinkerte Angermüller und Jansen verschwörerisch zu. Die gerade erhaltene Nachricht, dass man die sterblichen Überreste seiner Nichte gefunden hatte, schien der Seelenruhe von Volkan Durgut keinen Abbruch zu tun.

»Ich sag meiner Frau zum Beispiel: Du brauchst nicht arbeiten, du bleibst zu Hause, bisschen kochen, bisschen putzen, aber vor allem musst du die Kinder erziehen, und wenn sie Scheiße bauen, erzählst du mir das und ich kümmere mich dann um die Erziehung. Sollst du mal sehen, dann passiert das kein zweites Mal, verstehen Sie?« Mit sich selbst offensichtlich sehr zufrieden, lehnte er sich wieder zurück in seinen Bürostuhl.

»Aha. Und wie machen Sie das, wenn Sie sich um die Erziehung der Kinder kümmern?«, wollte Angermüller von Volkan Durgut wissen. In einem dunklen Anzug und blütenweißem Hemd saß der vielleicht 40-Jährige breit hinter dem Schreibtisch seines kleinen Reisebüros den Kommissaren gegenüber.

»Hören Sie, ich bin der Vater, und wenn ich meinen Kindern was sage, dann gehorchen die auch. Und wenn nicht ...« Er hob seine Hand zu einer eindeutigen Geste hoch und grinste. »Warum soll ich es anders machen als mein Vater? So ist er groß geworden, so bin ich groß geworden und so werden meine Söhne auch groß, verstehen Sie? Und an mir sehen Sie, es funktioniert.«

Angermüller verzog keine Miene. Sein Gegenüber setzte sich auf und das Grinsen wurde noch breiter.

»Können Sie sich noch erinnern an die Zeit vor drei Jahren, als Ihre Nichte ihr Elternhaus verlassen hat?«

»Aber natürlich, Herr Kommissar. Wir waren alle geschockt! Ich meine, ich hatte nicht so viel zu tun mit meiner Nichte. Nur mein Bruder beklagte sich manchmal bei mir. Meral war ein schwieriges Mädchen. Er hätte ihr schon viel früher zeigen müssen, wo's langgeht, verstehen Sie?«

»Hat er das denn getan, nachdem Meral von zu Hause weg war?«, fragte Angermüller aufmerksam.

Volkan Durgut machte eine unwillige Bewegung. »Konnte er ja nicht. Wir haben sie ja nicht gefunden.«

»Sie haben ihm geholfen, Meral zu suchen?«

Durgut zuckte mit den Schultern. »Ich hab ihn und seinen Sohn ein paar Mal mit meinem Wagen irgendwohin gefahren. Ich kann mein Geschäft ja nicht immerzu allein lassen, verstehen Sie?«

»Waren Sie damals auch in Eutin oder dort in der Nähe mit den beiden?«

Der Stuhl quietschte bedrohlich, als Volkan Durgut sich schwer zurück gegen die Lehne fallen ließ. »Ich weiß nicht mehr, wo wir überall waren. Aber Eutin …«, er schüttelte den Kopf. »Eutin waren wir nicht. Mehr kann ich dazu nicht sagen.«

Angermüller beobachte ihn genau und nickte. »Was wissen Sie über die damals geplante Hochzeit Ihrer Nichte mit ihrem Cousin Burak in der Türkei?«

»Eigentlich war alles klar. Die Familien waren sich einig. Bis das dumme Mädchen abgehauen ist. Kein Mädchen, keine Hochzeit, verstehen Sie?«

»Und das hat nicht zu Unmut in der Verwandtschaft geführt?«

Der Türke hob die Schultern und machte ein unwissendes Gesicht. »Ey, was fragen Sie mich? Ich bin nur der Onkel. Braut weg, Hochzeit geplatzt. Aus. Ende.«

Sicher hätte Durgut dazu noch viel mehr erzählen können, aber Angermüller merkte deutlich, dass er nicht wollte.

»Ihr Bruder ist gerade auf Besuch in der Türkei?«

»Ja, stimmt. Macht ein bisschen Urlaub bei seinem Sohn. Ist das Kind von seiner ersten Frau Hatice, die früh gestorben ist, verstehen Sie?«

»So weit wir wissen, hatte Ihr Neffe einen sicheren Job hier in Lübeck und ganz gut verdient. Warum ist er so plötzlich zurückgegangen?«

»Aah«, nickte Volkan Durgut. »Ein guter Junge, Turhan. Mein Neffe! Und ein guter Geschäftsmann wie sein Onkel!«

»Was macht er?«

»Er hat in Göreme ein Café. Göreme, kleine Stadt und Touristenattraktion in Kappadokien. Kennen Sie Kappadokien?«

Die Beamten verneinten.

»Sehr schöne Gegend, schönste Gegend von der Türkei. Weiße Steine, Höhlen, Städte unter der Erde, Weltkulturerbe, verstehen Sie? Meine Heimat. Wollen Sie mal sehen?«

Er machte Anstalten aufzustehen und nach Katalogen im Regal hinter ihm zu suchen.

»Lassen Sie man«, mischte sich Jansen ein. »Was uns interessiert, ist, warum Turhan Durgut gerade damals hier weggegangen ist, kurz nachdem Meral verschwunden war.«

»Das ist ganz einfach, Herr Kommissar: Wenn dir jemand ein einmaliges Angebot macht, dann musst du sofort zugreifen, verstehen Sie? Und das hat mein Neffe gemacht. Er hat dieses Café zu einem unglaublich guten Preis bekommen«, Durgut lächelte aufgeräumt. »Ich hab ihm natürlich auch mit ein bisschen Geld geholfen.«

»Ich verstehe«, sagte Angermüller und kehrte noch einmal zum Anfang ihres Gesprächs zurück. »Wie viele Kinder haben Sie?«

»Zwei Söhne, zwei Töchter«, sagte Volkan Durgut stolz.

»Was hätten Sie denn an der Stelle Ihres Bruders anders gemacht, wenn eine Ihrer Töchter von zu Hause verschwunden wäre?«

»Meine Töchter würden das nie machen.«

»Wie alt sind Ihre Töchter denn?«

»Die Große ist 13 und die Kleine 11.«

»Dann können Sie das doch jetzt noch gar nicht wissen, was die machen, wenn sie 18 sind.«

»Meine Mädchen machen das nicht, verstehen Sie?« Die rhetorische Frage am Ende des Satzes blieb drohend in der Luft hängen und die joviale Freundlichkeit des Mannes war plötzlich wie weggepustet. Er fixierte Angermüller einen Moment, dann hellte sich sein Gesicht so schnell auf, wie es sich verfinstert hatte, und er fuhr im ruhigen Plauderton fort: »Natürlich war ich damals sauer auf meinen Bruder. Das dumme Mädchen hat der ganzen Familie geschadet. Wir tragen alle denselben Namen, und ich bin schließlich Geschäftsmann, verstehen Sie?«

»Und was haben Sie zu Ihrer Ehrenrettung getan?«

Ein listiges Lächeln glitt über Volkan Durguts Gesicht. »Bestimmt nicht, was Sie denken, Herr Kommissar! Wir leben doch nicht im Mittelalter!«

»Und Ihr Geschäft läuft gut?«, fragte Angermüller, ohne auf Durguts Antwort einzugehen.

»Ich bin zufrieden.«

So, wie er hinter seinem Schreibtisch thronte, die Hände über dem kleinen Bauchansatz verschränkt, machte der Mann tatsächlich diesen Eindruck.

»Dann wollen wir nicht länger Ihre Zeit stehlen, Herr Durgut. Sollte Ihnen doch noch etwas einfallen zum Verschwinden Ihrer Nichte, hier ist meine Karte.«

»Alles klar, kein Problem! Und wenn Sie mal einen schönen Urlaub in der Türkei machen wollen: Hier«, er tippte sich auf die Brust. »Volkan Durgut macht Ihnen den besten Preis, den Sie kriegen können, Herr Kommissar!«

»Ich muss ja zugeben, ich hatte son Alten mit 'nem Häkelkäppi erwartet, als diese Sibel von ihrem Onkel sprach. Der Typ ist zwar ein Schlitzohr, aber eigentlich wirkt er doch ganz modern«, meinte Jansen, als sie zurück zu ihrem Passat gingen.

»Ein islamistischer Hardliner ist er sicher nicht, da geb ich dir recht«, nickte Angermüller. »Und lustig und nett ist er auch irgendwie. Aber ich steig bei dem nicht dahinter. Ich denke, der kann trotzdem total traditionell sein, auch wenn er so unheimlich locker wirkt. Zu Hause ist der bestimmt der absolute Patriarch.«

»Is doch nicht das Schlechteste, wenn die Olsch zu Hause bleibt, kocht, putzt und die Gören erzieht, oder?«, griente Claus Jansen.

»Mensch, Claus, werd du erst mal erwachsen und heirate, und dann sprechen wir uns wieder.«

»Wo waren wir gerade? Können wir mal über was anderes reden?«

»Du hast doch damit angefangen, Kollege.«

Claus Jansen war Anfang 30, etwa zehn Jahre jünger als

Angermüller, und so lange die beiden zusammenarbeiteten, gab es einen stetig wechselnden Reigen von weiblichen Wesen in Jansens Leben. Manchmal dauerte es ein paar Wochen, manchmal nur ein paar Tage, und ein neuer weiblicher Name war aktuell. Seit ein paar Monaten allerdings, wenn Angermüller sich recht erinnerte, schon seit Jahresanfang, hörte er immer wieder den Namen Vanessa. Sobald er aber nachfragte oder eine diesbezügliche Bemerkung machte, wies der junge Kollege alle Spekulationen empört von sich.

»Jedenfalls wusste der auf alles eine Antwort, der Herr Durgut, und hat uns überhaupt nicht weitergebracht«, wurde Angermüller wieder sachlich. »Ich glaube nicht, dass das Thema mit der geplatzten Hochzeit so schnell und problemlos vom Tisch war, wie er es dargestellt hat. Der ist unter seinen Landsleuten in der Stadt bestimmt ganz bekannt. Ich denke, seine Kunden werden hauptsächlich Türken sein, die zu Besuch in die Heimat fahren und bei denen er wirklich einen Ruf zu verlieren hat. Das hat wohl eher was mit Tradition als mit Religion zu tun. Trotzdem soll Thomas mit den Kollegen vom K5 sprechen, ob Durgut vielleicht in einem dieser religiösen Zirkel verkehrt. Man kann ja nie wissen.«

»Stimmt. Und sobald der Vater von dem Mädchen wieder zurück ist, nehmen wir uns den auf jeden Fall auch noch vor.«

»Das machen wir. Und jetzt hab ich Hunger. Wollen wir Mittagspause machen?«

»Kantine?«

»Danke, so vergnügungssüchtig bin ich nicht. Ich dachte eher an einen Salat in einem kleinen Bistro oder ein belegtes Baguette oder Bagel oder so was.«

»Baguette, Bagel«, murrte Jansen. »Gibt's hier nicht irgendwo was Richtiges zwischen die Kiemen?«

Angermüller wusste schon, was sein Kollege meinte. Beim Essen zählte für den nämlich zuallererst die Menge, und dieses Bedürfnis zumindest konnte er in der Kantine bestens befriedigen. Dabei war Jansen, der stets in einer engen Jeans, T-Shirt und Lederjacke daherkam, erstaunlich schlank, ja fast dürr. Ansonsten war die Palette seiner bevorzugten Speisen recht übersichtlich: Im Zweifelsfall hatte er immer Appetit auf einen Klops aus durchgedrehtem Fleisch und eine ordentliche Portion Pommes mit Ketchup.

»Echte Männer brauchen Fleisch«, war einer von Jansens Standardsprüchen. »Und nich son Schietkram wie Antipasti oder Sushi – wenn ich das schon höre!«

»Ich hab 'ne Idee!«, sagte er erfreut. »Gar nicht weit von hier gibt's 'nen leckeren Döner. Das passt doch jetzt irgendwie. Ist gleich hier um die Ecke in der Mühlenstraße, wo man sogar draußen sitzen kann.«

Der Maxidöner mit allen Extras hatte unglaubliche Ausmaße, und ebenso unglaublich war das Tempo, in dem Jansen ihn vertilgte. Angermüller hatte einen Salat mit Schafskäse bestellt, der mit knusprigem, warmem Fladenbrot serviert wurde. Er schob sich unkonzentriert eine Gabel nach der anderen in den Mund und widmete sich nicht mit der ihm sonst eigenen Aufmerksamkeit seinem Essen, denn nicht zuletzt dieser Ort ließ ihn über ein ganz anderes Thema nachdenken.

Das Personal des Dönerladens bestand ausschließlich aus jungen, deutsch-türkischen Männern. So viele Menschen türkischer Herkunft lebten um ihn herum, aber im Grunde wusste Angermüller nichts über sie, oder besser, man wusste auf beiden Seiten wohl eher wenig voneinander. Deshalb war es auch in einem Fall wie diesem so schwierig, zu einer richtigen Einschätzung zu gelangen. Zu der ohnehin heiklen Situation, fremden Menschen manchmal recht indiskrete Fragen stellen zu müssen, kam hier noch eine ganz spezielle Unsicherheit.

Klar gab es diese Fortbildungsseminare für interkulturelle Kompetenz, wo man die Grundregeln des Verhaltens gegenüber Menschen aus anderen Kulturkreisen lernen sollte. Meist blieb jedoch außer bestimmten Höflichkeitsregeln, zum Beispiel in den Wohnungen türkischer Migranten die Schuhe auszuziehen oder eine gewisse Distanz zu muslimischen Frauen zu wahren, nicht viel hängen.

›Versuchen Sie einfach, nicht immer Ihr mitteleuropäisches Werte- und Weltbild zum Maß aller Dinge zu machen, lernen Sie, sensibel und sachlich mit fremden Kulturen umzugehen, sie einfach als heterogene Gebilde zu sehen, dann haben Sie schon viel gewonnen.‹ Diese Quintessenz hatte die Seminarleiterin ihnen zum Abschluss mit auf den Weg gegeben. Schön formuliert, aber was half einem das bei einer Sibel Durgut oder ihrem Onkel? Angermüller fiel seine Nachbarin ein. Derya war ja auch Türkin, in Istanbul geboren, hier aufgewachsen, und zwischen ihr und den Durguts lagen Welten. Im Übrigen auch zwischen den Spezialitäten, die sie ihn hatte kosten lassen und dem zwar frischen und knackigen, aber ansonsten sehr schlichten Salat auf seinem Teller. Wenigstens hatte er auf unkomplizierte Weise seinen Hunger gestillt.

»Hast du eigentlich gestern noch mit Niemann gesprochen, wegen des Durchsuchungsbeschlusses für das Häuschen am See bei Eutin?«, fragte Angermüller seinen Kollegen, der sich mit einer Papierserviette die letzten Spuren Knoblauchsoße vom Mund wischte.

»Ja, hab ich. Ist nicht ganz so einfach, weil es sich ja um eine Erbengemeinschaft handelt, aber Niemann wollte sich drum kümmern.«

»Na, dann schaun wir doch mal, wie weit er gekommen ist. Mittagspause beendet?«

»Du kommst ja wie gerufen, Georg! Da ist ein Anruf zum Fall Durgut«, begrüßte sie Thomas Niemann, als sie kurz darauf den langen Büroflur vom K1 im siebten Stock betraten. »Eine Verwandte des Mädchens ist dran. Ich stell durch.«

Angermüller nickte, ging in sein Büro und nahm das Gespräch entgegen.

»Mein Name ist Emine Erden«, stellte sich die Anruferin vor. »Ich bin die Tante von Meral Durgut.«

»Mein Beileid, Frau Erden. Weshalb rufen Sie uns an?«

»Sie haben meine Nichte gefunden. Ich möchte …« Offensichtlich überwältigten sie ihre Gefühle. Unterdrücktes Weinen war zu hören. Aber sie fasste sich schnell wieder. »Ich habe gerade erfahren, dass Sie Meral gefunden haben. Bitte entschuldigen Sie, aber das ist so schrecklich für mich! Wissen Sie denn schon, wie meine Nichte gestorben ist?«

»Tut mir leid, so weit sind wir noch nicht«, bedauerte Angermüller.

»Das arme Kind! Irgendwie hab ich immer gehofft, sie meldet sich, hat sich nur irgendwo versteckt und taucht auf, wenn noch mehr Zeit vergangen ist. Ich hätte sie hier in München doch sicher unterbringen können!«

»Ach, Sie rufen aus München an?« Angermüller hatte sich gleich über den leichten süddeutschen Akzent der Frau gewundert.

»Ja, ich lebe schon lange hier unten.«

»Wie haben Sie denn erfahren, dass wir Ihre Nichte gefunden haben?«

»Meine Schwägerin hat mich angerufen. Heimlich natürlich.«

»Merals Mutter?«

»Die würde das nie tun! Die ist so verbohrt, für die ist Meral doch schon vor drei Jahren gestorben. Nein, die Frau meines jüngeren Bruders, Volkan Durgut, hat mich angerufen. Sie ist eine gute, herzliche Frau, nur dass sie mein Bruder total im Griff hat. Der ist so ein richtiger Pascha und hält sie wie eine Leibeigene. Es ist wirklich mutig von ihr, dass sie sich bei mir gemeldet hat. Denn wenn Volkan das erfährt ...« Die Frau machte eine kurze Pause. »Ich rufe an, weil sich doch jemand um ein Grab für Meral kümmern muss. Meine Nichte war so ein liebes Mädchen. Und so klug und so fleißig. Was hätte nicht alles aus ihr werden können!« Ihre Stimme begann wieder merklich zu schwanken.

»Was haben Sie denn damals gedacht, als Ihre Nichte verschwunden ist?«

»Ach wissen Sie, mir sind immer wieder andere Dinge durch den Kopf gegangen. Ob mein Bruder, Merals Vater, sie in die Türkei hat bringen lassen, ob sie von sich aus geflohen ist. Ich weiß nicht ... oder ob sie vielleicht ...« Sie brach ab.

»Entschuldigen Sie die Frage, Frau Erden: Aber hätten Sie denn Ihrer Familie auch zugetraut, dass sie dem Mädchen etwas antut?«

Es dauerte einen Moment, bis sie antwortete. »Wissen Sie, als ich mich damals in meinen Mann verliebt habe, da haben meine Brüder auch mir das Leben zur Hölle gemacht. Und wissen Sie warum? Sie hielten es für ihr natürliches Recht, über mein Leben zu bestimmen! Wollten mir einen Ehemann aus der Türkei suchen! Die Eltern meines Mannes sind zwar Türken, aber er ist in Deutschland geboren und aufgewachsen. Sieht zwar aus wie ein Türke, ist aber ein echter Münchener, spricht kaum die Sprache seiner Eltern. Und deshalb sollte ich ihn nicht wiedersehen! Ist das nicht verrückt?« Frau Erden unterbrach sich für einen Moment. »Ich hatte wahnsinnige Angst vor meinen Brüdern. Mein späterer Mann hat mir geholfen, bei Nacht und Nebel aus Lübeck zu ...«, sie suchte nach dem richtigen Wort, »zu fliehen, muss man wirklich sagen. Es war eine richtige Flucht! Eine Zeit lang sind wir alle paar Tage an einen anderen Ort gewechselt. Aber die Eltern meines Mannes haben uns zum Glück sehr unterstützt und uns schließlich bei sich aufgenommen.« Wieder machte die Anruferin eine Pause. »Meine Familie hat es dabei belassen, mich zu verstoßen. Ich hatte Glück, wenn Sie so wollen. Seit meiner Flucht damals haben wir so gut wie keinen Kontakt mehr. Ich weiß nicht, ob ich glauben kann, dass sie etwas mit Merals Tod zu tun haben. Ich weiß nur, dass die Angst, dass sie kommen und mich bestrafen würden, mich noch einige Jahre begleitet hat.«

Angermüller merkte, dass die Zeugin vielleicht selbst gar nicht wissen wollte, ob ihre Brüder zu einer solchen Tat fähig gewesen wären, und er konnte diese Reaktion auch verstehen.

»Ich hab mich jetzt eigentlich nur bei Ihnen gemeldet, weil ich wissen wollte, was mit Meral passiert ist, und ich dachte, ich kann ja vielleicht irgendwie nützlich sein. Und wegen der Beerdigung ...«

»Wie konnten Sie denn mit Ihrer Nichte Kontakt haben, wenn die Familie mit Ihnen nichts mehr zu tun haben wollte?«

»Nicht oft, vielleicht zweimal im Jahr, bin ich in Lübeck, alte Freunde besuchen, und als meine Nichten in die Schule kamen, habe ich Meral und ihre Schwester bei diesen Besuchen ein paar Mal getroffen. Die Frau meines jüngeren Bruders, die mich auch jetzt informiert hat, ist die Cousine einer Freundin von mir. Sie hat das arrangiert, heimlich natürlich. Wir sind spazieren gegangen oder ein Eis essen. Als Meral zunehmend eigene Vorstellungen für ihre Zukunft entwickelt hat und es zu Hause deswegen Probleme gab, wollte Sibel mit mir plötzlich nichts mehr zu tun haben. Sie war 13 oder 14 damals und von der Situation total überfordert. Schon die ganze Geheimnistuerei! Ich glaube, sie wollte sich auch gegen ihre ältere Schwester abgrenzen und hat sich halt für Loyalität gegenüber ihren Eltern entschieden.«

»Und Meral?«

»Das Mädchen war todunglücklich. Niemand möchte seinen Eltern wehtun, verstehen Sie das? Ich wollte das damals nicht und Meral wollte es auch nicht. Wir haben in dieser Zeit oft telefoniert. Sie hat mich auch zweimal in München besucht. Ich habe mich sehr über ihr Vertrauen gefreut. Sie war wie eine Tochter für mich.« Wieder wurde die Frau am anderen Ende der Leitung von der Rührung überwältigt.

»Hat Sie Ihnen von dem deutschen Jungen erzählt, in den sie sich verliebt hatte?«

»Ja, das hat sie. Meral war so froh, in mir eine Erwachsene zu haben, der sie sich anvertrauen konnte. Und durch meine eigene Geschichte war ich wohl auch so eine Art Vorbild für sie.«

»Und wie war das mit dem Jungen?«

»Das war ganz lieb! Eine völlig harmlose Geschichte. Er war wohl auch eher einer von den Schüchternen. Ein bisschen Händchenhalten, ein paar erste Küsse vielleicht, mehr bestimmt nicht. Für Leute wie meine Brüder ist das allerdings schon genug gewesen.«

»Die Beziehung zu diesem Jungen hat ja nicht allzu lange gedauert, oder?«

»Da wohnte Meral doch noch zu Hause! Und ihre Eltern, ihr Bruder, ihre Schwester, alle waren gegen sie. Sie durfte nicht mehr allein das Haus verlassen, natürlich wurde sie auch geschlagen. Irgendwann hat sie diesem Druck einfach nicht mehr standgehalten und lieber Schluss mit dem Jungen gemacht.«

»Und wie hat der Junge reagiert?«

»Sie hat mir damals nur gesagt, dass er sehr traurig war.«

»Und wenig später ist sie dann zu Hause ausgezogen?«

»Ja, ein paar Wochen darauf hat sie das Notwendigste zusammengepackt und ist zu Hause weg. Genau wie ich damals. Heimlich, mit großer Angst und ganz großem schlechtem Gewissen. Das ist ja das Verrückte! Dass man sich trotz allem auch noch schuldig fühlt!«

»Meral ist bei Freundinnen untergekommen?«

»Ja, sie hat öfter die Unterkunft gewechselt, aus Angst, dass sie sie finden. Um zur Schule zu kommen, hat sie auch alle möglichen Tricks und Schleichwege gefunden. Es war ganz furchtbar für das Mädchen. Nach außen hin hat sie zwar unheimlich aufgedreht, Partys gefeiert, Nächte durchgetanzt, getrunken, aber sie war die meiste Zeit todunglücklich. Einmal hab ich sie gesehen in der Zeit. Ich war erschrocken, wie schlecht es ihr ging. Ich muss gestehen, ich hatte Angst, dass sie sich was antut, so verzweifelt war sie. Sie glauben ja nicht, wie mich das gequält hat. Ich hätte sie so gern öfter besucht, ihr beigestanden. Aber München ist halt nicht um die Ecke von Lübeck. Ich bin ja auch berufstätig und konnte nicht ständig zu ihr hochfahren.«

»Was machen Sie beruflich, Frau Erden?«

»Ich arbeite als Erzieherin in einer Freizeiteinrichtung für Mädchen aus Migrantenfamilien.«

»Ah ja. Wann haben Sie denn Ihre Nichte das letzte Mal gesprochen?«

»Das weiß ich noch genau. Es war der letzte Sonntag im Mai damals, als sie anrief. Und sie machte einen wesentlich besseren Eindruck als die Male vorher. Ich war zwar etwas überrascht, aber ihre gelöste Stimmung erschien mir echt. Und natürlich war ich sehr erleichtert, denn ich hatte mir wirklich ernsthaft Sorgen um sie gemacht.« Sie brach ab und schluchzte laut auf. »Ungefähr eine Woche später hab ich dann erfahren, dass sie verschwunden ist.«

Der Kommissar hörte seine Gesprächspartnerin schniefen.

»Gut, Frau Erden. Vielen Dank, dass Sie uns angerufen haben.«

»Aber gern. Vielleicht hilft es Ihnen ja weiter. Ich wäre Ihnen sehr dankbar, wenn Sie mich informieren, sobald Sie herausgefunden haben, was mit Meral passiert ist. Und auch wegen der Beerdigung.«

»Selbstverständlich, Frau Erden, das machen wir.«

Nachdem Angermüller den Hörer aufgelegt hatte, stand er auf und blickte aus dem Fenster. Bisher hatte er Schicksale von Frauen, die vor den Ehr- und Moralvorstellungen ihrer traditionellen Familien geflohen waren, um ein selbstbestimmtes Leben zu führen, nur aus der Zeitung gekannt. Nun zog ihn der Fall Meral Durgut mitten in so eine Auseinandersetzung hinein. Durch manche der Einwandererfamilien schien ein Riss zu gehen, und die eine Seite versuchte der anderen, ihren Lebensentwurf aufzuzwingen. Nicht wenigen schien dabei jedes Mittel recht. Es war ein Kampf der Kulturen unter türkischen Mitbürgern.

Unten auf dem Elbe-Lübeck-Kanal glitt gerade eine kleine Armada von Motorbooten vorbei in Richtung Ostsee. Es herrschte strahlender Sonnenschein, es war Freitagnachmittag und die Leute waren unterwegs ins Wochenende. Wie war das eigentlich bei seiner Nachbarin? Neben ihrer lebenslustigen, schwatzhaften Art war sie eine selbstbewusste, energische Person, die sich bestimmt nicht in ihr Leben hereinreden ließ. Die Vorstellung, dass sie solche Probleme mit ihrer Familie gehabt haben könnte, erschien ihm geradezu absurd.

Derya lief zu ihrem Auto, einem kleinen Kastenwagen in fröhlichem Rot, den sie vor Kurzem günstig als Gebrauchtwagen gekauft hatte. Der Schriftzug ›Deryas Köstlichkeiten – Catering‹ und die Telefonnummer prangten groß auf den Seitenflächen. Derya war in Eile, denn sie war heute Abend mit ihrer Schwester zum Kino verabredet, musste vorher aber die Küche in Ordnung bringen und wollte sich unbedingt noch ihre Haare färben. Und dann hoffte sie, ihren Nachbarn zu Hause anzutreffen, um ihm ihre Idee für einen gemeinsamen Ausflug ins Grüne am morgigen Sonnabend schmackhaft zu machen. Sie wusste auch schon den Platz im Lauenburgischen, den sie ansteuern wollte, gar nicht weit vom Bartels-Hof entfernt, wo Friede in einem schönen, alten Bauernhaus mit ihrer Familie lebte.

Gül war auch gestern und heute nicht zur Arbeit erschienen, hatte sich nicht gemeldet und war auch nirgends erreichbar. Jetzt musste sie wirklich etwas unternehmen, diese ganze Woche hatte sie nun schon ohne ihre Mitarbeiterin auskommen müssen und machte sich langsam wirklich Sorgen. Zum Glück war der Auftrag, den sie gerade ausgeliefert hatte, etwas übersichtlicher als das Büfett vom Vortag gewesen: ein Menü für acht Personen, italienisch. Ihre Auftraggeberin hatte ihr die Zusammenstellung der Speisenfolge überlassen, wollte aber unbedingt alle Rezepte erklärt bekommen. Derya musste sämtliche Gerichte aus ihren mitgebrachten in die Töpfe der Kundin umfüllen.

Als Derya die ersten Styroporkisten mit Speisen in der Küche abgeladen hatte, sah die Hausherrin sie aufmerksam an und fragte dann: »Sind Sie eigentlich Italienerin?«

»Nein, warum?«, hatte Derya zurückgefragt.

»Ach, nur so«, hatte die Frau geantwortet und Derya hatte die restlichen Kisten aus ihrem Lieferwagen hereingeschleppt.

»Wir beginnen mit den Antipasti. Hier das Vitello Tonnato, Kalbfleisch unter Thunfischsoße, dort die Platte mit den Carciofi, das sind die Artischocken mit einer Vinaigrette, und da der gratinierte grüne Spargel!«, erklärte Derya. »Sie brauchen sich das nicht aufschreiben«, stoppte sie ihre Kundin, die hastig nach Zettel und Kuli griff. »Da – Sie wollten ja die Rezepte haben. Ich hab Ihnen das mit dem Computer ausgedruckt. Liegt alles dort drüben auf dem Tisch, inklusive Menüfolge.«

Es hatte eine Weile gedauert, bis Derya kapierte: Die gute Frau konnte überhaupt nicht kochen, wollte aber das Menü als ihre Eigenkreation ausgeben. Natürlich heimste Derya lieber selbst Lob und Komplimente ein und warb durch die hervorragende Qualität ihrer Produktion für ihren eigenen Laden, aber da die Frau für diesen Extraservice gut bezahlte, war es ihr in diesem Fall egal. Was sie allerdings als eine himmelschreiende Ungerechtigkeit betrachtete, war die Küche, in der wahrscheinlich außer Kaffee nichts gekocht wurde: Ein riesiger Profiherd mit sechs Flammen, eine tolle Spüle mit mehreren Becken, das Innenleben der geräumigen Schränke kam mit lautloser Leichtigkeit herausgeschwebt, die Türen waren aus gebürstetem Stahl und die Arbeitsflächen polierter Naturstein. Was für eine Verschwendung! Derya dachte an ihre eigenen Räumlichkeiten, in denen sie die manchmal riesigen Aufträge abarbeitete. Sie hatte sich die Küche gebraucht zusammengekauft, die immer noch an vielen Stellen ziemlich provisorisch war. Und sie würde wohl noch eine Weile mit diesem Dauerprovisorium leben müssen, denn für eine große Investition fehlte ihr immer noch der Mut. Sie konnte von ihrem Cateringservice leben, aber darüber hinaus warf Deryas Köstlichkeiten nichts ab, und als Derya bei ihrer Bank um einen Kredit nachsuchte, hatte der Kundenbetreuer nur müde abgewinkt.

»Also, nach dem Primo, das sind die gefüllten Nudeln in Safransoße, folgt der Hauptgang, der Secondo«, erklärte sie geduldig ihrer Auftraggeberin. »Der Wolfsbarsch braucht ungefähr eine halbe Stunde bei 180 Grad, und nicht vergessen, immer schön mit der Wein-Öl-Mischung begießen, die sich unten in der Pfanne sammelt. Dann bringen Sie den Fisch mit frisch aufgeschnittenem Weißbrot auf den Tisch und Sie werden sehen, Ihre Gäste werden sich nach dem Jus die Finger lecken!« Die Frau lauschte aufmerksam Deryas Erläuterungen. »Und dann kommt das Dessert und das ist ja eine ganz leichte Übung: Sie verteilen einfach die Panna Cotta in die Dessertschälchen, geben das Erdbeermark darüber, legen je zwei von diesen Bitterschokostäbchen gekreuzt darüber und oben drauf noch eine von diesen Erdbeeren – fertig. Steht alles im Kühlschrank.«

Ihre Kundin nickte gehorsam. Derya liebte ihren Job. Sie kochte für ihr Leben gern. Für sie war das Kochen eine künstlerische Tätigkeit. Natürlich bedurfte die gewisser handwerklicher Fähigkeiten, aber die brauchte ein Maler oder Bildhauer auch. Sich immer neue Varianten von Köstlichkeiten aus Fisch, Fleisch und Gemüse auszudenken, sie zuzubereiten und festzustellen, sie schmeckten so, wie sie es sich in ihrer Fantasie vorgestellt hatte, fand Derya sehr erfüllend. Ob Gerichte aus Indonesien oder Österreich, der Türkei oder Mexiko – sie holte den Geschmack der ganzen Welt in ihre Küche. Leider waren ihre Kunden nur viel zu selten zu Experimenten bereit und wollten immer wieder das Altbekannte.

»Und Sie sind also Türkin. Das sieht man Ihnen ja gar nicht an! Und dass Sie als Türkin so perfekt die italienische Küche beherrschen, finde ich ja toll«, versuchte sich Deryas Kundin mit einem Kompliment, als sie ihr half, die Kisten mit den geleerten Töpfen, Schüsseln und Platten ins Auto zu tragen. Statt einer Antwort lächelte Derya nur.

Nun ja, man lernte bei diesem Job eben die unterschiedlichsten Menschen kennen. Schon lange regte sich Derya über derlei gedankenlose Sprüche nicht mehr auf. Sie fand die Kontakte zu den vielen Leuten nach wie vor interessant und sehr bereichernd. Nicht nur, weil sie sich gern unterhielt und etwas über die Leute erfahren wollte, nein, so konnte sie auch immer neue Typen für ihre schauspielerischen Ambitionen studieren. Denn auch wenn sie stets mit sanfter Ironie darüber sprach, die Hoffnung auf eine Schauspielkarriere hatte sie immer noch nicht ganz aufgegeben. Erst vor Kurzem hatte sie neue Fotos machen lassen und sie einem Agenten geschickt, den ihr eine Kommilitonin aus der Schauspielschule empfohlen hatte. Die Fotos hatten ein Heidengeld gekostet, aber alle ihre Freundinnen hatten gesagt, dass die so gut geworden seien, dass sie damit sicher nach Hollywood käme – nur müsste irgendein Regisseur oder Produzent sie eben mal zu Gesicht bekommen. Bis jetzt hatte der Agent sich nicht gemeldet. Also hoffte Derya weiter, hielt die Augen offen nach wichtigen Kontakten, die in Hamburg sicherlich leichter als in Lübeck zu finden gewesen wären, und träumte ihren Traum. Schon wegen Koray konnte sie so bald nicht aus Lübeck weg – und außerdem war diese Stadt ihr Zuhause. Und so blieben Deryas Köstlichkeiten vorerst ihre einzige Bühne.

Derya rechnete noch mit ihrer Kundin ab, hoffte, dass die mit Nudeln kochen und Fisch garen nicht überfordert war und ihren Gästen das Menü in der Qualität vorsetzen würde, die sie ihr geliefert hatte. War ja auch nicht so einfach, als Deutsche mit italienischer Küche klarzukommen – jedenfalls, wenn man vom Kochen keine Ahnung hatte. Dann fuhr Derya schnell nach Hause, beseitigte in ihrer Küche die Spuren des Arbeitstages, nahm ein erfrischendes Bad und machte sich ans Haarefärben. Sie konnte die blonde Farbe auf ihrem Kopf nicht mehr sehen und hatte jetzt Lust auf den warmen Glanz von Kupfer – so verhieß es jedenfalls die Aufschrift auf der Packung mit dem Färbemittel.

Kaum war Derya wieder gegangen, war Georg sich überhaupt nicht mehr sicher, ob es richtig gewesen war, ihre Einladung zu einem Picknick am Samstagmorgen anzunehmen. Er wusste gar nicht, ob er wirklich Lust dazu hatte, mit fremden Leuten auf einer Wiese herumzusitzen und Smalltalk zu machen. Nun ja, wenigstens die Verpflegung würde in Ordnung sein. Darauf war bei seiner Nachbarin auf jeden Fall Verlass. Wahrscheinlich hatte ihn der Gedanke an Astrids Segelpartie mit Martin am morgigen Tag dazu bewogen, so spontan für dieses Picknick zuzusagen, dachte Georg selbstkritisch. Außerdem war er an diesem Freitagabend ohnehin nicht ganz bei sich gewesen.

Nach dem Anruf von Merals Tante hatte sich der Nachmittag im Kommissariat wie Kaugummi hingezogen. Der Durchsuchungsbeschluss für das Haus bei Eutin würde wohl frühestens Montag eintreffen. Vom Staatsschutz lagen keine Erkenntnisse über eine Verbindung Volkan Durguts zu islamistischen Kreisen vor. Angermüller war die Protokolle in der Akte Meral Durgut von vor drei Jahren noch einmal durchgegangen, hatte mit Thomas Niemann alle Fakten diskutiert und gemeinsam waren sie nur zu dem frustrierenden Ergebnis gekommen, dass ihre bisherigen Erkenntnisse mehr als dürftig waren.

Auch nach Feierabend hatte ihn das Thema nicht losgelassen. Das Mädchen hatte seine Familie wegen nicht zu überwindender Probleme verlassen und ihr damit nach deren Meinung großen Schaden zugefügt: Meral hatte die Familie bei Verwandtschaft, Freunden und Nachbarn durch ihr Verhalten in Verruf gebracht. Und nachdem die Lehrerin wie auch die Schulfreundinnen der Polizei die familiären Schwierigkeiten Merals geschildert hatten, waren damals wie heute die Ermittlungen auf das familiäre Umfeld des Mädchens beschränkt worden. Was Merals Tante bei ihrem Telefonat über die Familie erzählt hatte, bestätigte mehr oder weniger diese Tendenz. Mehr oder weniger.

Je länger Georg darüber nachgedacht hatte, desto klarer war ihm geworden, dass sie unbedingt auch in andere Richtungen denken mussten. Immerhin stand ja noch die kriminaltechnische Untersuchung des Hauses am Fundort bei Eutin aus. Vielleicht würden sie dort ja auf Indizien treffen, die weiterführten. Aber wo sonst gab es noch einen Ansatz? Sie mussten einfach mehr über Merals letzte Lebenszeit erfahren. Und sie sollten auf jeden Fall noch einmal mit dem Jungen reden, von dem Meral sich damals so schnell getrennt hatte. Gerade so ein Schüchterner konnte sehr verletzt reagieren. Was, wenn er sich von ihr zurückgesetzt fühlte, zutiefst verletzt war? Auch das konnte ein Motiv sein. Männer waren aus gekränkter Eitelkeit zu allem Möglichen fähig. Bei dieser Erkenntnis war Angermüller dann wieder bei sich selbst und seiner Annahme von Deryas Einladung zum Picknick gelandet und hatte sich gefragt, ob er wohl noch die Möglichkeit für einen Rückzieher hatte. Aber dann hatte er sich nicht entscheiden können und sich vorgenommen, im Zweifelsfall einen überraschenden dienstlichen Termin vorzuschieben. Bei einem Kripobeamten war das ja durchaus glaubhaft und eine Absage auch in letzter Minute noch möglich.

KAPITEL IV

Sonnenschein und Vogelzwitschern weckten Georg am Samstagmorgen. Mit einem Mal erschien ihm die Aussicht auf einen Tag draußen auf dem Lande gar nicht mehr so abwegig. Vielleicht war es ja gar nicht schlecht, neue Leute kennenzulernen, vielleicht waren auch ein paar türkischstämmige Lübecker darunter und wer weiß, vielleicht konnte es sogar für seine Arbeit am Fall Meral Durgut nützlich sein. Und so stand er nun mit einer Flasche Prosecco im Flur des Nachbarhauses und klingelte im Parterre neben dem Schild ›Derin, Deryas Köstlichkeiten – Catering‹. Als niemand kam, schaute er auf die Uhr. Kurz nach zehn, er war nicht zu früh. Nachdem er ein zweites Mal geklingelt hatte, hörte er drinnen jemanden rufen, und einen Augenblick später näherten sich Schritte der Tür.

»Ja, Mann«, brummte der Typ gereizt, der ihm die Tür öffnete. Barfuß, in einem schlabberigen T-Shirt und Boxershorts, die langen, dunklen Haare verwühlt, stand er vor Angermüller und musterte ihn aus vom Schlaf verquollenen Augen.

»Was?«, fragte er genervt. Er hatte fast Angermüllers Größe und auf seinem schwarzen T-Shirt prangten dicke, weiße Buchstaben. ›Polis‹, las der Kommissar.

»Guten Morgen. Ich wollte eigentlich zu Frau Derin …«

Wortlos ließ der andere ihn eintreten, schloss die Tür wieder, schob sich an ihm vorbei und verschwand hinter einer der Zimmertüren, die vom Flur abgingen. Angermüller blieb allein zurück und kam sich ein bisschen blöde vor, wie er da in der fremden Wohnung mit seiner Flasche Prosecco herumstand.

»Georg! Guten Morgen! Schön, dass du da bist! Komm doch

zu mir in die Küche. Ich muss nur noch ein paar Sachen einpacken und dann können wir gleich los!« In ihrer gewohnten Munterkeit und mit vielen Worten winkte ihm die Nachbarin aus der offenen Tür am Ende des Flurs.

»Guten Morgen«, sagte auch Georg und machte Anstalten, seine Schuhe an der Garderobe auszuziehen.

»Lass deine Schuhe ruhig an«, rief Derya. »Wir starten doch gleich.«

Angermüller tat wie ihm geheißen und betrat die Küche, in der es ganz wunderbar nach frisch Gebackenem duftete. Der ihm bereits wohlbekannte Korb stand auf dem Tisch, ebenso eine Kühltasche und daneben eine bunt karierte Decke. Derya stellte zwei Thermoskannen in den Korb und sah sich suchend um.

»Ich hoffe, ich habe nichts vergessen. Ich hasse das, wenn man alles schön geplant hat und dann plötzlich feststellt, irgendwas Wichtiges steht noch zu Hause im Kühlschrank! Und, hast du gut geschlafen? Hast du gute Laune? Und das Wichtigste: Hast du Hunger?«

»Darf ich erst mal eine Frage stellen?«, unterbrach Georg ihren Redefluss und überreichte ihr die Proseccoflasche.

»Oh, vielen Dank. Die kommt gleich mit in die Kühltasche. Und dafür müssen natürlich die richtigen Gläser mit.« Derya wirbelte durch die Küche hinüber zum Schrank und sprach dabei immer weiter. »Außerdem, Georg, mich musst du immer einfach unterbrechen. Ich quatsche dich sonst rammdösig!«

»Wer war das eben an der Tür?«

Sie hielt inne und sah ihn einen Moment erstaunt an, dann legte sie den Kopf schief und grinste. »Das war mein neuer Lover, wer sonst?«

Als Georg ein ziemlich verblüfftes Gesicht machte, lachte Derya laut los. »Das hast du jetzt nicht erwartet, was?«, prustete sie. »Entschuldige, ich bin manchmal sehr albern. Das war natürlich Koray, mein Sohn!«

»Ich wusste ja gar nicht, dass du ein Kind hast«, meinte Georg überrascht. »Oder hast du fünf und mir nur noch nichts davon erzählt?«

»Da sei Allah vor! Der eine reicht!«, lachte Derya. »Nein, Koray ist toll. Er ist gerade 17 geworden und ist ein ganz Lieber. Aber manchmal finde ich es echt schwierig, als schwache Frau allein mit so einem halbwüchsigen Bengel fertig zu werden.«

Obwohl Georg sie erst ein paar Tage kannte, wirkte Derya ganz bestimmt nicht wie ein hilfloses weibliches Wesen auf ihn. Sie reichte ihm den Korb und die Kühltasche und klemmte sich die Decke unter den Arm.

»Gut, dann haben wir das auch geklärt und können ja aufbrechen zu meinem Lieblings-Picknick-Platz.«

Im Flur klopfte Derya an die Zimmertür ihres Sohnes. »Tschüss, Kleiner! Weiß noch nicht, wann ich wiederkomme. Frühstück steht auf dem Tisch. Schönen Tag dir!«

Statt einer Antwort war nur ein müdes Brummen zu vernehmen.

Auf der Gegenfahrbahn herrschte reger Verkehr, als sie Lübeck in südlicher Richtung verließen. Wahrscheinlich waren die meisten Leute zum Einkaufen in die Stadt unterwegs. Derya lenkte ihren Lieferwagen ein Stück am Ratzeburger See entlang und bog dann nach Westen ab. Zwischen den sanften Erhebungen wechselten sich kleine Mischwälder, Wiesen und Felder ab, vereinzelt sah man Bauernhöfe aus rotem Klinker gemauert, mit Reet gedeckt, und an manchen Stellen leuchtete ihnen das unvergleichliche Gelb von Rapsfeldern entgegen. Hin und wieder glitzerten kleine Seen hinter den Bäumen.

»Also hier bin ich ewig nicht mehr gewesen! Jedenfalls nicht privat«, meinte Georg eher zu sich selbst, während er entspannt die Lauenburgische Landschaft draußen an sich vorüberziehen ließ. »Da wohnt man nur eine halbe Stunde von dieser traumhaften Natur entfernt und schafft's einfach nicht, mal rauszukommen.«

»Ich gönne mir das am Wochenende öfter mal. Manchmal auch mit dem Fahrrad, da kann man nämlich wunderbar am Kanal lang fahren. Und jetzt sind wir auch gleich da.«

Inzwischen wusste Georg, dass Derya nur ihn zum Picknick eingeladen hatte, was ihn ein wenig wunderte. Schließlich kannten sie sich erst ein paar Tage. Sie hegte ja hoffentlich keine Absichten bezüglich seiner Person, ging es ihm durch den Kopf. Einerseits schmeichelte ihm dieser Gedanke natürlich, andererseits war seine emotionale Befindlichkeit momentan in einem ziemlichen Chaos. Er brauchte nicht noch ein neues Problem.

Langweilig würde ihr Ausflug bestimmt nicht werden, denn Derya schien der Gesprächsstoff nie auszugehen. Außerdem hatte sie auch noch ein Federballspiel und einen Bumerang eingepackt. Sie fuhren einen Hügel hinunter. Direkt vor ihnen zwischen den Wiesen erstreckte sich das lange Band des Elbe-Lübeck-Kanals, der sich von der Hansestadt bis zur Elbe nach Lauenburg hinzog.

»So. Das ist er, mein Lieblingsplatz. Ist das nicht wunder-, wunderschön hier?«

Friedlich ruhte der Kanal in seinem Bett, Bäume blühten an den sonnenbeschienenen Ufern und gegenüber aus dem kleinen Wäldchen hörte man einen Kuckuck rufen. Nicht weit vom Wasser breiteten sie die Decke aus. Derya stellte Korb und Kühltasche im Schatten eines Baumes ab. »Leg dich einfach in die Sonne, Georg. Ich kümmere mich jetzt um das Frühstück.«

»Das hört sich gut an. Ich hab einen Riesenhunger.«

Bald darauf speisten sie, jeder auf einem Klapphocker mit Blick aufs Wasser sitzend, redeten, tranken süßen schwarzen Tee, beobachteten eine Entenfamilie im Schilf und ließen Boote an sich vorüberziehen. Georg fühlte sich so wohl wie lange nicht mehr. Auf einer blauweiß karierten Tischdecke lockten Schafskäse und Oliven, Gurken, Tomaten, Rührei, frisches Fladenbrot, ein Obstsalat und mit Marmelade gefüllte Eierpfannkuchen.

»Und, wie schmeckt dir unser türkisches Frühstück?«

»Mmh, es schmeckt ganz wunderbar! Wie heißt die hier noch einmal?«, fragte Georg, während er mit der Gabel nach einem weiteren Stück der würzigen Knoblauchwurst angelte, die Derya in Stücke geschnitten und gebraten hatte.

»Das ist *Sucuk*. Ohne die ist für meinen Vater ein Frühstück kein Frühstück.«

Auch ein paar *Dolma*, mit Rosinenreis gefüllte Weinblätter, und eine *Börek*-Pastete mit Spinat und Käse, die nicht unbedingt zu einem türkischen Frühstück gehörten, hatte Derya mitgebracht. Der Rosinenreis mit Pinienkernen in den *Dolma*, mit Zimt, Nelke und Piment gewürzt, mutete Georg sehr orientalisch an, aber die Röllchen mundeten, in dicken, cremigen Joghurt getaucht, einfach köstlich. In seine sinnenfrohe Schlemmerei mischte sich plötzlich der Gedanke an Astrid, die das Frühstück längst beendet und ihm strenge Blicke zugeworfen hätte. Selbstvergessen nahm er noch eines von den Dolma.

»Ja, unser türkischer Joghurt ist schon eine wahre Wonne«, seufzte Derya und leckte einen Rest von ihrem Finger, »aber leider schmeckt er vor allem so gut, weil er verdammt fett ist. Zehn Prozent!«

Derya aß trotzdem weiter von der weißen Köstlichkeit und genau wie Georg nahm sie immer wieder hiervon und davon und wollte noch nicht aufhören. Es war ihr anzusehen, dass auch sie jeden Bissen genoss. Wieder musste Angermüller über das landläufige Bild der schüchternen, stillen Türkin nachdenken, das die meisten Leute im Kopf hatten. Da hinein passte Derya mit ihrem lebenslustigen, lockeren Wesen ganz und gar nicht. Er konnte das schlecht einordnen, denn bisher hatte er so gut wie keine privaten Begegnungen mit deutsch-türkischen Mitbürgerinnen oder Mitbürgern gehabt. In diese Betrachtungen versunken, ließ er geistesabwesend seinen Blick auf Derya ruhen. Die bedeckte plötzlich ihr Haar mit den Händen.

»Bitte guck nicht so! Ich weiß, das sieht unmöglich aus!«

»Wieso? Was ist denn?«

»Ach, Georg! Jetzt tu nicht so! Ich weiß doch, dass deinesgleichen ein gutes Gefühl für Ästhetik hat. Diese Farbe ist doch das Letzte!«

Er verstand zwar nicht ganz Deryas Hinweis zum Thema Ästhetik, aber jetzt sah er, dass Deryas goldblonde Locken in der Sonne karottenrot leuchteten. Ein wenig unnatürlich war der Farbton schon, aber er passte eigentlich ganz gut zu ihrer leicht olivbraun getönten Haut und der weißen Bluse.

»Sieht doch gar nicht so schlecht aus.«

»Ja, meinst du?«, fragte sie zweifelnd. »Na ja, sollte eigentlich kupfer sein. Hat irgendwie nicht funktioniert. Nächste Woche färbe ich sie wieder um. Was ich übrigens noch sagen wollte«, wechselte sie plötzlich das Thema, »ich hoffe, du hältst Koray nicht für so einen doofen, mackerigen Lümmel. Der ist nicht so. Ehrlich.«

Als Georg ihr bedeuten wollte, dass er das ohnehin nicht gedacht hätte, ließ Derya ihn nicht zu Wort kommen. »Nein, nein, du brauchst ihn nicht entschuldigen! Ich weiß doch, der macht Fremden gegenüber immer auf absolut ruppig, das ist wohl cool, denkt er. Aber eigentlich kann er wirklich richtig nett und charmant sein. Und hilfsbereit ist er auch. Vorhin, da war er einfach nur unheimlich müde. Du weißt ja, wann die jungen Leute heute so von ihren Partys nach Hause kommen«, sie unterbrach sich und sah Georg an. »Aber wahrscheinlich weißt du das ja gar nicht, du hast ja keinen 17-jährigen Partygänger zu Hause!«

Noch nicht, dachte Angermüller bei sich, und nickte. Aber in zwei, drei Jahren würde er sich mit dem Problem durchfeierter Nächte gleich doppelt auseinandersetzen dürfen.

»Du wirst Koray ja vielleicht noch öfter begegnen und dann wirst du sehen, dass mein Sohn wirklich ein netter Kerl ist. So«, Derya stand schwungvoll von ihrem Klapphocker auf. »Genug gefrühstückt, oder? Jetzt trinken wir endlich unseren Prosecco!«

Sie räumten gemeinsam das Geschirr und die Reste auf und verpackten alles wieder in Korb und Kühltasche, bevor sie sich auf der Decke niederließen und sich mit gefüllten Gläsern zuprosteten. Die über und über mit Blütenkerzen geschmückten Kastanien am gegenüberliegenden Ufer wogten sacht im Wind, darunter auf dem alten Treidelpfad zog eine Gruppe Radfahrer vorbei und träge schob sich in der Ferne ein Lastkahn um die Kurve des Kanals in ihr Gesichtsfeld.

»Ach, es ist doch immer wieder schön hier. Einfach hier liegen und schauen und träumen«, stellte Derya fest und nahm einen Schluck Prosecco. »Aber heute kann ich das irgendwie gar nicht so richtig genießen.«

»Wieso denn nicht?« Georg klang ein wenig erstaunt, denn bisher war ihm nichts dergleichen an seiner Nachbarin aufgefallen.

»Ich habe ein Problem.«

Etwas verunsichert sah er sie von der Seite an. Welche Bekenntnisse hatte er jetzt zu befürchten?

»Was ist es denn? Kann ich dir irgendwie helfen?«, fragte er zögernd.

»Ganz bestimmt«, nickte Derya, die einerseits froh war, endlich zu ihrem Anliegen zu kommen, andererseits hoffte, dass Georg sich nicht von ihr ausgenutzt oder überfahren fühlte. Und vor allem, dass er sich nicht über sie und ihre Besorgnis lustig machte. »Weißt du, ich habe eine Mitarbeiterin und die ist die ganze Woche nicht zur Arbeit gekomen. Montag hatte sie frei, aber für Dienstag waren wir zum Einkaufen verabredet und hatten ab Mittwoch drei Aufträge vorzubereiten. Klar, sie ist ein sehr eigenwilliger Typ, lässt sich nicht gern was sagen und hat einen verdammten Dickkopf.« Derya lachte kurz auf. »Es hat eine ganze Weile gedauert, bis sie endlich kapiert hat, dass sie nicht in ihren Punkerklamotten hinter einem Büfett stehen kann. Aber eigentlich ist sie trotzdem ganz zuverlässig. Doch jetzt hat sie sich die ganze Zeit nicht gemeldet und ihr Handy ist auch ausgeschaltet. Ich finde das irgendwie eigenartig.«

»Ist das denn schon öfter vorgekommen, dass sie einfach für längere Zeit weggeblieben ist? Oder dass sie ihr Handy ausschaltet? Ich dachte eigentlich, die jungen Leute können gar nicht mehr ohne ihr Handy existieren.«

»Na ja, Gül schon. Die ist da ziemlich eigen, will manchmal einfach ihre Ruhe haben. Und ich hab das schon mal erlebt bei ihr, dass sie von einem Tag auf den anderen zu einem Open-Air-Festival nach Dänemark gefahren ist«, bekannte Derya. »Aber da hat sie mir immerhin am nächsten Tag eine SMS geschickt!«

»Also dann würde ich mir doch noch keine Sorgen machen.«

Derya schien zu überlegen. »Und dann war da noch so eine Geschichte mit einer ihrer Freundinnen. Die hatte einen Motorradunfall und lag im Krankenhaus im Koma. Da hat sie tagelang am Bett gesessen, bis die tatsächlich wieder aufgewacht ist.«

»Na siehst du, das scheint ja dann nichts so Außergewöhnliches zu sein, wenn sie mal ein paar Tage wegbleibt«, versuchte Georg seine Nachbarin zu beruhigen und nahm einen Schluck Prosecco.

»Aber auch da hat sie sich irgendwann bei mir gemeldet«, beharrte Derya. »Das ist einfach nicht normal diesmal.«

»An deiner Stelle würde ich trotzdem erst mal abwarten. Sie scheint ja ein ziemlich spontaner Typ zu sein. Vielleicht hat sie jemanden kennengelernt. Wie alt ist sie denn?«

»Gül wird 21. Vielleicht hast du ja recht. Aber ich mache mir trotzdem Sorgen. Weißt du, sie ist erst vor drei Jahren hierher nach Lübeck gekommen. Viel hat sie mir nicht erzählt, Gül redet nicht gern über sich selbst. Aber so komisch es auch klingt, ich weiß, dass sie aus Berlin weggegangen ist, um Abstand von ihrer türkischen Familie zu haben. Da denkt man immer, in so einer Großstadt wie Berlin kann jeder leben, wie er will, aber Gül fühlte sich dort unter ständiger Beobachtung durch ihre große Familie, die ganzen Nachbarn und Freunde, die in bestimmten Vierteln ein unwahrscheinlich enges Netzwerk bilden.«

»Aber das gibt es in Lübeck doch genauso«, warf Georg ein, eingedenk seiner Erlebnisse in den letzten Tagen.

»Ja, aber ihre Familie hat vor allem keine Verbindungen hierher und das war ihr wichtig.«

»Und was hast du jetzt für Befürchtungen?«

Derya machte eine hilflose Geste. »Ich weiß nicht. Alle möglichen. Das ist einfach nicht normal, dass das Mädel sich eine ganze Woche nicht meldet! Sie hängt doch an ihrem Job bei mir und weiß, dass ich sie brauche!«

»Aber so junge Leute, die machen doch manchmal was Verrücktes und denken erst hinterher an die Konsequenzen.«

»Aber nicht Gül! Die braucht keine ganze Woche, bis sie das merkt!« Derya schüttelte energisch ihren Kopf.

»Und wenn sie einfach einmal wieder zu ihrer Familie nach Berlin gefahren ist?«, schlug Angermüller vor.

»Die Vorstellung finde ich auch nicht gerade beruhigend«, entgegnete Derya mit einer Grimasse. »Weißt du, manchmal hab ich so ganz furchtbare Fantasien. Das, was man halt so denkt bei traditionellen Türken: Entführung, Zwangsheirat, Ehrenmord.«

Natürlich fiel Georg sofort sein aktueller Fall ein und er registrierte erstaunt, dass Derya genau die gleichen Überlegungen anstellte wie er und seine Kollegen.

»Wie kommst du darauf? Hat dir das Mädchen denn erzählt, dass sie von ihrer Familie unter Druck gesetzt wird?«

»Wie gesagt, Gül redet nicht gern über sich oder ihre Familie. Ich weiß nur, dass sie ihre Eltern und Geschwister sehr vermisst, aber andererseits auch nach ihren eigenen Vorstellungen leben möchte. Und das lässt sich offensichtlich nicht vereinbaren, weshalb sie sich von der Familie gelöst hat, so weh ihr das auch tut.«

Wieder musste Georg an Meral Durgut denken, an ihre Tante und an das, was Simone Kaltenbach, die Lehrerin, über Meral erzählt hatte. Es war fast identisch mit Deryas Schilderung. Aber wie verhielt sich das eigentlich bei ihr?

»Sag mal, wie ist das denn mit deiner Familie? Wie haben deine Eltern sich verhalten, als du damals zum Beispiel zur Schauspielschule wolltest?«, sprach Georg ein wenig zögernd seinen Gedanken aus.

»Meine Eltern waren natürlich entsetzt! Die wollten, dass ich was Ordentliches werde. Auch wenn sie sich für mein Studium finanziell mächtig hätten anstrengen müssen, Jura hätten sie schon gut gefunden. Aber das war halt nicht mein Ding.«

»Aber deine Eltern haben schon akzeptiert, dass du deine eigenen Vorstellungen vom Leben verwirklichst?«

»Ach, darauf willst du hinaus!«, rief Derya und lachte.

»Nein, ich hatte keinen Ehrenmord zu fürchten. Entschuldige, wenn ich lache, aber mein *Baba* ist ein ganz Lieber! Der hat es auch nicht leicht gehabt bei uns zu Hause. Meine Mutter ist eine sehr selbstbewusste Frau und dann noch meine Schwester und ich. Nix mit Verhüllen und drei Schritte hinterherlaufen!« Sie schüttelte energisch den Kopf. »Weißt du, zwischen Türken und Türken gibt es ziemliche Unterschiede, genau wie hier bei den Leuten auch. Ich weiß, dass ihr hier immer denkt, die Türken sind alle rückständige Anatolier, trinken keinen Alkohol, essen Döner und beten fünfmal am Tag. Meine Eltern sind einfache Leute, aber trotzdem modern und liberal. Vor allem lebenslustige Leute. Liegt natürlich auch an ihrer Herkunft aus der Großstadt. Alle unsere Verwandten sind Städter oder von der Westküste, auch da herrscht schon länger ein freierer Lebensstil, schon wegen des Tourismus.«

»Und wie ist das so mit der Religion?«, fragte Georg ein wenig unsicher. Er wusste zwar nicht warum, aber irgendwie war ihm die Frage ein bisschen peinlich. »Ich meine, eigentlich seid ihr doch Muslime, oder?«

»Nicht nur eigentlich, lieber Georg«, sagte Derya ein wenig spöttisch. »Aber meine Familie und ich, wir sind so sehr Muslime, wie du Protestant oder Katholik bist. Ihr feiert doch auch meistens nur Ostern und Weihnachten und das war's, vielleicht gehen manche sogar Heiligabend in die Kirche, aber sonst? Auch wenn das viele nicht wahrhaben wollen: In der Türkei ist Religion Privatsache. Seit einiger Zeit geht meine Mutter auch ab und zu mal in die Moschee, aber mein Vater zum Beispiel, der geht da gar nicht hin, und beten tut er auch nicht, aber er versucht's immer mit Ramadan. Drei Tage hält er das immer nur durch mit dem Essen nach Sonnenuntergang, aber er ist dann der Erste, der *Bayram* feiert, das große Fest zum Ende des Ramadan!« Sie ließ wieder ihr herzhaftes

Lachen hören. »Theoretisch findet *Baba* schon gut, was im Koran steht. Aber wie sagt man: Der Geist ist willig …«

»Stimmt natürlich, was du sagst«, nickte Georg. »Die modernen, aufgeschlossenen Leute fallen einem halt nicht auf, immer nur die Traditionellen.«

»Ich hab jedenfalls Glück gehabt und sehr liebe Eltern. Leider sehe ich sie jetzt nur noch selten, weil sie Rentner sind und wieder in Istanbul leben. Eins allerdings muss ich sagen, die Liebe türkischer Eltern kann auch sehr erdrückend sein.« Derya wurde wieder ernst. »Familie, Zusammenhalt, Elternliebe – das hat auch bei modernen Türken einen viel, viel höheren Stellenwert als hier. Wie gesagt, meine Eltern waren großzügig und liberal und alles, aber beim Thema Jungs und so hatte das seine Grenzen. Man kann nicht sagen, dass sie streng waren. Aber ich wusste, es bricht ihnen das Herz, wenn ich eine Beziehung anfange, ohne verheiratet zu sein. Dieser moralische Druck ihrer übergroßen Liebe war eine schlimme Last für mich als junges Mädchen. Deshalb durften sie nichts erfahren, wir mussten schummeln und lügen, und das habe ich gehasst, diese Unaufrichtigkeit! Aber jemand wie du wird das sicherlich kennen. Du hattest es wahrscheinlich mit deinen Eltern auch nicht leicht«, sprach Derya ihn direkt an. Georg verstand nicht so recht, wie sie das meinte, aber sie fuhr fort, ohne seine Antwort abzuwarten: »Wahrscheinlich war ich wegen dieses ganzen Krams auch mit 20 schon verheiratet, weil ich von der ständigen Schwindelei die Nase voll hatte.«

Einen Augenblick hielt sie nachdenklich inne und starrte unverwandt auf den Kanal, wo ein Segelboot mit gelegtem Mast unter Motor entlangtuckerte. »Wir beide hatten, außer dass wir die gleichen Filme mochten, überhaupt nichts gemeinsam«, grinste sie. »Mit 21 war ich schon wieder geschieden. Und in Berlin auf der Schauspielschule war ich dann weit ab vom Schuss«, sie seufzte ironisch. »Inzwischen mussten meine armen Eltern sich an so manches gewöhnen. Meine Schwester ist zum zweiten Mal geschieden und kinderlos und ich hab zwar ein Kind, aber keinen Mann. Trotzdem haben sie ihren einzigen Enkel Koray natürlich ganz doll lieb! Prost!«

Sie tranken beide ihre Gläser aus und Derya schenkte noch einmal nach.

»Aber ich muss doch noch einmal auf Gül zurückkommen, denn da ist noch eine Geschichte, wegen der ich mir Sorgen mache. An ihrem letzten Tag bei mir hatten wir deswegen einen handfesten Streit.« Nervös zupfte Derya an den Grashalmen um sich herum. »Kurz nachdem Gül bei mir angefangen hatte, ist Selma, eine Freundin von ihr, verschwunden. Selmas Vater betreibt ein großes Importunternehmen und hatte für seine einzige Tochter den Sohn seines Geschäftspartners in der Türkei als Ehemann vorgesehen. Es war schon alles für die Hochzeit in ein paar Monaten arrangiert. Als die Braut plötzlich verschwunden ist, war das natürlich ein unglaublicher Skandal. Selma sei abgehauen, hieß es. Aber Gül wollte das nicht glauben.«

»Ist die Familie des Mädchens denn zur Polizei gegangen?

»Ja schon. Aber Selma war volljährig. Wenn die Eltern selbst sagen, sie vermuten, die Tochter sei abgehauen, besteht eigentlich kein Anlass, groß nach ihr zu suchen, oder? Ich hab ja mal kurz Jura studiert und soweit ich weiß, haben Erwachsene das Recht, selbst ihren Aufenthaltsort zu bestimmen, ohne jemanden darüber zu informieren.«

»Das stimmt und bei den zahlreichen Vermisstenmeldungen, die sich glücklicherweise meist nach kurzer Zeit durch das Auftauchen der Leute wieder von selbst erledigen, fragen die Kollegen sehr genau nach den Umständen: ob die Person nicht im Vollbesitz ihrer geistigen Kräfte ist oder ob Gefahr für Leib und Leben besteht. Und wenn die Eltern beides nicht bestätigen können, dann wird aktiv auch nichts unternommen.«

Derya nickte. »Gül sagte aber, Selma wollte sich lieber umbringen als diesen jungen Mann zu heiraten. Sie haben gemeinsam überlegt, ob Selma fliehen und sich irgendwo verstecken sollte. Und plötzlich war sie weg, ohne Gül Bescheid gegeben zu haben.«

»Was glaubt sie denn, was mit ihrer Freundin passiert sein könnte?«

»Ich habe den Eindruck, Gül schreckt irgendwie davor zurück, sich das konkret auszumalen. Aber wahrscheinlich hält sie von Selbstmord über Entführung bis Ehrenmord alles für möglich.«

»Und weshalb hast du mit Gül gestritten?«

»Vor zwei Wochen war der Jahrestag von Selmas Verschwinden und Güls Stimmung wurde immer mieser. Wie gesagt, sie redet ja sowieso nicht so viel. Und als ich irgendwann nachbohrte, sagte sie wieder, sie wüsste genau, dass Selma nicht abgehauen ist. Die hätte das nie getan, ohne sie einzuweihen. Sie würde uns allen noch beweisen, dass sie recht hat.«

»Ja, aber das ist doch noch kein Streit.«

»Ich habe nur gesagt, sie soll keine Dummheiten machen. Da ist sie total ausgerastet. So hab ich sie noch nie erlebt. Sie schien wahnsinnig unter Druck zu stehen. Wir haben uns richtig angebrüllt.«

Aus Deryas Erzählungen folgerte Georg, dass ihre Mitarbeiterin wohl eine etwas verstörte junge Frau war, die durch das Verschwinden ihrer Freundin alle möglichen Ängste entwickelt hatte. Vielleicht war ihr jetzt alles zu viel geworden und sie hatte sich deswegen einfach zurückgezogen.

»Ich finde, das hört sich irgendwie so an, als ob das Mädchen eine persönliche Krise durchmacht. Wahrscheinlich wäre eine Therapie bei ihr angebracht. Wieso glaubst du eigentlich, dass ich dir helfen könnte?«

»Therapie schön und gut, aber dafür muss sie erst einmal wieder auftauchen und schließlich bist du bei der Kripo. Ich dachte, da kannst du vielleicht ein paar Nachforschungen anstellen.«

Georg musste lachen. »So einfach ist das auch nicht, Frau Nachbarin. Ich bin kein Privatdetektiv, und meine Abteilung kommt sowieso immer erst dann zum Zug, wenn es eine Leiche gibt – und das wollen wir doch erst einmal außen vor lassen, oder?«

Erschrocken nickte Derya.

»Hat Gül denn keine Freunde oder Freundinnen in Lübeck, wo du dich nach ihr erkundigen könntest?«

»Natürlich hat sie irgendwelche Leute, die sie trifft. Wie eng sie mit denen ist, das weiß ich nicht. Ich habe auch mal die eine oder den anderen gesehen, wenn sie abgeholt wurde, aber ich kenne die alle nicht.« Plötzlich hellte sich Deryas sorgenvolles Gesicht auf. »Ich habe eine geniale Idee: Gül ist durch die Vermittlung von Friede Bartels zu mir gekommen. Das ist eine alte Freundin von mir. Und weißt du was: Zufällig wohnt die gar nicht weit von hier. Lieber, lieber Georg, was hältst du von einem Besuch bei ihr? Friede ist Psychologin, weißt du, macht auch ehrenamtliche Arbeit im Krisenzentrum für Migrantinnen. Vielleicht kann sie ja einen Tipp geben zu Güls Freundeskreis, oder sie weiß mehr über die Familie. Und dann könnten wir beide ja allein weiterrecherchieren. Und außerdem ...«

Derya hatte offenkundig Georgs Einsatz schon genau geplant und war nicht um Argumente verlegen, um sein Einverständnis zu erlangen. »Außerdem lohnt sich der Besuch auf dem Bartels-Hof in jedem Fall. Friede und Ronald, die haben alles so wunderschön hergerichtet! Das restaurierte Bauernhaus, Einrichtung, Ambiente – so was interessiert dich doch bestimmt. Und dann sind die beiden unheimlich nett. Und ich habe noch einen Käsekuchen im Auto, dann können wir uns gleich bei denen zum Kaffee einladen!«

Derya war von ihrem Einfall regelrecht begeistert. Da sie scheinbar in ernster Sorge um ihre Mitarbeiterin war und er für den Rest des Tages ohnehin keine weiteren Pläne hatte, ließ Georg sich schließlich breitschlagen, Derya zu ihren Freunden zu begleiten, was seine Nachbarin mit einer freudigen Umarmung quittierte.

»Wie schön, dass ihr uns besuchen gekommen seid! Wirklich, das ist eine große Freude. Nicht wahr, Ronald?«

»Ja, das finde ich auch«, nickte Friedes Mann und hob seinen leer gegessenen Teller in die Höhe. »Sonst hätte ich heute nicht so einen wunderbaren Käsekuchen bekommen. Wirklich, Derya, einfach wunderbar ist der! Warum hab ich nicht dich geheiratet?«

Derya lachte und schnitt ihm noch ein weiteres großes Stück ab. »Ach, Ronald! Weil du schon eine ganz wundervolle Frau hattest, als wir uns kennenlernten!«

»Aber Kuchen backen kann Friede nicht so gut wie du.«

»Dafür kannst du das aber selbst ganz prima. Das stimmt wirklich, Georg«, wandte sich Derya an ihren Begleiter. »Außerdem ist Ronald auch ein richtig guter Koch.«

»Es blieb mir ja nichts anderes übrig bei dieser Frau!«, seufzte Ronald mit einem Mitleid heischenden Blick, der Derya zum Lachen brachte.

Sie saßen in einer Ecke des weitläufigen Bauerngartens, vor einem duftenden Fliederbusch am Kaffeetisch. Gegenüber erstreckte sich das geräumige Wohnhaus. Über die alten Ziegel rankte wilder Wein, dazwischen leuchteten die blau-weiß gestrichenen Fensterrahmen und eine aufwendig verzierte alte Holztür. Georg bereute nicht, dass er sich von Derya hatte hierher lotsen lassen. Es war wirklich ein wunderschönes Fleckchen Erde, und in ihrer offenen Art hatten Ronald und Friede ihn als Deryas Begleiter ganz selbstverständlich willkommen geheißen, und man hatte sich ohne Umstände sofort geduzt.

»Ah ja, du bist also ein guter Freund von Deryas Nachbarn! Schön. Derya hat uns schon viel von den beiden netten Jungs erzählt«, sagte Friede zu Georg, während sie ihm kraftvoll die Hand drückte und ihn aus ihren hellen, blauen Augen interessiert musterte. Über den unerwarteten Besuch schienen sich Friede und Ronald Bartels wirklich zu freuen.

»Es ist zwar keine halbe Stunde bis Lübeck, aber was glaubt ihr, wie selten sich jemand zu uns hier heraus verirrt. Heute haben ja alle immer so schrecklich viel zu tun!«, hatte Friede sich beschwert. Sie und ihr Mann waren große, schlanke Typen und trugen legere Kleidung, die trotzdem irgendwie ästhetisch wirkte: Ronald Latzhosen und Stehkragenhemd, Friede einen schlichten, langen Rock mit einem bestickten Top. Beide hatten schon reichlich Sonnenbräune abbekommen und hätten gut in eine Bilderstrecke über stilvolles Landleben gepasst.

»Da! Ihr habt ein Storchennest auf der Scheune! Wahnsinn!«, rief Derya plötzlich, die aufgestanden war und sich den Garten anschaute.

»Der war schon letztes Jahr hier«, nickte Ronald. »Das ist unser Sommergast.«

»Und da, die alte Bank vor den Rosenbüschen! Ah, die duften sogar! Und wie – Georg, komm her, da musst du mal die Nase reinstecken!«

Georg tat, wie ihm geheißen. Der Duft der in einem kräftigen Rosa leuchtenden Blüten war wirklich wunderbar. Kein Vergleich allerdings zum berauschenden Aroma der Rose in

Eutin, musste er plötzlich denken und fühlte sich unangenehm berührt. Aber Derya ließ ihm keine Zeit zum Sinnieren.

»Und schau, Georg, dort auf dem Rasen, die Vogeltränke und da die vielen Blumen!« Sie entdeckte immer wieder eine neue malerische Ecke, die sie begeisterte. »Wie schön das hier geworden ist! Unglaublich, wie sich das alles verändert hat in den paar Monaten.« Derya konnte gar nicht aufhören mit ihren Lobgesängen, auch als sie wieder am Kaffeetisch saßen.

»Du bist ja auch ewig nicht hier gewesen und das letzte Mal war noch Winter! Natürlich ist es hier am schönsten, wenn alles grün ist. Im vergangenen Jahr sind wir doch erst eingezogen, und da war der Garten überhaupt noch nicht fertig«, erwiderte Friede.

»Das war bestimmt eine Riesenmenge Arbeit, das sieht man. Toll, wie ihr beide das geschafft habt!«

»Danke, aber das ist leider nicht unser Werk. Ich sitze ehrlich gesagt lieber im Garten, als dass ich darin arbeite, und Ronald hat vom Gärtnern keine Ahnung, der kann höchstens Unkraut zupfen – wenn du ihm vorher sagst, was das Unkraut ist und was die Blumen. Stimmt doch, Schatz?«

Milde lächelnd bestätigte Ronald die Aussage seiner Frau.

»Habt ihr denn einen Gärtner oder was?«

»So ungefähr. Aber du kannst ihn selbst fragen. Da kommt unser Fürst Pückler!«

»Hallo zusammen! Was hast du gesagt, Friede?« Ein groß gewachsener, junger Mann kam den gepflasterten Gartenweg entlang. Er trug ein zerschlissenes Unterhemd, Shorts und Sandalen, und war tief gebräunt. Ziemlich lange, hellblonde Locken umrahmten sein hübsches Gesicht. Die Ähnlichkeit mit Friede und Ronald war nicht zu übersehen.

»Ruben!«

Derya war bei seinem Anblick aufgesprungen und umarmte freudig den Ankömmling, was nicht ganz einfach für sie war, da er sie fast um zwei Köpfe überragte. Er machte einen etwas verlegenen Eindruck dabei und war wohl ganz froh, als sie ihn wieder losließ. Höflich gab er Georg zur Begrüßung die Hand.

»Ich wollte gerade erzählen, wie genial du als Gartenarchitekt bist, lieber Sohn! Aber jetzt kannst du das ja selbst machen«, forderte Friede ihn auf.

»Da gibt's nicht viel zu erzählen. War doch kein Ding«, wehrte Ruben ab und blieb unschlüssig neben der Runde stehen.

»Jetzt setz dich doch«, sagte Ronald zu seinem Sohn. »Du bist doch bestimmt wegen einer Tasse Kaffee gekommen – du hast Glück: Derya hat den köstlichsten Käsekuchen mitgebracht, den du je gegessen hast. Ich bring dir noch einen Teller und du kannst loslegen.«

Und er ging ins Haus, ein weiteres Gedeck holen. Geduldig antwortete Ruben auf die vielen Fragen, die ihm Derya stellte, doch es war ihm anzumerken, dass große Reden nicht seine Sache waren. Friede fuhr ihm amüsiert mit der Hand über die blonden Locken, was er mit einer unwilligen Kopfbewegung quittierte.

»Ach Ruben, warum bist du nur so ein Schweiger?«, meinte sie vergnügt. »Von mir hast du das nicht.«

Georg schätzte den jungen Mann auf Mitte 20. Er fand ihn ganz sympathisch und konnte verstehen, dass er sich nicht vor anderen Leuten produzieren wollte. Ihm selbst hatte so ein Vorführen auch nie gefallen. Ruben vertilgte in kürzester Zeit drei Stück Kuchen, trank zwei große Becher Kaffee und verabschiedete sich dann wieder.

»Unser Großer ist etwas wortkarg und Lob mag er gar nicht. Er hat diesen Garten wirklich fast allein angelegt«, erzählte Friede, als Ruben gegangen war. »Er ist ein großes gestalterisches Talent, hat ein angeborenes Gefühl für Farben und Formen und schafft es spielend, seine ästhetischen Vorstellungen in die praktische Anlage eines Gartens umzusetzen.«

»Studiert er nicht irgendwas wie Gartenbau oder so?«, wollte Derya wissen.

»Ruben hat einen Abschluss als Landschaftsarchitekt, aber trotzdem arbeitet er immer noch in dem Gartenbaubetrieb, in dem er vor Jahren sein erstes Praktikum gemacht hat. Er hätte wirklich was Besseres verdient, aber er scheint sich damit begnügen zu wollen.« Friede lachte kurz auf und strich sich eine Strähne aus dem Gesicht. Sie hatte die gleiche lockige Mähne wie ihr Sohn, nur war bei ihr das Blond zum Teil bereits in Silbergrau übergegangen. »Ist natürlich auch bequem, noch zu Hause im Hotel Papa zu wohnen, und billiger. Aber ich glaube, es hätte ihm gereicht, Gärtner zu werden, wenn ihn nicht seine ehrgeizigen Eltern zum Abitur gezwungen hätten.«

»Seine ehrgeizige Mutter, wolltest du wohl sagen«, warf Ronald ein und lächelte fein, aber Friede ließ sich nicht unterbrechen.

»Um also die Frage nach der Entstehung dieses Gartens endgültig zu beantworten: Ruben, unser Genie, ist zuständig für die künstlerische Gestaltung und Bepflanzung, und Ronald für den Rest – ob Wege pflastern, Rosenbögen bauen oder Terrassenpodeste zimmern – mein Mann ist ein begnadeter Haus- und Hofhandwerker, nicht, Schatz?«, meinte Friede zu ihrem Mann gewandt und griff nach seiner Hand.

»Tja, die Axt im Haus ...«, kommentierte Ronald selbstironisch, führte Friedes Hand an seinen Mund und küsste sie. Dann stand er auf und begann den Tisch abzuräumen.

»Aber Derya, jetzt erzähl mal, wie geht's dir eigentlich? Was macht das Geschäft? Und wie geht's Koray?«, erkundigte sich Friede.

»Ach, es läuft alles ganz gut bei mir. Hin und wieder schlägt bei Koray noch die Pubertät durch, aber im Großen und Ganzen ist er okay.«

»Georg, hast du vielleicht Lust, dir das Haus einmal anzuschauen?«, fragte Ronald, als er das letzte Tablett mit Geschirr nach drinnen tragen wollte. »Derya kennt es ja schon, und dann können die beiden Weibslüt allein 'n büschen klönen.«

»Gern«, sagte Georg, erhob sich und Derya nickte.

»Das ist gut, ich hab tatsächlich was auf dem Herzen, das ich mit Friede besprechen wollte.«

Als Friede und Ronald ihre Gäste zu ihrem Wagen begleiteten, kamen zwei junge Leute in schnellem Tempo mit Fahrrädern auf den Hof gefahren.

»Na bitte, jetzt seht ihr auch noch den Rest der Familie. Da kommen gerade Rebekka und ihr neuer Freund«, meinte Friede. Auch Rebekka war groß und schlank, und mit ihren langen blonden Locken ausgesprochen hübsch. Sie schien über ebensoviel Charme wie Selbstbewusstsein zu verfügen und hatte den jungen Mann an ihrer Seite voll im Griff. Es gab ein kurzes, lautes Hallo zur Begrüßung und dann trieb sie ihren Begleiter zur Eile. Schon waren die beiden wieder verschwunden.

»Mensch, Rebekka sieht ihrem Bruder ja sehr ähnlich!«, bemerkte Derya.

»Gut beobachtet. Aber ich sage dir, ich kenne kaum zwei unterschiedlichere Charaktere als meine beiden Kinder«, lachte Friede. »Wenn Ruben ein Schweiger ist, dann ist Rebekka eine Schnackerin, das Mädchen kann reden wie ein Wasserfall, und das Wort Schüchternheit kennt sie nicht. Und was das andere Geschlecht anbetrifft«, fuhr sie etwas leiser fort, »ist Ruben ein Mönch und die Kleine keine Kostverächterin.«

»Du musst nicht immer alles über das Liebesleben unserer beiden verraten und außerdem«, meinte Ronald in seiner ruhigen, humorvollen Art, »vielleicht weißt du ja gar nicht alles von ihnen.«

»Ja, ja, mein weiser Mann«, murmelte Friede als Antwort und tätschelte Ronalds Schulter. Derya und Georg bedankten sich für den schönen Nachmittag und wurden von ihren Gastgebern mit einer kräftigen Umarmung verabschiedet. Lange sahen sie dann im Rückspiegel Friede und Ronald Arm in Arm am Tor stehen und zum Abschied hinterherwinken. Die beiden waren fast gleich groß, sahen erstaunlich jung aus und schienen voller Energie zu stecken. Ein beeindruckendes Paar, die beiden, dachte Georg, passen irgendwie gut zusammen. Als ob Derya seine Gedanken erraten hätte, sagte sie plötzlich: »Ach ja, sind das nicht tolle Menschen? Die sind seit 30 Jahren verheiratet und immer noch glücklich, haben zwei klasse Kinder, dieses tolle Haus und sind einfach echt gute Freunde.«

»Doch, sie sind wirklich sehr sympathisch.«

»Für mich sind Friede und Ronald das ideale Paar. Ein Traumpaar. Mein Vorbild für eine perfekte Beziehung«, schwärmte Derya. »Und Friede hat mir damals unheimlich geholfen, hat mir einfach so den Job gegeben, obwohl ich keine Ahnung hatte von Büroarbeit, Computer und so. Sie hat mir einfach vertraut. Sie hat eine wahnsinnige Menschenkenntnis und ist eine sehr kluge Frau.«

»Was macht Ronald eigentlich beruflich?«

»Ronald war Lehrer, hat aber ziemlich früh damit aufgehört. Hat ihn zu sehr frustriert. Er ist irgendwie ständig bei der Schulbehörde angeeckt. Die vielen Vorschriften, die vielen Einschränkungen, sagt er. Dabei kann er ganz toll mit Menschen, auch mit Kindern.«

»Tja, so auf den ersten Blick würde ich auch denken, dass er ein toller Lehrer sein könnte.«

»Aber ich glaube, er hat seine Entscheidung nicht bereut. Es hat ihm damals wohl besser gefallen, seine eigenen Kinder großzuziehen. Jedenfalls war er schon zu Hause, als wir uns kennenlernten. Das war in der Zeit kurz nach Korays Geburt. Friede hat halt auch einfach besser verdient und er hat den Hausmann gemacht. Als die Kinder groß waren, ist es dabei geblieben.«

»Ach, deshalb auch Hotel Papa!«

»Genau. Friede hat's nicht so mit Kochen, Putzen und Betuddeln. Dafür ist Ronald zuständig. Und außerdem baut und bastelt er wie ein Weltmeister, hast du ja mitgekriegt. Inzwischen ist Ronald ja auch schon 60, eine ganze Ecke älter als Friede. Aber bis auf seine weißen Haare sieht er nicht danach aus. Die wirken beide viel jünger, finde ich.«

»Das stimmt«, bestätigte Georg.

»Jedenfalls ist Ronald unheimlich engagiert, in irgendwelchen Projekten, was weiß ich, irgendwie politisch und für die dritte Welt, auch kulturell, spielt selbst Flöte – der macht so viele Sachen, der hätte gar keine Zeit für einen Job.«

»Irgendwie beneidenswert.«

»Ja. Deshalb wirkt der wahrscheinlich auch so total ruhig und zufrieden.«

Sie schwiegen eine Weile, während sie über leere Landstraßen durch die üppige Mailandschaft fuhren. Dann fragte Georg: »Na, hat dir Friede denn weiterhelfen können?«

»Sie hat versucht, mich zu beruhigen, genau wie du. Irgendwelche Adressen von Freunden oder so konnte sie mir leider auch nicht sagen. Aber sie hat mir ein Café genannt, in dem sie Gül und ihre Freundinnen vor einem halben Jahr zufällig getroffen hat. Sie hatte den Eindruck, dass das so eine Art Treffpunkt von denen ist. Seitdem hat sie Gül auch nicht mehr gesehen. Aber Friede meint, dass Gül sich vielleicht irgendwie schuldig fühlt für das Verschwinden ihrer Freundin. Kann sein, dass sie Selma bestärkt hat, ihr eigenes Leben zu leben, denn die war ja ein ganz wohlerzogenes Mädchen, mit Kopftuch und so. Und weil sich in diesen Tagen das Verschwinden ihrer Freundin jährte, ist bei Gül das alles wieder hochgekommen. Friede sagte auch, ich sollte noch eine Weile abwarten. Sie kann sich vorstellen, dass Gül plötzlich wieder auftaucht und tut, als ob nichts gewesen ist.«

»Dann würde ich das an deiner Stelle tun. Friede ist schließlich Psychologin und kennt sich mit Menschen aus, oder?«

Derya sah auf die Fahrbahn und nickte stumm.

»Und wenn deine Gül bis Mitte der Woche nicht wieder bei dir aufgetaucht ist, dann sehen wir weiter.«

Nachdem sie Johannas blühenden Garten bewundert hatten, mit seinen Fliederbüschen, Pfingstrosen und einer Rosa alba, wie Georg zum Erstaunen aller mit Kennermiene angemerkt hatte, saßen sie wieder einmal im traulichen Familienkreise bei seinen Schwiegereltern am Kaffeetisch. Angermüller fragte sich, wer außer den Gastgebern hier eigentlich freiwillig seinen Sonntagnachmittag verbrachte. Seine Schwiegermutter hätte es im Grunde nur recht und billig gefunden, jeden Sonntag ihre drei Töchter mit ihren Familien bei sich zu haben. Schließlich wohnten sie alle in der Nähe, Astrid direkt in Lübeck, Sigrid in Travemünde und Gudrun in Niendorf.

»Wisst ihr, wie das bei uns früher war?«, fragte Johanna immer wieder einmal in die Runde, wenn lange keiner dieser zähen Sonntagnachmittage stattgefunden hatte. »Da gab das gar keine Ausrede. Am Sonntag ging es zu meinen Eltern. Mein Bruder mit Familie war auch da und manchmal meine Schwiegereltern. Da wären wir nie auf gekommen, etwas anderes zu wollen. Das gehörte sich einfach so.« Bitterkeit lag in Johannas Stimme, wenn sie fortfuhr: »Na ja, wir zählen ja schon zum alten Eisen, wir sind eben nicht modern. Und ihr wisst das ja man sowieso alles besser heute, ihr Jungschen.«

Nur die siebenjährige Laura und ihr Bruder Philipp waren von den Enkeln an diesem Nachmittag bei den Großeltern vertreten, die Größeren wehrten sich inzwischen erfolgreich gegen den elterlichen Zwang. Philipp, mit seinen 13 Jahren so alt wie Angermüllers Töchter, war sehr enttäuscht, seine Cousinen wegen ihrer Klassenfahrt nicht anzutreffen. Außer ständigen Streitereien mit seiner kleinen Schwester wusste er vor lauter Langeweile nichts mit sich anzufangen. Doch auch die Erwachsenen quälten sich nur mehr oder weniger apathisch durch den Nachmittag.

Der Einzige, für den Angermüller es wert fand, hier zu sein, war sein Schwiegervater. Heini, mittlerweile 81, ging es nicht besonders gut. Schon lange hörte er schwer und hatte Probleme mit dem Gehen. Nun hatten sich auch noch Herzrhythmusstörungen dazu gesellt. Trotzdem war der alte Mann nicht unzufrieden oder griesgrämig und konnte sich an vielen kleinen Dingen freuen. Man hörte ihn nie jammern. Heini war einfach ein angenehmer Mensch, herzlich, zugewandt, nach wie vor an seiner Umwelt interessiert. Er freute sich immer, wenn Besuch da war und er Unterhaltung hatte – auch wenn er ab und zu zwischendurch ein kleines Schläfchen hielt.

Johanna, die in einigen Wochen ihren 77. Geburtstag feierte, war immer noch die Autorität im Hause, vor der die Töchter, ja die ganze Familie, großen Respekt hatte. Manchmal fragte sich Georg, ob da wohl auch die Aussicht auf das Erbe eine Rolle spielte und sich mancher ausrechnete, bei Wohlverhalten in höherem Maße bedacht zu werden. Wie immer in weißer Bluse, die Perlenkette um den Hals und tadellos frisiert, präsidierte seine Schwiegermutter am Ende der Kaffeetafel und hatte alle und alles in ihrem strengen Blick. Da gegen Abend Gewitter angesagt waren, fand das Kaffeetrinken im Esszimmer unter den düsteren Porträts von Johannas Großeltern statt. Manch ein sehnsuchtsvoller Blick wanderte vom Kaffeetisch nach draußen in den strahlenden Maisonntag.

In letzter Zeit zeichnete sich in der Beziehung zwischen Angermüller und seiner Schwiegermutter eine kleine Veränderung ab – Verbesserung wäre ein zu großes Wort gewesen. War es die stetige Sorge um ihren Mann, war es eine tatsächlich einsetzende Altersmilde, die sie weicher und verletzlicher erscheinen ließ, es gab Momente, da schimmerte bei Johanna so etwas wie Herzlichkeit ihrem Schwiegersohn gegenüber durch. Natürlich wusste er, dass er niemals ihren Ansprüchen gerecht werden konnte: Ziemlich sicher würde sein beruflicher Aufstieg nicht über den Kriminalhauptkommissar hinausgehen, in ihren Augen also völlig indiskutabel. Sein widerspenstiges, lockiges Haar, sein legerer Kleidungsstil und seine leicht übergewichtige Statur hatten mit ihrem Männerbild nichts, aber auch gar nichts gemein, und seine immer noch fränkisch gefärbte Sprache beleidigte ihr hanseatisches Wesen.

Wie gewöhnlich bei diesen Zusammentreffen drehten sich auch heute die Gespräche um Wetter, Urlaub, Auto, ab und zu auch um die Kinder, und wie stets kam irgendwann die Frage nach Angermüllers aktuellem Fall. Und wie stets antwortete Georg, dass er zu laufenden Ermittlungen nichts sagen dürfe, was jedes Mal zu Enttäuschung und Entrüstung führte. Der einzige Trost an diesen Nachmittagen waren die Kuchen, die Johanna immer noch selbst buk, auch wenn es ihr zunehmend schwerfiel. Heute hatte sie eine köstlich erfrischende Rhabarbertorte und ihren berühmten Zitronenkuchen aufgetischt und lud ihren Gästen gern damit die Teller voll. War sie immer die Erste, die Georg wegen seines Bauchansatzes tadelte, so sehr freute sie sich, wenn er an ihrer Kaffeetafel ordentlich zulangte.

Sie hatte ihm ein zweites Stück Rhabarbertorte geradezu

aufgedrängt, das er nun mit Bedacht verspeiste, begleitet von dem wie immer viel zu dünnen Kaffee in Johannas Haus. Während er so die aus Mürbeteig und einer Eiermandelfüllung mit Rhabarber bestehende Kreation sorgsam auf seine Kuchengabel lud, dachte er daran, wie Astrid ihn aus der kleinen Straße hinter dem Burgfeld abgeholt hatte, wo Steffens Haus lag. Er hätte den Weg zu seinen Schwiegereltern auch in zehn Minuten zu Fuß zurücklegen können, doch offensichtlich war es Astrid wichtig gewesen, gemeinsam mit ihm dort anzukommen. Die Ehen ihrer beiden Schwestern waren allgemein als nicht besonders glücklich bekannt und womöglich wollte sie nicht irgendwelchen Spekulationen Nahrung geben, weil sie und ihr Mann zurzeit nicht unter einem Dach wohnten. Auf der kurzen Fahrt zu ihren Eltern hatte sie Georg vorgeschlagen, diesen Umstand am besten gar nicht zu erwähnen.

»Was ist denn dabei, wenn ich das Haus meiner Freunde hüte, solange sie verreist sind?«, hatte Georg absichtlich gefragt.

Nach kaum merklichem Zögern hatte Astrid nur gemeint, dass ihre kleinkarierten Schwestern und Schwager das auch falsch verstehen könnten, was ja nun wirklich nicht sein müsse, oder ob er Lust auf dumme Fragen hätte. Da hatte sie natürlich recht, das hatte er ganz bestimmt nicht.

Auf seine Erkundigung, wie denn ihre Segelpartie gewesen sei, bekam er nur ein »War natürlich klasse. Bei dem Wetter! Und Superwind hatten wir« als Antwort.

»Und was hast du so gemacht?«

»Erst haben wir am Kanal gepicknickt und am Nachmittag Freunde im Lauenburgischen besucht.«

»Wer wir?«, fragte Astrid und sah ihn prüfend von der Seite an.

»Derya und ich.«

»Deine türkische Nachbarin?«, kam es erstaunt von der Fahrerseite.

»Deutsch-türkische Nachbarin«, korrigierte Georg, und dann schwiegen sie beide erst einmal.

»Du bist ja immer schon sehr schnell ziemlich eng mit den Leuten gewesen«, sagte Astrid auf einmal in die Stille. Georg hob ob dieser Kritik, denn das war es aus Astrids Mund, nur gleichgültig die Schultern. Was sollte er dazu sagen? Ja, ihm fehlte die hanseatische Zurückhaltung seiner Frau. Wenn ihm jemand sympathisch war, dann zeigte er das auch. Warum sollte man eine formelle Anstandsfrist einlegen, bevor man seine Zeit mit netten Menschen verbrachte? Oder war Astrid so erstaunt, weil Derya türkischstämmig war? Das konnte er sich bei seiner weltoffenen Frau eigentlich nicht vorstellen. Es blieb ihm keine Gelegenheit mehr, länger über diese Frage nachzusinnen, denn sie waren mittlerweile am Stadtpark angelangt.

Da er sich an der Konversation bei diesen familiären Zusammenkünften ohnehin nie groß beteiligte, kam er auch nicht in die Verlegenheit, bestimmte Dinge aus seinem momentanen Alltag verschweigen zu müssen. Nur einmal, als sein Schwager Peter, Hotelier in Niendorf, wieder einmal lautstark seine Biertischparolen zu ausländischen Mitbürgern, insbesondere Türken, zum Besten gab, konnte Georg sich nicht zurückhalten und hätte fast seine neue Nachbarin erwähnt – doch Astrid, stets wachsam um ihr Ansehen bemüht, auch oder gerade innerhalb ihrer eigenen Familie, hatte ihn mit einem eindeutigen Blick an ihre Sprachregelung erinnert.

»Wie viele Türken kennst du denn, Peter, dass du so genau Bescheid weißt?«, fragte Angermüller stattdessen seinen Schwager.

»Na hör mal, Türken kennt doch jeder! Die arbeiten doch überall, auf dem Markt, im Kaufhaus, mittlerweile auch bei der Post, und sogar bei euch bei der Polizei nehmen sie schon welche!«

»Stimmt. Das ist eine ausgesprochen positive Entwicklung. Aber wir könnten noch viel mehr davon brauchen. Die türkischstämmigen Kollegen sind eine große Hilfe, wenn wir es mit Migranten zu tun haben. Aber ich habe eigentlich nach deinen privaten Beziehungen zu ausländischen oder türkischen Mitbürgern gefragt, weil du dich ja so gut mit denen auskennst. Ich meine, da haben wir doch alle ein Defizit, was zugegebenermaßen natürlich an beiden Seiten liegt.«

»Ich weiß gar nicht, was du willst, Georg«, widersprach Peter und schaute Beifall heischend in die Runde. »Ich bin Stammgast in Alis Dönerbude, der sagt Peter zu mir und wir unterhalten uns immer prima.«

»Wahrscheinlich redet ihr über Fußball, während du deinen Döner isst.«

»Ja, woher weißt du das?«, grinste Angermüllers Schwager.

»Döner! Dass die Türken das ständig essen können, kann ich nicht verstehen«, schüttelte sich Gudrun. »Allein der viele Knoblauch!«

»Unter *den* Türken, liebe Schwägerin, gibt es Leute, die sich mindestens so voneinander unterscheiden wie du und ich«, widersprach Angermüller mit grantigem Unterton. »Außerdem essen sie nicht ständig Döner. Bei Freunden habe ich gerade erst erlebt, dass die türkische Küche sehr vielfältig ist. Es gibt wunderbare Gemüse- und Fischgerichte, köstliche Vorspeisen, ganz viele Sachen, die wir hier überhaupt nicht kennen – auch ohne Knoblauch.«

Gudrun lächelte schief, sagte nichts mehr und würde bei nächster Gelegenheit genau den gleichen Unsinn wie eben erzählen.

»Das mit der türkischen Küche mag ja sein«, entgegnete

Peter ungeduldig und machte eine abfällige Handbewegung. »Kann ich ja meinen Ali mal nach fragen. Aber was ich eigentlich erzählen wollte: Hat sich letzte Woche bei mir doch tatsächlich son türkisches Mädel beworben. Ich hab den Namen gehört und der gleich gesagt, die Stelle ist schon weg. Das kommt noch so weit, dass bei mir sone Kopftuchmutti an der Rezeption sitzt! So was kann ich doch meinen Gästen gar nicht zumuten!«

»Trug sie denn ein Kopftuch?«

»Hab ich doch nicht gesehen, die war doch nur am Telefon. Aber haben die doch alle!«

»Schon mal was von Antidiskriminierungsgesetz gehört?«, fragte Astrid nur kühl.

Peter stellte sich taub.

Georg registrierte erfreut, dass Astrid sich sofort auf seine Seite geschlagen hatte, denn bei all den Punkten, die ihm in letzter Zeit an ihr negativ aufgefallen waren, die Ignoranz und die Vorurteile ihrer Familie teilte sie ganz gewiss nicht. Sie waren eben doch noch ein gutes Team.

»Und dann die ganzen Moscheen, die hier gebaut werden!« Jetzt wollte Peter mal richtig seinen Ärger loswerden und brachte mit seinem empörten Einwurf prompt auch einige Köpfe am Tisch zum Nicken.

»Alles von unseren Steuergeldern! Wozu brauchen wir überhaupt Moscheen in Deutschland? Das kommt noch so weit und wir werden jeden Morgen von so 'nem jaulenden Typ vom Minarett geweckt!«

»Soweit mir bekannt ist, finanzieren die Muslime in Deutschland den Bau ihrer Moscheen selbst, oftmals über Spenden der Mitglieder einer Gemeinde. Du kannst ganz beruhigt sein, kein Cent von dem bisschen Geld, für das du ausnahmsweise Steuern zahlst, fließt in den Bau einer Moschee.«

»Und ich kann dir auch sagen, warum wir Moscheen brauchen«, setzte Astrid der Argumentation ihres Mannes hinzu, »weil wir nun mal ein Einwanderungsland sind, auch wenn das offiziell nicht so gesagt wird, weil hier schon tausende Muslime leben und weil wir gegen die Integration arbeiten würden, wenn wir die Leute in finstere Hinterhof-Gebetsräume abschieben. Es ist doch immer besser, offen miteinander umzugehen, oder?«

Wie meist in der familiären Runde beendete Johanna die Diskussion. »Dass ihr Männer aber auch immer wieder von Politik anfangen müsst! Wir wollen hier doch nur mal nett mit der Familie zusammensitzen. Nu lasst uns man über was anderes sprechen.«

Dass auch Astrid sich unschicklicherweise immer in diese Debatten einmischte, übersah sie geflissentlich.

»Was machen wir jetzt?«, fragte Angermüller seine Frau, als sie sich endlich aus dem Familienidyll abgeseilt hatten und im Auto saßen.

»Ich glaub, ich brauch irgendwas Herzhaftes zu essen nach dem vielen Kuchen.« Er strich sich mit der Hand über den Bauch.

»Ich denke mal, du würdest nicht hungers sterben, wenn du heute überhaupt nichts mehr isst«, entgegnete Astrid. Aber sie lächelte dabei. Wie früher hatten sie gemeinsam den Kampf gegen das Bollwerk provinzieller Engstirnigkeit am Kaffeetisch ausgetragen – und so etwas schweißte zusammen, auch wenn ihnen beiden die Vergeblichkeit ihrer Bemühungen klar war.

»Was hältst du davon, wenn ich uns beiden eine hübsche Kleinigkeit koche? Mir ist eingefallen, in unserem Kühlschrank daheim gibt es noch grünen Spargel. Der sollte jetzt endlich mal gegessen werden. Und ich hab Toni, einem italienischen Küchenchef aus Kellenhusen, den ich vor Kurzem kennengelernt habe, ein Rezept dafür abgeluchst. Die blanchierten

Spargel werden nur mit Pancetta angebraten, bisschen Thymian, Parmesan, Eigelb, dazu Tagliatelle und ...«

»Ach Georg, du wirst dich wohl nie ändern! Schon bist du wieder bei deinem Lieblingsthema gelandet.« In der Ferne hörte man Donnergrollen und aus dem tintenblauen Himmel fielen erste dicke Tropfen auf die Autoscheiben. In einer Mischung aus Amüsement und Resignation sah Astrid zu ihrem Mann. »Grüner Spargel, sagst du? Warum nicht? Fahren wir also nach Hause.«

Bei der Ankunft in St. Jürgen tobte sich das Gewitter direkt über ihnen krachend aus. Astrid und Georg blieb nichts anderes übrig, als im Wagen abzuwarten. Nach ein paar Minuten war der Spuk vorbei, aber immer noch goss es wie aus Eimern.

»Das kann ja noch ewig dauern«, meinte Astrid. »Komm, lass uns schnell hineinrennen, so gemütlich ist es hier im Auto auch wieder nicht, und wir sind ja nicht aus Zucker!«

Im Laufschritt legten sie den Weg durch den dichten Regen zur Haustür zurück. Die Luft war erstaunlicherweise immer noch warm und sie beide nach den wenigen Metern völlig durchnässt.

»Geschafft!«

»Georg, wie du aussiehst! Deine Haare!«

»Und deine erst! Klatschnass!«

Übermütig fielen sie sich im Flur in die Arme. Astrid fuhr lächelnd mit den Fingern durch Georgs sich von der Feuchtigkeit noch mehr als sonst kringelnde Locken und Georg strich ihr die feuchten, blonden Haare beiseite. Ganz sanft küsste er seiner Frau die Regentropfen vom Gesicht und dann ließ sie sich, die immer noch so schlank wie vor 15 Jahren war, die Treppe hoch ins Schlafzimmer tragen. Das Abendessen war erst einmal in Vergessenheit geraten.

Als sie später bei Kerzenlicht hinter der Küche im Wintergarten saßen, fragte er sich, was es eigentlich gewesen war, das ihm die Aussicht auf ein paar Wochen allein in Steffens Haus so verlockend hatte erscheinen lassen. Er saß hier mit seiner Frau beim Wein, nachdem sie die Asparaghi al Pancetta genossen hatten, und sie sprachen über gemeinsam Erlebtes, über Gott und die Welt, nicht wie sonst über Haushalts- und Kinderorganisation, amüsierten sich, lachten zusammen, wodurch der Abend im Nu vorbeiging. Angermüller fühlte sich so leicht und unbeschwert wie lange nicht mehr. Versonnen blickte er durch die geöffnete Terrassentür in den Garten, in dem immer noch eine Wand aus Regen niederging.

KAPITEL V

»Schönes Wochenende gehabt, Kollege?«

»Danke der Nachfrage. War ganz wunderbar. Und selbst?«

»Alles gut«, nickte Jansen und wechselte, nach einem kurzen Blick in den Rückspiegel, auf die Überholspur. »Wir waren die ganze Zeit am Strand. Bisschen in der Sonne liegen, bisschen schwimmen. Samstagabend haben wir gegrillt.«

»Schwimmen?« Ungläubig sah Angermüller seinen Kollegen von der Seite an. »Wie warm war denn die Ostsee?«

»Fast 16 Grad!«

»Das ist wohl nur was für Eingeborene, da kriegst du mich nicht rein!«, schüttelte sich Angermüller.

»Warmbader!«

Sie verließen die Autobahn in Richtung Eutin und sagten den Rest der Fahrt über nicht mehr viel, da Jansen sich auf seine Überholmanöver auf der viel befahrenen Landstraße konzentrierte.

»Und, Claus? Haben wir wieder die Schallmauer durchbrochen?«, fragte Angermüller und schüttelte seine verkrampften Gliedmaßen, als sie vor dem letzten Haus an dem kleinen See im nördlichen Ausläufer Eutins aus dem Passat stiegen. Sie parkten hinter einem Wagen gleichen Fahrzeugtyps, in dem die Kriminaltechnik bereits angereist war.

»Geht so. Reine Fahrzeit knapp 30 Minuten«, grinste Jansen, der jede Autofahrt nutzte, um seine Fähigkeiten als Rallyefahrer nicht einrosten zu lassen. Es war Montagvormittag. Die Sonne schien unbeirrt aus einem grenzenlosen Blau, als hätte es den nächtlichen Dauerregen nie gegeben. Nur die feuchtwarme Luft erinnerte an die Wassermassen, die stundenlang vom Himmel gefallen waren. Die Gartenpforte stand offen. Über drei Stufen gelangten sie zur Haustür, die nur angelehnt war.

»Vergiss es, Kleiner, wir sind hier nicht bei CSI Miami. Die Supermaschinen, die Zaubermittelchen und den ganzen anderen Hokuspokus aus dem Fernsehen, das gibt's bei uns in Schleswig-Holstein nicht. Wir sind ein armes Land, mit einer armen Polizei und wir machen noch solide Hand- und Kopfarbeit.« In einer Türöffnung am Ende des kleinen Flurs standen, wie immer ganz in ihrer weißen Schutzkleidung, Andreas Meise und Dario Striese, der Praktikant. Der Junge überragte Ameise um mindestens eine Haupteslänge und erhielt offensichtlich gerade eine Einführung in seine Arbeitspraxis. »Und was hab ich dir neulich gesagt? Als Erstes wird immer abgesperrt, damit nich irgend son Tüffel alles kaputt trampelt.« Ameise warf einen Seitenblick auf die Ankömmlinge. »Wenn man vom Teufel spricht.«

»Moin«, grüßte Jansen.

»Moin, Moin. Willkommen in der Rosenstadt«, antwortete Ameise für seine Verhältnisse über die Maßen gut gelaunt, während Dario pflichteifrig nach draußen lief, um das Absperrband zu holen. Rosenstadt – so nannte sich Eutin mit den vielen Rosenstöcken vor den Häusern seiner malerischen Straßen und Gassen, zu denen es auch eine alte Legende gab. Für ihn würde die Rosenstadt in Zukunft wohl immer mit dem Grab hier hinter dem Haus verbunden bleiben, dachte Angermüller.

»Können wir uns schon mal umsehen – oder seid ihr noch dabei?«, erkundigte er sich bei Ameise.

»Bitte, tut euch keinen Zwang an. Hier oben sind wir fertig.«

Das Haus war eigentlich eher ein Häuschen. Geradeaus schloss sich eine winzige Küche an den Flur an, zur Linken lag ein etwas größeres Zimmer mit einem Kamin, das durch eine Tür mit einem dahinter liegenden, kleineren verbunden war, in dem ein alter Kanonenofen stand. Ein dumpfer, feuchter Geruch lag in allen Räumen. In dem wenigen Licht, das durch die blinden, mit Pflanzen zugewachsenen Fensterscheiben fiel, war zu sehen, dass die Räume vollkommen leer waren – kein altes Möbelstück, keine vergessene Gardine, keine alte Zeitung, wirklich nichts. An einigen Stellen löste sich Tapete von den Wänden. Wahrscheinlich ein Tribut an die lange Zeit des Leerstands, unter der die Bausubstanz in der kalten Jahreszeit besonders zu leiden hatte. Auch in der Küche kein alter Lappen in der Spüle, keine leere Flasche. Im oberen Stockwerk, in dem sich zwei Räume mit schrägen Wänden sowie das winzige Badezimmer befanden, das gleiche Bild. Hier könnte man was draus machen, dachte Angermüller, als er einen Blick aus einem der Dachfenster warf. Hinter dem Blattwerk der Bäume sah man die Wasserfläche des Sees funkeln. Schade um das Häuschen. Und alles nur, weil bei ein paar gierigen Erben der Verstand aussetzt.

»Sieht so aus, als ob wirklich seit ewigen Zeiten kein Mensch mehr hier gewesen ist«, meinte er zu Jansen.

»Allerdings. Aber davon war ja auch nicht unbedingt auszugehen, oder?«

»Ja, vielleicht. War aber einen Versuch wert.«

Als sie wieder im Erdgeschoss angekommen waren, hörten sie Ameise aus dem Keller rufen und nahmen die Stiege, die vom Flur hinunterführte.

»Ihr könnt eure Neugier auch gern hier unten befriedigen. Aber ich sag euch gleich, auch hier keine Sensationen, außer dass es für einen Keller erstaunlich sauber ist, wenn man mal von Spinnweben und Mäusekacke absieht.«

In der Ecke des einen Raumes sahen sie Friedemann im Schutzanzug stehen, angetan mit einer farbigen Beobachtungsbrille. Hier war wohl früher die Waschküche gewesen, mit einem gemauerten Waschkessel und einem Abfluss in der Mitte. Friedemann hantierte mit einer tragbaren Xenon-Leuchte, deren verschiedene Lichtmöglichkeiten zum Sichtbarmachen von Finger-, Fuß- und anderen Abdruckspuren, Körperflüssigkeiten oder auch Schießpulverrückständen eingesetzt werden konnten.

»Na, Kollegen«, rief er Angermüller und Jansen zu. »Gibt's was Neues?«

»Das hofften wir eigentlich von euch zu hören.«

Vor dem Nebenraum stand der Praktikant und leuchtete Ameise, der auf einem Berg Kohlen herumkletterte, mit einem Akkuscheinwerfer.

»Tja, Ofenheizung. Die Alte, der das Haus hier gehört hat, hat bis zum Schluss selbst ihre Öfen beheizt. Das hält jung. Über 90 war sie, als sie hier ganz friedlich eingeschlafen ist.«

»Und woher weißt du das alles?«

»Ihre Nichte kam mit dem Schlüssel vorbei und hat uns reingelassen. Und da hat sie uns von ihrem lieben Tantchen erzählt. Im Grabe würde die sich umdrehen, wenn sie ihr geliebtes Häuschen in diesem Zustand sehen könnte. Ach ja!«, mokierte sich Ameise und kletterte aus dem Kohlenkeller. »Ab und zu ist diese Nichte mal hier gewesen, um nach dem Rechten zu sehen und den gröbsten Dreck wegzuputzen. In den letzten Jahren allerdings immer seltener, denn sie ist auch schon ziemlich klapprig. Ergo, sollte es Spuren gegeben haben, hat sie die gründlich beseitigt, so pütscherig wie die is. Jedenfalls stammen alle, die wir bis jetzt feststellen konnten, mit ziemlicher Sicherheit von ihr.«

»Habt ihr sie auch gefragt, ob sie …?«

»Haben wir, Herr Kriminalhauptkommissar«, unterbrach Ameise. »Wir wissen doch Bescheid! Ihr ist nix aufgefallen dabei. Wir haben auch die Eingangstüren überprüft, oben die

Haustür und hier die Tür vom Keller zum Garten: keine Spuren gewaltsamen Eindringens.«

»Okay, ihr wisst, wo ihr uns finden könnt, wenn ihr dringende Mitteilungen für uns habt. Frohes Schaffen noch«, verabschiedete sich Angermüller.

»Auf Wiedersehen, die Herren«, antwortete Ameise. »Ihr kriegt selbstverständlich einen ordentlichen Bericht, wie immer. Kann ja unser Kleiner, der Dario hier, machen. Der soll ja schließlich was lernen.«

»Außer Spesen nix gewesen«, meinte Angermüller leicht enttäuscht, als sie sich auf der Umgehung von Eutin auf dem Rückweg befanden.

»Ehrlich gesagt, hab ich sowieso nicht geglaubt, dass wir in dem Haus groß was finden. Wenn das die Brüder waren oder sonst wer aus der Familie, die das Mädchen getötet haben, warum sollten die mit ihr erst noch in dem Haus gewesen sein? Das macht doch keinen Sinn«, stellte Jansen fest.

Als Angermüller darauf nicht antwortete, fuhr Jansen fort, seine Sicht des Geschehens zum Besten zu geben. »Die haben doch wahrscheinlich kurzen Prozess gemacht und dann schnell weg mit der Leiche.«

»Und wie haben sie das Mädchen getötet? Es gab ja keine Spuren an dem Skelett.«

»Messer. Die Türken nehmen Messer. Und wenn man Glück hat, dann geht der Stich einfach so durch, ohne einen Knochen zu berühren, und dann findet die Ruckdäschl natürlich auch nichts.«

»Und wieso sind die ausgerechnet auf ein Grundstück nach Eutin gekommen, um die Leiche zu beseitigen?«

»Was weiß ich«, Jansen zuckte mit den Schultern. Ganz gegen seine Gewohnheit zuckelte er langsam einem Laster hinterher. »Vielleicht ein Tipp von einem Bekannten oder Verwandten? Ein Handwerker, ein Postbote, ein Gärtner, irgendeiner, der hier in der Gegend wohnt oder zu tun hat. Die haben doch immer so große Familien, die Türken.«

»Sag mal, könnte man vermuten, dass du irgendwie Vorurteile hast?«, fragte Angermüller halb im Ernst, halb im Scherz. »Nur so ein paar vielleicht?«

»Erfahrung, das is nur Erfahrung!«, gab Jansen im selben Ton zurück.

Sein Kollege nickte resigniert. »Du hast ja recht. Wir haben hier mehr oder weniger alle diese Bilder im Kopf. Und viele von den Türken, die hierher kommen, stammen halt auch aus ziemlich rückständigen Gebieten, irgendwo weit im Osten, oder sind zumindest so traditionelle Leute wie die Familie von unserem Opfer.«

»Und die Tante des Mädchens hat zumindest nicht gesagt, dass sie ihrer Familie so eine Tat nicht zutrauen würde.«

»Trotzdem. Das bringt uns alles nicht weiter, Claus.«

Jansen ergriff die Gelegenheit und zog an dem Laster vor ihnen vorbei. Der Verkehr auf der kerzengeraden Landstraße war erheblich geringer als auf der Hinfahrt. Nach wenigen Minuten erreichten sie die Auffahrt zur Autobahn.

»Ich denke, wir sollten bald einmal mit dem deutschen Exfreund des Mädchens reden«, nahm Angermüller den Faden wieder auf. »Wer weiß. Verschmähte Liebe, Eifersucht, gekränkte Eitelkeit sind ebenfalls passable Motive, und dieses Grab unter einem Rosenbusch würde dazu auch besser passen.«

»Wenn du meinst.«

Jansen bremste. Sie befanden sich zwischen Pansdorf und Ratekau. Plötzlich stockte der Verkehr vor ihnen, wurde immer langsamer und kam schließlich nur noch meterweise vorwärts.

»Oh Mann«, stöhnte Jansen und schaltete den Polizeifunk

ein. Auf dem Autobahnstück direkt vor ihnen war ein Tanklaster mit einer Ladung Milch verunglückt. »Das kann ja ewig dauern.«

Wenn Claus Jansen eine Eigenschaft fehlte, dann Geduld. Im Stau zu stehen musste für ihn eine Art Folter bedeuten. Alle paar Minuten ging es nur einige Meter vorwärts. Genervt stellte Jansen jedes Mal den Motor ab und trommelte mit den Fingern aufs Lenkrad. Langsam wurde es ziemlich heiß im Auto, weshalb Angermüller beide Fenster herunterließ. Ein leichter Wind strich durch das Wageninnere und brachte einen kräftigen Geruch nach Gülle herein.

»Oh nee!«

Jansen litt. Angermüllers Handy meldete sich.

»Wenn wir hier durch sind, kannst du gleich wieder umdrehen. Wir müssen nach Neustadt«, teilte der Kriminalhauptkommissar seinem Kollegen mit und schob sein Handy zurück in die Hosentasche.

Fast eine halbe Stunde dauerte es noch, bis sie dem Stau entronnen waren und den Weg in die Gegenrichtung antreten konnten. In der Garageneinfahrt eines weißen Hauses am Kremper Weg stand ein Streifenwagen, daneben warteten zwei Uniformierte und ein älterer Mann im Blaumann.

»Moin«, grüßte der eine Beamte. »Das ging ja schnell. Hier, der Willi Kaminski, der hat angerufen. Der zeigt Ihnen die Bescherung.«

Der Angesprochene nickte nur und stapfte ohne weitere Erklärung in seinen Gummistiefeln sofort los. Der eine Streifenbeamte und die beiden Kommissare, die etwas überrascht schauten, folgten ihm hinter das Haus, das auf dieser Seite noch zwei weitere Stockwerke aufwies, da es an einem Hang lag. Es verfügte auf jeder Ebene über eine Terrasse und großzügige Glasfronten und war viel geräumiger, als sein

Anblick oben an der Straße vermuten ließ. Daran schloss sich ein weitläufiges Gartengrundstück an, das sich den ganzen Hang nach unten zog und an einem berankten Zaun endete.

»Das Neustädter Binnenwasser«, erklärte Willi Kaminski und blieb stehen, als er die Blicke der beiden Kommissare auf die weite Wasserfläche bemerkte, die sich unterhalb des Hanges hinter einem Wäldchen ausbreitete. Angermüller schätzte Kaminski auf Mitte bis Ende 60. Er war ein drahtiger Typ, offensichtlich an körperliche Arbeit gewöhnt, und hatte zwei beeindruckend große Hände.

»Ist schön, nich, unser Binnenwasser?«, fragte der Streifenpolizist stolz. »Das ist alles schon seit über 20 Jahren Naturschutzgebiet. Hier gibt's Uferschnepfen, Flussseeschwalben und andere seltene Vögel. Außerdem rasten hier viele Wildgänse und …«, der Beamte unterbrach sich. »Aber deswegen sind Sie ja nicht hier.«

Angermüller nickte. Bisher hatte er den See immer nur von der Autobahn aus an sich vorbeiziehen sehen, die im Nordwesten in einem großen Bogen um Neustadt verlief. Von hier oben hatte man eine wunderbare Aussicht auf das Gewässer und noch weiter in die sanfte ostholsteinische Hügellandschaft. Rechterhand, die Anhöhe in der Ferne mit dem Sendemast, musste der Bungsberg sein, dachte Angermüller, mit 168 Metern schon die höchste Erhebung seiner Wahlheimat Schleswig-Holstein. Vor der Sonne hingen jetzt trübe Schleier, und die Schwüle hatte noch zugenommen. Das Wetter schien umzuschlagen.

»Da unten isses«, sagte Kaminski plötzlich unvermittelt, deutete ans Ende des Gartens, wo eine Art Laube zu stehen schien, und trottete wieder los. Die drei folgten ihm den gepflasterten Weg hinunter, der braun und an manchen Stellen ziemlich rutschig war vom Erdreich, das der Regen in der

Nacht aus den weiter oben liegenden Beeten herausgewaschen hatte.

»Da wären wir.«

Sie waren in der rechten äußeren Ecke des Gartens angelangt, wo ein altmodischer Gartenpavillon stand. Ein mannshoher Flechtzaun aus Holz begrenzte das Grundstück sowohl in Richtung Wasser als auch zum Nachbarn.

»Wohin führt die Tür da im Zaun?«, fragte Jansen.

»Zum Schulwald und zum Binnenwasser«, antwortete Kaminski und schob den Riegel zurück. Ein Steg führte über einen kleinen Graben auf einen Schotterweg.

»Manchmal komm ich auch von hier in den Garten. Is praktischer, wenn ich viel zu schleppen habe«, erklärte er noch und schloss die Tür wieder.

Der Hang, an dem das Haus lag, lief hier unten ziemlich steil aus und endete in einem Beet, das mit einem Steinwall eingefasst war. Alle möglichen Blumen und Kräuter wuchsen darin. Auf einmal stieg Angermüller ein wohlbekannter Duft in die Nase, und dann sah er sie. Die Rosa alba lehnte an dem dunkelbraunen Holzzaun, als ob sie sich von ihm Unterstützung erwartete. Ihre Zweige trugen schwer an den zahlreichen üppigen Blüten. Blütenblätter waren rings um den Rosenbusch verstreut. Das nächtliche Gewitter schien hier heftig gewütet zu haben. Ein Teil der befestigten Böschung des Beetes hatte den Fluten nicht standgehalten und war abgesackt. Die losen Steine hatte jemand ordentlich auf einen Haufen geschichtet.

»Nee«, schüttelte der Uniformierte den Kopf, »hätt ich nie gedacht, dass wir so was mal in Neustadt haben würden.«

Kaminski sagte gar nichts und nahm nur die fleckige Plane weg, die er über die auf der Erde liegende Schaufel gebreitet hatte. Wegen seiner graubraunen Farbe hätte man das Ding, das auf dem Blatt des Spatens lag, für eine überdimensionale faule Kartoffel mit Löchern und Riefen halten können. Doch so große Kartoffeln gab es nicht. Und sie stierten einen auch nicht aus leeren Augenhöhlen und mit grinsendem Gebiss an. Ohne Zweifel blickten sie hier auf einen halb verwesten, menschlichen Schädel.

»Sie haben die Arbeit sofort eingestellt, als Sie darauf gestoßen sind?«, fragte Angermüller und bemühte sich, seine Augen nicht gleich wieder von dem unansehnlichen Objekt zu nehmen. Jansen hatte sich Schutzhandschuhe übergestreift, war in die Hocke gegangen und drehte es vorsichtig nach allen Seiten.

»Jo. Hab nur die Plane drüber gedeckt.«

»Und dann hat er uns gleich angerufen«, setzte der Polizist hinzu.

»Das war auch richtig so«, bestätigte Angermüller. Jansen legte vorsichtig die Plane über den Fund zurück und erhob sich.

»Ist das Ihr Grundstück, Herr Kaminski?«

»Nee.«

»Wem gehört es denn?«

Es war Jansen anzumerken, dass ihm die einsilbige Art des Zeugen auf die Nerven ging. Auch Angermüller fand es nicht angenehm, in der drückenden Schwüle herumzustehen. Er spürte schon, wie ihm erste Schweißtropfen den Nacken herunterliefen. Der Streifenbeamte schaute interessiert zwischen Kaminski und den Kommissaren hin und her.

»Dem Dokter Brecht«, antwortete Kaminski ungerührt. Auch sein blauer Overall wies an vielen Stellen schon feuchte, dunkle Flecke auf, und seine Füße kochten bestimmt in den Gummistiefeln. Doch ihm schien weder die tropische Hitze noch Jansens merkbare Unruhe etwas auszumachen.

»Und Sie arbeiten für ihn?«

»Richtig.«

»Sagen Sie mal, geht das vielleicht ein bisschen flüssiger?«, flehte Jansen. »Wo ist der Dr. Brecht jetzt? Wohnt der allein hier? Was machen Sie hier genau? Wie oft sind Sie hier?«

»Herr Kommissar, der Willi is nach dem Krieg aus Ostpreußen hierher gekommen«, schaltete sich der Neustädter Beamte ein. »Die reden nich so viel, die Ostpreußen. Eigentlich war der Willi ja Fischer. Stimmt doch, Willi?« Kaminski nickte. »Aber hier in Neustadt liegen schon lange die Kutter nur noch zur Dekoration für die Touristen. Jetzt macht er mal dies und mal das, um seine kleine Rente aufzubessern. Nich, Willi?«

Auch mit Hilfe des Neustädters dauerte es noch eine ganze Weile, bis die Beamten erfahren hatten, was sie wissen wollten. Dr. Brecht arbeitete als Chirurg im Krankenhaus. Soweit der Streifenpolizist wusste, war er geschieden, bewohnte das Haus zurzeit allein und war viel auf Reisen. Willi Kaminski kam seit letztem Herbst meist einmal pro Woche in den Garten, wenn das Wetter es zuließ, was seiner Meinung nach viel zu selten war, aber mehr wollte der Dokter, wie er seinen Arbeitgeber nur bezeichnete, nicht investieren. Endlich konnten sie, nachdem sie noch seine Personalien aufgenommen hatten, den wortkargen Mann ziehen lassen. Sie warfen einen Blick in den Gartenpavillon, der mit diversen Gartenmöbeln, einem Rasenmäher und Gartenwerkzeugen belegt war und nicht den Eindruck machte, als ob hier jemand in letzter Zeit seine Mußestunden verbracht hatte.

Gleichzeitig mit dem Team von der Kriminaltechnik traf die Rechtsmedizinerin ein. Die Sonne stach vom Himmel, weshalb sich Jansen und Angermüller in den komfortablen Schatten eines Baumes zurückzogen und von dort ihre Kollegen beobachteten. Anders als bei ihrem Zusammentreffen in Eutin gebärdete sich Ameise nun fast so schweigsam wie der ostpreußische Gärtner. Mit lange einstudierter

Routine legte er zusammen mit dem Praktikanten den restlichen Körper frei, der sich unter der schweren, nassen Erdschicht verbarg. Was da zum Vorschein kam, bot wahrlich keinen schönen Anblick. Angermüller versuchte davon zu abstrahieren, dass diese Knochen, die zum Teil von undefinierbaren Resten einer mürben Masse umgeben waren, einmal zu einem Menschen gehört hatten. Zwischendurch musste Dario Striese mit der Kamera den Zustand des Kadavers und seines Liegeortes dokumentieren. Friedemann machte sich an die Untersuchung des Pavillons.

Angermüller fragte sich, ob es der Anwesenheit der jungen Rechtsmedizinerin zu verdanken war, dass Ameise sich so friedlich und ganz auf die Sache konzentriert verhielt. Frau Dr. Ruckdäschl war Anfang 30, eine zierliche Person mit wachen Augen, die ihr dunkles Haar in einer kurzen Ponyfrisur trug. Auch im weißen Schutzanzug wirkte sie durchaus apart. Und sie wusste sehr genau, was sie wollte und vor allem, was sie nicht wollte. Das hatte sie Ameise, der um einiges älter und sogar ein paar Zentimeter größer war als sie, gleich bei ihrer ersten beruflichen Begegnung unmissverständlich wissen lassen. Sie gab klare Anweisungen und traf ebensolche Aussagen. Da war der larmoyante Anruf in der letzten Woche im Kommissariat ganz und gar nicht typisch für sie. Wahrscheinlich hatte sie da wirklich nur ihren Frust über die Arbeitsüberlastung durch Steffens lange Abwesenheit loswerden wollen.

Auch sie arbeitete jetzt umsichtig und aufmerksam, hockte neben dem freigelegten Körper und sprach leise in ein Diktiergerät.

»Herr Angermüller?« Dr. Ruckdäschl sah sich nach ihm um und lächelte den Angesprochenen freundlich an. »Kommen Sie bitte ein wenig näher? Ich möchte Ihnen meine bisherigen Ergebnisse vorstellen, auch wenn sie noch etwas mager sind.«

»Schießen Sie los.«

»Also, es handelt sich um eine weibliche Person, maximal 20 Jahre alt, würde ich sagen. Soweit ich es von hier aus beurteilen kann, gibt es keine Spuren von äußerer Gewalteinwirkung. Das, was Sie hier an den Knochen sehen«, sie deutete mit ihrem behandschuhten Finger auf etwas, das wohl ein Teil eines Armes war, »diese helle, bröselige Substanz, das sind Gewebereste, sogenannte Leichenlipide oder auch Fettwachse. Der Boden hier ist lehmig und feucht, und in so einem Liegemilieu geht die Verwesung nur langsam bis gar nicht voran, deshalb der Zustand dieser Leiche. Vom jetzigen Wissensstand her sage ich mal, länger als ein paar Jahre liegt sie hier nicht. Wie genau ich das PMI bestimmen kann, also wann sie zu Tode gekommen ist, werden wir sehen. Dafür brauche ich noch einige Parameter. Es wird sich zeigen, wie weit ich da komme.«

Wieder zeigte sie auf eine Stelle des halb verwesten Leichnams. »Sehen Sie das? Das ist sozusagen ein Glücksfall: zwei Schrauben im Kniebereich. Das ist bestimmt nach einer komplizierten Fraktur gemacht worden. Wenn wir die Teile im Institut geputzt haben, schicken wir eine Aufnahme zu den Krankenhäusern in der Gegend. Das hilft uns bestimmt bei der Identifizierung.« Sie erhob sich. »Es gibt allerdings noch etwas anderes, das ich persönlich an diesem Fall ziemlich bemerkenswert finde. Und nicht nur, weil ich eine ganz besondere Schwäche dafür habe. Einen sehr speziellen Beifund sozusagen. Was sagen Sie denn dazu?« Sie deutete auf den Rosenstrauch, den die Kriminaltechniker mit einer Schnur am Zaun festgebunden hatten, damit er nicht auf die Fundstelle kippte. »Ich möchte mich ja nicht in Ihre Kompetenzen einmischen, aber glauben Sie, das ist ein Zufall? Dass genau hier wieder so eine wunderbare Félicité Parmentier über dem Grab wächst wie beim letzten Fund?«

Angermüller schüttelte den Kopf. »Wahrscheinlich nicht. Auch wenn man das nie ausschließen kann. Aber das wird wohl schon einen Einfluss auf unseren Ermittlungsansatz im Fall des Fundes von Eutin haben.«

Einen Moment schauten beide stumm auf die Pflanze.

»Der Duft dieser Rose ist betörend, finden Sie nicht?«, begann Dr. Ruckdäschl unvermittelt zu schwärmen. »Bei mir blüht so ein Busch direkt unter meinem Schlafzimmerfenster. Und besonders am Abend verströmt er ein geradezu berauschendes Aroma, das müssten Sie einmal erleben.«

Dem grauenvollen Fund zu ihren Füßen schien sie völlig entrückt. Mit einem träumerischen Lächeln ruhte ihr Blick auf dem herrlichen Rosenstrauch. Wohl wissend, dass die Kollegen ihnen beiden aufmerksam lauschten, fragte Angermüller betont sachlich: »Haben Sie sonst noch irgendwas gefunden?«

Die junge Frau riss sich los. »Weitere Beifunde bisher leider keine«, bedauerte sie. Dann sah sie zu Ameise und Striese und meinte aufmunternd: »Aber mit dem Durchsieben des Erdreichs haben die Herrn Kollegen hier noch eine ganze Weile zu tun, nicht wahr? Vielleicht findet sich ja noch was.«

Ameise und der Praktikant nickten gehorsam.

»Ja, das ist es leider schon. Ich muss jetzt zurück ins Institut. Spätestens morgen hören Sie von mir. Ich kümmere mich als Erstes um das Knie und dann um den Zahnstatus. Damit hatten wir ja beim letzten Mal einen guten Erfolg. Wir bleiben in Verbindung.«

»Dann vielen Dank, Frau Doktor.«

»Aber gern. Wiedersehen.« Die junge Frau schenkte Angermüller ein strahlendes Lächeln, nahm ihre Tasche und machte sich auf den Weg nach oben.

»Aber gern! Wiedersehen!«, flötete Ameise mit grimmigem Unterton, als die Rechtsmedizinerin außer Hörweite war. »Die ist wohl scharf auf dich, was, Angermüller?«

»Könnte es sein, dass ich einfach nur freundlich und höflich zu ihr bin? Aber wenn einem die schlichtesten Grundkenntnisse zwischenmenschlichen Umgangs fehlen ...«, erwiderte Angermüller kühl.

»Na ja, ich sag nur, die Rose unter meinem Schlafzimmerfenster«, gab Ameise mit süffisantem Unterton zurück. Angermüller drehte sich einfach um und ließ ihn stehen.

»Ich glaub aber auch, dass die auf dich steht, die Ruckdäschl«, kommentierte Jansen wenig später, als sie zu ihrem Wagen gingen.

»Dann besuchen wir jetzt mal den Herrn Brecht im Krankenhaus, oder?«, schlug Angermüller vor, ohne auf die Bemerkung seines Kollegen einzugehen.

Der Parkplatz vor der Klinik war mit Autos ziemlich gut gefüllt.

»Sie haben Glück. Der Dr. Brecht hat gerade eine Pause. Ich lasse ihn rufen«, sagte die nette Dame am Empfang. Angermüller sah sich in der modernen, hellen Eingangshalle um, in der sich auffällig viele Patienten an zwei Krücken bewegten. Die Klinik war auf Orthopädie spezialisiert, wie er auf einem Schild gelesen hatte. Es herrschte ein ständiges Kommen und Gehen. Nach wenigen Minuten stand der Arzt vor den beiden Beamten. Er war ein großer, schlanker Mann, etwa in Angermüllers Alter. Der karge Rest seines bereits ergrauten Haares war kurz geschoren und sein Gesicht von tiefer Bräune. Er strahlte auf eine Weise etwas Asketisches aus.

»Was gibt es denn so Wichtiges, dass die Staatsmacht mich hier bei der Arbeit behelligen muss? Hab ich was auf dem Kerbholz?«, fragte er mit sarkastischem Unterton.

»Das wissen wir nicht, Herr Brecht«, antwortet Angermüller ruhig. »Ihr Gärtner hat heute Morgen auf Ihrem Grundstück eine Leiche ausgegraben. Dazu hätten wir ein paar Fragen.«

»Ach du Schiete!« Der Mann schien zumindest ziemlich überrascht zu sein. »Meine Exfrau ist es aber nicht, ich schwöre«, setzte er dann mit einem kurzen, trockenen Lacher hinzu. »Dann setzen wir uns doch lieber mal. Wie wär's in der Cafeteria? Ich brauch erst mal 'nen Kaffee.«

Das Krankenhaus lag etwas erhöht über dem Strand. Von ihrem Tisch am Fenster der Cafeteria konnten sie über die anschließende Grünanlage bis zur Ostsee schauen. Vor die Sonne hatte sich eine dünne, violettgraue Wolkenschicht geschoben, die das Wasser gefährlich dunkelgrün aussehen ließ. Die Fahnen unten am Strand hingen schlaff an ihren Masten.

»Vor sechs Jahren, als wir heirateten, sind wir am Kremper Weg eingezogen«, antwortete der Arzt auf die Frage, wie lange er schon an dieser Adresse wohne. »Wenn sie schon von Hamburg in dieses Kaff zieht, hatte Viola gesagt, möchte sie wenigstens anständig wohnen. Ist zwar kein Vergleich mit ihrer elterlichen Villa in Blankenese, aber eine ganz schöne Lage, ja.« Dr. Brecht rührte etwas abwesend in seinem Kaffeebecher und sah hinunter zum Wasser.

»Und jetzt wohnen Sie da allein, haben wir gehört?«

»Ach ja, haben Sie das gehört?« Er sah sich in der Cafeteria um. Neben ihnen am Tisch saßen zwei ältere Paare bei Kaffee und Kuchen. Als sie Dr. Brechts Blick bemerkten, grüßten sie freundlich und wollten sicherlich zu gern wissen, mit wem er da worüber redete. »Na ja, hier bleibt eben nichts verborgen. Fast 20 Jahre jünger als Sie, Herr Doktor, also man ehrlich, das konnte doch nicht gut gehen, meinte die Frau in der Wäscherei erst vor Kurzem zu mir. Und hier am Nebentisch sitzen auch schon wieder so ein paar knauserige Neustädter, die jeden Nachmittag hier billig Kaffee trinken, und hören zu.«

Trotz dieser Vermutung schien der Arzt es nicht für notwendig zu halten, seine Stimme zu dämpfen, und ließ wieder einen seiner kurzen Lacher hören. »Viola ist vor zwei Jahren endgültig ausgezogen. Inzwischen sind wir geschieden. Und ich hab's irgendwie noch nicht auf die Reihe gekriegt, mich endlich von dem Schuppen zu trennen.«

Wenn er auch versuchte, witzig zu sein, der Mann klang nicht gerade glücklich. Er schien unter der Trennung ziemlich gelitten zu haben, dachte Angermüller. Vielleicht war es auch nur gekränkte Eitelkeit. Für einen Mann steckte immer ein Stück Niederlage darin, wenn eine Frau sich von ihm trennte. Er selbst hatte eine Ahnung von diesem Gefühl.

»Und der Garten am Haus, war der gut in Schuss oder haben Sie den damals selbst angelegt?«

»Dazu kann ich leider nicht viel sagen. Meine Exfrau hat sich um all diese Dinge gekümmert.«

»Das heißt, Sie wissen auch nicht, was dort so wächst, welche Pflanzen erst neu eingesetzt wurden und so weiter?«

»Tut mir leid, da kann ich Ihnen nicht helfen. Für Gartenarbeit ist mir meine Freizeit zu schade. Deshalb beschäftige ich ja den Kaminski seit einiger Zeit, damit das Grundstück nicht ganz verwildert. Ich sitz sowieso meist nur auf der Terrasse.« Brecht fasste sich an die Stirn. »Jetzt, wo ich darüber rede, wird mir wieder bewusst, dass ich dieses Haus so schnell wie möglich loswerden muss. Entschuldigung, das interessiert Sie ja gar nicht. Aber ein Wahnsinn, dass ich das nicht längst getan habe! Wenn Sie jetzt da allerdings so einen grausigen Fund gemacht gaben, das wirkt natürlich nicht gerade verkaufsfördernd. Wissen Sie denn schon, um wen es sich handelt?«

Angermüller schüttelte den Kopf. »Sie sind viel auf Reisen?«

»Haben Sie das auch gehört, ja?«, fragte der Arzt mit einem schiefen Grinsen und wartete die Antwort nicht ab.

»Der Job in der Klinik ist nicht schlecht. Aber ich mach hier nur Hüften. Und als die Krise mit Viola anfing, da brauchte ich irgendwie Luft. Ich musste einfach öfter hier raus. Ein normaler Urlaub wäre nicht das Richtige gewesen, da hätte ich die ganze Zeit doch nur darüber nachgegrübelt, was in meiner Ehe schiefgelaufen ist. Ich hab mich bei einer internationalen Hilfsorganisation beworben und werde zweimal im Jahr zu humanitären Einsätzen ins Ausland geschickt, in Elendsviertel der dritten Welt, wie man so schön sagt. Mein Chef ist mit meinen Auszeiten einverstanden, ich mach was Sinnvolles, und mein kleines Leben mit seinem lächerlichen Kummer relativiert sich immer wieder aufs Neue. Das tut mir unheimlich gut.«

»Könnten Sie uns eine Aufstellung geben, von wann bis wann Sie in den letzten Jahren Ihre Auslandseinsätze hatten?«, erkundigte sich Angermüller.

»Für mein Alibi, was?«, lachte Brecht kurz auf.

»Es wäre wichtig für uns«, entgegnete Angermüller nur.

»Das können wir gleich machen. Die Personalabteilung müsste das eigentlich anhand meiner Gehaltsabrechnungen feststellen können. Ich sag dort Bescheid.«

Als Angermüller und Jansen gegen Abend ins Büro zurückgekehrt waren, hatten sie noch kurz mit Niemann zusammengesessen und die Lage diskutiert. Natürlich waren sie aufgrund der Tatsache, dass über jedem der Fundorte diese spezielle Sorte der Rosa alba wuchs, ziemlich sicher, dass von einer Verbindung zwischen beiden Fällen auszugehen war.

»Wär sonst ja wirklich ein verrückter Zufall, oder?«, meinte Angermüller.

»Soll's manchmal geben«, antwortete Niemann.

Jansen zuckte mit den Achseln.

»Vielleicht wissen wir nach der Identifizierung ja schon

mehr. Dr. Ruckdäschl kümmert sich um das geschraubte Knie, und du, Thomas, machst dich wieder an die Vermi/Utot. Ameise und sein Team sind auch noch am Spuren auswerten. Morgen früh sieht die Welt schon ganz anders aus. Jetzt machen wir erst mal Feierabend!«

Angermüller stand auf, ging auf den Flur und holte sein Handy heraus. Er wollte Astrid fragen, ob er heute Abend für sie beide etwas kochen sollte. Der Himmel vor den Fenstern hatte mittlerweile eine bedrohlich dunkle Farbe angenommen. Da hatte sich in der schwülen Luft mächtig etwas zusammengebraut.

»Ich hab dir doch heute Morgen beim Frühstück noch erzählt, dass wir heute ein Vorbereitungstreffen im Verein haben. Ach Georg, mein kleiner Träumer, hast du mir wieder nicht zugehört?«

Sie bemühte sich, nett zu sein, das merkte er. Aber er hatte es wieder einmal verbockt, hatte wieder einen Beweis für seine Unaufmerksamkeit und seine Unzuverlässigkeit geliefert.

»Und weil du wahrscheinlich auch alles andere dann nicht mitbekommen hast, sag ich's nochmal: Morgen Abend findet dann die Gesprächsrunde mit Kolleginnen und Kollegen von Asylhilfeorganisationen aus anderen Bundesländern statt, die wir heute vorbereiten. Die Kirche hat dieses Treffen organisiert. Und Mittwoch kommen Julia und Judith zurück.«

»Schade«, meinte Georg nur und sah zu, wie im Osten über der Altstadt die ersten Blitze zuckten.

»Tut mir leid! Als wir das planten, dachte ich noch, wie praktisch, dann gibt es wenigstens keine Probleme mit unserer Alltagsorganisation, weil die Kinder nicht da sind.«

Astrids Bedauern hielt sich in Grenzen. Offensichtlich wollte sie auch nicht länger mit ihm telefonieren.

»Und denk bitte daran«, ermahnte sie ihn nur noch. »Wir

sehen uns beim Abholen am Mittwoch um 18 Uhr an der Schule.«

Dann wünschte sie ihm schnell einen schönen Abend und legte auf. »Wetter sieht nicht so gut aus. Soll ich dich im Wagen mitnehmen?«, fragte Jansen seinen Kollegen, als der noch unschlüssig im Flur herumstand. Angermüller nahm das Angebot an. Als Jansen erstaunt fragte, wieso er denn in die Gegend am Burgfeld wollte, meinte er nur, dass er Steffen versprochen habe, während dessen Urlaub in seinem Haus ab und zu mal nach dem Rechten zu sehen.

KAPITEL VI

Nach den heftigen Gewittern am Vorabend war die Luft rein und klar und der Dienstag erfreute die Menschen im Norden wieder mit blauem Himmel und Sonnenschein. Gegen Mittag meldete sich telefonisch die Rechtsmedizinerin im K1 und verlangte ausdrücklich, den Kriminalhauptkommissar Angermüller zu sprechen, was dem wieder eine Menge vielsagender Blicke der Kollegen einbrachte.

»Wir haben gestern eine Röntgenaufnahme von dem mit Schrauben fixierten Kniegelenk angefertigt und bei den Krankenhäusern hier im Umkreis angefragt, ob es bei ihnen in den letzten fünf Jahren einen derartigen Fall gegeben hat, und Sie werden es nicht glauben: Bei uns hier im Uniklinikum haben wir einen Volltreffer!«

»Das hört sich gut an.«

»Vor drei Jahren wurde eine Patientin nach einem komplizierten Bruch dort eingeliefert und behandelt. Da sie sich noch im Wachstum befand, musste sie sich zur Kontrolle regelmäßig dort vorstellen. Und da sind natürlich jedes Mal wieder Aufnahmen von dem Knie gemacht worden. Deshalb hat sich der Kollege auch gleich wieder an den Fall erinnert. Er hat mir die letzten Röntgenaufnahmen und auch noch die CT-Daten geschickt. Es besteht kein Zweifel.«

»Von wann stammt denn die letzte Aufnahme?«

»Vom März vorletzten Jahres. Er sagt, er hätte sich anfangs noch gewundert, dass die Patientin danach nie wieder erschienen ist, obwohl sie mehrfach eine Aufforderung zur Untersuchung hingeschickt hätten. Aber dann hat er gedacht, na ja, Türken eben …«

Angermüller stockte der Atem. »Was sagen Sie da?«, unterbrach er aufgeregt die Rechtsmedizinerin.

»Entschuldigung! Ich habe nur den Kollegen zitiert. Er meinte noch, vielleicht wollten die Eltern nicht mehr, dass ein männlicher Arzt die Tochter behandelt und haben sich jemand anderen gesucht. Bei diesen Muslimen wüsste man nie.«

»Ich habe mich jetzt weniger über die Ausrucksweise Ihres Kollegen empört, als dass ich ziemlich überrascht bin«, stellte Angermüller immer noch etwas perplex fest. »Haben Sie denn auch Personendaten für uns?«

»Ja, es handelt sich um ein Mädchen aus Bad Schwartau. Sie wäre jetzt 19 Jahre alt. Ich fand das auch bemerkenswert, dass sie wieder aus einem türkischen Umfeld kommt. Ich habe Ihnen Namen, Adresse und so weiter schon als Mail geschickt. Im Übrigen waren auch diesmal weder am Skelett noch an den Weichteilresten Spuren äußerer Gewaltanwendung auszumachen. Meinen kompletten Bericht bekommen Sie morgen.«

»Ich danke Ihnen, Frau Dr. Ruckdäschl, damit haben Sie uns sehr geholfen, gute Arbeit. Das ging ja wirklich unglaublich schnell.«

»Oh, vielen Dank für das Kompliment. Ich mache doch nur meinen Job. Aber vielleicht kann man das ja trotzdem gelegentlich bei einem Glas Wein feiern. In einer etwas entspannteren Atmosphäre.«

»Ja, das sollte man mal machen«, hörte sich ein erstaunter Angermüller höflich sagen. »Ich muss jetzt wieder, Frau Dr. Ruckdäschl. Also vielen Dank noch mal und einen schönen Tag!«

»Desgleichen. Wiederhören.«

Langsam legte er das Telefon beiseite. Jansen und Niemann standen im Türrahmen und starrten ihn gespannt an. »Wieso bist du überrascht? Nun mach's nich so spannend!«, forderte

Jansen. »Oder hat dich die Frau Doktor nur zum Rosenschnuppern einladen wollen?«

Wenn Jansen gewusst hätte, wie nah er dran war, dachte Angermüller, während er am Computer sein Postfach aufrief. »Tja, Freunde, haltet euch fest: Bei der Neustädter Leiche handelt es sich ebenfalls um eine junge Türkin.«

»Was?«, rief Jansen und Niemann schüttelte ungläubig den Kopf. »Das is ja der Hammer.«

»Heißt Fatma Aksoy, kommt aus Bad Schwartau. War 17 Jahre alt, als sie sich im März vor zwei Jahren das letzte Mal mit ihrem Knie in der Klinik vorstellte«, las Angermüller die Daten aus der E-Mail vor, die Dr. Ruckdäschl ihm geschickt hatte.

»Werde ich sofort in der Vermisstendatei nachprüfen. War mir gleich aufgefallen, dass bei uns in der Gegend noch eine Türkin in dem Alter als vermisst gemeldet worden war«, stellte Niemann fest, auf dessen Erinnerungsvermögen immer Verlass war. »Aber zu dem Zeitpunkt hab ich mir natürlich noch keine weiteren Gedanken dabei gemacht.«

»Was heißt das jetzt für uns? Keine Familientragödien, keine Ehrenmorde?«

»Auch wenn es ziemlich blöde Zufälle gibt – in diesem Fall glaub ich jetzt auch nicht mehr dran«, bekannte Angermüller. »Jedes Mal ein junges Mädchen, jedes Mal eine Türkin, jedes Mal eine Rose auf dem Grab, noch dazu dieselbe Sorte, beide Male keine Spuren äußerer Gewaltanwendung und beide Fälle hier um die Ecke. Das ist schon ein identisches Tatmuster, oder? Wir müssen mit dem Chef sprechen.«

Keine Viertelstunde später stand der Kriminaldirektor bei ihnen im Besprechungsraum.

»Das sind ja mal wieder Hiobsbotschaften«, sagte er statt einer Begrüßung vorwurfsvoll, als ob die beiden Toten auf das Konto seiner Mitarbeiter gingen.

»Guten Tag erst mal, Harald. Setz dich doch«, versuchte Angermüller seinen Chef zu bremsen, der wie stets vor Ungeduld zu vibrieren schien und dazu neigte, wenn die Lage knifflig wurde, einen kopflosen Aktionismus an den Tag zu legen. Das äußere Erscheinungsbild von Harald Appels – mittelgroß, etwas korpulent, Bürstenhaarschnitt und ein knallblaues Brillengestell im rundlichen Gesicht – ließ einen gemütlichen bis fröhlichen Menschen vermuten. Doch der Kriminaldirektor wurde in komplizierten Situationen von einem weinerlichen Pessimismus beherrscht und konnte unter Stress ziemlich cholerisch werden. Seit einigen Wochen schon leitete er in Personalunion vertretungsweise die Mordkommission, da deren Chef nach einem Bandscheibenvorfall für längere Zeit ausfiel. Korrekterweise musste man sagen, dass Appels sich aus eigenem Antrieb höchst selten in das Alltagsgeschäft seiner Leute einmischte, wofür diese ihm auch sehr dankbar waren.

»Zwei tote Mädchen! Türkinnen! Ich sehe schon wieder die Schlagzeilen!«, stöhnte er jetzt, ließ sich auf einen Stuhl fallen und blickte hektisch von einem zum anderen.

»Noch brauchen wir die Presse ja nicht zu informieren«, konstatierte Angermüller ruhig, wohl wissend, dass gerade Pressekonferenzen eine Leidenschaft des Chefs waren. Zwar gab er stets vor, unter dem Druck der Öffentlichkeit zu leiden, genoss es andererseits aber, wenn er im Mittelpunkt der Aufmerksamkeit stand. Und am liebsten vermeldete er natürlich Erfolge, weswegen er Angermüller und Kollegen dann stets zu schnellerem Handeln zu drängen versuchte, wovon diese sich aber schon lange nicht mehr beeindrucken ließen.

»Wir haben ja gerade eben erst die Mitteilung aus der Rechtsmedizin bekommen, dass es sich bei dem zweiten Opfer auch um ein türkisches Mädchen handelt. Und ich dachte, das ist so wichtig, dass ich dich am besten gleich darüber in Kenntnis setze.«

Der Kriminaldirektor grummelte ohne aufzuschauen irgendetwas Unverständliches, aber es war ihm anzumerken, dass vor allem das letzte Argument seinen Beifall fand.

»Hier. Das ist das zweite Mädchen. Fatma Aksoy. Sie ist Anfang Mai vor zwei Jahren von ihren Eltern als vermisst gemeldet worden.« Angermüller schob dem Chef den Computerausdruck über den Tisch, den Thomas Niemann soeben aus der Datei für Vermisste und unbekannte Tote angefertigt hatte. Sorgenvoll betrachtete der Kriminaldirektor das Bild des Mädchens, das unter einem eng anliegenden Kopftuch mit einem netten Lächeln in die Kamera schaute.

»Neben der Tatsache, dass beide Mädchen aus einem türkischen Umfeld stammen, gibt es noch zwei weitere wichtige Analogien: Auf jedem der beiden Gräber findet sich ein Rosenbusch und zwar eine ganz spezielle Sorte, weswegen sich die Annahme eines Zusammenhangs zwischen beiden Opfern geradezu aufdrängt. In keinem der beiden Fälle gibt es Spuren äußerer Gewaltanwendung. Und das ändert natürlich einiges an unserem Ermittlungsansatz.«

Appels nickte, schon etwas ruhiger geworden.

»Bisher waren wir ja von einem Delikt im Migrantenmilieu ausgegangen, mehr oder weniger eine Beziehungstat innerhalb der Familie. Jetzt spricht dafür eigentlich kaum noch etwas, denn soweit wir das bisher beurteilen können, haben die Familien der Opfer nichts miteinander zu tun. Aber wir werden dem noch nachgehen, wenn wir nachher mit der Familie von Fatma Aksoy sprechen.«

»Habt ihr schon die Besitzer der Grundstücke zu den Funden befragen können?«

»Im Prinzip ja«, berichtete Angermüller. »Das Haus in Eutin steht schon seit fünf Jahren leer. Die Erbengemeinschaft hat sich bisher nicht über das weitere Vorgehen – vermieten oder verkaufen – einigen können. Nur eine alte Frau, eine

Nichte der verstorbenen Besitzerin, hat dort hin und wieder nach dem Rechten gesehen und überhaupt nichts bemerkt. Das Grundstück in Neustadt hat ein Arzt gemietet, und wir haben vorhin bereits festgestellt, dass der sich von Mitte April bis Mitte Juni des vorletzten Jahres zu einem Hilfseinsatz in Kalkutta aufgehalten hat. Und um den Riesengarten hat sich bis vor drei Jahren ungefähr seine inzwischen von ihm geschiedene Frau gekümmert. Erst seit letztem Herbst gibt's wieder so eine Art Gärtner. Deshalb ist dem Bewohner auch der Rosenbusch, der da ja plötzlich aufgetaucht sein muss, überhaupt nicht aufgefallen.«

»Was sagt die Kriminaltechnik? Gibt es irgendwelche signifikanten Spuren?«

»Leider haben die Kollegen an keinem der beiden Orte irgendein täterrelevantes Indiz gefunden. Wir schließen daraus, dass die Opfer wirklich nur auf diesen Grundstücken begraben wurden, sich der oder die Täter aber nicht mit ihnen dort aufgehalten haben und sie höchstwahrscheinlich auch woanders getötet worden sind. Im Übrigen haben wir bisher überhaupt noch keinen Hinweis auf die Todesursache.«

»Wie sieht's aus mit einem ausländerfeindlichen Hintergrund?«

»Liegt im Rahmen des Möglichen, würde ich sagen«, bestätigte Angermüller. »Man weiß ja nie, auf welche kranken Ideen die Jungs von der rechten Truppe kommen. Und auch so eine Art Bestattungsritual mit dem Rosenbusch würde dazu passen.«

»Für mich sieht das eher nach einem Einzeltäter aus«, mischte sich Jansen ein. »Irgendein Gestörter, der mal von einem türkischen Mädchen zurückgewiesen wurde, oder einer, der auf türkische Jungfrauen steht. Irgend so ein Perverser halt.«

»Egal wie«, meinte Angermüller. »Unter den neuen Gegebenheiten sollten wir den jungen Mann, von dem sich Meral Durgut damals so schnell getrennt hat, auf jeden Fall auch als Zeugen vernehmen. Zu diesem Zeitpunkt würde ich gar nichts ausschließen.«

»Wie wollt ihr jetzt vorgehen?«

»Als Erstes werden Jansen und ich die Eltern Aksoy aufsuchen. Vielleicht ist es hier ja einfacher als im Fall Durgut, die letzten Tage vor dem Verschwinden des Mädchens zu rekonstruieren. Und dann werden wir uns um diesen jungen Mann kümmern.«

»Schafft ihr das mit eurer Besetzung?«

»Wieso, hast du Verstärkung für uns?«

Bedauernd schüttelte Appels seinen Kopf. »Ihr wisst ja, dass einige Kollegen Urlaub haben, ein paar sind krank und bei unserer dünnen Personaldecke …«

»Ich versteh schon«, unterbrach Angermüller seinen Chef. »Aber nett, dass du gefragt hast.«

»Gut«, Harald Appels stand auf. »Dann gute Verrichtung weiterhin. Wenn ihr irgendwas von der Staatsanwaltschaft braucht – Durchsuchungsbeschluss, Pressekonferenz oder so was – kann das auch gern mit dem entsprechenden Nachdruck über mich laufen. Ich höre von euch.«

Diese Woche sah es mau aus mit Aufträgen für Deryas Köstlichkeiten. Einerseits natürlich angenehm, etwas mehr Freizeit zu haben. Für heute Abend hatte sie ihre Schwester und Aylin eingeladen und konnte sich tagsüber um den Hausputz kümmern und tausend andere Kleinigkeiten, die auch noch erledigt werden wollten. Andererseits aber kam auch kein Geld herein, sodass Derya schon wieder mit leichter Panik in die Zukunft schaute. Nicht mehr lange, dann begannen die großen Ferien und viele Kunden waren verreist. Auch sie würde, wie jedes Jahr, in der zweiten Ferienhälfte mit Koray in der Türkei sein. Südlich von Çanakkale besaßen ihre Eltern eine kleine Ferienwohnung am Meer. Sie freute sich auf die drei Wochen Sonne und Nichtstun. Wenigstens würde sie dieser Urlaub, bis auf die Flüge, nicht viel kosten, denn ihre Eltern ließen es sich natürlich nicht nehmen, Tochter und Enkel nach allen Regeln der Kunst zu verwöhnen.

Sie zog mit dem Staubsauger weiter. In Korays Reich lag wie immer ein buntes Sammelsurium von Kleidungsstücken, Büchern, CDs und anderen Dingen auf dem Fußboden herum, und Derya sah nicht ein, dieses Chaos beseitigen zu sollen. Dafür konnte ihr Herr Sohn schon selbst sorgen. Badezimmer, ihr Schlafzimmer, Wohnzimmer und die große Küche waren geputzt. Eigentlich hatte sie sich eine Belohnung verdient, dachte Derya. Und dann fiel ihr das Café am Ende der Glockengießerstraße ein, wo Friede vor ein paar Monaten Gül mit ihren Freundinnen getroffen hatte. Koray kam heute eh erst am späten Nachmittag aus der Schule, und zum Vorbereiten des Essens für ihre Freundinnen blieb auch später noch Zeit genug.

Sie parkte ihren roten Lieferwagen schräg gegenüber von dem vegetarischen Café. Die Mittagszeit war vorbei und die Außenterrasse nur mäßig besetzt. Derya suchte sich einen Platz unter einem Sonnenschirm und sah in die Speisekarte. Sie entschied sich für einen Rucolasalat mit gehobeltem Parmesan. Falls sie dann noch darauf Appetit hätte, liebäugelte sie bereits mit einem der hausgebackenen Kuchen, die sie drinnen in der Vitrine erspäht hatte. Während sie den ersten Schluck Milchkaffee nahm, ließ sie ihren Blick schweifen. Ein sehr gemischtes Publikum bevölkerte die anderen Tische: zwei junge Mütter mit Kinderwagen, mehrere Büroangestellte im Anzug, die hier eine verspätete Mittagspause machten, und auch ein Touristenpaar mit Stadtplan und Kamera. Derya aß mit Appetit den frisch zubereiteten

Salat und genoss dann einfach das schöne Wetter, blickte entspannt auf Radfahrer und Fußgänger, die den Klughafen über die kleine Brücke in beiden Richtungen überquerten, und dachte an Gül.

Auf einmal hörte sie jemanden Türkisch mit deutschen Einsprengseln sprechen. Zwei junge Mädchen nahmen am Tisch neben ihr Platz. Die Haare der einen waren fast hüftlang. Außerdem trug sie ein bauchfreies Top zur hautengen Jeans. Beide versteckten ihre Gesichter hinter diesen riesigen, modernen Sonnenbrillen und bestellten bei der Bedienung, die sie als Gäste zu kennen schien, etwas zu trinken. Deryas Herz machte einen Sprung. Vielleicht hatte sie ja Glück! Die beiden steckten die Köpfe über einem Handy zusammen, plapperten aufgeregt und kicherten immer wieder.

Sie sprach die beiden auf Türkisch an. »*Merhaba.*«

Sofort verstummte das lustige Gegacker. Die schwarz bebrillten Gesichter wandten sich ihr hoheitsvoll zu. Das zweite Mädchen trug den *Türban*, das eng um den Kopf gebundene Tuch, das bei ihr sehr schick aussah. Sie wirkte mit der tief dekolletierten Tunika über der Hose nicht weniger sexy als ihre Freundin mit dem glänzenden, dunklen Haar.

»Entschuldigt bitte, wenn ich euch einfach so anspreche. Ich bin Derya Derin. Ich habe den Catering-Service ›Deryas Köstlichkeiten‹. Bei mir arbeitet ein junges Mädchen, Gül heißt sie. Kennt ihr vielleicht eine Gül?«, fragte sie gespannt. Nach einem ersten Erstaunen reagierten die jungen Frauen ziemlich herablassend auf Deryas Kontaktaufnahme.

»Gül Seden?«, fragte die mit dem Kopftuch knapp. Derya nickte.

»Und was wollen Sie von uns?«, fragte das Mädchen weiter. Derya spürte, wie die Augen hinter der Sonnenbrille sie von oben bis unten musterten. Obwohl Derya von Koray das coole Abchecken Erwachsener kannte, schaffte es diese weibliche Variante fast, sie zu verunsichern, und sie redete plötzlich wie ein Wasserfall, um ihr Anliegen zu erklären.

»Ich mache mir einfach Sorgen um eure Freundin. Sie ist nicht zu Hause, ich erreiche sie nicht übers Handy und das schon seit über einer Woche«, schloss sie ihre Erklärungen.

»Tja, bei Gül weiß man nie«, sagte die mit dem offenen Haar nach einer kurzen Pause und verzog ihre dunkel bemalten Lippen zu einem etwas abfälligen Lächeln.

»Im Übrigen ist sie nicht unsere Freundin.«

»Ja, aber ihr trefft euch doch öfter hier, oder?«

»Sie kommt manchmal auch hier ins ›Affenbrot‹, das ja. Eigentlich aber nur wegen Hülya. Die hat irgendwie ein Herz für solche Typen.«

Sie schob die Sonnenbrille zurück ins Haar und Derya sah die unwahrscheinlich langen, makellos lackierten Fingernägel an ihrer Hand.

»Wieso, was für Typen?«

»Na ja, wie diese Gül so rumläuft, das ist doch mehr als peinlich, oder?« Die beiden Mädchen tauschten einen einverständigen Blick.

»Ach so, ihr meint ihre etwas punkigen Klamotten, die sie so gern trägt. Ich finde, das steht ihr ganz gut zu den kurzen Haaren.«

»Sieht assi aus«, widersprach die mit dem *Türban* und drehte den Kopf weg. Güls Kleidungsstil zu diskutieren, das war wohl unter ihrer Würde.

»Wann habt ihr denn Gül das letzte Mal hier gesehen?«, wechselte Derya wieder zu ihrem eigentlichen Interesse.

»Keine Ahnung«, meinte die junge Frau gedehnt. Sie hatte jetzt auch ihre Sonnenbrille hoch über das Kopftuch geschoben. Derya blickte in ihre dunklen, rundherum perfekt geschminkten Augen.

»Ich hab da nie so drauf geachtet. Ist schon länger her.«

Eine gewisse Ungeduld war bei den jungen Damen zu verspüren, sich endlich wieder in Ruhe ihrem unterbrochenen Zwiegespräch widmen zu können.

»Kommt diese Hülya denn heute auch noch hier vorbei?«
Die Langhaarige zuckte mit den Schultern und nahm einen Schluck aus ihrem Saftglas. Das perfekte Make-up ihrer Lippen blieb dabei vollkommen unversehrt.

»So spät kommt die bestimmt nicht mehr«, antwortete ihre Freundin.

»Würdet ihr so nett sein und mir vielleicht ihre Handynummer geben? Das wäre echt super!«, lächelte Derya die beiden an. Sie sahen sich kurz fragend an, und dann nahm die Langhaarige das Handy in Metallicrosa vom Tisch auf, tippte mit ihren Fingern unter den gefährlich langen Nägeln darauf herum und diktierte Derya die Nummer, die diese sich schnell auf die Serviette notierte.

»Vielen, vielen Dank! Das war wirklich nett von euch«, bedankte sich Derya überschwänglich bei den beiden, die nur kurz nickten und dann wieder die Köpfe zusammensteckten. Ob sie sich wohl über mich lustig machen?, dachte Derya, als sie kurz darauf albernes Gelächter hörte. Sie stieg in ihren Wagen. Aber eigentlich war es ihr egal. Waren eben einfach zwei ziemlich dumme Puten.

Der kleine Mann saß auf der Sesselkante, ließ einen tiefen Seufzer hören und legte seinen Kopf in beide Hände. Er hatte gerade erfahren, dass man seine Tochter Fatma gefunden hatte. Angermüller und Jansen saßen im Wohnzimmer der Familie Aksoy, einem übersichtlich möblierten Raum mit Couchgarnitur und Fernseher, der nicht unbedingt Gemütlichkeit ausstrahlte. Sie nippten hin und wieder am Tee, der in den typischen Gläschen mit Goldrand vor ihnen stand und den sie nicht hatten ablehnen können. Vielleicht, auch um sich von seinem Kummer abzulenken, hatte Herr Aksoy darauf bestanden, ihnen das traditionelle türkische Gastgetränk zuzubereiten.

»Allah, Allah! Was für ein Unglück!«, sagte er immer wieder kopfschüttelnd. Er war bereits Rentner und sah bang dem Nachhausekommen seiner Frau entgegen, die in einer Gebäudereinigungsfirma arbeitete. »Was soll ich nur Fatmas Mama sagen?«

»Wir können auch ein anderes Mal wiederkommen, wenn Sie jetzt lieber erst einmal mit ihrer Frau allein sprechen wollen«, schlug Angermüller dem sichtlich aufgelösten Vater vor.

»Nein, bitte bleiben Sie. Wir müssen auch wissen, wer das getan hat«, wehrte der Vater ab. »Fatma, unsere jüngste Tochter. Sie war ein liebes Kind.« Er hatte zwar einen starken Akzent, sprach aber recht flüssig Deutsch. »Ich bin nur sehr traurig.«

An der Wand neben dem Fernseher gab es eine stattliche Sammlung von Familienfotos. Auf einer Truhe davor stand das Foto eines jungen Mädchens – Fatma, wie Angermüller sofort gesehen hatte –, und daneben ein frischer Strauß Rosen.

»Das verstehen wir doch, Herr Aksoy«, versicherte Angermüller und auch Jansen nickte.

»Sagen Sie, hatte Ihre Tochter jemals Probleme mit Leuten, die etwas gegen Ausländer haben, mit irgendwelchen Neonazis? Wurde sie angepöbelt oder bedroht?«

»Vielleicht manchmal dummer Ausländerwitz, ja. Aber sonst nicht. Jedenfalls weiß ich nicht.«

Die Wohnungstür wurde aufgeschlossen und Herr Aksoy fuhr bei dem Geräusch sofort von seinem Platz hoch. »Entschuldigung! Meine Frau kommt«, sagte er und eilte in den Flur. Die Kommissare hörten ihn schnell und atemlos auf Türkisch reden und dann ertönte ein hoher, lang gezogener

Klagelaut, der Angermüller bis tief ins Innere fuhr. Durch die geöffnete Wohnzimmertür sah er eine Frau zwischen vollen Einkaufstüten auf dem Fußboden knien. Eine der Tüten war umgekippt, Äpfel kullerten heraus, neben ihr lagen ein paar Auberginen. Sie achtete nicht darauf, schluchzte herzzerreißend und ließ ihren Tränen freien Lauf. Jansen und Angermüller rutschten unbehaglich auf dem Sofa hin und her.

Langsam ging das Schluchzen in ein Wimmern über. Herr Aksoy streichelte seiner Frau über den Kopf und sprach beruhigend auf sie ein. Nach einer Weile erhob sie sich schwerfällig. Ihr Mann ging zurück ins Wohnzimmer. »Sie kommt gleich.«

»Sollen wir jetzt nicht doch lieber gehen?«, fragte Angermüller noch einmal, aber da kam Frau Aksoy schon herein. Sie zog sich ihr Kopftuch glatt und der Kommissar konnte sehen, wie schwer es ihr fiel, die Tränen zu unterdrücken. Trotzdem nahm sie sehr beherrscht die Beileidsbekundungen entgegen.

»Bitte bleiben Sie, fragen Sie«, forderte sie die Beamten auf und setzte sich in den Sessel neben ihrem Mann, der ihr beruhigend seine Hand auf den Arm legte. »Ich will helfen. Wir wollen wissen, wer Fatma das getan hat.« Sie tupfte sich mit einem Taschentuch die Tränen vom Gesicht, die schon wieder aus ihren Augen zu fließen begannen.

»Gut, wenn Sie meinen«, nickte Angermüller. »Dann würde ich Sie jetzt bitten, uns noch einmal zu schildern, wie das war damals, als Ihre Tochter plötzlich verschwunden ist.«

Herr Aksoy sah kurz zu seiner Frau, die sich etwas zu beruhigen schien, und zog seine Hand wieder zurück. »Unsere Tochter kurz vor ihrem Schulabschluss. Sie wollte gern Einzelhandelslehre machen. Fatma geht in Lübeck Schule. Und an diesem Tag im Mai ist sie nicht nach Hause gekommen. Wir wussten, sie wollte noch treffen mit Freundinnen, und meine Frau hat dort angerufen. Wir uns Sorgen gemacht. Aber die haben gesagt, Fatma schon mehrere Tage nicht mehr in Schule gewesen. Sie dachten, Fatma krank.« Er schüttelte seinen Kopf.

»Was haben Sie denn gedacht, als Sie das hörten?«

»Wir sehr überrascht. Davon wir nichts mitbekommen. Wir sind erschrocken. Was ist da los, haben wir gedacht? Die ganze Nacht wir gewartet, aber sie nicht nach Hause gekommen und dann am nächsten Morgen wir sofort Polizei gegangen«, antwortete Herr Aksoy.

»Und die Kollegen haben eine Fahndung eingeleitet, die aber leider erfolglos war«, ergänzte Jansen, was die Eltern mit traurigen Gesichtern bestätigten.

»Die ganzen Jahre, wir immer gehofft, Fatma kommt zurück.« Auch der Mann wurde kurz wieder von seinen Gefühlen überwältigt.

»Hatte Ihre Tochter denn einen Grund, vor etwas wegzulaufen oder sich etwas anzutun? Gab es irgendwelche Anzeichen für persönliche Probleme bei Fatma?«

»Nein«, erwiderte der Vater und setzte sich wieder auf. »Fatma ging es gut. Sie hatte hier eigene Zimmer, sie hatte viele Freundinnen. Sie ist gern Schule gegangen. Fatma hatte kein Problem.«

Frau Aksoy drehte den Kopf zu ihrem Mann. »Doch, es gab Problem«, meldete sie sich nach einer kurzen Pause leise zu Wort. Sie hatte ein sympathisches Gesicht und schien ein paar Jahre jünger als ihr Mann zu sein. Etwas erschöpft sah sie unter ihrem Kopftuch aus. Immerhin hatte sie die Nachricht vom Tod ihres Kindes zu verkraften. Außerdem hatte sie gerade erst einige Stunden lang Büros geputzt. Ihr Mann sagte halblaut etwas auf Türkisch zu ihr, doch sie schüttelte den Kopf. »Mein Mann will nicht, dass ich darüber rede. Sie denken dann vielleicht falsch. Meiste Leute von unsere Familie leben in Türkei, auch unsere beide andere Kinder sind zurückgegangen, und wir auch zurückgehen, wenn ich fertig bin mit Arbeit.« Ihr türkischer Akzent war noch stärker als der ihres Mannes ausgeprägt. Während sie weitersprach, ließ sie die ganze Zeit ihren Blick auf ihm ruhen. »Wir hatten gefunden eine Mann für Fatma in unsere Heimat. Guter Mann, Sohn von Freund meines Mannes. Wir gedacht, wir tun Gutes für unsere Tochter. Aber Fatma hat gesagt nein. Sie noch zu jung. Sie noch Deutschland bleiben und vielleicht später entscheiden, ob zurück in Türkei. Fatma gutes Kind, hat nicht beschwert bei uns. Aber Fatma nicht glücklich.«

Diesen letzten Satz sagte Frau Aksoy sehr bestimmt. Ihr Mann schien immer mehr in sich zusammenzusinken, je länger sie erzählte.

»Was haben Sie denn getan, als Sie merkten, Ihre Tochter weigert sich, den Mann zu heiraten?«

»Mein Mann erst sehr böse. Hat gesagt, Fatma muss heiraten. Ich gesagt, du willst doch nicht, dass Eltern unglücklich? Vielleicht wir warten mit Hochzeit, eine Jahre, zwei Jahre und dann alles anders.«

»Und wie hat Fatma reagiert?«

»Hat gesagt nein. Sie selbst suchen Mann. Vielleicht auch gar nicht heiraten. Jeden Tag viele weinen. War ganze schreckliche Zeit.«

»Hätten Sie denn das Eheversprechen, das Sie wohl dem Freund oder seinem Sohn gegeben hatten, rückgängig machen können?«

Frau Aksoy zuckte hilflos mit den Schultern. »Sehr schwierig. Leute dort sehr beleidigt, sehr böse«, sie seufzte. »Wir nur Gutes wollten für Fatma, Sie müssen mir glauben!«

So wie Angermüller verstand, waren die Eltern Aksoy wohl eine unauflösliche Verpflichtung eingegangen und hatten sich und ihre Tochter in eine ziemlich ausweglose Situation manövriert. Und dem Mädchen waren die Konsequenzen einer Weigerung, den ausgesuchten Bräutigam zu heiraten, ganz genau bewusst gewesen. Konsequenzen für sich selbst und ihre Eltern. Und die hatten es nur gut gemeint, wie das bei Eltern so oft der Fall ist. Ihm fiel etwas ein.

»Eine Frage: Kennen Sie vielleicht eine Familie Durgut, die in Lübeck wohnt?«

Die beiden Aksoys verneinten. Sehr allein sahen die beiden aus, wie sie nun stumm und in sich zusammengesunken in ihren Sesseln saßen. Sie taten Angermüller von Herzen leid. Wahrscheinlich hatten sie sich die ganzen zwei Jahre mit Selbstvorwürfen gequält und nun diese Nachricht. Gern hätte er ihnen etwas Tröstendes gesagt, allein ihm fiel nichts ein. Nun gut, er und seine Kollegen würden das ihre tun, um die Umstände des Todes von Fatma Aksoy aufzuklären, aber helfen würde das weder ihr noch ihren Eltern.

»Sagen Sie, wissen Sie, ob Ihre Tochter mit einem jungen Mann aus Lübeck bekannt war, einem Deutschen?«

»Unsere Tochter nur Freundinnen«, antwortete Herr Aksoy mit Nachdruck.

»Fatma nur Freundinnen«, bestätigte auch seine Frau. »Aber wir nicht viel wissen über Fatmas Leben«, fügte sie mit deutlicher Resignation an. Bis auf ein Mädchen, das auch in Schwartau wohnte, kannten die Eltern keine Namen und Adressen.

Bevor sie sich verabschiedeten, fiel Angermüller noch eine höchst unangenehme Aufgabe zu: Er musste Fatmas Mutter klarmachen, dass er ihr nicht raten würde, sich den Leichnam ihrer Tochter noch einmal anzusehen. Endlich gelang es ihm, sie davon zu überzeugen, und das Einzige, was er ihr versprechen konnte, war, Bescheid zu geben, wann sie ihr Kind beerdigen konnten. Er fragte dann noch, ob sie Verwandte oder Freunde in der Nähe hätten, die ihnen beistehen könnten, was die Aksoys bejahten. Sie wollten gleich dort anrufen. Trotzdem fühlte sich Angermüller ausgesprochen unbehaglich, als sie die Trauernden so allein zurückließen. Das heitere Wetter, das sie draußen empfing, erschien ihm fast anstößig angesichts des Unglücks von Fatmas Eltern.

Auch Jansen machte einen nachdenklichen Eindruck, als sie wieder in ihren Wagen stiegen. »Die Eltern können einem wirklich leid tun«, sagte er dann. »Arme Schweine sind das.«

»Tja, wahrscheinlich werden die ihres Lebens nie mehr richtig froh werden«, stimmte Angermüller unkonzentriert zu, während er darüber nachdachte, zu welcher Erkenntnis sie durch die Angaben der Aksoys gelangt waren.

»Wir wissen jetzt«, versuchte er ein Resümee, »dass sowohl Meral Durgut als auch Fatma Aksoy eine von den Eltern arrangierte Ehe, die sie ablehnten, bevorstand. Ist das jetzt mal wieder ein Zufall oder besteht da irgendein Zusammenhang?«

»Gute Frage«, antwortete Jansen. »Ich habe keine Ahnung.«

Ein Zettel lag unter der Haustür, als Angermüller sein vorübergehendes Domizil betrat.

›Hallo, Georg! Wir machen heute einen türkischen Abend – hast du Lust? Leider habe ich nicht deine Handynummer. Um 19.30 Uhr geht's los. Wird bestimmt lustig. Komm doch einfach rüber! Derya‹

Hatte er auf einen türkischen Abend Lust? Er wusste es nicht so recht. Einen türkischen Tag, wenn auch einen ziemlich tristen, hatte er ja bereits hinter sich gebracht. Andererseits war gerade nach so einem bedrückenden Erlebnis die Aussicht auf einen Abend allein auch eher deprimierend. Er hatte ohnehin festgestellt, dass er die

Freiheit des Alleinseins viel weniger genoss, als er gedacht hatte. Vielleicht lag es an der fremden Umgebung. Die Villa war von Steffen und David natürlich in jeder Hinsicht sehr geschmackvoll gestaltet worden, doch so behaglich wie in seinen eigenen vier Wänden fand er das stilvolle Ambiente hier nicht. Wahrscheinlich fehlte ihm auch nur das Bewusstsein, andere Menschen um sich herum zu haben – auch wenn Astrid in letzter Zeit des Öfteren Abendtermine hatte und die Zwillinge meist ziemlich früh in ihren Betten lagen und schliefen. Es vermittelte trotzdem ein wohliges, geborgenes Gefühl zu wissen, sie waren einfach da.

»Hi«, begrüßte ihn knapp der lange, dünne Junge, der laut Derya ihr Sohn und ein ziemlich netter Kerl war. Unter seinem riesigen roten T-Shirt, das heute die Aufschrift ›Kanake‹ zierte, hing der Schritt seiner sehr weiten Hose fast zwischen den Knien.

»Dein Bulle, Mama«, rief er noch laut durch den Flur, bevor er in seinem Zimmer verschwand, aus dem der wütende Sprechgesang eines Rappers drang.

»Georg! Wie schön. Komm, hier sind wir«, winkte ihn Derya aus einer anderen Tür zu sich heran. Angermüller dachte gerade noch rechtzeitig an das, was er im Seminar für interkulturelle Kompetenz gelernt hatte, zog sich im Flur die Schuhe aus und stellte sie in die Ecke neben die anderen.

Um einen niedrigen Tisch saßen auf Polstern und Hockern noch zwei andere Frauen und sahen ihm neugierig entgegen. In dem recht geräumigen Zimmer mit den großen Fenstern lagen viele bunte Teppiche, neben- und übereinander. Die Möbel waren eher klassisch, aus Omas Zeiten, als modern. Es gab ein Bücherregal und auch noch einen großen Esstisch mit sechs Stühlen und überall Rosen: auf Gemälden, auf Kissen, auf den bodenlangen Vorhängen, sie zierten ein Tablett, einen alten Teller und eine Tischdecke. Als ob ich's geahnt hätte, dachte

Angermüller, der in Steffens Garten gerade einen Strauß Rosen für Derya abgeschnitten hatte.

»Wie wunderschön, meine Lieblingsblumen! Danke, Georg!«, freute sich Derya, die ihn mit zwei Wangenküsschen begrüßte und dann den anderen Gästen vorstellte. »Das ist meine alte Freundin Aylin und das ist meine große Schwester, Bilhan.«

»Sag Alina zu mir, Georg«, bat die gut aussehende Frau mit den schwarzen Locken, die aufgestanden war und ihm ebenfalls zwei Küsschen zur Begrüßung neben die Wangen hauchte, wobei ihm der Duft eines schweren Parfums um die Nase wehte. »Außerdem bin ich zwar eine langjährige, aber keine alte Freundin!«, betonte sie mit einem schnippischen Seitenblick auf Derya. Auch Bilhan, die ein paar Jahre älter war, hatte sich erhoben und begrüßte Georg herzlich. Bis auf ihre schwarzen Haare sah sie der immer noch karottenroten Derya sehr ähnlich. Die beiden Frauen begutachteten ihn aufmerksam von Kopf bis Fuß, wie Georg mit leichtem Unbehagen bemerkte. Alina sagte etwas auf Türkisch zu den beiden anderen und alle drei prusteten auf einmal los. Zum Glück hatte er gestern zu Hause das weiße Leinenhemd eingepackt und eben noch übergestreift. Es verbarg recht geschickt seinen nach wie vor ein wenig zu umfangreichen Bauch.

»Nun seid nicht so albern«, mahnte Derya lachend die Frauen. »Das ist außerdem nicht nett. Georg versteht doch kein Türkisch.«

»Zum Glück«, kicherte Alina.

»Jetzt lasst uns essen.«

»Was? Wo bleibt der *Rakı*?«, rief Alina. »Derya, du hast gesagt, wir machen einen *Rakı*-Abend!«

»Aber natürlich!« Derya schlug sich gegen die Stirn. »Entschuldigt! Kommt sofort!«

»Setz dich doch zu uns, Georg«, forderte ihn Alina mit

einem gewinnenden Lächeln auf und klopfte auf den Platz neben sich. »Keine Angst, wir beißen nicht.«

Der niedrige Tisch war voll gestellt mit vielen kleinen Schüsseln und Platten, daneben ein Korb mit aufgeschnittenem Fladenbrot. Angermüller lief bei dem Anblick der appetitlich bunten Mischung das Wasser im Munde zusammen. Auf einem Tablett brachte Derya einen Behälter mit Eiswürfeln, einen Krug Wasser, eine Flasche Rakı und vier Gläser herein. In jedes Glas gab sie ein paar Eiswürfel, goss etwas von dem Schnaps darüber und füllte mit Wasser auf.

»*Şerefe!*«, riefen die drei Frauen, ließen die Gläser klingen und stießen auch mit Georg an. Er hatte nie vorher *Rakı* getrunken und war überrascht von dem fruchtigen, milden Geschmack des nunmehr milchig aussehenden Getränks.

»Greift zu, Mädels! Das *Meze*-Büfett ist eröffnet«, lud Derya ihre Gäste ein und reichte eine Platte mit noch warmen Stücken von Kartoffel-*Börek* herum. Auch Koray kam zur Tür hereingeschlurft und wurde von den Frauen mit großem Hallo begrüßt und mit vielen Küsschen bedacht, was dem coolen Jungen sichtlich peinlich war. Doch Alina und seine Tante ließen sich von seinem miesepetrigen Gesicht nicht beeindrucken und trieben so lange ihren Schabernack mit ihm, bis auch er nicht mehr umhinkonnte und zu lachen anfing. Plötzlich war er nur noch ein etwas zu groß geratener Junge, der sich gern verwöhnen ließ, wenn ihm die Damen die besten Bissen zusteckten.

»Ich dachte, du magst nur Pizza!«, sagte Alina erstaunt.

»Als Kind, Mann«, antwortete Koray leicht genervt, als ob das schon Lichtjahre her wäre, doch er grinste und hatte offensichtlich auch einen gesunden Appetit. Georg kostete eifrig von den ihm zumeist unbekannten Köstlichkeiten. Besonders angetan war er von zartem Hühnerfleisch unter einer köstlich samtigen Walnusssauce, tscherkessisches Huhn nannte sich das

Gericht, wie Derya erklärte. Aber auch die kalten *Köfte*, mit Zimt, Kümmel und Piment gewürzt – ohne Knoblauch, wie er seiner Schwägerin Gudrun jetzt gern gezeigt hätte – und die sehr knoblauchhaltige Spinat-Joghurt-Creme mundeten ihm hervorragend. Es war ein warmer Abend, und das würzige Essen tat sein Übriges, sodass Georg sich das Glas gern noch einmal mit dem erfrischenden Drink aus *Rakı* und Wasser auffüllen ließ.

»Schmeckt dir unsere Löwenmilch?«, fragte Bilhan freundlich.

Georg nickte beeindruckt. »Genau das Richtige für so einen warmen Abend.«

Im Gegensatz zu ihrer Schwester war Bilhan die türkische Herkunft immer noch deutlich an ihrem Akzent anzuhören. Allerdings redete sie lange nicht so viel wie Derya. Ihre Kleidung – Rock und leichte Bluse – war von unauffälliger Korrektheit. Vielleicht war das ihrem Leitungsjob in der Schulverwaltung und ihrem Engagement in einer Partei geschuldet, dachte Angermüller. Bilhan war nicht nur eine mutige Kämpferin für die Rechte von Migrantinnen, sie würde auch gern die erste Türkin in der Bürgerschaft werden, hatte Derya ihm erzählt.

»Na dann. *Şerefe!*«, prostete Bilhan ihm zu.

»*Şerefe!*«, ging es Georg schon ganz leicht von der Zunge. Sie redeten und aßen und tranken und plötzlich wehten orientalische Klänge durch den Raum. Derya stand in der Tür, hob die Arme und begann sanft ihre Hüften zu bewegen.

»Oh, Nazan Öncel!«, rief Alina, sprang auf und zog Bilhan mit. »Bei dieser Musik kann doch niemand sitzen bleiben!«

Koray warf einen erschrockenen Blick auf die drei Frauen, die sich gekonnt zum Rhythmus der Musik bewegten, und ergriff die Flucht. Das war dem jungen Mann dann doch zu viel. Plötzlich kamen die drei Tänzerinnen mit auffordernden

Bewegungen auf Angermüller zu, der sich in diesem Moment viel lieber Koray angeschlossen hätte. Auch wenn Georg das Gefühl hatte, neben den Frauen wie ein ungelenker Baumstamm zu wirken, spendeten diese ihm begeisterten Beifall und versicherten, er sei wirklich begabt für türkischen Tanz. So ging es noch eine ganze Weile. Die Frauen tanzten mit verzückten Gesichtern und sangen laut die Texte mit. Auch Angermüller fand Gefallen an der Mischung aus Popmusik und fremdartigen Trommelrhythmen und dem Gesang, der in seinen Ohren irgendwie sehnsüchtig klang und von dem er kein Wort verstand.

»Kaffee zum *Helva*?«, fragte Derya, die sich unauffällig in die Küche zurückgezogen hatte und nun mit einer Platte der frisch zubereiteten Süßigkeit vor ihren Gästen stand, die erschöpft wieder auf ihren Plätzen saßen. Bald darauf kam sie aus der Küche zurück und kredenzte ihnen türkischen Mokka in zierlichen Tässchen. Beim *Helva*, einer Mischung aus Gries, Zucker, Milch und Butter, vermischt mit Pinienkernen, wurde auch Alina schwach und vergaß die sonstige Zurückhaltung beim Essen.

»Bilhan, bitte! Kaffeesatz!«, bettelte sie, als sie ihren Mokka ausgetrunken hatte, und hielt der Angesprochenen ihre Tasse hin.

»Ach ja, Bilhan! Bitte, bitte!«, rief auch Derya.

Nach kurzem Zögern setzte sich Deryas Schwester auf und bat um Ruhe. Sie deckte den Unterteller über Alinas Mokkatasse und drehte sie mit einem Schwung um. Dann zog sie die Tasse langsam hoch und schaute konzentriert auf den dunklen Fleck, der sich auf dem Tellerchen ausbreitete. »Ein Boot, das sieht aus wie ein Boot, und da ist ein Mann.«

»Meiner?«, fragte Alina gespannt.

»Kann ich nicht erkennen«, bedauerte Bilhan.

»Vielleicht ein Urlaubsflirt?«, meinte Derya zu Alina.

»Ja, vielleicht«, nickte diese lebhaft. »Wir wollen im Sommer wieder im Mittelmeer segeln, und schon beim letzten Mal hatten wir so einen ausgesprochen gut aussehenden Skipper.«

Alina schien mit Bilhans Deutung sehr zufrieden. Bei Derya konnten sie sich nicht einigen, ob gute Geschäfte oder ein Gewinn in einer Lotterie ins Haus standen.

»Aber ich spiel doch gar nicht!«, protestierte Derya.

»Na, dann musst du eben mal!«

Und Georg wurde eine hübsche Frau vorausgesagt, was die Damen höchst amüsiert kommentierten – wieder auf Türkisch – und sich dabei vor Lachen kaum unter Kontrolle bekamen. Natürlich konnte Georg nicht verstehen, was sie sagten, aber aus ihrer Mimik und Gestik begann er plötzlich etwas zu ahnen. Und er nahm sich vor, ab jetzt genauer darauf zu achten.

Sie tranken nun alle wieder *Rakı*, und Georg spürte, dass der süffige Traubenbrand mit dem Aroma von Anissamen nicht nur schmeckte, sondern ihm auch langsam zu Kopf stieg. Als die Gespräche begannen, sich um Schönheitsoperationen zu drehen, schaute Georg verstohlen auf die Uhr. Das war ein Thema vollkommen außerhalb seines Interessenbereiches. Schließlich musste er morgen früh wieder zum Dienst. Für Alina, die sich das dank ihres Mannes leisten konnte, schienen Schönheitsoperationen eine völlig normale Maßnahme, um gegen unerwünschte Veränderungen des Körpers im Alter vorzugehen, und sie hatte wohl diesbezüglich auch schon Erfahrung gesammelt.

»Wenn es noch schlimmer wird«, sagte Alina gerade, »dann lass ich mich auch hier operieren. Das hab ich Kajott schon angekündigt.«

Sie stand auf und rollte ruckzuck ihr cremefarbenes Sommerkleidchen hoch bis über den knappen Slip und kniff sich in die Bauchdecke, was sich als nicht einfach herausstellte, da ihr

Bauch flach wie ein Brett war. Bilhan sagte etwas auf Türkisch und zog ihr das Kleid wieder herunter. Aber Alina warf nur einen kurzen Seitenblick auf Georg und zuckte gleichgültig mit den Schultern. Dann setzte sie sich wieder und antwortete etwas auf Türkisch, das die anderen mit einem lauten Lachen quittierten. Sie hoben ihre Gläser und tranken Georg zu.

»Şerefe!«, antwortete Georg. »Ich denke, ich werde mich jetzt verabschieden. Ich glaube, ich störe nur.«

»Aber nein! Bleib doch noch!«, protestierten die drei. Doch Georg ließ sich nicht überreden und verabschiedete sich. »Morgen muss ich wieder früh raus. Gute Nacht allerseits!«

»Das war ein sehr schöner Abend. Danke, Derya«, verabschiedete er sich an der Haustür von seiner Gastgeberin. »Hast du inzwischen eigentlich etwas von Gül gehört?«

Derya schüttelte traurig den Kopf. »Leider nein.«

Als sich herausgestellt hatte, dass es sich auch bei dem zweiten Fund um eine tote Türkin handelte, war Angermüller natürlich kurz der Gedanke an Deryas verschwundene Mitarbeiterin gekommen. Aber weder glaubte er ernsthaft an einen Zusammenhang, noch wollte er seine Nachbarin erschrecken. Deshalb sagte er nur, in der Hoffnung, sie trotzdem von eigenmächtigen Aktionen abzuhalten: »Na gut, du wolltest ja noch ein bisschen abwarten. Aber sag Bescheid, wenn du etwas unternehmen willst.«

Derya nickte gehorsam. Aus dem Wohnzimmer war plötzlich wieder laute türkische Musik zu hören. »Tschüss, Georg, ich glaube, ich muss die Damen da drinnen bremsen, damit's keinen Ärger mit den Nachbarn gibt! Schlaf gut!«, verabschiedete sie sich schnell.

»Du auch. Gute Nacht.«

Nachdenklich schloss Angermüller die Tür von Steffens Haus auf. Warum war ihm das nicht schon früher aufgefallen?

Manche Bemerkung bezüglich seines Gefühls für Ästhetik, seiner Probleme mit den Eltern wegen erster Beziehungen, die Momente, in denen die Frauen heute Abend so albern gekichert hatten, und ihre erstaunliche Offenheit ihm gegenüber – er hätte es längst merken müssen. Er war Steffens bester Freund, und Steffen war schwul und ganz selbstverständlich nahm Derya das Gleiche auch von ihm an. Fast hätte er jetzt laut losgelacht. Er war ja auch an ihrem Irrtum mit schuld, hatte er doch mit seinen privaten Lebensverhältnissen ziemlich hinter dem Berg gehalten. Nun gut, zum Glück hatte er damit kein Problem und würde bei nächster Gelegenheit das Missverständnis einfach aufklären. Auf der anderen Seite, dachte er, machte es natürlich auch den Umgang mit Derya um einiges unkomplizierter.

KAPITEL VII

Irgendwie passt das nicht, dachte der Kriminalhauptkommissar. Na ja, zum Glück bin ich hier kein Patient. Echtes Vertrauen hätte ich wohl nicht unbedingt. Wie ein Kind, das sich als Arzt verkleidet hat, wirkte der blasse Junge im weißen Kittel auf ihn. Er war freundlich und wohlerzogen, wirkte aber gleichzeitig linkisch und sehr unsicher. Angermüller und Jansen saßen mit ihm in der Teeküche der geriatrischen Abteilung. Durch die großen Scheiben zum Flur konnten sie beobachten, wie eine Pflegerin in schnellem Tempo Tablett um Tablett mit Mittagessen von einem Wagen in die Zimmer verteilte. Ein Pfleger manövrierte einen alten Mann im Rollstuhl aus dem Lift, der einen großen Umschlag in den Händen hielt und blicklos vor sich hin stierte.

»Schön, dass Sie Zeit für uns haben«, bedankte sich Angermüller bei dem jungen Mann, der darauf nur ein scheues Lächeln übrig hatte. Unter der Adresse in der Roeckstraße, unter der Leo Panknin gemeldet war, hatten sie ihn nicht angetroffen, nur seine Eltern, die im Erdgeschoss der hochherrschaftlichen Villa, in der die Familie wohnte, ihre Arztpraxen betrieben. Dem Vater hatte es gar nicht gefallen, dass die Kriminalpolizei seinen Sohn im Krankenhaus aufsuchen und keine Auskunft geben wollte, warum. Als sie sich verabschiedeten, war sich Angermüller sicher, dass der Arzt seinen Sprössling natürlich umgehend telefonisch über ihr Kommen informieren würde.

Über dem Duft des Kaffees, der aus Leo Panknins Tasse aufstieg, lag der merkwürdige Geruch nach Reinigungs- oder Desinfektionsmittel, den der Kommissar gleich unten am Eingang wahrgenommen hatte. Krankenhausgeruch eben.

»Ach, so wichtig ist mein Job nicht«, erklärte Leo fast schüchtern. Er hatte zwar nichts davon erwähnt, aber es war offensichtlich, dass er die Beamten tatsächlich schon erwartet hatte. »Ich bin hier nur so eine Art Mädchen für alles, auch wenn ich einen weißen Kittel anhabe. Mit meinem Studium bin ich noch lange nicht fertig. Ich mach auf dieser Station nur eine Famulatur für zwei Monate.«

»Ah ja.« Angermüller studierte die weichen, irgendwie noch unfertigen Gesichtszüge unter den brav nach hinten gekämmten, weißblonden Haaren, die Leo wesentlich jünger als 22 erscheinen ließen. Angespannt und aufmerksam wie ein Prüfling saß er auf der Kante seines Stuhles. »Herr Panknin, sagt Ihnen der Name Meral Durgut etwas?«

Auch wenn der Junge auf das Erscheinen der Polizei vorbereitet war, diese Frage hatte er wohl nicht erwartet. Nervös gab er drei Löffel Zucker in seine Tasse und hörte nicht auf umzurühren. Es war offenkundig, dass er seine Antwort genau abwog.

»Ja, ich kannte mal eine Meral Durgut. Warum fragen Sie mich danach?«, reagierte er dann zögernd, während er Angermüller und Jansen einen unsicheren Blick zuwarf.

»Wir würden gern mehr erfahren über die Zeit vor Merals Verschwinden, und Sie hatten doch eine Beziehung zu dem Mädchen?«

Der Befragte bemühte sich um ein gleichgültiges Gesicht. »Beziehung? Ich war da wohl mal kurz verliebt in Meral.« Er probierte ein ironisches Lächeln, was eine gewisse Blasiertheit hinter seinem gehemmten Auftreten durchschimmern ließ. »Kinderkram«, setzte er noch abfällig hinzu.

»Wann war das?«

»Ich glaube, das war in dem Jahr, in dem ich Abi gemacht habe. Ja, das ist jetzt etwas über drei Jahre her.«

»Erwiderte das Mädchen denn Ihre Gefühle?«

Leo sah zu Boden und Angermüller bemerkte, dass eine sanfte Röte seine Wangen überzog.

»Irgendwie haben wir uns ganz gut verstanden«, stellte der junge Mann leichthin fest.

»Ihre Beziehung hat nicht sehr lange gedauert, oder?«

»Meral hatte sehr strenge Eltern. Ich glaube, das war der Grund, dass sie so plötzlich Schluss gemacht hat. Sie hat mir nicht gesagt, warum.«

»Und das haben Sie einfach so akzeptiert?«, fragte Jansen zweifelnd.

»War doch kein Ding. Sie wollte mich nicht mehr sehen, und ich war damals auch mit anderen Dingen ziemlich beschäftigt.« Er machte eine Pause und nahm einen Schluck Kaffee. Prompt verschluckte er sich und begann zu husten. »Entschuldigen Sie bitte«, begann er noch einmal und gab sich Mühe, völlig gelassen zu wirken. »Ich steckte mitten in den Vorbereitungen für mein Abi und hatte für so was Pubertäres wie Liebeskummer gar keine Zeit. Meine Eltern waren auch sehr froh darüber.«

»Worüber?«, hakte Angermüller nach. »Dass mit Meral Schluss war?«

Leo nickte.

»Hatten Ihre Eltern denn etwas gegen Ihre Beziehung zu Meral Durgut?«, fragte der Kriminalhauptkommissar interessiert.

»Sie fanden, sie passte nicht zu mir«, sagte Leo knapp.

»Warum? Weil sie Deutsch-Türkin ist?«

»Ich weiß nicht. Vielleicht.«

Die Frage war dem Medizinstudenten offensichtlich nicht angenehm. Plötzlich sah er die Beamten an und erkundigte sich barsch: »Wieso kommen Sie eigentlich hierher und fragen mich nach dieser alten Geschichte? Ist Meral wieder aufgetaucht?«

»In gewisser Weise ja«, bestätigte Angermüller und blickte sein Gegenüber ernst an. »Ihre vergrabenen Überreste wurden auf einem Grundstück am Rande Eutins gefunden.«

»Was? Oh mein Gott!«, stieß der junge Mann hervor und wurde blass. »Das ist ja entsetzlich!«

Seine zur Schau getragene Gleichgültigkeit war verschwunden und Röte schoss ihm ins Gesicht. Selbst wenn er gewollt hätte, unter seiner hellen Haut wäre es unmöglich gewesen, solche Reaktionen verborgen zu halten. War es Merals Tod oder dass man ihre Überreste entdeckt hatte, was ihn so schockierte?

»Und was wollen Sie jetzt ausgerechnet von mir?«, fragte Leo Panknin nach einem Moment der Starre. Jetzt wirkte er völlig verunsichert. Kurz schien es Angermüller, als wäre er nahe daran, in Tränen auszubrechen.

»Wie eingangs schon gesagt, wir versuchen nur, uns ein Bild von den letzten Wochen zu machen, bevor Meral damals verschwunden ist«, erklärte Angermüller. »Können Sie uns denn Personen nennen, mit denen das Mädchen damals sonst noch Kontakt hatte? Oder wo haben Sie sich zum Beispiel mit ihr getroffen? Zu Hause oder im Café oder wo? Gab es da einen bevorzugten Ort?«

»Das ist schon so lange her«, wand sich der Junge. »Und andere Freunde von ihr hab ich nie kennengelernt.«

»Und wo haben Sie sich getroffen?«

»An der Schule meistens.«

Es war nur allzu deutlich, dass er keine Lust hatte, sich genauer mit den Fragen des Kommissars zu befassen.

»Und was haben Sie dann gemacht? Sie sind doch bestimmt nicht auf dem Schulhof geblieben, sondern in ein Café gegangen oder weiß der Geier wohin!«, mischte sich Jansen etwas polterig ein. »So schwer kann das doch nicht sein, sich daran zu erinnern, Sie arbeiten zwar hier in der Geriatrie, aber Sie selbst sind doch noch keine 80!«

Leo Panknin warf ihm einen gekränkten Blick zu und schwieg erst einmal.

»Wir waren manchmal bei Burger King, manchmal im Kino«, kam es schließlich etwas zögerlich. »Und ein paar Mal auch bei mir zu Hause. An anderes kann ich mich nicht erinnern.«

»Und Ihre Eltern fanden es nicht so gut, als Sie Meral nach Hause brachten?«

»Die haben das gar nicht mitbekommen. Nur ganz zum Schluss, und da war das dann sowieso schon vorbei.«

»Aha«, meinte Angermüller nur und dachte, dass vielleicht auch die Begegnung mit Leos Eltern eine Rolle bei Merals Entscheidung gespielt haben könnte.

»Und Sie haben Meral also gar nicht wiedergesehen, nachdem sie von sich aus die Beziehung beendet hatte?«

Der Kommissar hatte das Gefühl, dass sich der schmächtige Junge im weißen Kittel ungeheuer zusammenriss. Nervös begann er wieder in seiner Tasse zu rühren, während er stockend antwortete. »Ein paar Mal noch aus der Ferne in der Schule. Irgendwann hab ich dann gehört, dass sie verschwunden ist und irgendwelche Gerüchte über Entführung, Zwangsheirat und so.«

»Und haben Sie das auch geglaubt?«

»Keine Ahnung, weiß ich nicht mehr.«

Aus seinen hellen blauen Augen schaute Leo unwillig und gleichzeitig beklommen zu Angermüller hinüber. Jansen blickte genervt zur Zimmerdecke.

»Das wissen Sie nicht mehr?«, hakte Angermüller nach. »Sie waren in das Mädchen verliebt und haben sich überhaupt keine Gedanken gemacht, als sie plötzlich verschwunden ist? Das kann ich mir gar nicht vorstellen.«

Unruhig rutschte Leo auf seinem Stuhl herum und zuckte nur mit den Achseln. »So wichtig war sie mir nicht, und irgendwie war ich auch froh, dass sie weg war«, sagte er dann fast trotzig. »Dann musste ich sie wenigstens nicht mehr sehen. Und meine Eltern haben mich auch wieder in Ruhe gelassen.«

Manchmal begegneten Angermüller Phänomene, die er für Klischees aus den Zeiten der Buddenbrooks hielt. So wie diese Eltern aus den besseren Kreisen der Stadt, die den einzigen Sohn bedrängen, eine Liebe aufzugeben, weil die als nicht standesgemäß erachtet wird. In Leos Fall hatte sich das Problem ja quasi von selbst gelöst, da Meral ihn verlassen hatte und er scheinbar klaglos die von seinen Eltern vorgegebenen Spielregeln seiner Klasse akzeptierte. Ein schwacher, willenloser Junge, der jetzt so funktionierte, wie es seine Familie von ihm erwartete. Würde so einer diese Exfreundin töten und aus verletztem Selbstgefühl noch eine weitere Türkin umbringen? Einer, der sich letztendlich mit seinen dünkelhaften Eltern so einfach arrangierte? Angermüller wusste nicht, was er von dieser Vorstellung halten sollte.

»Sagt Ihnen der Name Fatma Aksoy etwas?«, fragte er trotzdem.

»Was haben Sie gesagt?« Leo Panknin schien jetzt ziemlich durcheinander.

»Ich habe Sie nach Fatma Aksoy, einem anderen türkischen Mädchen gefragt.«

»Bitte? Fatma?« Ärgerlich schüttelte der Junge den Kopf. »Ich kenne überhaupt keine Türken mehr und auch keine Fatma.«

Als die Beamten spürten, dass sie jetzt und hier nichts mehr ausrichten konnten, verabschiedeten sie sich, nicht ohne das Versprechen, demnächst vielleicht noch einmal auf Leo zurückzukommen. Der junge Mann nahm es mit bemüht unbewegtem Gesicht hin.

»Verdruckst genug isser ja für son Perversen«, äußerte Jansen, als sie durch die Grünanlage des Krankenhauses zu ihrem Wagen gingen. »Trotzdem kann ich mir nicht vorstellen, dass das Jungchen ganz allein zwei Mädchen abgemurkst und beseitigt hat. Der ist doch son richtiges Weichei.«

»Ich weiß auch nicht, was ich glauben soll. Aber immerhin will er später Rechtsmediziner werden, wie du gehört hast. Und an Leichen arbeiten Medizinstudenten schon im ersten Semester.«

»Dann halt dich bloß fern von der Ruckdäschl. Wer weiß, was die für eine männermordende Furie ist!«, warnte Jansen und ließ den Motor an.

»Ich weiß gar nicht, was du immer mit der Ruckdäschl willst, aber dein Umkehrschluss ist natürlich auch wieder etwas voreilig, lieber Claus«, meinte Angermüller leicht säuerlich, während er den Sicherheitsgurt umlegte. »Ob das was bringt, mit den Eltern des Jungen zu sprechen?«

»Das kann ich dir jetzt schon sagen, wie das ablaufen wird: Die werden alles, aber auch alles tun, um das Goldkind zu schützen. Und der Herr Anwalt steht schon bei Fuß, und bei jeder kniffligen Frage verweigern die die Aussage!«, ereiferte sich Jansen. »Wenn der Junge Mami und Papi erzählt, weshalb wir bei ihm waren, springen die sowieso im Quadrat.«

Unfroh stimmte der Kriminalhauptkommissar seinem Kollegen zu. Dann sagte Jansen: »Weißt du, was wir noch gar nicht gemacht haben: Wir haben noch nicht die Liste von der Erbengemeinschaft in Eutin durchforstet. Vielleicht gibt es da ja Namen, die ins Auge springen. Man kann nie wissen. Und wir sollten auch nach Verbindungen von den Leuten aus dieser Erbengemeinschaft zu dem Grundstück in Neustadt schauen, Eigentümer, Vormieter, Nachbarn, Kollegen von diesem Dr. Brecht. Was hältst du davon?«

»Ist besser als nix«, sagte Angermüller nur ohne große Begeisterung und sah aus dem Fenster. Die Entwicklung, oder besser, der Stillstand ihrer Ermittlungen gefiel ihm gar nicht. Irgendwie konnte er sich nicht vorstellen, dass Leo Panknin mit dem Tod der Mädchen etwas zu tun hatte. Im Grunde stocherten sie mit ihren Ansätzen völlig im Dunklen. Am Behördenhochhaus angekommen, stellten sie den Wagen auf dem Parkdeck ab und gingen zum Mittagessen hinüber in die Kantine des nahe gelegenen Arbeitsamtes. Zwar wurde auch hier keine Sterneküche geboten, doch seit Angermüller mit dem Kantinenchef in der Possehlstraße mehrmals wegen berechtigter Reklamationen aneinandergeraten war, betrat er dieses Etablissement schon aus Prinzip nicht mehr. Jansen war da eher leidenschaftslos, begleitete ihn aber trotzdem ins Arbeitsamt und schaufelte in kurzer Zeit ein Sülzkotelett mit einem riesigen Berg Bratkartoffeln in sich hinein. Anschließend holte er sich noch einen Schokoladenpudding mit Schlagsahne. Der Sahnehering in Kräuterrahm mit Pellkartoffeln und Tomaten-Zwiebel-Salat, den Angermüller ausgewählt hatte, war von ordentlicher Qualität. Er aß ihn mit Genuss. Der Anflug schlechter Laune wegen des stockenden Fortganges ihrer Aufklärungsarbeit war verschwunden.

»Ich hab nachgedacht«, sagte der Kriminalhauptkommissar, nachdem er zufrieden sein Besteck beiseitegelegt und sich mit einer Papierserviette den Mund abgewischt hatte. »Findest du nicht auch, unser Chef hat es mal wieder verdient, dass wir ihm eine Freude machen?«

Statt einer Antwort ließ Jansen nur ein spöttisches Grunzen hören.

»Ich denke, wir sollten schnellstens an die Öffentlichkeit gehen. Dann rufen bestimmt Medienleute an und der Chef kann demnächst bei der Staatsanwaltschaft eine Pressekonferenz anregen. Darauf ist er doch immer scharf. Was wir den Journalisten erzählen können, weiß ich noch nicht, aber wir sollten schnellstens mit den Fotos der beiden toten Mädchen und einem Zeugenaufruf an die Öffentlichkeit gehen. In einem Fall, in dem die Taten so lange zurückliegen wie hier, können wir damit nicht mehr allzu viel kaputt machen. Und wer weiß, vielleicht bekommen wir auf die Art ein paar wertvolle Hinweise.«

»Oder wir machen zumindest den oder die Täter nervös, sodass sie aus der Deckung kommen«, stimmte Jansen zu.

»Oder hauen ab, wenn sie's noch nicht getan haben«, meinte Angermüller und verzog sein Gesicht. »Das ist halt immer ein zweischneidiges Schwert. Trotzdem, wir sollten's angehen, schon allein wegen der glänzenden Augen vom Chef.«

Endlich hatte sich Hülya auf Deryas Anrufe gemeldet. Bestimmt fünfmal hatte Derya dem Mädchen auf die Mailbox gesprochen, dass sie sich gern mit ihr treffen würde. Nun saßen sie in der dritten Etage des Kaufhauses in der Königstraße im Restaurant. Hülya arbeitete hier in der Haushaltsabteilung und hatte gerade Mittagspause. Als sie am vereinbarten Treffpunkt auftauchte, war Derya angenehm überrascht. Im Gegensatz zu ihren beiden Freundinnen wirkte ihr Aussehen fast schlicht. Sie war zwar modisch gekleidet und geschminkt, aber sehr geschmackvoll und mit einer gewissen Dezenz. Nun gut, vielleicht verlangte man das von ihr in ihrem Job. Und in ihrer Freizeit pflegte sie ebenfalls so einen aufgedonnerten, billig wirkenden Stil wie die beiden anderen Mädchen. Doch auch in ihrer Art war Hülya von einer sympathischen Natürlichkeit.

Sie holen sich Kaffee und Hülya nahm auch ein Sandwich. Derya bezahlte für sie. »Wenn ich dich schon in deiner Mittagspause belästige«, meinte sie lächelnd zu dem Mädchen, das protestieren wollte. »Und natürlich duzt du mich und sagst Derya zu mir, okay?«

»Ja, okay«, stimmte Hülya munter zu. Sie suchten sich einen Platz am Rand des zur Mittagszeit recht gut besetzten Restaurants.

»Ich habe dir ja schon am Telefon gesagt, worum es mir geht. Darf ich dich gleich fragen, wann du das letzte Mal von Gül etwas gehört hast?«, brachte Derya sofort ihr Anliegen vor.

»Klar. Das war Sonntag, vorletztes Wochenende. Wir waren eigentlich verabredet, wollten nach Travemünde an den Strand fahren, aber sie hat ziemlich kurzfristig abgesagt.« Das junge Mädchen nahm einen kleinen Bissen von seinem Sandwich.

»Und warum? Hat sie einen Grund genannt?«

Hülya kaute und hielt sich artig die Hand vor den Mund. Sie sah nett aus mit ihren dunklen, halblangen Haaren und wirkte offen und selbstbewusst. Derya konnte sich gut vorstellen, dass Gül, die nicht mit jedem konnte, mit der freundlichen Hülya gut klarkam.

»Du kennst sie doch«, antwortete Hülya dann. »Gül erklärt nicht viel, und man muss akzeptieren, wenn sie es sich plötzlich anders überlegt. Manchmal ist sie einfach ein bisschen crazy. Sie hat nur gesagt, ihr ist was Wichtiges dazwischengekommen.«

»Seid ihr eng befreundet?«

»Ich weiß gar nicht, ob das mit Gül möglich ist. Sie ist eben sehr eigenwillig. Aber irgendwie mag ich sie. Sie ist einfach ehrlich, und wenn man Hilfe braucht, kann man sich hundertpro auf sie verlassen.«

»Gül hat also nicht die kleinste Andeutung gemacht, was sie vorhat?«

»Sie sagte nur, dass es ihr leid tut, dass ihr halt was Wichtiges dazwischengekommen sei und dass sie da jetzt dranbleiben müsse«, Hülya hob hilflos beide Hände. »Keine Ahnung, was sie gemeint hat.«

»Und du hast dich nicht gewundert, als sie sich die ganze Woche nicht mehr bei dir gemeldet hat?«

»Wir sehen uns nicht regelmäßig und auch nicht so oft. Da können schon manchmal drei, vier Wochen dazwischen liegen.«

»Ach so«, murmelte Derya. Sie war etwas enttäuscht, denn sie hatte sich von diesem Treffen irgendeinen Tipp, einen Hinweis erwartet, wo Gül jetzt stecken könnte.

»Übrigens, eins weiß ich: Den Job bei dir, den findet Gül unheimlich gut. Und dich mag sie auch, glaub ich.«

Es war offensichtlich, dass das junge Mädchen Derya aufheitern wollte, und die freute sich natürlich auch über diese Mitteilung. Dann fiel Derya noch etwas Wichtiges ein. »Sag, hat sie dir gegenüber mal etwas von einer Selma erwähnt?«

»Diese Selma, die letztes Jahr plötzlich abgehauen ist?« Aufmerksam schaute Hülya auf und knabberte weiter an dem mit Hühnchen, Salat und Tomaten belegten Weißbrot.

»Ja, genau die. Gül will ja nicht glauben, dass das Mädchen sich abgesetzt hat. Darüber habe ich mich mit ihr erst neulich wieder fürchterlich in die Haare bekommen!«

»Was, du auch?«, lachte Hülya. »Oh ja, darüber habe ich auch schon mit Gül gestritten.«

»Warum?«

»Weil ich nicht glauben kann, dass Selma was passiert ist. Aber ich muss zugeben, ich bin da vielleicht voreingenommen. Ich habe Selma nie besonders gemocht. Für mich ist sie einfach nur eine verwöhnte, reiche Zicke.«

Für Hülyas nette Art waren das ziemlich harte Worte. Sie schlug sich auch gleich mit der Hand auf den Mund und setzte mit einem verschämten Grinsen hinzu: »Entschuldigung! Ich muss zugeben, ich kenne Selma eigentlich nur vom Sehen. Aber wieso fragst du überhaupt nach ihr? Meinst du, deshalb ist Gül jetzt weg?«

»Vor Kurzem war doch der Jahrestag von Selmas plötzlichem Verschwinden und ich glaube, da ist bei Gül die ganze Geschichte wieder hochgekommen.«

»Machst du dir deshalb Sorgen um sie?«, wollte Hülya wissen und schaute Derya aufmerksam an.

»Ach weißt du, ich bin wahrscheinlich nur ein bisschen hysterisch«, antwortete die ausweichend und grinste dabei. Sie wollte das Mädchen lieber nicht beunruhigen und behielt ihre Befürchtungen für sich. »Kennst du denn andere Freunde oder Freundinnen von Gül, oder Cafés, Discos, Clubs, was weiß ich, wo Gül gern hingeht?«, fragte sie dann. Bedauernd schüttelte Hülya ihr glänzendes Haar.

»Weißt du, mit Gül, das ist eher eine lockere Verbindung. Sie hat mich angesprochen, als sie neu in Lübeck war, weil sie einen türkischen Supermarkt gesucht hat. Ich hab ihr den hier um die Ecke in der Dr.-Julius-Leber-Straße gezeigt. Dann sind wir uns da ein paar Mal begegnet, na ja und irgendwann hab ich sie gefragt, ob sie nicht mit mir einen Kaffee trinken will. Seitdem kommt sie manchmal zum ›Affenbrot‹, wo du gestern Elif und Suna getroffen hast. Aber mit denen hat sie nicht so viel am Hut.«

»Die mit ihr aber auch nicht«, bemerkte Derya.

»Das stimmt«, lachte Hülya. »So richtig passt Gül halt nicht dazu. Ich kenne die beiden schon seit meiner Grundschulzeit, das sind meine ältesten Freundinnen. Auch wenn wir inzwischen sehr verschieden sind, mögen wir uns trotzdem noch. Vielleicht kennst du so was ja auch.«

Derya, die bei dieser Erklärung sofort an Aylin denken musste, nickte einverständig.

»Mit Gül verabrede ich mich deswegen meistens allein und

wir fahren dann zum Spazierengehen an den Strand. Das mag sie.«

Sie redeten noch eine Weile über dies und das. Dann war Hülyas Mittagspause beendet.

»Rufst du mich an, wenn dir noch etwas einfällt? Kann ja sein, dass Gül doch mal irgendwas oder irgendwen erwähnt hat, der wissen könnte, wo sie ist. Oder wenn sie sich bei dir meldet, ja?«, bat Derya.

»Klar, mach ich! Wenn Gül nicht schon vorher wieder bei dir in der Küche steht. Und dann rufst du mich an. Jetzt bin ich auch neugierig!«

Das junge Mädchen lachte Derya an. Die Sympathie zwischen beiden war offenkundig. Sie verabschiedeten sich mit Wangenküsschen. Dann ging Hülya federnden Schrittes davon. Deryas Kaffee, den diese kaum angerührt hatte, war inzwischen kalt geworden. Sie mochte ihn auch nicht mehr trinken und brachte das Tablett weg. Nun hatte sie zwar eine nette Freundin von Gül kennengelernt, aber ihrem Ziel, etwas über den Verbleib ihrer Mitarbeiterin in Erfahrung zu bringen, war sie kein Stück näher gekommen.

Richtig heiß war es in der Sonne, als sie ihr Fahrrad durch die mit Touristen und Einheimischen belebte Königstraße schob. Sie hatte Georg zugesagt, sich bis Mitte der Woche zu gedulden. Immerhin war heute schon Mittwoch. Heute Abend würde sie ihren Nachbarn daran erinnern.

»Georg, du glaubst es nicht!« Jansen kam in Angermüllers Büro gestürmt, und schon lange hatte dieser seinen Kollegen nicht mehr so strahlen sehen.

»Was ist denn passiert? Du siehst ja aus, als ob du das große Los gezogen hast!«

»So was Ähnliches, mein Lieber! So was Ähnliches!« Er ließ sich auf den Stuhl auf der anderen Seite des Schreibtisches fallen und warf mit einer ausholenden Armbewegung ein paar zusammengeheftete Papiere darauf. »Da! Lies! Ich hab es rot angestrichen«, forderte Jansen den Kriminalhauptkommissar freudig auf, der die amtlich aussehenden Blätter durchsah.

»Das gibt's doch nicht!«, entfuhr es Angermüller wenige Sekunden später. Es war die Liste mit den Namen der Erbengemeinschaft aus Eutin. Sie umfasste fast 20 Personen. Die verstorbene, nicht verheiratete Besitzerin des Häuschens am See hatte vier Schwestern, die bis auf eine schon verstorben, aber alle verheiratet waren und Kinder hatten. Und die Namen dieser Nichten und Neffen und zum Teil schon wieder deren Nachkommen waren neben dem der einzigen noch lebenden Schwester auf der Liste versammelt.

»Dr. Ruth Stresow-Panknin«, las Angermüller. »Mensch, Claus, da hast du ja echt den richtigen Riecher gehabt. Aber«, setzte er angesichts der Euphorie seines Kollegen hinzu, »du weißt, das kann trotzdem ein vermaledeiter Zufall sein.«

»Ja, ja«, nickte Jansen ungeduldig. »Jetzt lass uns lieber gleich in die Roeckstraße fahren, statt hier kluge Reden zu schwingen!«

Die Pressemitteilung zum Fund der beiden toten Mädchen war bereits vorbereitet. Ihr Chef hatte erwartungsgemäß zugestimmt und schnell reagiert. Sie würde im Laufe des Nachmittags herausgehen. Also machten sich Angermüller und Jansen auf den Weg nach St. Gertrud, wo sie eine Hausangestellte in den Garten hinter der Villa führte. Die drei Panknins boten ein harmonisches Bild, wie sie so um den antiken Tisch aus Gusseisen im Schatten eines der großen alten Bäume saßen. Das Hausmädchen hatte offensichtlich gerade den Tee in einem zierlichen Geschirr serviert, brachte jetzt noch eine Silberschale mit Gebäck und zog sich dann diskret zurück. Dass es so etwas noch gibt, stellte Angermüller verwundert fest. Natürlich war man über das Erscheinen der Beamten nicht erfreut.

»Ihr Sohn wird Ihnen von unserem Gespräch heute Morgen ja erzählt haben, nehme ich an«, begann der Kriminalhauptkommissar. Weder ihm noch Jansen war einer der freien Stühle angeboten worden. Der Junge nickte und wollte etwas sagen, doch Panknin Senior schnitt ihm mit einer kurzen Handbewegung das Wort ab.

»Leo hat uns von Ihrem unglaublichen Verdacht schon berichtet. Das ist eine solche Ungeheuerlichkeit! Wie kommen Sie dazu, unseren Sohn wegen dieser Sache im Krankenhaus aufzusuchen? Wenn das den Kollegen zu Ohren kommt! So etwas grenzt an Rufschädigung!«

Ungerührt ließ Angermüller den aufgebrachten Vater sich ereifern und erwiderte dann ruhig: »Wenn ich klarstellen darf: Es hat zu keiner Zeit ein Verdacht gegen Ihren Sohn bestanden, sondern wir haben ihn nur als Zeugen im Fall einer getöteten, jungen Frau befragt, zu der er eine Beziehung hatte. Soweit ich das beurteilen kann, haben wir uns bei unserem Vorgehen exakt an die Dienstvorschriften gehalten.«

Der Hausherr, Prof. Dr. Alfred Panknin, war von massiger Statur, mit bereits weißen Haaren, der Typ braun gebrannter Bonvivant. Doch sein vom Leben und von der Sonne bereits von zahlreichen Falten gezeichnetes Gesicht zierten ein paar Narben, Spuren studentischen Verbindungslebens, wie Angermüller zu erkennen glaubte, die ihm etwas Rücksichtsloses verliehen. Aber auch ohne die war dem Mann sofort anzumerken, dass es nichts und niemanden gab, von dem er sich beeindrucken oder gar aufhalten ließ.

»Vielleicht sollten wir die Herren erst einmal fragen, was Sie jetzt schon wieder zu uns führt«, schlug höflich, aber ohne eine Spur von Freundlichkeit, Dr. Ruth Stresow-Panknin vor, die ihrem Mann beruhigend die Hand auf den Arm gelegt hatte. Wie er saß auch sie in ihrem weißen Arztkittel am Tisch, in vorbildlich aufrechter Haltung, und musterte kühl ihre unerwarteten Besucher. Der Junge hatte den Platz neben seiner Mutter inne, die mindestens 15 Jahre jünger als ihr Mann war und von der Leo wohl die blasse Haut und das weißblonde Haar geerbt hatte. Sein Gesichtsausdruck schwankte zwischen Unsicherheit und Herablassung, und Angermüller fragte sich, ob sich Leo durch die Anwesenheit seiner Eltern gestärkt fühlte oder ob sie eher der Grund für seine Unsicherheit waren.

»Ihr Name, Frau Panknin – das haben wir gerade festgestellt – befindet sich auf der Liste der Erbengemeinschaft eines Grundstücks in Eutin, auf dem die Überreste der toten Meral Durgut gefunden wurden«, platzte Jansen etwas überraschend heraus und erntete von Angermüller dafür sofort einen tadelnden Blick.

»Und deshalb kommen Sie hierher und stören einfach so unsere Privatsphäre?«, explodierte der Professor und wollte sofort wieder zu einer Tirade gegen die beiden Beamten ansetzen, doch seine Frau sagte scharf: »Bitte, Alfred«, was ihn sofort schweigen ließ, und wandte sich dann mit unbewegter Miene an Jansen: »Mein Name ist Dr. Stresow-Panknin, wenn ich bitten darf, Herr – wie war der Name noch?«

Natürlich hatten sie sich ordnungsgemäß mit Namen und Dienstgrad vorgestellt.

»Jansen, Kriminalkommissar Claus Jansen«, wiederholte der Angesprochene mit einem schiefen Grinsen.

»Also, Herr Kriminalkommissar Jansen, es ist korrekt, dass ich Mitglied dieser Erbengemeinschaft bin. Aber ich denke, das ist noch lange kein Grund, hier einfach so überfallartig aufzutauchen, oder?«

»Wie Sie gehört haben, Frau Dr. Stresow-Panknin, erwähnte mein Kollege soeben, dass wir just auf diesem Grundstück die sterblichen Überreste eines Mädchens gefunden haben, mit dem ihr Sohn nicht lange vor ihrem Verschwinden vor drei Jahren eine Beziehung hatte. Sie werden hoffentlich verstehen, dass wir dieser Verbindung nachgehen müssen.«

Natürlich gefiel ihr Angermüllers Erklärung keineswegs, aber die Frau war nicht dumm und wusste sich im Gegensatz zu ihrem Mann zusammenzunehmen. »Das Grundstück in Eutin gehörte der Tante meiner Mutter. Und da unsere Mutter verstorben ist, sind meine beiden Brüder und ich Teil der Erbengemeinschaft. Das ist korrekt. Vor fünf Jahren, nachdem wir von dem Testament erfahren hatten, sind wir einmal hingefahren, um uns Haus und Garten anzusehen. Leo war auch dabei. Das war das erste und letzte Mal, dass er dort gewesen ist. Nicht wahr, Leo?«

»Ja«, bestätigte der Sohn erwartungsgemäß.

»Sehen Sie«, schloss Frau Dr. Stresow-Panknin mit einer gewissen Endgültigkeit. »Eine weitere Verbindung gibt es nicht. Und damit kein falscher Eindruck bei Ihnen entsteht: Von einer ernsthaften Beziehung zwischen unserem Sohn und dieser Türkin konnte nie die Rede sein. Das war so eine typische Albernheit unter Teenagern, wenn Sie verstehen, was ich meine«, erläuterte sie mit einem Lächeln, das keines war.

»Dann war es das, nehme ich an.«

»Boaah, wat für'n Besen!«, platzte es aus Jansen heraus, als sie das Panknische Anwesen durch ein großes Tor verließen, vorbei an den drei Autos der Familie, allesamt mehr als Mittelklassewagen. »An der Ollen könntest du mich festschweißen, da würd ich mich losrosten!« Als Angermüller nicht auf seinen Ausbruch reagierte, setzte er noch hinzu: »Hatte ich dir ja gleich gesagt, dass du bei diesen feinen Pinkeln auf Granit beißt.«

»Du willst jetzt aber nicht behaupten, du hättest alles vollkommen richtig gemacht, Claus?«, fragte Angermüller ganz ruhig. Jansen wusste ganz genau, was sein Kollege meinte, und antwortete nicht.

»Wie kann man nur so mit der Tür ins Haus fallen?«, fragte der Kriminalhauptkommissar kopfschüttelnd, als sie im Wagen saßen. »Du hast denen das bisschen, das wir wissen, auf einem silbernen Tablett serviert. Wie ein blutiger Anfänger hast du dich benommen, und da nutzt es auch nichts, wenn du jetzt schimpfst wie ein Rohrspatz. Das weißt du hoffentlich selbst.«

Wortlos steuerte Jansen durch die Allee in Richtung Marlistraße und weiter, bis sie auf den St.-Jürgen-Ring trafen. Erst als das Behördenhochhaus schon wieder in Sicht kam, gab er sich einen Ruck. »Ich hab's verbockt, ich weiß«, er schüttelte ärgerlich seinen Kopf. »Du kannst mir glauben, ich könnte mich in den Arsch beißen deswegen. Aber diese Frau Doktor hat mich so was von genervt! Ich werd versuchen, es wieder auszubügeln, Partner.«

Angermüllers Handy klingelte und hinderte ihn daran zu antworten. Als er auf dem Display sah, dass Astrid anrief, musste er lächeln. »Hallo, Schatz! Um 18 Uhr an der Schule. Ich weiß«, sagte er mit der beruhigenden Gewissheit, diesen Termin der Rückkehr von Julia und Judith zum Glück fest im Kopf behalten zu haben. Aber jetzt hatte Astrid ein Problem. Sie konnte nicht zum Abholen der Kinder kommen und würde wohl auch erst spät am Abend wieder zu Hause sein.

»Von diesem Treffen gestern, von dem ich dir erzählt habe, sind noch einige Teilnehmer in der Stadt geblieben. Wir wollen die seltene Gelegenheit nutzen und heute Abend noch ein ausführliches Arbeitsgespräch führen. Und dafür muss ich noch einiges organisieren. Ich bin ein bisschen im Stress. Den Wagen stell ich an der Schule für euch ab. Das tut mir jetzt wirklich leid, ich hab mich so auf die Kinder gefreut. Schaffst du das alles auch allein?«

Was für eine Frage! Typisch Astrid.

»Aber natürlich, Schatz! Viel Erfolg heute.«

»Vielen Dank, Georg! Grüß die Kinder und gib ihnen einen dicken Willkommenskuss von mir. Und bitte sag ihnen, ich freu mich ganz doll auf sie morgen früh!«

Hoch erfreut legte Derya das Handy beiseite. Ein richtig großer Auftrag war von einer Stammkundin für den Freitagabend hereingekommen. Ein Geburtstagsbüffet für 25 Personen. Sie sollte sich ein paar Sachen für ein Mittelmeerbüffet überlegen. Dann wollten sie morgen telefonieren und die Auswahl der Speisen festklopfen. Besser ging's gar nicht.

»Na, gute Nachrichten, Mama?«, fragte Koray, der ihr am Küchentisch gegenüber saß, mit vollem Mund. Derya nickte.

»Ein klasse Auftrag für Freitagabend. Die nette Frau Trede aus Bliestorf mal wieder, die sogar immer noch extra Trinkgeld gibt. Trotzdem spricht man nicht, wenn man die Backen so voll hat wie du, Herr Sohn!«

»Aber deine *Lahmacun* schmeckt so geil, da kann ich nicht extra 'ne Pause machen, nur weil ich was sagen will.« Grinsend schob sich ihr Sohn ein weiteres Stück türkische Pizza in den Mund, und natürlich freute sich seine Mutter, dass es ihm schmeckte. Der sehr dünne Hefeteigboden mit einer würzigen Mischung aus Lammhack, Tomate, Zwiebeln und Gewürzen war eines der wenigen Gerichte, die Koray auch in seiner schwierigen Phase, was die Vorlieben beim Essen anbetraf, akzeptiert hatte. Er experimentierte inzwischen gern mit zusätzlichen Zutaten und legte sich nach dem Backen noch frische Schafskäsestückchen und Pinienkerne darauf oder eine gehackte Chilischote, damit es richtig schön scharf wurde. Manchmal nahm er frische Tomaten, Gurke und Eissalat und rollte den Fladen zu einem *Dürüm* zusammen, wie er mit Kennerblick sagte.

Er sprach besser Deutsch als Türkisch, und er sprach es ohne einen Akzent. Es war Derya immer wichtig gewesen, dass Koray einwandfrei die deutsche Sprache beherrscht. Lübeck war ihre und seine Heimat, und da fand sie das einfach nur normal. Aber sein Türkisch war auch nicht schlecht, und sobald er sich ein paar Tage in der Türkei aufhielt, sprach er es richtig gut. Sie hatte sich natürlich genauso bemüht, dass er ein Bewusstsein für seine türkischen Wurzeln entwickelte, denn sie fand, dass dieses Leben mit zwei Kulturen etwas ganz Besonderes und ein beneidenswerter Reichtum war.

Zum Nachtisch aßen sie frische Erdbeeren, ohne Zucker oder eine andere Zutat. Wie bei ihren Eltern früher, gab es auch bei Derya immer viel frisches Obst, das war ein Muss in einem türkischen Haushalt. Manchmal dachte sie mit Wehmut an die Auswahl und die Qualität mancher Früchte, wie sie in Istanbul auf den riesigen, bunten Märkten angeboten wurden. Aprikosen, Feigen, rote Pfirsiche, wie sie hier nie welche gefunden hatte. Der Kauf einer wirklich essreifen Melone war in Deutschland immer ein Risiko – und wer kannte hier schon Mispeln oder Maulbeeren?

Derya holte sich ein Blatt Papier, um Ideen für den Auftrag am Freitag zu sammeln, und setzte als Erstes gleich *Lahmacun* darauf. Die türkische Pizza, auf die Größe eines Handtellers verkleinert und aufeinandergestapelt, machte sich immer gut bei einem Büffet. Koray hatte geholfen, den Tisch abzuräumen, und sich dann in sein Zimmer verkrümelt. Was für einen Nachtisch sollte sie vorschlagen? Mindestens zwei sollten schon zur Auswahl stehen, dachte sie, aber nichts Italienisches! Schon lange war ja die italienische Küche bei den Leuten hier sehr beliebt. Jeder kannte inzwischen Tiramisu und Panna Cotta. Derya konnte das Zeug, das so oft von ihren Kunden verlangt wurde, langsam nicht mehr sehen. Oh ja, sie würde *Keşkül* vorschlagen, ein mildsüßes, türkisches Mandeldessert, das wäre mal etwas anderes. Irgendwie konnte sie sich nicht so recht auf die Komposition kulinarischer Köstlichkeiten konzentrieren. Sie schielte aus dem Fenster. Immer wieder dachte sie an Gül und dass heute schließlich schon Mittwoch war. Ob Georg wohl zu Hause war? Schließlich beschloss sie, einfach mal bei ihm vorbeizuschauen, griff sich eine Flasche Wein und ging los.

Erst einmal passierte gar nichts, als sie drüben am Nachbarhaus klingelte. Sie drückte noch einmal auf die Klingel und hörte dann Stimmen hinter der Haustür. Mist, jetzt hat Georg Besuch, ärgerte sie sich über sich selbst. Wie unangenehm, dass ich hier schon wieder einfach so reinplatze, aber zum Rückzug ist es jetzt zu spät. Die Tür wurde geöffnet und Derya sah sich einem blonden Mädchen in Shorts und einem türkisfarbenen Top gegenüber.

»Oh hallo«, sagte sie etwas erstaunt, »ich wollte eigentlich zu Georg ...«

Ein zweites Mädchen tauchte in der Türöffnung auf und warf neugierige Blicke auf sie. Es sah fast genauso aus wie das andere, nur dass es ein pinkfarbenes Top trug.

»Ich bin eine Nachbarin, ich heiße Derya. Wie gesagt, ich wollte zu Georg.«

»Hallo«, sagte das erste Mädchen, schaute sie aus großen Augen an und rief: »Papi! Da ist jemand für dich. Kommst du mal?«

Aus dem Hintergrund tauchte Georg auf. Er trug eine Schürze und hatte einen Fleischklopfer in der Hand. »Ach Derya, hallo! Was gibt's?«, begrüßte er sie und sah etwas betreten dabei aus. Kurz herrschte Schweigen – peinliches Schweigen, wie Derya fand. Sie war so überrascht, dass ihr in dem Moment sogar der Grund ihres Hierseins entfiel. Dann fingen sie beide gleichzeitig an zu reden und albern zu lachen, aufmerksam beäugt von den danebenstehenden Mädchen. Schließlich sagte Georg betont gut gelaunt: »Darf ich vorstellen, Kinder: Das ist Derya, Steffens Nachbarin. Die wohnt gleich nebenan, und ich hab sie inzwischen auch schon kennengelernt.«

Derya spürte, wie die beiden Mädchen zwischen ihr und Georg argwöhnisch hin und her blickten.

»Derya, das sind Julia und Judith, meine beiden Töchter. Sie sind vorhin gerade von einer Klassenfahrt zurückgekommen. Jetzt machen wir Schnitzel und Pommes, das haben sie sich gewünscht. Und zum Nachtisch gibt's meinen köstlichen Schokoladenkuchen. Gell, ihr zwei?«, meinte er ein wenig zu fröhlich und wuschelte der einen seiner Töchter mit den Fingern durch die Haare, was die mit muffeliger Miene abwehrte.

»Ah ja. Na dann, hallo noch mal, Julia und Judith«, antwortete Derya munter. »Und entschuldigt bitte! Wenn ich gewusst hätte, dass euer Vater Besuch hat, hätte ich ja gar nicht erst gestört.«

Vater! Unglaublich, daran musste sie sich erst einmal gewöhnen.

»Du störst doch nicht!«, wehrte Angermüller ab. »Magst vielleicht was mitessen? Wir haben sowieso ein Schnitzel zu viel. Und mein Schokoladenkuchen ist wirklich sehr empfehlenswert, stimmt's?« Er zwinkerte den Mädchen verschwörerisch zu, die aber gänzlich unbeteiligt taten.

»Vielen Dank, das ist sehr nett, aber ich habe mit Koray schon gegessen.« Derya versuchte noch einmal, die beiden Kinder für sich zu interessieren. »Türkische Pizza, die würde euch bestimmt auch schmecken. Ihr esst doch gern Pizza, oder?«

Sie schätzte die beiden auf 13 bis 14 Jahre, und bei dieser Ähnlichkeit waren sie mit Sicherheit Zwillinge. Ihre reservierte Reaktion auf Deryas erneuten Versuch, Kontakt aufzunehmen, war jedenfalls auch absolut identisch. Alle zwei zuckten nur desinteressiert mit den Schultern.

»Na gut, dann wünsche ich euch einen schönen Abend mit eurem Papa«, sagte sie trotzdem mit einem freundlichen Lächeln. »Und wir sehen uns ein anderes Mal. Tschüss ihr!«

»Ja, das machen wir, Frau Nachbarin, tschüss und bis bald!«, nickte Georg, erleichtert, wie Derya schien.

»Morgen Abend hat Papa aber auch keine Zeit. Da gehen wir essen bei unserem Lieblingsitaliener, und da kommt Mama auch mit, die musste heute nämlich nur arbeiten«, beeilte sich das Mädchen mit Namen Julia noch hinzuzufügen und sah sie dabei triumphierend an, wie Derya schien.

»Okay«, nickte Derya. »Ich habe verstanden. Na dann, tschüss noch mal.«

Georg mied ihren Blick, hatte sie das Gefühl, und sie war froh, als die Tür sich hinter ihr geschlossen hatte. Sie atmete erst einmal kräftig aus, als sie außer Sichtweite war, und musste sich beherrschen, nicht laut vor sich hin zu fluchen und zu jammern. Gleichzeitig wäre sie am liebsten vor Scham im Erdboden verschwunden. Georg war gar nicht schwul, wie sie selbstverständlich gedacht hatte. Er hatte Frau und Kinder, er war ein ganz normaler Mann! Wie peinlich, wie ungeheuer peinlich, konnte sie nur noch denken. Oh Gott, und gestern der *Rakı*-Abend mit den Mädels, da hatten sie sich so benommen, wie immer, wenn kein männliches Wesen dabei war. Ihr wurde heiß, sie wurde knallrot, sie schämte sich ohne Ende.

Doch als sie eine Weile darüber nachgedacht hatte, wurde sie auch sauer auf Georg. Warum hatte er nie etwas gesagt? Kein Wort hatte er über sich und seine Lebensumstände erzählt, der Unaufrichtige! Andererseits hatte sie aber auch gar nicht gefragt und, wie es so ihre Art war, ihn oft auch gar nicht zu Wort kommen lassen, entschuldigte sie ihn dann wieder. Sie setzte sich mit der Flasche Wein, die sie für einen Abend zu zweit gedacht hatte, hinter ihrer Küche in den Garten und hatte den Inhalt ziemlich bald schon halb geleert. Eigentlich hatte sie das Rauchen schon lange aufgegeben, doch neulich hatte jemand eine Packung Zigaretten bei ihr vergessen. Nun zündete sie sich eine nach der anderen an. Was sollte sie jetzt tun? Sollte sie sich genauso verhalten wie bisher? Nein, das würde ihr gar nicht gelingen. So manche Offenheit, die sie gegenüber dem schwulen Georg an den Tag gelegt hatte, fand sie im Nachhinein ziemlich genierlich. Am besten vielleicht, es würde ein bisschen Zeit verstreichen. Das war natürlich dumm, weil sie ja eigentlich seine Hilfe bei der Suche nach Gül erbitten wollte, aber das ließ sich jetzt eben nicht ändern. Sollte es wirklich nötig sein, etwas zu unternehmen, dann würde ihr das auch allein gelingen. Schließlich hatte sie vor zwei Wochen nicht einmal geahnt, dass es überhaupt einen Georg Angermüller auf dieser Welt gab.

Noch eine ganze Zeit, während sie gemeinsam in der Küche die Kartoffeln für die Pommes schnitten und den Salat putzten, hatten Julia und Judith ihm Fragen nach seiner Nachbarin gestellt – sehr detailliert, sehr interessiert und sehr ernsthaft. Ein bisschen fühlte sich Angermüller wie bei einer Zeugenvernehmung. Wo wohnt die Frau, was macht sie, wie viele Kinder hat sie und vor allem, hat sie einen Mann? Das schien seine Töchter am meisten zu interessieren, und er ahnte schon warum. Kinder waren wie Seismografen und empfanden wahrscheinlich jemanden wie Derya, die da so plötzlich im Leben ihres Vaters auftauchte, sofort als eine Frau, die sich in die Beziehung ihrer Eltern drängen wollte. Und da ihnen nichts so viel Angst machte wie eine Trennung der Eltern, wehrten sie sich gegen solche Störfaktoren auf ihre Art. Was denken sie eigentlich über Martin, ging es Georg plötzlich durch den

Kopf? Den schienen sie ja fast schon als festen Bestandteil ihres Familienlebens zu akzeptieren.

Als er am Abend allein zum Abholen an der Schule aufgetaucht war, hatten die beiden plötzlich die Idee gehabt, in Steffens Haus übernachten zu wollen, und mit Engelszungen auf ihn eingeredet. Wo Mami jetzt nicht da war und sie doch so gern mal sehen wollten, auf welches Haus ihr Vater aufpasste, und außerdem hätten sie am nächsten Tag sowieso schulfrei. Mami würde sich freinehmen, hätte sie ihnen versprochen. Er könnte sie einfach am nächsten Morgen nach Hause bringen, wo man gemeinsam frühstücken könnte. Schließlich hatte er eingewilligt, aber an Derya natürlich überhaupt nicht gedacht. Warum auch? Denn wo war eigentlich das Problem? Er hatte nie behauptet, ein anderer zu sein als der, der er war. Und außerdem hatte Derya ihn auch nicht gefragt. Gut, er hatte kaum etwas über sich preisgegeben, nicht einmal erzählt, dass er verheiratet war. Wie sollte er auch jemandem, den er gerade erst kennengelernt hatte, erklären, dass sein Aufenthalt in Steffens Haus auch eine Art Denkpause für seine Ehe darstellte? Das Thema Astrid, seine angebliche Unzuverlässigkeit, ihre daraus resultierenden Alltagsprobleme und der ganze Kram, waren ihm viel zu konfus und zu persönlich erschienen, um mit einer fast fremden Frau darüber zu reden. Außerdem war er froh gewesen, endlich einmal nicht darüber nachdenken zu müssen.

Dumm, dass er jetzt keine Gelegenheit gehabt hatte, mit Derya zu sprechen. Denn er hatte vorhin erst wieder an ihre Mitarbeiterin Gül denken müssen. Wenn Derya morgen die Fotos in der Zeitung entdeckte, würde sie sich bestimmt noch mehr als bisher sorgen. Abgesehen davon, dass auch er inzwischen schon überlegt hatte, ob nicht vielleicht doch ein Zusammenhang bestehen könnte. Immerhin gab es da noch dieses andere Mädchen, das seit einem Jahr vermisst wurde. Vielleicht war Gül wirklich auf etwas gestoßen. Er wollte Derya keinesfalls in Angst und Schrecken versetzen, doch er musste sie unbedingt vor Alleingängen warnen.

Dass seine Nachbarin ziemlich konsterniert gewesen war, hatte er vorhin schon bemerkt. Das tat Georg natürlich leid, doch er konnte mit gutem Gewissen sagen, dass er zu keiner Zeit vorgehabt hatte, sie hinters Licht zu führen. Schließlich war ihm selbst erst gestern Abend aufgefallen, dass Derya aus seiner Freundschaft mit Steffen die falsche Schlussfolgerung gezogen hatte. Vielleicht würde die nächste Begegnung mit ihr anfangs ein bisschen heikel werden, aber das würde sich schnell wieder einrenken, denn eigentlich war doch gar nichts passiert, oder?

KAPITEL VIII

Sah ein Knab ein Röslein stehen ... Nun hatte die Polizei sie also gefunden. Im ersten Augenblick war ihm der Schreck in jede Pore gefahren. Dann aber war er wieder ruhig geworden, denn sie schienen im Grunde nichts zu wissen. Eigentlich hatte er sich immer absolut sicher gefühlt und nicht damit gerechnet, dass man sie jemals entdecken würde. Wenn er nur wüsste, wieso sie ausgerechnet jetzt fast gleichzeitig gefunden worden waren? Ein merkwürdiger Zufall war das schon. Aber es musste ein Zufall sein. Das Leben war doch voll davon.

Dass Meral und er zusammengefunden hatten, war das nicht auch ein Zufall? Obwohl – Zufall war hier wohl nicht ganz das richtige Wort. Eher Schicksal, Bestimmung, Vorsehung. Im ersten Moment ihrer Begegnung, als er in diese unendlich traurigen Augen sah, wusste er, dass er ihr helfen musste. Sie brauchte Hilfe, sie brauchte jemanden, dem sie voll und ganz vertrauen konnte, und die Vorsehung hatte ihn dazu auserkoren.

Sie redete, stundenlang. Er hörte zu. Sie war so ganz anders als die jungen Frauen, die er sonst kannte: zurückhaltend, von großer Ernsthaftigkeit und überhaupt nicht oberflächlich. Das Mädchen erzählte von den Eltern, die sie so liebte, von dem Schmerz, den ihr die Trennung bereitete, dass sie trotzdem nie wieder zu ihrer Familie zurückkehren könne, da diese ihre Entscheidung für ein anderes Leben niemals akzeptieren würde und dass ihr dieser Gedanke das Herz brach. Sie würde nie mehr unbeschwertes Glück erleben können, die unerträgliche Last, ihre geliebte Familie verloren zu haben, würde sie ihr ganzes Leben lang begleiten, und ihm wurde bald klar, dass er sie aus dieser Verstrickung befreien, sie erlösen musste.

Er sah ihr schönes Gesicht vor sich, als er ihr versprach, ihr zu helfen. Meral vertraute ihm bedingungslos, das hatte er sofort gespürt. Noch nie hatte ihm jemand, noch nie hatte ihm eine Frau so vertraut. In der kurzen Zeit, die er mit ihr verbrachte, wurde ihm schnell bewusst, dass es nur einen Ausweg gab. In ihrem tiefsten Innern sah auch sie nur diesen Ausweg, das fühlte er ganz genau.

Und dann hatte er sie hinüber begleitet und es war vorbei und alles gut. Meral liebte Blumen, vor allem Rosen, darüber hatten sie oft gesprochen. Er hatte ihr die schönste gebracht, die er finden konnte und sie damit geschmückt, sie in einen Traum aus Blüten eingehüllt. Noch nie in seinem Leben hatte er eine derart tiefe Befriedigung verspürt wie bei diesem Anblick. Erhaben fühlte er sich, das war das richtige Wort. Er schien gefunden zu haben, wonach er immer gesucht hatte. Seine Gefühle hatten ihn überwältigt, er war traurig, er hatte geweint wie ein Baby und war gleichzeitig unfassbar glücklich. Es war ein nie gekannter Rausch der Gefühle. Er war der Erlöser.

In der Nacht hatte es geregnet. Ein Blick in den grauen Himmel sagte Derya, dass es zumindest für heute erst einmal mit dem Vorgeschmack auf den Sommer vorbei war. Regenschwer beugten sich die Kastanienkronen draußen dem kräftigen Wind und weiße Blütenblätter wirbelten über die Straße. Endlich hatte sie es geschafft, Koray aus dem Bett zu schmeißen, der jeden Tag dasselbe Problem hatte, aus den Federn zu finden. Auch sie freute sich auf die Zeit, wenn ihr Sohn nicht mehr um acht in der Schule sein musste. Alle Morgen derselbe Stress und das voraussichtlich noch zwei weitere Jahre, wenn alles gut ging. Pünktlich kam der Junge trotzdem nur in den seltensten Fällen, was ihm ziemlich egal zu sein schien. Nur sie regte sich deswegen jeden Tag auf.

Endlich hatte er wie gewöhnlich kurz vor Schulbeginn das

Haus verlassen, und Derya konnte sich zu ihrer Morgentoilette ins Badezimmer zurückziehen. Anschließend setzte sie sich mit einer Tasse Kaffee an den Küchentisch und arbeitete endgültig ihren Vorschlag für das Büffet der Kundin am Wochenende aus, wobei sie immer ein paar Alternativen einbaute, für den Fall, dass der erste Vorschlag nicht gefiel. Von spanischer Gurkensuppe über marokkanischen Möhrensalat, italienische Crostini, französische Meeresspezialitäten mit Aioli bis zur türkischen Pizza und syrischen Boulgur-Fleischbällchen, um nur einiges zu nennen, war fast jede Ecke des Mittelmeeres vertreten.

Zwischendurch fiel Derya wieder die erstaunliche Erkenntnis des gestrigen Abends ein. Sie musste unwillkürlich grinsen. Nachdem sie eine Nacht darüber geschlafen hatte, erschien ihr die Situation inzwischen schon viel weniger dramatisch. Sie wäre Georg zwar an diesem Morgen nicht so gern begegnet, aber bis zum Wochenende hatten sich die Wellen in ihrem Inneren bestimmt so weit geglättet, dass sie ihm gegenübertreten könnte, ohne sofort rot zu werden. Aber wer weiß, vielleicht zog er jetzt ja zurück in seine eigene Wohnung, wo seine Kinder wieder da waren. Das wäre schade, hatte sie sich an ihren neuen Nachbarn doch schon richtig gewöhnt.

Derya überschlug, was ihr Wareneinsatz für das Büffet kosten und wie viel Zeit für die Zubereitung nötig sein würde und dachte dabei wehmütig an Gül, die ihr bei der Arbeit an diesem Auftrag wieder spürbar fehlen würde. Dann kalkulierte sie das Ganze durch und rief ihre Kundin an. Die war ohne große Diskussion mit fast allem einverstanden, und so schrieb Derya kurz darauf bereits lange Listen und machte sich mit dem Auto auf den Weg zu ihrem Einkauf.

Gerade bugsierte sie den mit Gemüse voll beladenen Einkaufswagen durch Windböen und einen unangenehm sprühenden Regen zu ihrem Parkplatz, da spürte Derya ihr Handy vibrieren. Sie fummelte das Teil aus der Hosentasche und versuchte, sich unter dem Dachvorsprung des Großmarktes unterzustellen.

»Oh wie schön, Hülya! Was gibt's?«, fragte sie erfreut.

Hülya war tatsächlich noch etwas eingefallen. »Gül hat mal so eine Beratung erwähnt, wo Mädchen und junge Frauen aus Einwandererfamilien hingehen können, wenn sie irgendwelche Schwierigkeiten haben. Ich weiß leider nicht, wie das heißt und wo das ist, aber vielleicht kannst du das ja herausfinden. So viele wird es davon in Lübeck nicht geben. Vielleicht hat sie sich dort ja gemeldet.«

»Ach ja, ich glaube, ich weiß schon, was du meinst«, sagte Derya und versuchte, sich ihre Enttäuschung nicht anmerken zu lassen. »Wahrscheinlich meinst du dieses Krisenzentrum für Migrantinnen.«

Das war die Beratungsstelle, für die auch Friede arbeitete.

»Ja, genau!«

»Ich fürchte, die können auch nicht weiterhelfen. Ich habe neulich schon mit einer Freundin gesprochen, die dort arbeitet. Aber trotzdem vielen Dank, Hülya! Das war ganz lieb von dir!«

»Ich hab's versucht«, meinte das junge Mädchen. »Sag, hast du heute schon die Fotos in der Zeitung gesehen?«

»Welche Fotos?«

»Auf der Titelseite der Lübecker Zeitung sind zwei türkische Mädchen abgebildet, die vor ein paar Jahren verschwunden sind. Und jetzt haben sie die gefunden. Die sind beide tot. Irgendwie gruselig, oder?«

Derya fröstelte. Ein blödes Wetter war das. Es regnete, die Luft war trotzdem noch irgendwie warm, und in der nassen Plastikregenjacke schwitzte und fror man gleichzeitig.

»Steht noch irgendwas dabei?«

»Nicht viel. Nur wann sie verschwunden sind und wo man

sie gefunden hat, und dass man sich melden soll, wenn man mit sachdienlichen Hinweisen zur Aufklärung beitragen kann.«

»Na gut, Hülya, dann erst mal vielen Dank, dass du dich gemeldet hast. Wir bleiben in Verbindung, ja?«

»Ja, tut mir leid, dass ich nicht helfen konnte. Aber ich treffe heute noch Elif und Suna und werde mit denen auch noch einmal über alles sprechen. Vielleicht fällt uns zusammen ja noch etwas ein, an das wir bis jetzt nicht gedacht haben.«

»Okay, dann tschüss, Hülya!«

»Tschüss und einen schönen Tag«, verabschiedete sich das junge Mädchen liebenswürdig. Derya beeilte sich, ihre Gemüsefracht ins Auto zu bekommen, und rannte dann noch einmal durch die Nässe, um sich an der Tankstelle nebenan die Lübecker Zeitung zu besorgen. Noch im Auto las sie den Aufruf der Polizei, dass sich Zeugen, die etwas zu den Vorgängen um die beiden Mädchen zu wissen glaubten, bitte baldigst melden sollten. Zwei junge Mädchen, sie wären jetzt in etwa so alt wie Gül, Hülya und die anderen, beide von türkischen Eltern und beide tot. In der Zeitung stand nichts von einem Zusammenhang zwischen beiden Fällen. Derya spürte, wie sich ihr Magen zusammenzog. Bisher hatte sie die Ängste ja noch beherrschen können, die sie immer mal wieder überfielen, wenn sie an Gül dachte. Aber jetzt? Ein erstes Klopfen hinter ihrer Stirn kündigte die rasenden Kopfschmerzen an, die sie so gut kannte und die sie in scheinbar ausweglosen Situationen immer bekam. Kein Mittel half dagegen, die Ärzte waren ratlos.

›Das ist ganz klar psychosomatisch‹, hätte Karin jetzt bestimmt wieder gesagt, eine von Deryas Freundinnen, die als Sprechstundenhilfe arbeitete. ›Und typisch für euch Türken. Ihr habt 'ne Menge eingebildete Krankheiten. Ihr liegt doch lieber krank auf dem Sofa, als eure Probleme zu lösen.‹ Das war Karin, die manchmal das Feingefühl eines Panzerkreuzers hatte und von einer fast beleidigenden Offenheit sein konnte. Wahrscheinlich hat sie in diesem Fall sogar recht, dachte Derya, aber die Erkenntnis half ihr auch nicht weiter. Sie musste unbedingt mit jemandem reden, sonst machte diese Sorge sie wirklich noch ganz krank. Kurz entschlossen machte sie sich auf den Weg zum Krisenzentrum für Migrantinnen. Friede mit ihrer besonnenen, ruhigen Art war jemand, dem sich Derya vorbehaltlos anvertrauen konnte. Außerdem kannte sie Gül – wenn Friede die Fotos der toten Mädchen in der Zeitung sah, würde sie jetzt bestimmt auch verstehen, warum Derya sich so ängstigte.

Die nette Frau, die im Zentrum am Schreibtisch saß, Termine koordinierte und den Telefondienst versah, bedauerte. Friede war nicht da. Natürlich, das hatte Derya völlig vergessen: Friedes Sprechstunden fanden dort immer nur zweimal die Woche abends statt. Schließlich hatte die Freundin eine eigene psychotherapeutische Praxis und leistete im Zentrum zusätzliche ehrenamtliche Arbeit. Die neuen Räumlichkeiten, die Friede erst im letzten Jahr mit einem Kollegen eröffnet hatte, lagen in der Innenstadt, gar nicht weit von hier. Derya ließ ihren Wagen lieber stehen, zog die Kapuze ins Gesicht und eilte zu Fuß durch den Regen, als den vergeblichen Versuch zu unternehmen, dort wieder einen Parkplatz zu finden. Vielleicht tat die frische Luft auch ihrem schmerzenden Kopf gut.

»Na, smucke Deern«, hörte sie plötzlich eine Stimme neben sich. »Gehst auch so gern im Schmuddelwetter spazieren?«

»Ronald!«, freute sich Derya, blieb stehen und begrüßte ihn mit einer Umarmung. »Gerade will ich zu deiner Frau. Und was machst du hier in der Stadt? Ich dachte, du bewegst dich nicht weg von eurem Hof!«, fragte sie scherzhaft.

»Nur wenn es unbedingt sein muss, da hast du völlig recht«, bestätigte Ronald mit majestätischem Ernst. »Aber ich musste Friede was helfen, und jetzt nutze ich die Gelegenheit und geh noch ein paar Sachen einkaufen. Wenn ich schon mal in der großen Stadt bin«, setzte er spöttisch lächelnd hinzu.

»Meinst du, Friede hat einen Moment Zeit für mich?«, erkundigte sich Derya.

»Ich denke schon. Normalerweise macht sie gegen 12 immer Mittagspause. Versuch's doch einfach.« Er sah Derya forschend an. »Was ist denn los, Mädchen? Geht's dir nicht gut?«, fragte er mitfühlend.

»Ach, ich weiß nicht. Es geht um meine Mitarbeiterin, die schon ein paar Tage nicht zur Arbeit gekommen ist. Ich mache mir halt Sorgen deswegen. Außerdem habe ich grässliche Kopfschmerzen«, stöhnte Derya und drückte sich die Hand gegen die Stirn. »Friede kennt das Mädchen auch, Gül. Sie sagte am Wochenende, ich soll noch abwarten, aber ich weiß nicht … heute ist schon Donnerstag.«

»Naja, das wird bestimmt alns wieder gut, Mädel. Aber rede ruhig mal mit Friede«, meinte Ronald und strich Derya tröstend über die Schulter. »Das tut dir sicher gut, und vielleicht weiß sie ja einen Rat.«

»Mach ich. Tschüss, Ronald, demnächst müsst ihr unbedingt mal wieder zu mir zum Essen kommen!«

»Aber gern, Derya, für deine Küche lass ich doch sofort alles stehen und liegen. Tschüss du und nicht immer so viele düstere Gedanken machen! Und gute Besserung!«

Allein Ronalds unerschütterliche Seelenruhe hatte schon ausgereicht, dass Derya sich ein wenig besser fühlte. Die Fotos in der Zeitung, die sie vorhin so irritiert hatten, hatte sie lieber nicht erwähnt. Irgendwie wäre sie sich lächerlich vorgekommen. Ronald zog sie ohnehin immer gern wegen ihres in seinen Augen etwas hysterischen Wesens auf.

»Derya! Was für eine nette Überraschung!« Friede hatte Derya selbst die Tür ihrer Praxis geöffnet, die im ersten Stock eines historischen Hauses in der Beckergrube lag. Wie immer sah die Freundin klasse aus, in einer weiten, naturfarbenen Leinenhose und einem grobmaschigen Pulli im gleichen Farbton, der perfekt zu ihren graublonden Locken passte.

»Unsere Sekretärin ist krank und mein Kollege zu einem Kongress. Ich bin hier ganz allein auf weiter Flur und muss jetzt auch noch den Türdienst machen«, lachte Friede und schloss Derya in die Arme, der plötzlich die Tränen in die Augen schossen.

»Derya, Mädel! Aber was ist denn los?«, fragte die Freundin, als sie bemerkte, dass Derya weinte.

»Ach, mein Kopf tut weh, und Gül ist immer noch weg – und dann die Bilder von den toten Mädchen in der Zeitung«, schniefte Derya. »Ich weiß, ich reagiere übertrieben. Aber was soll ich machen? Ich kann nichts dafür.«

»Welche toten Mädchen?«

»Hier!« Derya zog die Zeitung aus ihrer Jackentasche und deutete auf die Fotos.

»Ohne Brille seh ich gar nix«, meinte Friede. »Zieh doch die Regenjacke aus und komm mit in die Küche. Ich hab gerade Tee gekocht, und meine Käsebrötchen reichen auch für zwei.«

Sie setzten sich an den kleinen Holztisch in der Praxisküche. Derya trocknete die Tränen ab und putzte sich die Nase. Ruhig und friedlich war es hier, bis auf die Tropfen, die draußen auf das Fensterbrett trommelten. Der Regen hatte an Intensität zugenommen. Friede schaute durch ihre Lesebrille auf die Bilder der Mädchen. Aufmerksam las sie den darunter gedruckten Text.

»Und du hast jetzt natürlich Angst, dass ...«, nickte sie, als sie damit fertig war, nahm ihre Brille ab und ließ den Satz unvollendet. Derya hielt sich mit beiden Händen an dem handgetöpferten Teebecher fest und zuckte mit den Schultern.

»Nicht dass ich jetzt glaube, deiner Gül wäre ähnliches passiert, aber seltsam ist das schon, dass sie sich immer noch nicht bei dir gemeldet hat«, sagte Friede nachdenklich. »Hast du denn schon einmal daran gedacht, zur Polizei zu gehen?«

»Im Grunde war ich ja schon da. Du weißt doch, Georg, mit dem ich Sonnabend bei euch war, der das Haus von meinen Nachbarn hütet, der ist doch bei der Kripo, und mit dem habe ich darüber gesprochen.«

»Und was hat er dazu gesagt?«

»Das Gleiche wie du am Wochenende. Erst mal abwarten. Aber da wusste ich natürlich noch nichts von diesen toten Mädchen.« Resigniert verstummte Derya und trank von ihrem Tee.

»Verstehe.« Aufrecht saß Friede auf ihrem Hocker und sah Derya an. Sie strahlte die ihr eigene Sicherheit und Klarheit aus, die Derya jedes Mal aufs Neue beeindruckte. »Du solltest positiv denken. Ein Zusammenhang zwischen den beiden Mädchen da und Güls Abwesenheit wäre schon ein wahnsinniger Zufall, oder? Trotzdem kannst du doch diesen Georg einfach noch mal darauf ansprechen. Es ist doch toll, dass du einen Polizisten persönlich kennst, der dir sagen kann, dass deine Befürchtungen wahrscheinlich grundlos sind.«

An ihrem Tee nippend beobachtete Friede aufmerksam ihr Gegenüber. »Du sprichst heute noch mit Georg, ja?«, ermunterte sie Derya dann noch einmal, und als die folgsam nickte, fuhr sie fort: »Na siehst du. Irgendwo kommt doch immer ein Lichtlein her. So, und jetzt brauch ich was zwischen die Zähne, ich hab echt Hunger. Magst du vielleicht auch was essen?«

Friede wartete Deryas Antwort nicht ab, stellte ihr einen Teller hin und dazu noch eine Schale mit nach Zimt duftendem Gebäck. »Richtig gute Brötchen vom Biobäcker mit Ziegenkäse aus Zarpen, sehr empfehlenswert! Und ganz frische Vollkornkekse. Hat Ronald vom Markt mitgebracht.«

»Dem bin ich übrigens gerade begegnet, als ich hierher kam.«

»Ja, der war so lieb und hat mir hier beigestanden, mich mit Essen versorgt, und jetzt macht er noch ein paar Besorgungen, bevor er wieder aufs Land flüchtet«, lächelte Friede. »Komm schon, jetzt nimm ein Brötchen, das tut dir gut.«

Das Kopfweh war etwas weniger geworden. Zufrieden registrierte Friede, dass Derya schließlich mit Appetit in ein Brötchen biss. Sie aßen schweigend. Friede schaute immer wieder auf das Titelblatt der Zeitung, die neben ihrem Teller lag. »Fatma Aksoy«, murmelte sie auf einmal. »Fatma Aksoy. Den Namen hab ich schon mal gehört oder gelesen.«

»Wirklich?«, fragte Derya erstaunt und irgendwie bestürzt. »Wo denn?«

»Tja, wenn ich das wüsste«, antwortete Friede abwesend. »Aber irgendwie bin ich mir sicher.« Dann setzte sie wieder ihre Lesebrille auf, stand auf und ging hinüber in ihr Büro, wo sich hinter dem Schreibtisch ein Schrank mit verschließbaren Schüben befand, in denen sie ihre Patientenakten aufbewahrte. Derya folgte ihr gespannt. »Mir ist so, als hätte ich schon einmal mit einer Fatma Aksoy zu tun gehabt.«

Die Akten waren nach den Anfangsbuchstaben der Nachnamen geordnet, aber unter A fand sich nichts und auch nicht unter F, wo Friede ebenfalls nachsah, weil die Akte versehentlich dort hätte landen können.

»Der Umzug hierher in die neue Praxis hat natürlich einiges durcheinandergebracht«, erläuterte sie entschuldigend.

»Vielleicht war das Mädchen ja im Krisenzentrum und nicht in deiner Praxis.«

»Aber natürlich! Das wird's sein. Dort werd ich gleich heute Abend nachschauen, wenn ich Sprechstunde habe.«

Sie gingen zurück in die Küche, wo sie ihren Mittagsimbiss beendeten. Friede versuchte, Derya ihre Besorgnis zu nehmen, und ermunterte sie noch einmal, mit Georg so bald wie möglich zu reden und zu beratschlagen, was zu tun wäre.

»Tut mir leid, liebe Derya, aber ich hab in zehn Minuten einen Patienten«, sagte Friede und erhob sich. »Wenn du willst, bleib ruhig noch und trink einen Tee.«

»Vielen Dank, Friede, aber ich muss auch los. Ich hab einen großen Auftrag für ein Büffet vorzubereiten.«

»Das ist doch auf jeden Fall schön, dass das Geschäft läuft. Ich hoffe, ich konnte dir wenigstens ein bisschen was von deinen Ängsten nehmen, meine Kleine«, meinte Friede, als sie sich zum Abschied umarmten.

»Aber natürlich hast du das! Es geht mir schon viel besser, auch die Kopfschmerzen sind fast weg«, beteuerte Derya und gab sich Mühe, fröhlich auszusehen.

»Na ja«, machte ihre Freundin wenig überzeugt und fuhr dann fort: »Inzwischen bin ich mir übrigens so gut wie sicher, dass diese Fatma Aksoy einmal bei uns im Krisenzentrum gewesen ist. Danach hat sie sich nie wieder gemeldet. Eine Kollegin und ich, wir haben uns noch gefragt, was wohl aus ihr geworden ist. Jetzt wissen wir es«, seufzte Friede betrübt.

»Na dann, halt die Ohren steif, Mädchen.«

»Ach Friede, es war gut, einfach mit dir zu reden. Das hat mir wirklich geholfen, vielen Dank«, versicherte Derya noch einmal. »Ich hab Ronald schon gesagt: Ihr müsst unbedingt mal wieder zu mir zum Essen kommen!«

»Das machen wir! Und wenn was ist – du weißt, du kannst jederzeit anrufen oder vorbeikommen.«

Georg gab im Büro Bescheid, dass er ein wenig später zum Dienst erscheinen würde, und fuhr mit den Zwillingen zum Frühstück nach St. Jürgen, wo Astrid schon ungeduldig auf die Kinder wartete. Sie hatten unterwegs frische Brötchen besorgt und gönnten sich zur Feier des Tages an diesem Donnerstag ein richtiges Sonntagsfrühstück. Julia und Judith erzählten von ihren Erlebnissen mit ihrer Schulklasse im Watt. Auch wenn Angermüller das meiste schon am Vorabend gehört hatte, genoss er diesen Moment harmonischen Familienlebens.

Dass Astrid milder als sonst gestimmt war, machte er allein daran fest, dass sie ihm weder Brötchen noch Belag in den Mund zählte und auch nicht kritisierte, dass er gestern die Mädchen einfach bei sich hatte übernachten lassen und sie erst im Nachhinein darüber informiert hatte. So etwas liebte sie eigentlich gar nicht, sie hatte gern auch bei der Organisation des Familienalltags alles im Griff. Angesichts des schlechten Wetters brachten ihn Astrid und die Kinder nach dem Frühstück mit dem Wagen zur Posselhlstraße.

»Ade, ihr drei! Ich wünsch euch einen schönen Tag zusammen. Wir sehen uns heute Abend beim Italiener«, verabschiedete sich Angermüller.

»Bis heute Abend, Papa, bei der besten Pizza der Welt!«, rief Judith vom Rücksitz.

»Ja, tschüss bis dahin«, sagte auch Astrid. »19 Uhr und versuch bitte, pünktlich zu sein. Die Kinder müssen morgen wieder früh zur Schule.«

Georg nahm die Ermahnung, die in seinen Augen ohnehin überflüssig war, zerstreut zur Kenntnis und schlug die Autotür zu. Die Pizzeria, die irgendwo am westlichen Stadtrand lag, war Martins Tipp, der mit Astrid und den Kindern schon dort gewesen war, und Angermüller hatte sich im Stillen schon gefragt, was eine kulinarische Empfehlung von Martin eigentlich wert war. In Gedanken bereits halb bei der Arbeit, setzte er mit großen Schritten über die Steinplatten des Weges zum Behördenhochhaus, wo ihm starke Böen die Regentropfen ins Gesicht trieben.

Wie bei Aufrufen an die Bevölkerung zur Mithilfe bei der Aufklärung eines Verbrechens üblich, waren auch diesmal sofort wieder einige Hinweise bei der Lübecker Bezirkskriminalinspektion eingegangen. Bis Mittag zählte man an die 30 davon. Thomas Niemann, der als Erster die Ausbeute sichtete, schüttelte aber nur abwiegelnd den Kopf, als Angermüller und Jansen hoffnungsvoll nach ersten Ergebnissen fragten.

»Paar Scherzkekse, wie immer, und ansonsten leider nichts, was wir noch nicht wussten. Aber kann ja noch kommen.«

»Ich habe noch einen neuen Auftrag für dich«, wandte sich Angermüller an Thomas Niemann. »Recherchier doch bitte mal diese Rosensorte, die wir auf den Gräbern der beiden Mädchen gefunden haben: Rosa alba, Félicité Parmentier. Ist die selten, ist die teuer? Wo bekommt man die hier in der Gegend? All so was halt.«

»Aye, aye Sir!«, salutierte Niemann. »Wie schreibt man das?«

Der Kriminalhauptkommissar buchstabierte und der Kollege verschwand in sein Büro. Das Telefon auf Angermüllers Schreibtisch läutete; der Kriminaldirektor kündigte seinen Besuch an. Er sah gar nicht gut gelaunt aus, als er die Tür zu den Büros von Angermüller und Jansen hinter sich schloss.

»Ich hatte einen Anruf heute Morgen, von Professor Dr. Alfred Panknin«, begann er ohne große Vorrede, während er von einem Fuß auf den anderen tänzelte. Den angebotenen Stuhl hatte er abgelehnt. »Der Mann war stinksauer. Was habt ihr da mit seinem Sohn veranstaltet?«

»Tss«, machte Jansen nur und drehte angewidert den Kopf weg. Das Thema Panknin war sein wunder Punkt.

»Wir haben nur ganz ordnungsgemäß unsere Arbeit gemacht«, erwiderte Angermüller. »Worüber hat er sich denn beschwert?«

»Dass ihr den Jungen an seinem Arbeitsplatz im Krankenhaus belästigt habt, wo alle Kollegen sofort mitkriegen, dass die Polizei was von ihm will. Dass ihr dann am Nachmittag schon wieder aufgetaucht seid, die Privatsphäre der Familie Panknin gestört hättet, als ob es um die Jagd nach einem Schwerverbrecher ginge, wo ihr den ganzen Sachverhalt auch telefonisch hättet klären können ...«

»Das ist doch alles Quatsch, Harald«, unterbrach Angermüller seinen Chef. »Immerhin war der junge Panknin mit dem ersten Opfer befreundet. Wir haben uns von ihm schlicht Auskünfte zu dem Mädchen erhofft. Und als Claus dann entdeckt hatte, dass die Mutter auf der Liste der Erbengemeinschaft in Eutin steht, da mussten wir der Sache natürlich auch nachgehen. Und ich versichere dir, wir waren weder zudringlich, noch indiskret, noch unhöflich, wir haben vorschriftsmäßig ermittelt.«

»Wahrscheinlich will der Armleuchter auch noch, dass wir uns entschuldigen! Das würde passen!«, entrüstete sich Jansen.

Appels blickte nervös zwischen den Kommissaren hin und her. Eigentlich schien er mit seinem Job als Behördenchef sonst ganz zufrieden zu sein. Er war immer über die Arbeit seiner Mitarbeiter auf dem Laufenden und viel unterwegs zu Konferenzen und Tagungen – Besprechungspolizist nannten ihn die anderen. Aber wenn es Beschwerden von Bürgern gab, von ganz bestimmten Bürgern, wie zum Beispiel vom Kaliber eines Herrn Professor Dr. Alfred Panknin, die meinten, nur ganz oben könne man ihrem Anliegen gerecht werden, dann hätte Appels gern jemand anderem die Zuständigkeit überlassen.

»Gar nicht so einfach, den Mann wieder zu beruhigen«, klagte er. »Hat schon mit Öffentlichkeit gedroht.«

»Mit Verlaub, Harald, der Typ spinnt! Lass dich von dem nicht beeindrucken«, empfahl Angermüller und bedeutete gleichzeitig Jansen mit einer Geste, sich abzuregen. »Und dass die Panknins von sich aus an die Presse gehen, kannst du vergessen! Ihr Sohn im Zusammenhang mit einer toten Türkin im Gerede – niemals!«

Appels nickte einsichtig und Angermüller fuhr fort: »Und wir konnten das nicht schnell mal telefonisch klären. Du weißt doch, wie wichtig es ist, Persönlichkeit und Reaktion von Zeugen durch eigene Inaugenscheinnahme zu beurteilen. Und so unkooperativ, wie die Familie Panknin sich verhalten hat, müsste man eigentlich annehmen, da hat jemand eine Menge Dreck am Stecken. Aber bis jetzt konnten wir keine Verbindung des Jungen zu dem zweiten Mädchen nachweisen, wenn wir daran festhalten, dass es sich um ein und denselben Täter handelt. Wir bleiben natürlich weiter dran und untersuchen, ob es Kontakte zwischen Leo Panknin und Fatma Aksoy gegeben hat.«

Der Kriminalhauptkommissar hoffte, mit seinen leidenschaftlich, aber ruhig vorgebrachten Argumenten den Kriminaldirektor zu beschwichtigen und vor allem, ihm die notwendige Rückenstärkung für die weitere Kommunikation mit dem alten Panknin gegeben zu haben.

»Nun gut«, gab sich Harald Appels zufrieden. »Ich werde dem Mann sagen, dass ich nach eingehender Prüfung keine Fehler in eurem Vorgehen feststellen konnte, entschuldige mich aber trotzdem, sollte es aufgrund von Missverständnissen zu Irritationen gekommen zu sein.« Er ging zur Tür.

»Das hast du sehr schön gesagt«, lobte Angermüller seinen Chef. »Wir machen jetzt in Rosen. Komm, Claus.«

»Ah ja«, sagte Appels nur verständnislos, fragte aber nicht weiter nach. »Dann wünsche ich noch einen erfolgreichen Tag. Ihr haltet mich auf dem Laufenden und informiert mich rechtzeitig, wenn wir mit der Presse ...«

»Wat is mit Rosen?«, meldete sich Jansen missvergnügt, als sie wieder allein waren. Es war klar, dass ihm sein gestriger Schnitzer immer noch nachging und die völlig aus der Luft gegriffene Beschwerde der Panknins ihn deshalb besonders in Harnisch brachte.

»Wirst gleich sehen«, beschied ihm Angermüller nur und ging hinüber ins Büro von Kriminaloberkommissar Niemann.

»Na, Rosenkavalier«, begrüßte ihn der. »Welche Schöne willst du denn damit beglücken?«

»Hab keine Zeit für blöde Witze. Jetzt leg los.«

»Also, die Félicité Parmentier, oder wie die heißt, ist eine alte Rosensorte, stammt aus Belgien, ungefähr von 1834. Sie wird vor allem wegen ihres starken Duftes geschätzt. Woher ihr Name kommt, ist rätselhaft. Sie ist nicht besonders teuer, soweit ich das einschätzen kann. Man kriegt Pflanzen schon ab zehn Euro ungefähr. Sie ist auch nicht so selten. Allerdings gibt es sie meist nur in Gärtnereien oder Gartenbaubetrieben, die auf Rosen spezialisiert sind. Ich hab dir hier die drei wichtigsten in unserem Einzugsgebiet aufgeschrieben.« Thomas Niemann reichte seinem Kollegen einen Zettel. »Was versprichst du dir eigentlich davon? Ich glaube kaum, dass du dort einen Tipp bekommst, wer vor zwei oder drei Jahren welche Rosensorte gekauft hat.«

»Damit hast du wahrscheinlich recht. Aber vielleicht wurden öfter irgendwo welche geklaut, vielleicht gibt es unter den Kunden einen ganz besonderen Verehrer dieser Sorte, vielleicht einen Mitarbeiter. Ich will mir das einfach mal anschauen. Es könnte uns ja auf eine Idee bringen.«

»Der Täter könnte ja auch einen Ableger aus dem eigenen Garten genommen haben, oder?«, blieb Niemann bei seinen Zweifeln.

»Ja, könnte, Thomas. Nun lass mich doch einfach machen. Außerdem weißt du doch: Der Mörder ist immer der Gärtner.«

Die erste Großgärtnerei, die sie anfuhren, lag hinter der westlichen Stadtgrenze und warb mit einer Riesenauswahl an alten Rosensorten. Wahrscheinlich lag es am nassen Wetter, dass nicht viel los war zwischen den Gewächshäusern und der großen Freifläche, wo Pflanzen aller Sorten und Größen angeboten wurden. Dahinter schloss sich ein Gelände an, auf dem die unterschiedlichsten Bäume kultiviert wurden. Niemand war hier draußen zu sehen, und so versuchten sie es im Laden gleich neben der Einfahrt. Die junge Frau in grünem Overall und Gummistiefeln, die sie hier antrafen, stellte sich als Juniorchefin vor und verneinte, als Angermüller nach Félicité Parmentier fragte. Sie hätten schon einige Albarosen und Centifolien im Programm, das ja, aber diese eine Rose nun gerade nicht, obwohl sie selbst die auch ganz toll fände. Aber alles könne man nicht im Sortiment haben. Die Firma sei eben auch nicht sehr groß und kein Rosenspezialbetrieb.

»Aber Sie werben doch mit einer Riesenauswahl«, beschwerte sich Jansen etwas vorwurfsvoll.

»Die haben wir ja auch! Immerhin über 20 Sorten«, verteidigte sich die Gärtnerin, und ihre ohnehin geröteten Wangen färbten sich noch einen Ton dunkler. »Nur diese eine führen wir gerade nicht.«

Sie grüßte freundlich eine Kundin, die gerade den Verkaufsraum betrat, in dem sich die Kasse befand und allerlei Dekorationsgegenstände wie Rosenkugeln, Vogeltränken, kunstvolle Rosenbögen und anderes mehr angeboten wurden, und sagte dann leise zu den Kommissaren: »Versuchen Sie's doch mal bei Möller hinter Blankensee. Die Frau vom Besitzer ist ein absoluter Rosenfan und soll immer Unmengen von Rosen einkaufen.«

Baum- und Rosenschule Möller nannte sich der Betrieb, dessen Anschrift sich auch auf Thomas Niemanns Notizen befand und der um ein Mehrfaches größer als ihr erster Anlaufpunkt war. Allein die Zufahrt von der Straße bis zu einem großen Hof vor dem Hauptgebäude schien Angermüller so lang wie die ganze Front der Gärtnerei, die sie gerade besucht hatten. Auch bei der Firma Möller war es ziemlich leer und von Personal keine Spur. Nur drei private PKW und zwei weiße Kastenwagen mit dem grünen Firmenlogo standen auf den Parkplätzen. Die Tür des Hauptgebäudes war abgeschlossen. Ein Schild baumelte am Türgriff: ›Entschuldigung! Wir sind in fünf Minuten wieder für Sie da!‹

Gerade wollte Jansen wieder zum Wagen gehen, da ihm wohl das Warten im Freien – ein feiner Nieselregen stäubte vom Himmel – zu lang wurde, da kam aus einer der endlosen Alleen von kleinen Bäumen ein Mini-Trecker mit Anhänger herangefahren.

»Moin. Kann ich was für Sie tun?«, fragte der Fahrer und sprang von seinem Sitz, während sein Kollege, der auf dem Anhänger gesessen hatte, mit einem Bündel Bambusstangen zu einem der Gewächshäuser lief. Der Fahrer trug zwar eine Regenjacke mit Kapuze, darunter aber Shorts und an den Füßen Sandalen, was Angermüller angesichts des Wetters ziemlich erstaunlich fand. Die Füße des Mannes sahen auch entsprechend mit Lehm und Erde verschmiert aus.

»Das können Sie. Wir interessieren uns für die Félicité Parmentier. Haben Sie so eine Rose im Angebot?«

»Oh, hallo«, sagte der Gärtner und sah Angermüller an. »Sie waren doch am Sonnabend mit Derya bei meinen Eltern zu Besuch. Ich bin Ruben, Ruben Bartels.«

»Aber natürlich, der Fürst Pückler!«, entfuhr es Angermüller überrascht, und er lächelte den jungen Mann an. »Na, wenn Sie uns nicht helfen können, wer dann?«

»Wofür suchen Sie denn die Rose? Als Kübelpflanze oder für einen Garten? Die Sorte ist wirklich zu empfehlen. Braucht keinen besonderen Boden oder Standort, ist ziemlich genügsam und bedankt sich mit üppigen Blüten und einem ganz tollen Duft.«

»Haben Ihre Eltern Ihnen erzählt, dass ich bei der Kripo bin? Wir sind nämlich dienstlich hier, Ruben«, erklärte Angermüller. Er zog es vor, beim förmlichen Sie zu bleiben, stellte Jansen vor, und beide zeigten ihre Ausweise.

»Nö«, Ruben schüttelte den Kopf. »Haben sie nicht. Aber worum geht es denn?«

»Wie gesagt, uns interessiert die Félicité Parmentier«, hielt sich Angermüller bedeckt und sagte nichts über den Zusammenhang. »Führen Sie denn hier im Betrieb die Sorte?«

»Wir haben hier fast 80 unterschiedliche Rosen. Die Frau vom Chef ist eine echte Spezialistin für alte Sorten. Und die Félicité ist bei uns Standard. Sollen wir mal im Rosengarten schauen, ob sie noch da ist? Die beste Zeit zum Rosenpflanzen ist natürlich eigentlich im Herbst. Da kauft man sie vorzugsweise wurzelnackt. Aber wenn man's richtig macht, nimmt es einem die Félicité auch nicht übel, wenn man sie jetzt einpflanzt. Sie gedeiht dann ganz hervorragend.«

War der junge Mann in der Runde am Sonnabend eher schüchtern und schweigsam erschienen, so machte er hier gar nicht den Eindruck und war ganz in seinem Element. Zum Glück legte der Regen gerade eine Pause ein. Sie begaben sich zum Rosengarten, der hinter einem der Gewächshäuser lag. Der Anlage war anzusehen, dass hier jemand mit viel Liebe dabei war: Zum Teil in Kübeln, zum Teil in der Erde gab es nichts als Rosenstöcke, sie wanden sich als Kletterrosen um

Bögen und Gitterwände oder reckten sich aufrecht in ihren Beeten, aus denen hier und da eine verwitternde Statue oder ein paar Rosenkugeln hervorlugten. Einige der Pflanzen blühten schon und zeigten die unterschiedlichsten Farbschattierungen, von kräftigem Pink und samtigem Dunkelrot über Pfirsichrosa bis Weiß.

»Schade. Sie müssten in ein paar Wochen hierher kommen. Dann ist das ein einziges Rosenparadies mit einem Wahnsinnsduft – das kann man gar nicht beschreiben!«, schwärmte Ruben.

»Ah, hier haben wir ja ein Exemplar«, sagte Angermüller erfreut, der die Félicité sogleich an ihrem einzigartigen Wohlgeruch erkannt hatte. Diese Pflanze war noch nicht so hoch wie die beiden, die sie auf den Gräbern gefunden hatten, aber auch sie trug über und über die dicken, gerüschten Blüten und neigte sich unter ihrer zartrosa Last.

»Kann man denn an der Wuchshöhe der Rose erkennen, wann sie gepflanzt wurde?«

Ruben schüttelte den Kopf. »Das ist von so vielen Komponenten abhängig, zu welcher Jahreszeit gepflanzt wurde, wie jung die Pflanze war, ob sie regelmäßig beschnitten wurde. Also, das kann man meiner Ansicht nach ohne Hintergrundinformationen nicht erkennen.«

»Werden denn viele Rosen von dieser Sorte verkauft?«, fragte Jansen.

»Unterschiedlich, würde ich sagen«, erläuterte Ruben. »Wir haben hier natürlich eine Riesenauswahl. Da fällt es den Leuten oft schwer, sich zu entscheiden. Viele bevorzugen auch die kräftigeren Farben von Gallica- oder Bourbon-Rosen.«

Er sah sich um. »Zum Beispiel hatten wir letzte Woche bestimmt noch drei von den Albarosen, jetzt ist nur noch eine übrig. Sind sozusagen ganz gut gegangen.«

»Die Pflanze ist also nicht unbedingt eine Rarität, die schwer zu finden ist und selten verkauft wird?«, erkundigte sich Angermüller.

»Na ja, die Félicité ist keine Massenware, aber selten ist sie auf keinen Fall. Für einen Spezialbetrieb wie uns ist sie schon ein Muss. Und wir sind ja nicht die Einzigen, die sie anbieten.«

»Mmh«, machte Angermüller nur.

Ruben räusperte sich. »Warum interessieren Sie sich denn gerade für diese Rose, wenn ich fragen darf?«, erkundigte er sich höflich. Angermüller schaute ihn kurz an und überlegte.

»Die Félicité Parmentier spielt im Fall zweier toter Mädchen eine Rolle, die keines natürlichen Todes gestorben sind, wie wir annehmen müssen«, gab er dann Auskunft.

»Oh, echt?«, sagte Ruben Bartels und schien ziemlich beeindruckt. Stumm betrachtete er den Rosenbusch vor ihnen.

»Claus, hast du noch Fragen? Vielleicht nach der Pflege für deinen Kaktus?«, unterbrach Angermüller die eingetretene Stille.

»Quatschkopp!«, knurrte Jansen. »Keine Fragen mehr.«

»Na dann, vielen Dank für die Informationen, Ruben, und grüßen Sie Ihre Eltern von mir. Ade.«

»Tschüss«, antwortete Ruben geistesabwesend und blieb allein zurück im Rosengarten, während die Kommissare zu ihrem Wagen gingen.

»Noch 'ne Gärtnerei willst du jetzt hoffentlich nicht ansteuern«, machte Jansen seine Meinung zu ihrer Aktion deutlich, als er den Wagen anließ.

»Heute nicht«, beruhigte ihn Angermüller. »Jetzt wissen wir immerhin, dass es keiner allzu großen Mühe bedarf, an diese spezielle Rose zu kommen. Das hatte ich so nicht vermutet, muss ich zugeben.«

»Und den jungen Mann kennst du privat?«

»Kennen ist übertrieben. Ich hab ihn nur letzten Sonnabend einmal kurz gesehen.«

Angermüllers Handy meldete sich. Die Rechtsmedizinerin teilte ihm mit, dass sie ihm ihren Bericht per E-Mail hatte zukommen lassen, aus dem leider kaum Neues abzulesen sei.

»Wir konnten auch nach eingehender Untersuchung an der Leiche beziehungsweise dem Skelett keine Todesursache aufgrund von äußerer Gewalteinwirkung feststellen. Aber ich habe jetzt die Toxikologen in Kiel eingeschaltet. Vielleicht lassen sich an den Fettresten der Röhrenknochen Spuren einer Vergiftung feststellen. Die Liegezeit ist ja in beiden Fällen nicht so sehr lang gewesen. Allerdings müssen wir mit mindestens zwei Wochen rechnen, bis wir zumindest erst einmal ein mündliches Gutachten bekommen. Sie wissen ja, überall herrscht ein Mangel an Personal und Ausstattung.«

»Ja, aber das ist doch eine sehr gute Idee.«

»Es ist nur ein Versuch«, sagte Frau Dr. Ruckdäschl bescheiden. Er konnte hören, dass sie dabei lächelte. »Sagen Sie, wir haben ja noch eine Verabredung offen. Hätten Sie vielleicht heute Abend Zeit, sich auf ein Glas Wein zu treffen?«

»Äh, heute?«, er warf einen nervösen Blick auf Jansen, der scheinbar ungerührt auf die Straße schaute. »Tut mir leid, da wird nichts draus. Ich hab schon einen Termin.«

»Schade. Aber das machen wir noch. Ich vergess das nicht, versprochen! Machen Sie's gut, Herr Kommissar.«

»Ja, Sie auch. Ade, Frau Dr. Ruckdäschl.« Angermüller steckte sein Handy zurück. »Das war die Ruckdäschl. Hast du ja mitbekommen. Die haben keine Todesursache finden können, und jetzt hat sie die Toxikologie eingeschaltet. Find ich gut. Vielleicht bringt das ja was.«

Jansen nickte. »Und auf dich hat die ein Auge geworfen, darauf fress ich einen Besen.«

Angermüller sagte dazu nichts und fragte stattdessen, wie sein Kollege sich das weitere Vorgehen bezüglich Leo Panknin und seiner Verbindung zu Fatma Aksoy vorstellte. Ihre Rückfahrt zur Bezirkskriminalinspektion verlief daraufhin ziemlich einsilbig.

KAPITEL IX

Wozu bin ich schließlich Schauspielerin, dachte Derya. Ich werde zu Georg hingehen und ganz einfach so tun, als ob nichts gewesen ist. Es ist ja auch nichts gewesen, verdammt, außer diesem kleinen Missverständnis. Energisch warf sie die Teigkugel auf das Backbrett, dass es knallte, und knetete sie mit Inbrunst ein letztes Mal durch, bevor sie den Hefeteig mit einem Tuch bedeckte, um ihn gehen zu lassen.

Alle fünf Minuten spähte sie aus dem Fenster. Der immer noch mit dunklen Wolken bedeckte Himmel ließ einen glauben, dass es schon spät am Abend wäre, dabei war es nicht einmal 18 Uhr, eine Uhrzeit, um die hier sonst im Mai heller Tag herrschte. Hinter ihrer Stirn klopfte immer noch ein unangenehmer Schmerz. So richtig gut ging es ihr nicht. Doch Derya hatte sich fest vorgenommen, heute mit Georg wegen Gül zu sprechen und ihn um Rat zu fragen. Sie wollte keinesfalls seine Rückkehr versäumen.

Der Rufton ihres Handys erklang. Es war Friede. »Hast du schon mit Georg gesprochen?«

»Nein, noch nicht, er ist noch nicht nach Hause gekommen. Aber ich mach es heute auf jeden Fall noch. Versprochen, Frau Doktor!«, gab Derya ihrer Freundin Auskunft.

»Ach so, du denkst, ich will dich kontrollieren?«, lachte Friede. »Ich vertrau dir doch! Du weißt doch selbst, was für dich wichtig ist. Nein, nein, ich rufe wegen etwas anderem an. Ich bin jetzt hier im Krisenzentrum und habe mich nicht geirrt: Fatma Aksoy ist tatsächlich einmal bei mir in der Beratung gewesen. Probleme mit der Familie, Heiratsversprechen, Vater wollte sie zwingen, zurück in die Türkei zu gehen – all that jazz, du weißt schon. Wir haben ein erstes Gespräch geführt und einen Termin ausgemacht, zu dem sie nie erschienen ist.«

»Also hattest du wirklich recht! Irgendwie ein komisches Gefühl, dass sie jetzt tot ist, oder?«

»Seltsam, ja«, bestätigte Friede. »Aber was ich noch viel bemerkenswerter finde: Eine Kollegin, die auch im Zentrum engagiert ist, hat sich an das andere Mädchen erinnert oder besser, an den Namen. Immerhin ist das ja drei Jahre her. Aber Gerda war von dieser jungen Frau irgendwie besonders beeindruckt und hebt immer unsere Kladden auf, in die alle Termine handschriftlich eingetragen werden. Da steht im Mai vor drei Jahren ein Termin für – warte«, Friede las vor, »Meral Durgut.«

»Verrückt!«, stieß Derya aus. »Und kannst du dich noch an das Mädchen erinnern?«

»Leider nein. Da für sie sonst hier keine Unterlagen existieren, denke ich, ist sie nur einmal kurz hier gewesen, hat sich einen Termin geben lassen und den dann gar nicht wahrgenommen.«

»Meinst du denn, die Familien der Mädchen könnten was mit ihrem Tod zu tun haben?«

»Ich weiß es nicht – vielleicht. Wenn das zweite Mädchen dieselben Probleme hatte wie Fatma Aksoy, denkt man an so was natürlich zuerst. Aber ich habe dich angerufen, weil ich dachte, du solltest es Georg erzählen. Vielleicht ist es ja für die Polizei eine interessante Information.«

»Das stimmt«, sagte Derya. »Das mach ich. Und ich geh auch gleich rüber und schau, ob er schon nach Hause gekommen ist.«

»Na gut, mehr wollte ich gar nicht. Sollte die Polizei mit uns auch noch reden wollen, gib denen die Nummer vom Zentrum. Ich muss Schluss machen, hier warten sie auf mich. Mach's gut, Derya.«

Gleich darauf stand Derya vor ihrem Kleiderschrank. Sie

konnte ja nicht in dem ollen verwaschenen T-Shirt und der ausgebeulten Jogginghose, die sie beim Kochen trug, bei Georg auftauchen. Nach dem gestrigen Abend jedenfalls nicht mehr. Endlich hatte sie sich für eine helle Hose und eine dunkelbraune Bluse entschieden, malte etwas Kajal um die Augen, zog sich die Lippen nach und versuchte, ihre karottenroten Haare in Form zu bringen. Bei deren Anblick fiel ihr ein, dass sie dringend eine neue Haarfarbe brauchte. Sie lächelte ihrem Spiegelbild zu und fand, ihr Lächeln sah absolut natürlich aus. Die Schauspielerin in ihr war eben nicht zu leugnen.

Als sie vor Georgs Tür stand und auf mehrmaliges Klingeln keiner öffnete, erinnerte sie sich, dass eines der Kinder gestern Abend gesagt hatte, sie wollten Pizza essen gehen. Mist! Das hatte sie ganz vergessen. Schnell rannte sie zurück zu ihrer Wohnung. Es regnete immer noch. Wer weiß, wann und ob er überhaupt heute hierher kommt! Sie entschied sich spontan, es in seiner Dienststelle zu versuchen. Vielleicht war er ja noch dort, dann bekam ihre Begegnung gleich so etwas wie einen offiziellen Anstrich. Und wenn er nicht da war, würde sie eben mit irgendeinem anderen von der Polizei sprechen. Immerhin konnte sie ja Informationen zu den beiden toten Mädchen liefern. Sie packte den Hefeteig für die *Lahmacun* in Folie und legte ihn in den Kühlschrank, um das Aufgehen zu stoppen. Dann stellte sie noch schnell den Nudelauflauf, den sie zum Abendessen vorbereitet hatte, in den kalten Backofen und legte Koray einen Zettel auf den Küchentisch, dass er ihn allein backen sollte, im Falle, es würde später bei ihr. Anschließend machte sie sich auf den Weg zur Bezirkskriminalinspektion.

Gerade wollte Angermüller vom Schreibtisch aufstehen, da erreichte ihn ein Telefonat aus München. Es war Emine Erden, Merals Tante, die sich etwas beklommen anhörte.

»Eine Lübecker Freundin hat mich heute angerufen und mir das mit dem zweiten Mädchen erzählt. Gibt es denn irgendeinen Zusammenhang mit dem, was mit meiner Nichte geschehen ist?«

Angermüller überlegte kurz. Dann antwortete er wahrheitsgemäß: »Vermutlich, ja. Aber leider kann ich Ihnen dazu noch gar nichts weiter sagen.«

»Ich verstehe«, sagte Frau Erden etwas enttäuscht. »Man macht sich halt so seine Gedanken. Als ich das heute hörte, dachte ich jedenfalls, jetzt melde ich mich noch einmal, weil mir neulich etwas eingefallen ist. Sie hatten mich doch nach meinem letzten Telefonat mit Meral gefragt, wissen Sie noch?«

»Ja, natürlich, Frau Erden«, bestätigte Angermüller. »Und Sie hatten den Eindruck, es ginge dem Mädchen viel besser.«

»Genau. Ich habe nämlich die ganze Zeit versucht, mich genauer zu erinnern, aber das ist jetzt natürlich drei Jahre her und nicht ganz so einfach. Ich weiß auch nicht, ob Ihnen das jetzt wirklich weiterhilft, aber mir war die ganze Zeit so, als ob Meral noch etwas gesagt hätte, das mich damals überraschte. Und eines Nachts bin ich plötzlich wach geworden und auf einmal wusste ich es wieder. Sie hat gesagt: Mach dir keine Sorgen, Tante, es geht mir viel besser. Ich bin nicht mehr allein.«

»Aha«, meinte der Kriminalhauptkommissar. »Und wen oder was hat Ihre Nichte damit gemeint, denken Sie?«

»Na ja, als Erstes habe ich natürlich an ihren deutschen Freund gedacht und gefragt, ob sie vielleicht mit dem wieder zusammen ist, aber sie ist gar nicht darauf eingegangen. Frag nicht, meinte sie nur, du wirst sehen, es wird alles wieder gut. Genauso hat sie es gesagt. Und Sie wissen ja, was ein paar Tage später passiert ist.«

Angermüller hörte, wie Emine Erdens Stimme zitterte. »Frau Erden, vielen Dank, dass Sie sich noch einmal gemeldet haben.«

»Bitte, das war selbstverständlich. Aber wie gesagt, ich weiß ja nicht, ob es von Bedeutung für Ihre Arbeit ist … Können Sie mir denn schon etwas wegen der Beerdigung sagen, Herr Kommissar?«

»Tut mir leid, die sterblichen Überreste Ihrer Nichte sind noch nicht von der Staatsanwaltschaft freigegeben. Aber Sie bekommen natürlich sofort Bescheid, Frau Erden, wenn es so weit ist.«

Nachdenklich blickte Angermüller aus dem Fenster, als er das Gespräch beendet hatte. In der Tat, die Aussage Meral Durguts, sie sei nicht mehr allein, war nicht uninteressant. Sie hatte jemanden gefunden, der ihr in ihrer schwierigen Lage beistand. Hatte sie jemanden kennengelernt? Einen Mann, eine Frau? Oder sollte doch Leo Panknin damit gemeint gewesen sein? Das Mädchen hatte auch gesagt, alles wird wieder gut. Wieder – das konnte bedeuten, so wie es früher war.

»Claus, hör mal, was hältst du davon?« Er berichtete Jansen von dem Anruf, doch sie kamen auch zu zweit zu keiner richtungweisenden Schlussfolgerung.

»Okay, lass uns morgen weitermachen, wird Zeit, dass wir hier rauskommen«, meinte Angermüller dann zu seinem Kollegen, als sie sich gedanklich immer wieder im Kreise drehten.

»Bevor du in den wohlverdienten Feierabend entschwindest, Kollege, hab ich noch was Nettes für dich.« Thomas Niemann stand in der Tür zum Büro und machte ein etwas missmutiges Gesicht.

»Wieso, was ist denn?«, fragte Angermüller, der mit Jansen schon unterwegs zum Fahrstuhl war.

»Ich hatte gerade einen Anruf von diesem selbst ernannten Polizeireporter. Du weißt schon, der Typ, Gerdes oder wie der heißt, der seine Informationen an alle möglichen Blätter und Sender hier verkauft. Der wollte jemanden sprechen, der für den Rosenmörder-Fall zuständig ist.«

»Wie bitte?« Angermüller blieb abrupt stehen. »Wie ist der denn an die Information gekommen?«

»Och, ganz einfach. Er hat sich an unsere Pressestelle gewendet und nach Einzelheiten gefragt«, erwiderte Niemann und zog eine genervte Grimasse.

»Das darf doch nicht wahr sein«, explodierte der Kriminalhauptkommissar. »Wie kommen die denn dazu, selbstherrlich solche Ermittlungsdetails rauszugeben?«

»Da wusste wahrscheinlich die Linke mal wieder nicht, was die Rechte tut. Kaum hatte ich den Zeitungsheini abgefertigt, meldete sich ein Kollege aus der Pressestelle und erkundigte sich ganz brav, ob die Nachricht mit den Rosen auf den Fundstellen eigentlich freigegeben ist.«

Jansen brach in höhnisches Gelächter aus, als er das hörte.

»Dem hast du hoffentlich ein paar passende Worte mit auf den Weg gegeben!«, meinte Angermüller, immer noch aufgebracht.

»Natürlich«, sagte Thomas Niemann und setzte dann fatalistisch hinzu: »Aber glaubst du, das nutzt was? Hier rein und da raus.«

»Und der Journalist, dieser Gerdes?«

»Kannste dir doch denken: Der Rosenmörder wird natürlich morgen hier überall der Aufmacher sein. So eine fette Geschichte lässt der sich doch nicht entgehen.«

»Da wird sich der Chef freuen.«

Auch wenn es nicht sein Fehler oder der seiner Abteilung war, Angermüller wusste, dass er es sein würde, der sich morgen mit Appels auseinandersetzen durfte. Schöne Aussicht. Während er mit Jansen im Fahrstuhl nach unten fuhr, überlegte er, welchen Schaden die Verbreitung der Nachricht von den identischen Rosenbüschen anrichten könnte. Wie auch schon der Journalist, würden natürlich jetzt alle Leute den logischen

Schluss ziehen, dass es sich in beiden Fällen um ein und denselben Täter handelte. Wenn es so war, was würde diese plötzliche Öffentlichkeit beim Täter auslösen? Bestimmt würden ein paar Neugierige auch versuchen, sich die beiden Fundorte genauer anzusehen. Und natürlich würde jetzt ein Wildwuchs an Theorien über Motiv und Täter gedeihen: Ausländerfeind, Sexualmörder, Ritualmörder, und was noch alles, Hauptsache, man konnte es zur Sensation aufpusten. Und schließlich würde die Angst vor neuen Taten geschürt werden. Es war einfach ärgerlich. Angermüller hoffte nur, es würde sich nicht allzu störend auf ihre Ermittlungsarbeit auswirken.

»Sehen wir das Ganze doch einfach positiv«, sagte er laut zu Jansen. »Vielleicht bringt uns die Geschichte vom Rosenmörder ganz unerwartet ein paar wertvolle Hinweise aus der Bevölkerung.«

»Na ja«, machte der nur in dem ihm eigenen skeptischen Tonfall.

»Guten Abend, Georg.«

Verblüfft sah sich Angermüller unten vor dem Glaskasten neben dem Eingang, in dem sich Besucher anmelden mussten, seiner Nachbarin gegenüberstehen.

»Ich hab versucht, Sie oben noch zu erreichen, Kollege«, bemühte sich der diensthabende Uniformierte aus der Anmeldung zu sagen. »Und als da keiner mehr war, dachte ich mir schon, dass Sie auf dem Weg nach unten sind. Die Dame wollte zu Ihnen.«

»Ja, danke, ist schon gut«, nickte Angermüller. »Hallo, Derya. Was führt dich denn hierher?«

Ihm fiel sofort auf, dass sie ungewohnt aussah, irgendwie förmlicher und vielleicht auch ein bisschen schicker als sonst.

»Wie sagt man so schön: Ich wollte dich dienstlich sprechen«, lächelte sie ihn strahlend an.

»Aha. Worum geht's denn?«

»Unter anderem um die beiden toten Mädchen, deren Fotos heute in der Zeitung waren. Dazu hätte ich einen Hinweis. Können wir irgendwo reden?«

Wieder schenkte Derya ihm ein nettes Lächeln und blickte sich suchend um. Angermüller verstand, dass sie gern mit ihm allein sprechen wollte.

»Ja sicher. Am besten, wir gehen in mein Büro.«

»Brauchst du mich noch?«, fragte Jansen und sah interessiert zwischen seinem Kollegen und der etwas exotisch aussehenden Frau mit den karottenroten Haaren hin und her. »Sonst mach ich nämlich die Fliege.«

»Geh nur, schönen Feierabend!«, wünschte Angermüller schnell und nahm Derya mit zum Fahrstuhl, um zurück in das siebte Obergeschoss zu fahren.

»Jetzt darf ich dich sogar in deinem Büro besuchen! Spannend!« Derya schaute sich neugierig um, als Georg die Tür aufgeschlossen hatte und sie eintreten ließ. »Und was für eine tolle Aussicht ihr von hier oben habt, super! Die dunklen Wolken da hinten finde ich allerdings weniger toll. Hoffentlich war es das jetzt nicht mit dem Sommer für dieses Jahr.«

Sie plauderte in munterem Ton, war sichtlich um entspannten Smalltalk bemüht, und inspizierte jeden Winkel des nicht gerade großen, unauffälligen Zimmers. Aber sie benahm sich anders als sonst, irgendwie affektiert und distanziert, und Georg ahnte, dass es mit dem gestrigen Abend zusammenhing.

»Hier verbringst du also einen Großteil deiner Zeit. Interessant. So langsam lerne ich dich endlich richtig kennen.«

Angermüller spürte den leicht vorwurfsvollen Unterton in ihrer letzten Bemerkung. Das war die echte Derya.

»Bitte setz dich doch hier in meinen Chefsessel und dann erzähl mal, was du auf dem Herzen hast«, antwortete er in ebenso lockerer Manier und deutete auf seinen Platz hinter dem Schreibtisch. Derya ließ sich auf dem Drehstuhl nieder, stellte ihn niedriger, kippte die Lehne weiter nach hinten, rollte etwas weg vom Tisch, drehte sich einmal ganz damit herum und schien dann endlich die geeignete Einstellung gefunden zu haben. Sie setzte sich in Positur und strahlte ihn an. Hoffentlich hört sie bald auf mit diesem albernen Theater, dachte Georg, der wusste, dass der Grund dafür bei ihm lag, und dem das Ganze etwas peinlich war.

»Ich war heute bei Friede. Du weißt schon, meine Freundin, die wir Sonnabend auf dem Land besucht haben. Sie hat ja als Ärztin für Psychotherapie eine eigene Praxis und arbeitet außerdem ehrenamtlich in der Beratung vom Krisenzentrum für Migrantinnen.« Derya erzählte Georg von Friedes Anruf und der Verbindung zwischen den toten Mädchen und dem Krisenzentrum. Langsam benahm sie sich auch wieder so, wie Georg sie kannte.

»Findest du das nicht auch bemerkenswert?«, fragte sie ihn erwartungsvoll, als sie mit ihrem Bericht fertig war. Georg, der sich noch ein paar Notizen machte, nickte bedächtig. Es erstaunte ihn nicht, dass die beiden jungen Frauen um Hilfe in dieser Einrichtung nachgesucht hatten. Schließlich hatten sie große Schwierigkeiten mit ihren Familien, Schwierigkeiten, die ihr ganzes Leben aus dem Gleichgewicht brachten, und da war so etwas naheliegend. Sicherlich gab es auch nicht so viele Stellen in der Stadt, wo sie, wahrscheinlich kostenlos, Rat und Hilfe bekommen konnten. Vielleicht war das auch die ganz einfache Erklärung für das, was Meral ihrer Tante gegenüber gemeint hatte, als sie sagte, dass sie nicht mehr allein sei. Trotzdem – bisher war dieses Zentrum der einzige Punkt im Leben der beiden Toten, wo sich ihre Wege gekreuzt hatten. Gleich morgen würde er mit Jansen dorthin fahren.

»Na, du sagst ja gar nichts«, stellte Derya etwas enttäuscht fest. »Ist das jetzt kein interessanter Hinweis?« Sie hatte wohl eine andere Reaktion erwartet.

»Doch, natürlich!«, beeilte sich Georg zu antworten. »Ich habe gerade schon überlegt, wie wir morgen der Sache nachgehen werden. Und vielen Dank, dass du dir die Mühe gemacht hast, hier vorbeizukommen.«

»Da wäre noch was anderes«, Derya warf ihm einen kurzen Seitenblick zu. »Du weißt schon, Gül ... Seit anderthalb Wochen hab ich nichts mehr von ihr gehört und sie nicht erreicht. Ich habe inzwischen ihre Freundinnen in dem Café getroffen, das Friede mir genannt hatte, aber die konnten mir auch nicht weiterhelfen. Vielleicht fällt mir ja noch irgendwas oder irgendwer ein, wo ich über Gül etwas herausbekommen könnte«, sie hob hilflos die Schultern, »aber du kannst dir vielleicht denken, dass ich nach dieser Geschichte mit den toten türkischen Mädchen erst recht nicht mehr ruhig bleiben kann. Wird die Polizei denn jetzt was unternehmen?«

Das war nett formuliert. Sie meinte natürlich Georg. Der fand das Fernbleiben ihrer Mitarbeiterin inzwischen auch nicht mehr im normalen Rahmen. Doch er behielt das lieber für sich, um bei Derya nicht noch mehr Ängste zu wecken.

»Wie heißt es so schön: Es gibt nichts Gutes, außer man tut es. Also würde ich sagen, wir gehen gleich zusammen zu den Kollegen vom K16, das ist die Fahndung«, schlug er ihr im Plauderton vor. »Dann hast du getan, was du tun konntest und bist hoffentlich ein wenig beruhigt.«

»Wieso Fahndung?«

»Das heißt nichts weiter, als dass dort deine Angaben zu deiner Mitarbeiterin aufgenommen werden, eine Vermissten-Fahndung eingeleitet wird und man ihre Daten im bundesweiten INPOL-Computer erfasst.«

»Einverstanden. Dann habe ich wenigstens das Gefühl, es passiert etwas«, nickte Derya.

Er begleitete sie zum K16 und half ihr, die Vermisstenanzeige aufzugeben. Als sie schließlich draußen vor dem Behördenhochhaus standen, um sich zu verabschieden, war es fast halb acht. Windstöße fegten um die Ecken und es regnete.

»Du kommst ja jetzt nicht mit nach Hause, oder?«, fragte Derya und sah Georg an. »Du bist ja mit deiner Familie verabredet.«

Da war er wieder, dieser seltsame Unterton.

»Ja, stimmt. Und ich bin schon wieder viel zu spät«, bestätigte Georg nach einem Blick auf die Uhr, leicht zerknirscht.

»Wo musst du denn hin?«

»Ach, La Magnifica, irgend so eine komische Pizzeria in der Gegend von der Schlutuper Straße. Ich glaube, ich nehm am besten ein Taxi.«

»Soll ich dich vielleicht mitnehmen?«

Erst versuchte Georg ihr Angebot abzulehnen, aber Derya schüttelte den Kopf. »Los, komm schon, das ist doch kein großer Umweg für mich. Außerdem hab ich's dir angeboten, und wir Türken sind beleidigt, wenn man angebotene Hilfe nicht annimmt.«

Derya war wieder ganz die Alte und erzählte ihm während der kurzen Autofahrt ein paar Geschichten von Aylin. Georg hörte amüsiert zu. Es schien, als ob allein die Tatsache, eine Vermisstenanzeige aufgegeben zu haben, Deryas Sorge um Gül vorerst in den Hintergrund gedrängt hatte. Trotzdem sprach Georg das Thema noch einmal an, als sie vor der Pizzeria angelangt waren.

»Eines wollte ich dir noch sagen: Du hast jetzt ja die Vermisstenanzeige aufgegeben, und die Polizei kümmert sich darum, deine Mitarbeiterin zu finden. Das heißt, du kannst deine privaten Ermittlungen einstellen«, sagte er mit scherzhaftem Unterton. Er sagte ihr nicht, dass er das jetzt für zu gefährlich hielte, sollte es wirklich einen Zusammenhang zwischen Güls Verschwinden und den toten Mädchen geben.

»Wenn du meinst. Ich wüsste sowieso nicht, wo ich noch nach Gül suchen und wen ich jetzt noch fragen könnte«, antwortete Derya leichthin.

»Falls dir aber doch noch irgendwas einfällt: Hier ist meine Karte. Du kannst mich natürlich jederzeit anrufen.«

»Mach ich«, versicherte Derya und schob die Karte in ihre Jackentasche. Er löste seinen Sicherheitsgurt.

»Vielen Dank fürs Bringen. Mach's gut, Frau Nachbarin.«

Derya beugte sich zu ihm herüber und hauchte ihm, wie sonst auch in der Zeit ihrer Bekanntschaft, zum Abschied zwei Küsschen neben die Wangen.

»Na dann, schönen Abend noch. Sehen wir uns denn noch mal in meinem Viertel?«, fragte sie ihn mit einem Lächeln. Deryas Verstimmung hatte sich wohl wieder gelegt, was Angermüller durchaus freute.

»Aber klar«, versprach er. »Steffen und David kommen doch erst Ende nächster Woche zurück.«

Derya fühlte sich besser. Zum einen wegen Gül. Wie hatte Georg gesagt? Sie hatte getan, was sie tun konnte, und nun war die Polizei dran. Dieser Gedanke hatte etwas Beruhigendes. Und das Zusammentreffen mit Georg war viel einfacher gewesen, als sie es sich vorgestellt hatte. Die Stimmung zwischen ihnen war gelöst und unbefangen, und sie bedauerte, dass er heute Abend keine Zeit hatte. Ihre Kopfschmerzen waren fast weg. Sie hätte jetzt gern mit jemandem geklönt, hatte Lust, irgendwo eine Kleinigkeit essen und ein Glas Wein trinken zu gehen.

Sie rief Koray auf seinem Handy an, um ihn einzuladen, doch der sagte ihr, dass die Probe mit seiner Band noch länger dauern würde und er außerdem schon gegessen hätte. Jetzt hatte sie erst recht keine Lust, schon nach Hause zu fahren und dort allein zu sein. Also versuchte sie, ihre Schwester zu erreichen, doch die hatte wohl mal wieder eine Sitzung mit ihren Parteifreunden und das Handy ausgeschaltet. Aylin meldete sich gut gelaunt vom Autotelefon. Sie war mit Kajott unterwegs nach Sylt zu einem Golfturnier.

Spontan entschied Derya sich, zum Krisenzentrum zu fahren. Friedes Sprechstunde dauerte bis 20 Uhr, und bis dahin war es noch eine Viertelstunde. Vielleicht hatte die Freundin ja Lust, mit ihr irgendwo nett essen zu gehen. Dann konnte sie ihr auch gleich berichten, wie es bei Georg gewesen war. Vielleicht würde sie ihr bei der Gelegenheit erzählen, was für einem bescheuerten Irrtum sie bezüglich seiner Person erlegen war.

»Derya, du schon wieder! Ist was passiert?«, fragte Friede überrascht und besorgt, als sie aus der Beratung kam und die Freundin im Warteraum des Zentrums sitzen sah.

»Keine Sorge, mir geht's gut. Ich mag nur heute Abend nicht allein zu Hause sitzen. Und jetzt wollte ich dich einfach ganz spontan fragen, ob du Lust hast, mit mir essen zu gehen?«

Friede überlegte einen Moment. »Tja, warum eigentlich nicht. Ronald hat heute seinen Musikkreis, und Ruben, der mich gleich abholen wollte, rief vorhin an, dass es bei ihm eine ganze Ecke später wird. Gerade hab ich mir überlegt, in der Praxis auf ihn zu warten und noch ein bisschen zu arbeiten. Aber mit dir, das ist natürlich netter. Wo wollen wir hin? Dann kann er mich dort ja abholen.«

Sie entschieden sich für ein beliebtes Lokal in der Wahmstraße und fanden sogar noch einen freien Tisch. Derya bestellte Risotto mit grünem Spargel und Friede Ricottataschen mit Salbeibutter und Pinienkernen. Die Bedienung war schnell und freundlich und die Speisen von guter Qualität. Derya genoss ihr erstes Glas Chardonnay und fühlte sich pudelwohl. Sie hatten zusammen einen halben Liter geordert, doch Friede trank kaum davon und hielt sich am Wasser schadlos. Zufrieden hörte sie Deryas Bericht über ihren Besuch bei der Kripo und dass sie eine Vermisstenanzeige wegen Gül aufgegeben hatte.

»Das hast du gut gemacht, Mädchen. Mehr kannst du wahrscheinlich wirklich nicht tun.«

Derya nickte. Sie rätselten noch einen Moment über die beiden toten Mädchen, dann sagte Friede: »Lass uns jetzt bitte von was anderem sprechen. Ich habe eben genug von solchen traurigen Geschichten gehört ...«

»Kann ich mir vorstellen. Ich wollte dir sowieso noch etwas anderes erzählen. Das ist ziemlich lustig, glaub ich. Inzwischen kann ich sogar selbst schon drüber lachen. Du darfst aber niemandem was davon weitersagen, Friede, bitte! Es ist nämlich so unglaublich peinlich!«

Derya leerte ihr zweites Glas Wein und musste schon im Vorhinein grinsen. Und dann erzählte sie ihrer Freundin mit einigen Unterbrechungen, weil sie immer wieder in sich hinein kicherte, welcher Lapsus ihr in Bezug auf Georgs Person unterlaufen war. Friede fand die Geschichte natürlich auch köstlich.

»Ich habe mich zwar etwas gewundert, weil Georg ja gar nicht so typisch wirkte. Aber so wie du über ihn geredet und ihn vorgestellt hast, hab ich selbstverständlich auch angenommen, er ist schwul«, meinte sie, als Derya geendet hatte.

»Wirklich, hab ich das? Oh, wie unangenehm!« Noch im Nachhinein schämte sich Derya dafür. »Aber ich war ja vorhin bei ihm. Ich glaube, es ist alles wieder okay zwischen uns. Wie gesagt, er war ja selbst schuld. Hat mit keinem Wort seine Familie erwähnt.«

Derya bestellte noch ein Viertel Chardonnay, und sie schwatzten angeregt weiter über gemeinsame Bekannte, über ihre mehr oder weniger erwachsenen Kinder, über Pläne für die Ferien. Gerade hatte sich Derya den letzten Rest des Weines eingeschenkt, da tauchte Ruben an ihrem Tisch auf. Sie begrüßten sich. Derya dachte wieder, was für ein gut aussehender, junger Mann aus dem kleinen, niedlichen Jungen geworden war, den sie vor 16 Jahren kennengelernt hatte. Mit seinem blonden Lockenkopf glich er auch heute noch den Engeln auf alten Gemälden.

»Na, Herr Sohn, magst du noch irgendwas essen oder trinken?«, fragte Friede, aber Ruben winkte ab. »Du bist müde«, meinte sie dann nach einem Blick in sein Gesicht. »Es ist ja auch schon nach zehn, du musst früh raus und ich muss morgen um neun wieder in der Praxis sein. Wir trinken noch kurz aus und fahren dann, ja? Okay, Derya?«

Auch Derya hatte am nächsten Tag ein großes Programm für ihren Büffetauftrag, sodass ihr der Aufbruch ganz recht kam. Als sie aufstand, fragte sie sich, wie sie nach Hause kommen sollte. Sie hatte fast den ganzen Wein allein getrunken – Autofahren sollte sie wohl besser nicht mehr. Friede schien dasselbe gedacht zu haben.

»Sollen wir dich vielleicht mitnehmen, Derya?«

»Vielen Dank für das Angebot. Das wäre ganz vernünftig, glaube ich.«

Es war etwas eng auf der Beifahrerbank des kleinen Lieferwagens, mit dem Ruben seine Mutter abholte. Unter viel Gelächter drängten sich Derya und Friede mehr über- als nebeneinander. Doch für die kurze Strecke bis hinter das Burgfeld war es auszuhalten. Derya bedankte sich für den schönen

Abend und fürs Mitnehmen. Friede umarmte sie zum Abschied und sagte, sie sei froh, dass es ihr wieder gut gehe.

Durch den immer noch tröpfelnden Regen lief Derya zu ihrem Haus. Koray war inzwischen auch nach Hause gekommen und saß vor seinem Computer. Sie ermahnte ihn, bald schlafen zu gehen, ging ins Badezimmer und fiel dann ziemlich müde ins Bett. Mit dem guten Gefühl, heute einiges geregelt zu haben, schlief sie ziemlich schnell ein.

»Hallo Papa, hier sind wir!«, rief Judith und winkte aus einer Ecke gleich rechts neben dem Eingang vor einem großen Fenster. Der Gastraum der Pizzeria La Magnifica erinnerte Angermüller mit seiner Einrichtung an längst vergangene Zeiten: rohe Holztische, Stühle mit geflochtenen Bastsitzflächen, die Wände mit Rauputz verkleidet. Es fehlten eigentlich nur noch die Korbflaschen mit den Tropfkerzen auf den Tischen.

»Guten Abend zusammen«, grüßte er die Runde. Wie zu erwarten, war Astrid über sein Zuspätkommen nicht erfreut. Auch wenn es wirklich nicht sein Verschulden war, tat es ihm leid, als er ihr enttäuschtes, müdes Gesicht sah.

»Guten Abend, Georg«, sagte sie irgendwie resigniert und kühl zugleich. »Wir sind schon fast fertig mit dem Essen.«

»Aber das ist nicht so schlimm, hier geht's unheimlich schnell«, meinte Martin tröstend, der gegenüber von Astrid neben Julia saß und sich in diesem Laden auskannte. Wie reizend, dachte Angermüller, das groß angekündigte Abendessen im Familienkreis – und Martin ist dabei.

»Es tut mir leid. Ich bin dienstlich aufgehalten worden«, sagte er freundlich zu seiner Frau.

»Von deiner türkischen Nachbarin?«, kam es mit unerwarteter Schärfe zurück. Sie hat mich wahrscheinlich aus Deryas rotem Lieferwagen steigen sehen, dachte er und sagte: »Ja, aber das ist eine lange Geschichte. Vielleicht hast du heute Morgen ja auch die Bilder von den beiden toten türkischen Mädchen in der Zeitung gesehen ...«

»Welche toten türkischen Mädchen?«, fragten Julia und Judith mit großen Augen wie aus einem Munde.

»Bitte, nicht vor den Kindern!«, wehrte Astrid energisch ab, als er zu einer Erklärung ansetzen wollte.

»Entschuldigung, aber du hast mich danach gefragt.«

Schweigen breitete sich über der Tafel aus. Angermüller hatte das Gefühl, wieder einmal durch eine Prüfung gefallen zu sein. Astrid hatte ihr Besteck abgelegt und blickte stumm auf ihre erst halb aufgegessene Pizza. Der Anblick seiner Frau stimmte ihn wehmütig. Sie bedeutete ihm unendlich viel. Aber diese kleine, zarte Person, die so hart mit sich selbst und anderen sein konnte, deren Streben nach höchster Perfektion im Leben etwas Gnadenloses hatte – sie war viel mehr die Tochter ihrer Mutter, als er je geglaubt hatte, und dieses Erbe war kein leichtes. Deutlich wie nie nahm er wahr, dass etwas geschehen war. Sie taten sich nicht mehr gut. Die Kinder kauten auf ihrer Pizza herum und sahen aufmerksam von einem zum anderen. Auch Martin säbelte mit Inbrunst an dem riesigen Teigfladen auf seinem Teller und schob sich ein großes Stück davon in den Mund.

»So Kinder, was könnt ihr denn empfehlen?«, fragte Angermüller etwas zu aufgekratzt und griff nach der riesigen Speisekarte, die ein junger Kellner mit gelglänzenden schwarzen Locken und blasiertem Gesichtsausdruck auf den Tisch gelegt hatte. Das in Kunstleder gebundene, schwere Teil fühlte sich klebrig an und hatte an die 20 Seiten, wie Angermüller mutmaßte.

»Die Spezialität hier sind die Pizzen, und die sind eigentlich alle gut«, meinte Martin. »Aber die haben hier auch Nudeln und Schnitzel, was du willst.«

Es gab eine schier unendliche Auswahl an Pizza-Variationen mit zum Teil abenteuerlichen Kompositionen: mit Rührei, Krabben und Bratkartoffeln, mit Putenstreifen, Ananas und Currysauce, mit Würstchen und Pommes, serviert mit extra Ketchup. Angermüller sah auf die Teller der anderen, wo ein suppiger Belag den nicht gerade knusprig wirkenden Teigboden aufweichte, sodass die abgeschnittenen Pizzastücke lappig von der Gabel hingen. Bei diesem Anblick verminderte sich augenblicklich sein Hungergefühl. Er bestellte nur eine Portion Parmaschinken mit Melone, die ihm der Kellner alsbald in einer weit ausholenden Armbewegung servierte. Mit wichtiger Miene stellte er ihm dann ebenso elegant eine über einen halben Meter hohe Pfeffermühle auf den Tisch, die vor allem Julia und Judith schwer beeindruckte. Der Parmaschinken schmeckte nach Pappe und die Melone nach Gurke, da sie noch lange nicht reif war. Daran konnte auch eine ordentliche Prise Pfeffer aus der albernen Mühle nichts verbessern. Nach ein paar Bissen schob Angermüller den Teller weg. Die Kalorien konnte er sich sparen.

»Hat es Ihnen nicht geschmeckt?«, fragte der ölige junge Mann beim Abräumen der kaum angerührten Portion.

»Es hat nicht geschmeckt«, antwortete Angermüller wahrheitsgemäß, worauf sich der Mann achselzuckend zurückzog. Wahrscheinlich gab es in dieser ganzen Pizzeria keinen einzigen Italiener, dachte Angermüller, und von echtem italienischem Essen hatte die gesamte Küchenmannschaft eh keine Ahnung. Um was für einen Wein es sich bei dem Tropfen in seinem Glas handelte, konnte Georg auch beim besten Willen nicht feststellen. Ein echter Barbera, als der er in der Karte angepriesen wurde, war dieses dünne, sauer schmeckende Zeug ganz bestimmt nicht.

Auch sonst verlief der Abend eher freudlos. Nur Martin war wie immer bester Laune und fühlte sich verpflichtet, den

Unterhalter zu spielen. Astrid sagte nicht viel, lachte nicht einmal wie sonst über Martins Späße, und die Kinder langweilten sich nach dem Essen. Ganz nebenbei erfuhr Georg von Julia und Judith, dass sie am Wochenende auf Martins Schiff einen Schnupperkurs im Segeln absolvieren würden. Wenn es ihnen gefiele, sollten sie in der Jugendgruppe seines Vereins auch den Segelschein machen. Astrid, die gewöhnlich jedes Detail im Umgang mit den Kindern abstimmen wollte, hatte ihm bisher von diesem Projekt kein Wort gesagt. Auch wenn er selbst, nicht zuletzt weil ihm an Bord regelmäßig übel wurde, dem Segelsport überhaupt nichts abgewinnen konnte, hatte er nichts dagegen, wenn Julia und Judith Lust darauf hatten. Doch er fand es schon bezeichnend für das veränderte Klima zwischen ihm und Astrid, dass er nicht in diese Pläne einbezogen worden war.

In vielerlei Hinsicht war es ein verlorener Abend, nur nicht in einer: Georg Angermüller erkannte plötzlich gestochen scharf, was ging und was nicht ging, was er wollte und was er nicht wollte oder besser, er ließ diese Erkenntnis zu. So schmerzhaft sie auch sein mochte und so schwerwiegend die daraus sich ergebenden Konsequenzen, auf der anderen Seite fühlte er eine beglückende Erleichterung. Dieses Gefühl verließ ihn auch nicht, als er sich wenig später vor Steffens Villa von seiner Familie verabschiedete und bald darauf mit einem wunderbaren Barolo aus den edlen Weinvorräten des Freundes im Wohnzimmer saß und sich von Giuseppe Verdis Klängen verzaubern ließ.

KAPITEL X

War so jung und morgenschön ... Nachdem gestern die Fotos erschienen waren, wartete er auch heute voller Ungeduld auf die Zeitung. Als ihm auf der Titelseite das Wort ›Rosenmörder‹ ins Auge sprang, spürte er eine unglaubliche Wut und Verachtung. Er hätte es wissen müssen. Alles mussten sie etikettieren, in Schubladen stecken. Nie würden diese gefühllosen Ignoranten verstehen, was er getan hatte und warum. Sie, die glaubten, alles sei machbar und möglich, der Mensch, sein Körper, seine Seele nur ein Fall für die Reparaturwerkstatt, wie ein Auto. Nein, er empfand wirklich nichts als Verachtung für diese Leute.

Aufmerksam las er den kurzen Artikel, in dem nichts weiter stand, als dass der ›womöglich abartig veranlagte Täter seine Opfer immer unter einem Rosenbusch begrub‹ und die bange Frage, ›ob ihm wohl noch andere junge Frauen in die Hände gefallen sind, die er zu seinen Rosenmädchen gemacht hatte‹. Also wussten sie nach wie vor nichts. Er musste sich einfach weiter ruhig und unauffällig verhalten wie bisher, und wenn es trotzdem anders kommen würde, dann war eben auch das Schicksal, sein Karma. Und seinem Schicksal konnte man nicht entkommen.

Es hatte ihn schließlich auch mit Fatma zusammengeführt. Irgendwann hatte es begonnen, dass er nach einer Wiederholung dieses Erlebnisses dürstete, nach dem Rausch aus Blüten, Gefühlen, Schönheit, Reinheit. Noch einmal in diesen Taumel verfallen zu dürfen, wurde zu einem übermächtigen Wunsch, der sein ganzes Denken und Fühlen beherrschte. Niemand, der es nicht selbst erlebt hatte, konnte nachvoll-

ziehen, wie ihn die Sehnsucht nach jenem unerreichbaren Traumbild schmerzte. Der Gedanke an die vollkommene Gewissheit, die er empfunden hatte, der Einzige gewesen zu sein, der diesem Menschen die endgültige Befreiung hatte schenken können – er war zu köstlich, zu einzigartig. Und als er schon glaubte, daran zu irre zu werden, stand plötzlich Fatma vor ihm. Ebenso schön wie Meral, aber noch viel schüchterner, unschuldiger, reiner, unglücklicher. Und wieder hatte das Mädchen ihm grenzenlos vertraut! Er hatte sie an der Hand genommen und auf den Weg zur Erlösung von ihrem alles erdrückenden Kummer geführt.

Peinlich genau hatte er darauf geachtet, alles wieder genauso zu machen wie beim ersten Mal, doch der unbeschreibliche Zauber, die überirdische Ekstase von damals wollte sich nicht wieder einstellen, wo er doch so hungerte nach diesem perfekten Moment. Jede Rose, die er erblickte – und die herrlichen Blumen waren zu dieser Jahreszeit mehr als zahlreich – rief eine unstillbare Sehnsucht in ihm wach. Das hatte ihn traurig gemacht. Die Trauer, die er überwunden zu haben glaubte, hatte sich wieder eingestellt, hatte seine Tage überzogen wie lähmender Mehltau. Nur Merals Bild, das er tief in seinem Herzen trug, spendete ihm zuweilen ein wenig Trost.

»Was will der Mann hier?« Thomas Niemann steckte den Kopf aus der Tür seines Büros und sah erstaunt dem Besucher hinterher, der laut und aufgebracht verlangt hatte, mit Kommissar Angermüller zu sprechen, und nun den Korridor entlang stürmte.

»Was der will, weiß ich nicht. Er ist der Onkel von Meral Durgut«, erklärte Jansen im Vorbeigehen und beeilte sich, dem Mann in Angermüllers Dienstzimmer zu folgen. Der Kriminalhauptkommissar war schon von der Anmeldung über seinen Besuch informiert worden und nahm ihn freundlich in Empfang. Doch der schien ihn gar nicht wahrzunehmen.

»Hier«, sagte Volkan Durgut und knallte eine Zeitung auf den Tisch. Es war dieses Boulevardblatt, das riesengroß mit den Fotos der beiden toten Mädchen aufgemacht hatte. ›Wer ist das nächste Rosenmädchen?‹ fragten anklagend die fetten Lettern der Überschrift. »Was hat das zu bedeuten?«

»Guten Morgen. Setzen Sie sich doch erst einmal, Herr Durgut«, versuchte Angermüller es in beruhigendem Tonfall, doch der aufgeregte Türke blieb stehen.

»Ihr werft uns immer vor, unsere Frauen und Mädchen hätten keine Freiheit. Und was ist das? Ist das Freiheit? Wie kann so was passieren?« Er gestikulierte wild mit beiden Händen. »Da geht so ein verrückter Hurensohn rum und sticht unsere Mädchen ab! Und die deutsche Polizei schaut zu! Wann tun Sie endlich was dagegen?«

Als Angermüller ruhig und vernünftig etwas entgegnen wollte, ließ Durgut ihn nicht zu Wort kommen. »Sie müssen endlich dieses kranke Schwein finden! Wir haben Angst um unsere Mädchen, verstehen Sie! Und eins sag ich Ihnen, von meinen Landsleuten war das keiner!«

»Ruhe!«, brüllte Angermüller plötzlich und haute mit der Hand auf den Tisch. In unmissverständlichem Ton, aber etwas ruhiger, fuhr er fort: »Setzen Sie sich und seien Sie erst einmal ruhig. Dann können wir auch miteinander reden, sonst lass ich Sie hier entfernen. Klar?«

Jansen, der sich neben der Tür an die Wand gelehnt hatte, sah seinen Kollegen erstaunt an. Dessen unerwarteter Ausbruch zeitigte aber Wirkung: Durgut ließ sich auf dem Besucherstuhl gegenüber von Angermüller nieder.

»Also, weshalb sind Sie hergekommen? Haben Sie irgendwelche wichtigen Informationen für uns?«

»Woher soll ich Informationen haben? Ich hab nix mit der Sache zu tun, verstehen Sie? Das habe ich Ihnen doch schon vor ein paar Tagen gesagt!«, erregte sich der Mann wieder, wurde aber sofort leise, als Angermüller ihn drohend anschaute.

»Was wollen Sie dann hier? Ich bin sowieso etwas erstaunt, dass Sie sich plötzlich so für den Mörder Ihrer Nichte interessieren. Ich hatte neulich das Gefühl, der Tod des Mädchens war Ihnen und der ganzen Familie ziemlich egal.«

Volkan Durgut schüttelte den Kopf. »Es geht nicht um Meral. Ich habe auch zwei Mädchen, verstehen Sie? Und viele von meinen Freunden, die haben auch Töchter. Wir wollen nicht, dass die auch noch diesem Kerl in die Hände fallen!«

»Seien Sie versichert, wir arbeiten dran, Herr Durgut. Wir werden den Täter finden, das verspreche ich Ihnen.«

»Hoffentlich bald«, meinte der Türke nicht ganz überzeugt. Er fasste in seine Jackentasche.

»Hier«, sagte er dann und packte ein Bündel Geldscheine auf den Tisch. »Wir haben in der Gemeinde gesammelt.«

»Was ist das?«, fragte Angermüller überrascht.

»Das sind 1.000 Euro. Wir wollen, dass der Mörder bald gefasst wird, damit wir keine Angst mehr um unsere Frauen und Mädchen haben müssen. Wer das Schwein findet, der soll das als Belohnung kriegen, verstehen Sie?«

Jansens Gesichtsausdruck schwankte zwischen verwirrt und beeindruckt. Auch Angermüller wusste im ersten Moment nicht, was er sagen sollte. Vielleicht tut dem Mann das Schicksal seiner Nichte jetzt doch leid, ging es ihm durch den Kopf, und er denkt, mit dem Geld irgendwas wiedergutmachen zu können.

»Ihr Engagement ist sehr lobenswert, Herr Durgut. Aber wir finden den Täter auch so«, meinte er dann und schob die

Geldscheine von sich weg. »Sie als Privatleute müssen nicht extra eine Belohnung dafür aussetzen.«

»Hören Sie, wir wissen selbst, was wir müssen und was nicht. Wir tun das freiwillig, verstehen Sie? Und vielleicht hilft es ja ein bisschen«, er stand auf, und es war klar, es wäre für ihn mehr als beleidigend gewesen, wenn die Polizei das Geld nicht angenommen hätte.

»Sie sind sich ganz sicher, dass Sie die 1.000 Euro als Belohnung aussetzen wollen?«, fragte Angermüller trotzdem noch einmal nach. Durgut sah ihn über die Schulter an, machte eine unwillige Kopfbewegung und schnalzte, statt einer Antwort, nur verächtlich mit der Zunge. »Na gut, dann müssen wir genau nachzählen, und Sie müssen uns eine Quittung unterschreiben. Wir leiten das weiter an die Staatsanwaltschaft. Morgen steht dann noch einmal ein Fahndungsaufruf in der Zeitung mit einem Hinweis auf die 1.000 Euro Belohnung. Und selbstverständlich bedanken wir uns bei Ihnen und Ihren Freunden für die großzügige Unterstützung, Herr Durgut.«

Ein stummes, hoheitsvolles Nicken war die Antwort.

»Ich muss noch mal los«, sagte Jansen, nachdem Volkan Durgut gegangen war.

»Wo willst du jetzt hin?«, fragte Angermüller.

»Ich muss noch was erledigen. Erzähl ich dir später. Ich hol dich in ungefähr einer Stunde ab. Dann fahren wir zu diesem Zentrum, alles klar?«

»Okay«, sagte sein Kollege nur und fragte sich, was Jansen wohl so Dringendes zu erledigen hatte.

»Juten Tach«, meinte die Frau hinter dem Computer seelenruhig, ohne aufzublicken, tippte weiter auf der Tastatur und malte dann mit höchster Konzentration Buchstaben in die Kladde daneben. An ihrem linken Ohr baumelte ein kleines Kunstwerk aus Muscheln und Federn, sie hatte eine leuchtend rote Lesebrille auf der Nase und eine hennarote, stoppelige Kurzhaarfrisur. Angermüller und Jansen warfen sich einen einverständigen Blick zu. Sie standen im Warteraum des Krisenzentrums für Migrantinnen. Typen wie die Frau gegenüber waren schwierige Gesprächspartner für die Polizei, das wussten sie aus Erfahrung. Endlich hob sie den Kopf.

»Kann ich helfen?«, fragte sie mit einem strengen Blick über ihre Lesebrille und schien das Gegenteil zu meinen. Ihr Alter schätzte Angermüller auf Mitte 50. Obwohl der Schreibtisch den größten Teil verdeckte, konnte man erkennen, dass sie von beeindruckender Leibesfülle war. Leider meldete sich in dem Moment das Telefon. Sie sah die Kommissare an, zuckte ohne Bedauern die Schultern und nahm das Gespräch entgegen. Offensichtlich sprach sie mit einer Frau, die zum ersten Mal anrief und Hilfe suchte. Ihre Verwandlung war erstaunlich. Sie war plötzlich die Herzlichkeit und Hilfsbereitschaft in Person. Und sie nahm sich viel Zeit.

Nach dem Anruf wandte sie sich wieder ihren Besuchern zu. Da sie stumm blieb und ihnen nur einen gelangweilten Blick schenkte – gefragt hatte sie ja schon, wenn man es genau nahm –, stellte Angermüller seinen Kollegen und sich erst einmal vor.

»Ach nee, Bullen. Dit hab ick mir doch fast jedacht«, meinte sie und warf den beiden Männern abschätzende Blicke zu. »Und wat wolln Se? Geht's mal wieder um Drogen, Prostitution, Terroristen, illegale Einwanderung? Ham wa hier allet nich. Bei uns jibts nur arme Frauen, die Probleme mit bekloppten Mackern haben.«

So wie sie das sagte, war klar, dass sie Angermüller und Jansen auch zu letzterer Spezies zählte. Der Kriminalhauptkommissar ging auf ihre Sprüche überhaupt nicht ein. »Wir sind hier wegen zwei Ihrer Klientinnen, Frau – wie war noch Ihr Name?«

»Ick bin die Elke, Elke Paulmann, wenn's sein muss.«

»Und was haben Sie hier für eine Funktion?«

»Sozialarbeiterin nennt sich det so schön, wat ick mache. Beraten, Händchen halten, aufdringliche Männer rausschmeißen, Büroarbeit – wat eben so anfällt.«

»Gut, Frau Paulmann. Wir sind hier wegen Meral Durgut und Fatma Aksoy. Sie haben vielleicht davon gehört: Die beiden jungen Frauen, die vor ein paar Tagen tot aufgefunden wurden. Und nun haben wir einen Hinweis erhalten, dass beide in Ihrer Beratungsstelle gewesen sein sollen. Darüber würden wir uns gern etwas informieren.«

Elke Paulmann lehnte sich auf ihrem Stuhl zurück und verschränkte die Arme vor ihrem ausladenden Busen. »Und, ham Se einen Durchsuchungsbeschluss?«, fragte sie gelangweilt.

»Frau Paulmann, Scherz beiseite«, antwortete Angermüller, mittlerweile etwas ungeduldig. »Wir wollen nicht Ihren Laden hier auseinandernehmen, wir suchen die Person oder die Personen, die den Mädchen das angetan haben. Frau Dr. Bartels, die bei Ihnen ehrenamtlich in der Beratung tätig ist, hat uns darauf aufmerksam gemacht, dass die beiden hier gewesen sind.«

»Mensch, warum ham Se dit nich gleich jesacht?« Für ihren Umfang erhob sie sich ziemlich fix von ihrem Stuhl und eilte nach nebenan. Zu einer schwarzen Lederhose trug sie eine Art Kittel aus rotem Leinen, der einen schrägen Halsausschnitt und einen komisch gezackten Saum hatte. Mit einem Zettel und einem Umschlag in der Hand kam sie zurück. »Ick mach ja immer nur die Frühschicht hier und bin heute noch nicht dazu gekommen, alle Infos zu lesen, die die Kolleginnen mir gestern Abend hingelegt haben. Hier steht: Falls die Polizei sich meldet, bitte weitergeben. ›Daten Meral Durgut und

Fatma Aksoy‹ steht auf dem Umschlag.« Sie reichte ihn an Angermüller weiter. »Ick nehme an, dann isset dit, wat Sie interessiert.«

»Ja, vielen Dank, das ist schon einmal sehr schön«, nickte Angermüller. »Was wir aber noch bräuchten, wäre eine Liste aller Ihrer Mitarbeiterinnen in den letzten vier Jahren.«

Der Blick von Frau Paulmann wurde wieder misstrauisch. So wie sie sprach und sich der Polizei gegenüber verhielt, war sich Angermüller fast sicher, dass sie in früheren Jahren der bunten Berliner Szene angehört haben musste, als Punkerin oder frauenbewegte Hausbesetzerin oder alles zusammen. Jedenfalls kam für sie das Ansinnen, Auskunft über ihre Kolleginnen geben zu sollen, einer Aufforderung zur Spitzeltätigkeit durch den Verfassungsschutz gleich. Angermüller brauchte eine Menge Argumente und Geduld, um sie von der Redlichkeit seines Anliegens zu überzeugen.

»Rufen Sie Frau Dr. Bartels an, wenn Sie kein gutes Gefühl dabei haben«, fiel ihm als letztes Argument ein. Das schien ihr dann wohl doch zu unselbständig.

»Na jut, ick mach dit mit der Liste. Aber dit kann 'ne Weile dauern.«

»Wir warten gern.«

Es dauerte keine Viertelstunde, dann druckte ihnen Elke Paulmann die Liste aus.

»Das ist jetzt wirklich die ganze Truppe, die hier dabei ist oder war. Unsere Leute sind ja fast alle ehrenamtlich und immer nur ein paar Stunden im Monat da. Deshalb sind das so viele Namen.« Wenn sie wollte, konnte sie also auch ohne ihren nervigen Berliner Dialekt auskommen, dachte Angermüller und warf einen kurzen Blick auf die Namen. »Da sind ja auch Männer dabei. Ich dachte, hier wären nur Frauen tätig«, sagte er erstaunt.

»Im Prinzip ham Se recht«, bestätigte die Sozialarbeiterin. »Aber inzwischen kommen manchmal auch Jungs vorbei, die irgendein Mädchen aus Anatolien heiraten sollen und Probleme mit ihrer Familie kriegen, wenn sie sich weigern. Ick persönlich finde dit ja nich so jut, aber die gehen halt einfach lieber zu einem Mann.«

»Gut, dann war's das fürs Erste. Vielen Dank, Frau Paulmann.«

»Schon jut«, brummte sie nur, konzentrierte sich wieder auf ihren Bildschirm und ließ ihre Besucher ohne Abschied ziehen.

Nachdem sich die beiden Kommissare noch ihr Mittagessen besorgt hatten – Angermüller etwas vom Thai-Imbiss, Jansen Bockwurst und Pommes –, kehrten sie zurück ins Büro. Angermüller ließ sich das Hühnchen mit exotischem Thai-Basilikum und zart aromatischem Duftreis an seinem Schreibtisch schmecken. Er versuchte zumindest, seine Mahlzeit zu genießen. Ab und zu zog aus Jansens Büro das aufdringliche Aroma von Bockwurst, Frittierfett und Ketchup herüber; dann störte auch noch der aufgebrachte Kriminaldirektor am Telefon und wollte wissen, welcher bekloppte Dösbaddel dem verdammten Zeitungsvolk die Einzelheiten für die Rosenmord-Schlagzeilen geliefert hatte. Als Angermüller ihn endlich etwas besänftigt und mit seiner Beschwerde an die Pressestelle verwiesen hatte, war sein restliches Essen kalt.

Zusammen mit Niemann und Jansen widmete er sich anschließend der Liste mit den Mitarbeitern und Ehrenamtlichen des Krisenzentrums. Es gab niemanden darunter, der bereits einmal polizeilich erfasst worden wäre. Die weiteren Recherchen ergaben, dass der eine männliche Mitarbeiter türkischer Herkunft war und als Familientherapeut tätig, und der andere als Buchhändler arbeitete und gleichzeitig noch in zwei Schwulenorganisationen engagiert war.

»Schade. Leo Panknin steht leider nicht auf der Liste.«

»Das meinst du jetzt nicht ernst, Claus?«, fragte Angermüller verwundert. »Der Thronfolger aus der Roeckstraße und soziales Engagement in diesem Zentrum?«

»Immerhin will er Arzt werden«, meinte Jansen achselzuckend.

Niemann lachte spöttisch. »Du hast Illusionen.«

»Und außerdem«, Jansen sah seine Kollegen mit einem überlegenen Lächeln an. »Von wegen, er kennt überhaupt keine Türken mehr!«

»Was willst du damit sagen?«

»Och, ich hab so nebenbei ein bisschen recherchiert, mal geschaut, was der Junge so nach Feierabend macht.«

»Nach Feierabend! Hört, hört!«, kommentierte Niemann.

»Ja und?«, fragte Angermüller ungeduldig.

»Er hat eine türkische Freundin.«

»Ist nicht wahr!« Angermüller haute mit der Hand auf den Tisch.

»Doch. Er hat sich mit ihr gestern Abend im Drägerpark getroffen. Dann sind sie zusammen ins Kino gegangen. Ich hab mir gleich gedacht, dass es eine Türkin ist. Dunkle Augen, schwarze Haare und so. Sie arbeitet als Krankenschwester in der Klinik, wo Leo Panknin sein Praktikum macht.«

»Warst du deshalb vorhin unterwegs?«

»Ja, ich hab mir noch ihre Personalien in der Klinik besorgt«, Jansen sah auf seine Notizen. »Idil Durmaz, 20 Jahre alt, macht die Ausbildung zur Krankenschwester. Sie wohnt in Moisling.«

»Mensch, Claus«, der Kriminalhauptkommissar nickte anerkennend. »Kannst dich ja richtig verbeißen!«

Auch Thomas Niemann klopfte ihm auf die Schulter. Jansen lächelte still in sich hinein.

»Dann müssen wir den jungen Mann ja gleich noch mal aufsuchen.«

»Das muss leider warten«, sagte Jansen, und die Enttäuschung war ihm anzumerken. »Leo Panknin ist für ein verlängertes Wochenende verreist.«

»Etwa mit dem Mädchen?«

»Nein. Mit Mama und Papa ins Grand Hotel Heiligendamm, zu einem Reitturnier.«

»Was, Leo reitet Turniere?«

»Nein, seine Mama.«

»Ach so, ja. Das passt«, meinte Angermüller. »Aber sag mal, woher weißt du das alles?«

»Erinnerst du dich, vorgestern in der Geriatrie, die nette Stationsschwester? Die wusste das alles ganz genau und hat es mir vorhin haarklein erzählt.«

»Na, wenn Herr Professor und Frau Doktor wüssten, dass ihr Herr Sohn wieder mit einer Türkin …«

»Was meinst du, Georg: Müssen wir da was unternehmen und den jungen Mann gleich zurückholen lassen?«

»Nun bleib mal auf dem Boden, Claus. Der hat zwar gelogen, der Leo Panknin, aber ich kann mir schon denken, vor wem der Junge eine Heidenangst hat. Und nur, dass er eine türkische Freundin hat, reicht nicht als Grund für eine Festnahme. Der ist bestimmt Montag wieder da. Dann werden wir ihn uns noch einmal vornehmen.«

»Wenn du meinst«, reagierte Jansen ein wenig verschnupft.

»Ansonsten wird uns nächste Woche nichts anderes übrig bleiben, als mit allen Leuten aus dem Krisenzentrum zu sprechen, ob sie irgendwas gehört oder gesehen haben, denn bis jetzt ist diese Beratungsstelle immer noch unser einziger Anhaltspunkt, wo sich beide Fälle kreuzen«, stellte Angermüller wenig begeistert fest.

»Mensch, da fällt mir noch was anderes ein«, sagte er plötzlich langsam. »Thomas, kannst du bitte noch einmal bei INPOL beziehungsweise in der Vermi/Utot-Datei forschen?«

Und er erklärte dem Kollegen sein Anliegen.

»Würde mich doch jetzt interessieren, ob die nicht auch dort gewesen ist ...«, endete Angermüller nachdenklich. Er schrieb einen Namen auf einen Zettel.

»Ich weiß zwar nicht, wovon du sprichst«, meinte Niemann, »aber mach ich doch gern.« Er nahm die Notiz, stand auf und zog sich in sein eigenes Büro zurück.

Den ganzen Vormittag hatte Derya in ihrer Küche für das bestellte Büffet gewirbelt. Zwischendurch kontrollierte sie immer wieder mit einem Blick auf die Uhr, ob sie gut in der Zeit lag, und war mit dem bereits geschafften Pensum ganz zufrieden. Draußen schien nach dem grauen Regentag ab und zu schon wieder die Sonne. Im Grunde konnte ihr das Wetter heute ziemlich egal sein, denn sie war wahrscheinlich noch eine ganze Weile mit Kochen und Backen beschäftigt, doch ein dunkler Tag wie gestern legte sich bei ihr immer schnell aufs Gemüt.

Das Rezept für die syrischen Fleischbällchen mit Boulgur war ziemlich aufwendig. Doch Derya wusste, nichts war so wichtig wie systematisches Vorgehen beim Kochen. Sie suchte also erst einmal sämtliche Zutaten zusammen und stellte sie bereit. Was davon der Vorbereitung bedurfte, wurde entsprechend gehackt, gemahlen, eingeweicht, sodass danach nur noch alles zusammengemischt und gewürzt werden musste. Zum Schluss formte sie aus dem Boulgurteig kleine eiförmige Klößchen, gab die Füllung mit Lammfleisch, Zwiebeln, Pinienkernen und Walnüssen hinein und frittierte sie schließlich in heißem Öl. Vorsichtig kostete sie ein Exemplar und war mit seinem nussigen Geschmack, über den sich die Schärfe des

Chilis, das kräftige Kreuzkümmelaroma und ein Hauch Zimt legte, sehr zufrieden.

Mit der verlässlichen Präzision eines Uhrwerks arbeitete sie so einen Punkt nach dem anderen von der langen Liste ab und stellte kurz nach Mittag erfreut fest, dass nur noch die Crostini, eine Aioli und das *Keşkül*-Dessert zu machen waren. Gerade hatte Derya sich eine Pause zugestehen wollen, da meldete sich Hülya bei ihr. Sie wirkte ein wenig aufgeregt.

»Ich sitze hier im Café mit Suna und Elif, und die haben mir eben was über Gül erzählt. Die denken, dass sie wahrscheinlich einen Freund hat. Ich fand das ziemlich interessant und dachte, das könnte bestimmt auch für dich wichtig sein. Deshalb wollte ich fragen, ob du vielleicht gleich einmal vorbeikommen willst. Aber wenn du jetzt keine Zeit hast, könnte ich auch …«

Derya ließ die junge Frau nicht ausreden. »Wo seid ihr?«, fragte sie nur schnell.

»Wo wir meistens sind, im ›Affenbrot‹.«

»Ich bin in zehn Minuten da.«

Es war ziemlich windig. In schneller Folge wechselten sich Sonne und Wolken ab. Derya schwang sich auf ihr Fahrrad. Zum Draußensitzen war es zu frisch, und so entdeckte sie die drei Mädchen in der vorderen linken Ecke des Cafés unter dem gläsernen Dach. Sie und Hülya umarmten sich, die beiden anderen nickten ihr mit einem Lächeln zu, heute ohne ihre Sonnenbrillen. Hülya stellte ihre Freundinnen noch einmal vor. Elif mit der langen, dunklen Mähne und Suna, die ihr Haar, das wieder unter dem eng geknüpften, schwarzrot gemusterten *Türban* verborgen war, aufgesteckt hatte, was sehr schick aussah. Trotz der wenig sommerlichen Temperaturen zeigten die zwei auch heute wieder ziemlich viel Haut. Die Kellnerin kam an ihren Tisch, Derya orderte einen Milchkaffee.

»Hast du schon gesehen, was heute in der Zeitung steht?«, fragte Hülya und hielt Derya das Titelblatt der Lübecker Zeitung entgegen. Derya schüttelte den Kopf und las schnell die Zeilen des mit ›Rosenmörder‹ überschriebenen Artikels. Seufzend legte sie das Blatt zur Seite und sah Elif und Suna an.

»Seitdem ich von dieser Geschichte hier weiß, mache ich mir natürlich noch mehr Sorgen um Gül.«

»Ja, das kann ich verstehen. Das ist ja auch ganz furchtbar!«, stimmte Suna zu. Elif nickte mit bekümmerter Miene. Auch wenn beide heute nicht weniger aufgetakelt als beim letzten Mal daherkamen, von dem arroganten Gehabe, das sie damals zur Schau getragen hatten, war kaum noch etwas zu spüren. Ob das Hülyas Anwesenheit oder dem schrecklichen Geschehen geschuldet war, sie gaben sich jedenfalls aufmerksam und offen und schienen ernsthaft interessiert, Derya zu helfen.

»Hülya hat gesagt, ihr wisst vielleicht etwas über einen Freund von Gül?«, fragte die jetzt.

»Aber nicht, dass du jetzt denkst, wir hätten dir das neulich verschwiegen«, begann Elif. »Das ist uns tatsächlich erst später wieder eingefallen und dann auch noch unabhängig voneinander. Erst als ich das gestern Morgen in der Zeitung gelesen hatte, da habe ich mit Suna darüber gesprochen.«

»Und was ist dir eingefallen?«

»Dass ich hier gesehen habe, wie Gül in das Auto von jemandem eingestiegen ist.«

»Wann war das?«

Elif überlegte. »Das ist vielleicht zwei, drei Wochen her. Es war schönes Wetter, und ich hab draußen gesessen und auf Suna gewartet. Da kam Gül hierher. Wir haben kurz geredet, dann fragte sie, wie spät es ist, und war schon wieder weg. Ich kriegte grade einen Anruf auf dem Handy. Als ich zufällig hoch schaute, hab ich gesehen, wie Gül da drüben«, sie deutete auf die gegenüberliegende Straßenseite, »in das Auto eingestiegen ist.«

»Ja«, sagte Suna, »und als Elif mir das vorhin erzählt hat, hab ich mich daran erinnert, dass ich das, wahrscheinlich ein paar Tage später, auch mal gesehen habe. Genau hier.«

»Und ihr konntet den Fahrer sehen? Es war ein Mann?«

»Ich glaub schon«, meinte Elif. »Aber wirklich viel konnte ich nicht erkennen.«

»Also ich hab nur gesehen, dass der helle, blonde Haare oder so hatte. Ein Türke war es bestimmt nicht«, stellte Suna mit Überzeugung fest.

»Es war bestimmt derselbe Mann«, bekräftigte ihre Freundin, »denn das Auto war auf jeden Fall auch immer dasselbe.«

»Was für ein Auto war es denn?«

»Na so'n Lieferwagen«, antwortete sie.

»Was für eine Art Lieferwagen?«, mischte sich Hülya ein. »Ein VW-Bus oder so was?«

»Nein«, Suna schüttelte unwillig ihren Kopf mit dem *Türban*. »Er war kleiner. So mehr eckig und hinten ohne Fenster. So wie das Auto, mit dem du neulich hier gewesen bist.«

»Ein Kastenwagen also«, murmelte Derya. »Welche Marke? Stand irgendwas drauf? Eine Firma, eine Werbung oder irgendwas?«

Die beiden Mädchen blickten sich ratlos an.

»Er war auf jeden Fall weiß«, sagte Suna. Plötzlich hielt sie inne und legte erschrocken eine Hand vor den Mund. »Eine Rose«, sagte sie flüsternd. »Da war eine Schrift mit einer Rose.«

»Oh nein!«, entfuhr es den drei anderen gleichzeitig in einem entsetzten Aufschrei.

»Hört mal«, mühte sich Derya nach einer Schrecksekunde um ein spöttisches Lächeln. »Von den Zeitungen und ihren Schlagzeilen sollten wir uns wirklich nicht verrückt machen lassen. Nur weil die was vom Rosenmörder schreiben, muss der nicht gleich in jedem Auto sitzen, auf das eine Rose aufgemalt ist.«

In Wahrheit hatte sie der Schreck genauso wie die jungen Frauen erfasst, doch sie wollte sie nicht noch mehr in Panik versetzen und gab sich deshalb so abgeklärt wie möglich. Außerdem hatte sie bei Sunas Beschreibung für den Bruchteil einer Sekunde etwas in ihrem Gedächtnis aufblitzen sehen. Doch es war sofort wieder verschwunden.

»Kannst du dich denn nicht genauer erinnern? War das eine Adresse oder ein Werbespruch?«

Bedauernd schüttelte Suna den Kopf. »Es war schon ein Firmenwagen mit einer Adresse drauf, glaube ich. Vielleicht war's ja das Auto von einem Blumenladen oder so, das würde auf jeden Fall passen«, meinte sie dann.

»Stimmt, das ist anzunehmen«, bestätigte Derya.

»Und was willst du jetzt unternehmen?«, wollte Suna wissen. Sie und ihre Freundin Elif waren ja eigentlich doch ganz nette Mädchen, dachte Derya, nur dass sie sich halt ein bisschen zu viel für Äußerlichkeiten interessierten, weswegen wahrscheinlich auch Gül nicht mit ihnen klarkam.

»Ich rufe bei einem Bekannten an, der bei der Kripo ist. Da weiß ich, der leitet die Information gleich an die richtige Stelle weiter.«

Sie durchsuchte ihre Handtasche. Mist! Georgs Karte steckte immer noch in der Tasche ihrer Regenjacke, und die hing zu Hause an der Garderobe im Flur. Also musste sie versuchen, ihn über die Zentrale zu erreichen. Sie ließ sich von der Auskunft die Nummer geben und sich verbinden, erreichte ihn aber nicht in seinem Büro. Gut, dann würde sie halt selbst noch einmal die Dienststelle aufsuchen, um ihre wichtigen Informationen dort loszuwerden.

»Am besten, ich fahr gleich selbst hin. Wir bleiben in Verbindung, ja?«

Alle drei nickten. Sie bedankte sich bei den jungen Frauen, die ihr viel Glück wünschten, für ihre Hilfsbereitschaft und verabschiedete sich. Mit dem Fahrrad fuhr sie zu ihrem Wagen, den sie gestern Abend nur ein paar Straßen weiter abgestellt hatte, schmiss das Rad in den Laderaum und startete in die Possehlstraße. Kommissar Angermüller war immer noch nicht im Haus, sagte man ihr. Der uniformierte Beamte, dem sie schließlich die Beobachtungen der Mädchen schilderte, die er äußerst gewissenhaft in ein Formular eintrug, machte sie mit seiner Langsamkeit ganz irre.

»Das genaue Datum, wann die Vermisste in das Auto gestiegen ist, haben Sie nicht?«, fragte er jetzt schon zum dritten Mal nach.

»Das hab ich Ihnen doch schon gesagt: Nein, leider nicht!«

»Das ist schlecht.«

»Immerhin wissen Sie jetzt, dass das Mädchen in einen weißen Lieferwagen, genauer, einen Kastenwagen gestiegen ist, auf dem eine Rose zu sehen ist und der wahrscheinlich einem Blumenhändler oder Ähnlichem gehört. Danach können Sie doch jetzt schon mal suchen!«

Er sah sie mit einem mitleidigen Lächeln an. »Junge Frau, überlassen Sie das man uns. Das geht hier alles ganz sutsche seinen Gang. Vielen Dank für Ihre Hinweise jedenfalls.«

Und schon stand Derya wieder draußen vor dem Behördenhochhaus. Natürlich war sie sauer und enttäuscht. Da hatte sie nun eine Vermisstenanzeige aufgegeben und jetzt sogar noch detaillierte Informationen nachgeliefert und es passierte offensichtlich nichts! Deutsche Gründlichkeit, deutsche Umständlichkeit! Innerlich fluchte sie, als sie zu ihrem Wagen ging. Ein wenig mehr Spontaneität und südländische Leichtigkeit täte diesen drögen Typen hier manchmal auch ganz gut!

Sie setzte sich hinters Steuer und versuchte zu rekapitulieren, was sie über Gül an Wissen zusammengetragen hatte. Viel war es nicht. Am Sonntag vor zwei Wochen hatte Hülya das letzte Mal von Gül gehört und da hatte sie irgendetwas Wichtiges vorgehabt. Auch wenn Derya das lieber nicht denken wollte, landete sie doch immer wieder bei der Vermutung, dass Gül geplant hatte, auf eigene Faust nach ihrer verschwundenen Freundin Selma zu forschen. Und kurz vor diesem Wochenende war Gül von Elif und Suna gesehen worden, wie sie in ein Auto stieg, auf dem unter anderem eine Rose aufgemalt war.

Es war nichts zu machen, der unangenehme Gedanke an einen möglichen Zusammenhang zwischen Güls Verschwinden und den Rosenmorden drängte sich ihr förmlich auf. Welches Bild war es nur, dass ihr vorhin unfassbar wie eine Sternschnuppe durch den Hinterkopf gerast war? Oh Gott, sie war ja eigentlich nicht abergläubisch – oder zumindest nur so ein bisschen. Derya lief ein Schauer über den Rücken. Der Name Gül bedeutete im Türkischen ›Rose‹...

»Wat wolln Sie denn schon wieder hier?«, fragte Frau Paulmann in ihrer charmanten Art und streifte sie mit einem skeptischen Blick über ihre rote Lesebrille, als Angermüller und Jansen am Nachmittag zum zweiten Mal im Krisenzentrum auftauchten.

»Wir benötigen noch einmal Ihre Hilfe. Es geht um eine weitere Klientin oder mögliche Klientin von Ihnen. Wir würden gern wissen, ob und wann sie die Beratung hier in Anspruch genommen hat oder zumindest dafür

angemeldet war«, erklärte Angermüller in nettem Tonfall.
»Wäre klasse, wenn Sie das für uns rausfinden könnten, Frau Paulmann.«

»Vielleicht kann ick det. Aber lassen Se mich hier erst ma weitermachen. Sie sehn ja, ick hab Kundschaft.« Dann deutete sie zur Tür. »Dit is hier nüscht für fremde Ohren. Schon jar nüscht für Männer. Wenn Se so freundlich sind und draußen warten, bitte? Danke.«

Und damit wandte sie sich wieder unerwartet fürsorglich der Frau zu, die vor ihrem Schreibtisch Platz genommen hatte. Es dauerte eine ganze Weile, bis sich die Tür öffnete und Elke Paulmann die Frau aus ihrem Büro entließ. Mehrmals bedankte die sich auf Türkisch bei ihr und bekam von der lächelnden Frau Paulmann die Antworten ebenfalls auf Türkisch. Endlich verabschiedeten sie sich.

»*Güle, güle!*«, erwiderte die Paulmann den Abschiedsgruß der Frau.

»Sie sprechen Türkisch. Das finde ich ja gut«, meinte Angermüller, der einfach was Nettes sagen wollte.

»Wenn Se mal inner Kita in Neukölln gearbeitet haben, lernen Se det automatisch. Und Arabisch und noch son paar andere überlebenswichtige Sprachen ooch.«

Sie deutete mit einer kurzen Geste an, dass die Beamten jetzt eintreten könnten, und fragte etwas genervt: »Und, wat brauchen Se jetzt?«

»Wir ermitteln ja im Zusammenhang mit den beiden toten türkischen Mädchen, wie Sie wissen ...«

»Weiß ick und ick hoffe, Sie kriegen den kaputten Typen bald. Zu den Ängsten, die unsere Frauen hier sowieso schon haben, kommt jetzt auch noch die vor diesem perversen Rosenheini. Als ob wir hier nich schon jenuch Probleme hätten!«

»Wir arbeiten dran, Frau Paulmann, und deshalb sind wir

hier. Also wir müssten wissen, ob ungefähr vor einem Jahr diese junge Frau hier bei Ihnen um einen Termin nachgesucht hat oder zur Beratung gekommen ist.«

Er reichte ihr eine Notiz mit einem Namen. Elke Paulmann zückte sofort einen Stift und fragte: »Können Sie das Datum noch etwas genauer nennen?«

»Es müsste auf jeden Fall vor dem 20. Mai gewesen sein. Ich würde sagen, wenn Sie in dem davor liegenden Zeitraum von sechs Wochen nachschauen, das müsste eigentlich ausreichen.«

»Allet klar«, sagte die Sozialarbeiterin nur und begann auf der Tastatur ihres Computers zu klappern. Konzentriert ging sie einige Minuten lang irgendwelche Dateien durch. Dann schaute sie hoch und schüttelte den Kopf. »Nüscht«, meinte sie kurz und bündig.

»Und woanders gibt es keine Akten, Daten, Notizen über Ihre Klientinnen?«, fragte Angermüller etwas enttäuscht.

»Nu warten Se doch ma, junger Mann!« Frau Paulmann zog eine Schublade ihres Schreibtisches auf und nahm eine Kladde heraus, ähnlich der, die vor ihr lag. »Hier tragen wir auch ein, wenn jemand einen ersten Kontakt aufnimmt und nicht unbedingt gleich einen Termin macht.« Sie sprach jetzt Hochdeutsch und gab sich seriös und kompetent. »Manche Frauen brauchen eben ein bisschen Zeit, bis sie sich endlich hierher wagen. Manche wollen vorher auch sehen, was sie hier erwartet. Die rufen einfach nur an, fragen nach unseren Zeiten und kommen dann irgendwann einmal vorbei, um sich das Ganze anzuschauen.«

Sie suchte nach dem entsprechenden Datum und fuhr mit dem Finger die Seiten von vorn nach hinten entlang. »Na hier. Wer sacht's denn«, meinte sie plötzlich in einem Tonfall, als ob sie es schon immer gewusst hätte. »Selma Altül. Hat am Freitag, den 13. Mai hier angerufen. ›Erstkontakt‹ hab ich dahinter geschrieben.« Elke Paulmann schaute hoch. »Hat sich aber nie wieder bei uns gemeldet, das Mädel.«

Es dauerte eine ganze Weile, bevor Derya auf dem Parkplatz vor der Bezirkskriminalinspektion ihren Wagen anließ. Auch wenn sie das meiste erledigt hatte, wartete zu Hause doch noch einiges an Arbeit für ihren Auftrag heute Abend auf sie. Doch das Rätsel um Güls geheimnisvollen Bekannten ließ sie nicht los. Die toten türkischen Mädchen waren beide in der Beratungsstelle gewesen, in der Friede arbeitete. Hing das mit ihrem Tod zusammen? War auch Gül dort gewesen? War sie plötzlich doch von ihrer Familie unter Druck gesetzt worden? Möglich wäre das natürlich.

Der Motor lief, doch Derya fuhr immer noch nicht los. Und was, wenn Selma letztes Jahr auch im Krisenzentrum gewesen wäre und Gül recht hätte mit ihrer Vermutung, dass ihrer Freundin etwas Schlimmes zugestoßen war? Wenn sie auch eines von diesen Rosenmädchen geworden wäre und die dickköpfige, hartnäckige Gül das herausgefunden hätte? Dann wäre sie jetzt eine echte Gefahr für den Rosenmörder. Derya wurde plötzlich ganz schlecht. Und auf einmal wusste sie, was in ihrem Kopf da immer wieder kurz aufgeblitzt war. Kurz entschlossen fuhr sie los und wäre beinahe rückwärts einem Auto in die Seite gefahren, das gerade ihre Parkbucht passierte. Der Fahrer betätigte erschrocken die Hupe. Derya bremste sofort und entschuldigte sich gestenreich bei dem Mann, der ihr nur einen Vogel zeigte. Was wusste der schon! Sie musste jetzt sofort mit Friede sprechen.

Doch Friede war nicht mehr in der Praxis. Es war Freitagnachmittag. Da war ohnehin keine Sprechstunde. Derya wollte gerade frustriert wieder abziehen, da wurde innen der Schlüssel im Schloss gedreht. Es war die Sekretärin, die noch einiges aufgearbeitet hatte, das durch das Fehlen während ihrer Krankheit liegen geblieben war, und jetzt auch Feierabend machen wollte. Sie grüßte freundlich, als sie Derya erkannte.

»Hallo, Derya, lange nicht gesehen, wie? Tut mir leid, aber Friede ist schon kurz nach Mittag hier weg.« Als sie sah, wie enttäuscht Derya war, meinte sie: »Sie hat gesagt, sie will sich ein faules Wochenende zu Hause gönnen. Also dort könntest du sie wohl erreichen, wenn du sie unbedingt sprechen willst.«

»Danke! Vielleicht versuch ich das! Ich wünsch dir ein schönes Wochenende!«

»Das wünsch ich dir auch. Ich werd mich schonen. So ganz auskuriert bin ich nämlich noch nicht. Tschüss, Derya!«

Sollte sie jetzt wirklich zu Friede aufs Land fahren? Sie könnte auch anrufen, aber bei dem Gedanken war ihr unwohl, dafür war die Sache doch zu heikel. Sie musste mit der Freundin persönlich sprechen und nur mit ihr. Derya rechnete: Hin und zurück würde sie eine Stunde Fahrzeit haben und das Büffet musste auch noch fertiggestellt werden. Okay, wenn sie es zeitlich nicht mehr hinkriegte, würde sie eben ihre ehernen Prinzipien umstoßen müssen, alles nur frisch und selbst gemacht anzubieten. Sie würde statt ihrer Aioli einfach eine gute Mayonnaise mit Knoblauch mischen, statt der Crostini noch Mozzarella und Parmaschinken besorgen und für das Dessert diese hervorragenden *Baklava* bei dem türkischen Bäcker holen, den sie neulich entdeckt hatte, dazu vielleicht noch französische Rohmilchkäse und frisches Obst. In Situationen wie dieser hieß es eben flexibel sein.

Reger Verkehr herrschte wie immer am Freitagnachmittag aus der Stadt hinaus. Doch endlich hatte sie die kleinen Nebenstraßen erreicht und kam zügig voran. Das Wetter hatte sich stabilisiert, nur ein paar freundliche, dicke Wolken schoben sich vereinzelt über den Himmel und die Sonne ließ die malerische

Lauenburgische Landschaft leuchten. Aber Derya hatte nicht so richtig ein Auge dafür. Eine innere Unruhe trieb sie voran. Endlich hatte sie das Anwesen ihrer Freunde erreicht, stellte draußen das Auto ab und lief durch das offen stehende Tor über den Hof, zu dem über und über mit wildem Wein bewachsenen Wohnhaus.

Als niemand auf ihr Klingeln öffnete, nahm Derya den Weg ums Haus herum in den blühenden Bauerngarten, wo sie am vergangenen Wochenende zusammen gesessen hatten. Sie sah auf den Rasen, spähte zur Sitzecke vor dem Fliederbusch – niemand zu sehen.

»Derya, sag mal, das wird ja langsam zur Gewohnheit! So oft sind wir uns an einem Tag doch noch nie begegnet!« Ronald winkte und kam aus dem Schuppen auf sie zu. »Aber find ich schön! Geht's dir denn wieder besser?«

»Hallo, Ronald! Ja, viel besser!« Sie umarmten sich.

»Was führt dich her? Wolltest du mich besuchen?«, zwinkerte er ihr zu.

»Äh, ich hab in der Nähe einen Termin und wollte eigentlich nur kurz zu Friede, ihr was erzählen. Du weißt schon, Weiberkram«, log Derya ein wenig verlegen. Ronald knuffte sie sanft in die Seite und lachte.

»Hab ich mir doch schon gedacht, min Deern! Tscha, das tut mir jetzt leid. Nur Ruben und ich hüten Haus und Hof. Friede ist vor einer Stunde schon weg. Sie ist bei einer Bauersfrau im Nachbardorf zum Kaffeeklatsch eingeladen. Da gibt's immer eine große Tortenschlacht, was Friede klasse findet, wenn sie als zugezogene Stadtfrau mal so richtig aus erster Hand den neuesten Klatsch und Tratsch vom Lande hören kann.«

»Na ja, so wichtig ist es bei mir auch nicht«, sagte Derya um einen fröhlichen Ton bemüht. »Sag ihr bitte einen schönen Gruß von mir. Dann ruf ich sie demnächst halt mal an.«

»Magst du vielleicht was trinken?«, bot Ronald an. »Einen Tee, einen Saft?«

»Danke, Ronald«, sie sah auf die Uhr. »Oh Mann, ich hab überhaupt keine Zeit mehr. Mein Termin – und ich muss noch ein großes Büfett für heute Abend fertig machen. Sei mir nicht böse, wir sehen uns ein anderes Mal, ja?«

»Ich bin nicht böse. Bis bald, Derya!«

Ronald lächelte auf seine leise, nette Art. Derya gab ihm hastig zwei Küsschen auf die Wangen und eilte ums Haus herum. Als sie über den Hof nach draußen zu ihrem Auto gehen wollte, sah sie plötzlich hinten in einer abgelegenen Ecke einen weißen Lieferwagen parken. Automatisch lenkte sie ihre Schritte in die Richtung. Hatte sie sich alles nur eingebildet oder stimmte das flüchtige Bild, das ihr immer wieder durch den Kopf geisterte? Jetzt war sie nah genug und vergaß fast zu atmen. Deutlich konnte sie auf der hinteren Seitenwand neben dem Umriss einer Baumkrone, der als Rahmen für die Firmenaufschrift diente, die stilisierte Rose erkennen. Sie schaute sich um. Niemand zu sehen. Schnell holte sie ihr Handy aus der Jackentasche und fotografierte mehrmals den Schriftzug auf dem weißen Kastenwagen. Dann lief Derya schnellen Schrittes zum Tor und kam sich ziemlich schofel vor.

In großer Hast fuhr sie zurück in Richtung Lübeck. Schon fühlte sie wieder das bekannte Pochen hinter ihrer Stirn. Warum musste das alles ausgerechnet heute sein? Sie konnte den Auftrag für Frau Trede nicht einfach so ausfallen lassen, zu viel Geld hatte sie schon in die Zutaten investiert. Zudem konnte sie es sich auch nicht leisten, so eine gute Kundin zu verlieren. Also erledigte sie nacheinander sämtliche Besorgungen der Lebensmittel, die sie nun als schnellen Ersatz in das Büfett integrieren wollte, und sah zwischendurch immer wieder gehetzt auf die Uhr. In der ganzen Hektik war es ihr überhaupt nicht möglich, einen klaren Gedanken zu fassen, was ihre Entdeckung von vorhin zu bedeuten hatte. War es wirklich ein Hinweis auf einen ganz entsetzlichen Zusammenhang? Oder war es nur ein bescheuerter Zufall, wie es sie manchmal im Leben gab und wie sie inständig hoffte?

Zu Hause angekommen fand sie ihren Sohn in seinem Zimmer bei lauter Musik vor dem Computer hängen.

»Und mit welchem Quatschkram verdaddelst du hier wieder deine Zeit?«, fuhr sie ihn unfreundlich an.

»Bisschen chillen«, antwortete der und wandte ihr erstaunt den Kopf zu.

»Ich acker hier wie eine Blöde, damit ein bisschen Geld reinkommt, und mein Herr Sohn weiß nicht wohin mit seiner Zeit«, regte sich Derya weiter auf, die eine schwere Kiste mit Einkäufen schleppte.

»Bleib cool, Mann, was ist denn los?«, fragte Koray ungerührt und klickte weiter mit der Maus auf die komischen Tierchen auf dem Bildschirm, die sich einen Weg durch ein Labyrinth fraßen. »Wenn ich dir helfen soll, musst du es nur sagen.«

Derya wusste, dass sie sich total bescheuert verhielt, aber irgendwie musste sie sich ablenken und die Nervosität bekämpfen, die sie überkommen hatte. Und nun erwischte es ungerechterweise eben Koray.

»Los, dann komm schon.«

Zum Glück war Koray eine gutmütige Natur und nahm so leicht nichts übel. Außerdem war er seiner Mutter eine echte Hilfe. Bald arbeiteten sie in der Küche Hand in Hand, Koray erzählte alles Mögliche und schaffte es sogar, Derya trotz des vielfachen Drucks, der auf ihr lastete, zum Lachen zu bringen. Sie verpackten die Platten und Schüsseln in die großen, stapelbaren Plastikkörbe und luden sie gemeinsam in den Lieferwagen.

»Vielen Dank, mein Großer!«, sagte Derya und umarmte den Jungen. »Das war klasse! Du hast mir wirklich ganz toll geholfen. Tut mir leid, dass ich vorhin so eklig zu dir war. Ich bin halt etwas im Stress.«

»Ach wirklich? Da wäre ich jetzt gar nicht drauf gekommen«, gab Koray grinsend zurück. »Aber merk dir bitte mal, Mama: Einfach sagen, wenn du Hilfe brauchst.«

KAPITEL XI

Röslein sprach, ich steche dich ... Er hatte einen Fehler gemacht. Das sah er inzwischen ein. Auch wenn dieser Wunsch wie ein Feuer in ihm gebrannt hatte und auf ungeheure Ausmaße angewachsen war, er hätte ihm nicht nachgeben dürfen. Doch er hatte es wieder getan. Ein schaler Geschmack war zurückgeblieben, denn wieder war es ihm nicht gelungen, den Zauber des ersten Mals noch einmal aufleben zu lassen. Hatte er sich überschätzt? Doch er hatte die Entscheidung ja überhaupt nicht selbst in der Hand. Wie sollte sich einer gegen das Schicksal wehren? Letztendlich war er doch nur ein Werkzeug in den Händen der Vorsehung.

Und nun war plötzlich dieses Mädchen aufgetaucht. Sie gab vor, Hilfe zu brauchen. Sie glich so gar nicht den anderen jungen Frauen. Ja, auch sie war unglücklich, hatte Schwierigkeiten mit ihrer Familie, aber ihr fehlte die Demut, die Ergebenheit in ihr Schicksal, das merkte er sofort. Er gab sich desinteressiert, sagte ihr, dass er ihr nicht helfen könne, und wollte nichts mit ihr zu tun haben. Doch sie war hartnäckig, kreuzte immer wieder einmal auf. Sie erschien ihm ziemlich eigensinnig, und in ihrer Ruhelosigkeit strahlte sie etwas von einer streunenden Katze aus.

Eines Tages schließlich erzählte sie ihm von ihrer Freundin Selma, die vor einem Jahr verschwunden sei und dass sie nicht glauben könne, dass sie abgehauen sei, ohne ihr davon zu etwas zu sagen. Und dass sie die Suche nach ihr nicht aufgeben könne, bis sie herausgefunden hätte, was mit ihrer Freundin passiert sei. Dabei hatte sie ihn mit ihren dunklen Augen unverwandt angeschaut. Da wusste er, warum sie seine Nähe gesucht hatte.

Sie war nicht dumm, im Gegenteil, sie war ein gerissenes, kleines Ding. So hatte er sich ihrer schließlich annehmen müssen. Und nun ließ er sich Zeit mit ihr, viel Zeit, und versuchte so, die quälende Leere in seinem Dasein zu überbrücken.

Aber jetzt kamen sie immer näher, diese Unwissenden. Die Polizei. Die Zeitung. Diese einfältige Frau, die glaubte, sich auch noch einmischen zu müssen. Aber sollten sie doch kommen. Völlig gelassen sah er dem Finale entgegen. Wenn seine Mission hier enden sollte, hieß es, sich fügen. Er war bereit. Er hatte nichts zu verlieren. Que sera, sera – die Liedzeile setzte sich in seinem Kopf fest und erfüllte ihn mit leiser Heiterkeit.

Erol Altül war schon rein äußerlich eine beeindruckende Figur. Ein hoch gewachsener Mann mit graumeliertem Haar und akkurat gestutztem Bart, mit besten Manieren, sehr gut gekleidet, aber mit einer lässigen Note. Man hätte den Import-Export-Kaufmann auch gut für einen italienischen Modeschöpfer halten können. Sollte das plötzliche Auftauchen der Polizei in seiner Firma bei ihm Befremden ausgelöst haben, so ließ er sich das nicht anmerken.

»Sie können sich natürlich denken, dass Ihr Besuch bei mir schmerzhafte Erinnerungen wachruft, zumal es jetzt genau ein Jahr her ist, dass wir Selma verloren haben«, stellte er in ausgezeichnetem Deutsch fest, als Angermüller ihm sagte, dass sie wegen seiner vermissten Tochter hier wären.

»Leider können wir es nicht vermeiden, darüber mit Ihnen zu sprechen, Herr Altül, denn es gibt da eine ganz bestimmte Entwicklung.«

Der Geschäftsmann sah den Kommissar ahnungsvoll an. »Sie glauben an einen Zusammenhang mit diesen Rosenmorden, über die alle Zeitungen heute so groß berichten, nicht wahr?«

»Wir müssen jeder Verbindung nachgehen. Natürlich ist es nur eine Vermutung, aber wir können zu diesem Zeitpunkt auch nichts ausschließen. Es tut mir leid, das so sagen zu müssen.«

Altül schloss für einen Moment die Augen. Dann straffte er sich. »Sagen Sie, wie ich helfen kann.«

»Vielen Dank, Herr Altül. Wenn Sie uns nur ein paar Fragen beantworten, hilft uns das schon sehr«, antwortete Angermüller. »Wir haben gehört, zwischen Ihrer Tochter und Ihnen gab es Unstimmigkeiten wegen der geplanten Heirat mit einem jungen Mann, dem Sohn Ihres Geschäftspartners, richtig?«

Der Blick des Gefragten schien in dem Versuch, sich erinnern zu wollen, nach innen zu wandern.

»Ich habe drei Söhne. Selma ist meine einzige Tochter. Sie war immer mein Liebling, mein Sonnenschein. Ich fürchte, ich habe sie auch ein bisschen zu sehr verwöhnt.« Ein schwaches Lächeln glitt über sein markantes Gesicht. »Wie konnte das Kind nur glauben, ich würde sie zwingen, Osmans Sohn zu heiraten? Es wäre eine gute Partie und für beide Seiten sehr vorteilhaft gewesen, das stimmt. Der junge Mann ist gebildet, hat studiert, auch Selma hätte studieren können, wenn sie das gewollt hätte. Ihr zukünftiger Ehemann hätte sicher nichts dagegen gehabt. Doch gleich, als ich ihr von dieser Idee erzählte, Osmans und meine Familie durch eine Heirat noch enger miteinander zu verbinden, reagierte sie völlig abwehrend. Sie ließ überhaupt nicht mit sich reden. Sie schloss sich in ihr Zimmer ein, sie heulte, sie schrie. Natürlich habe ich eine ganze Weile versucht, Selma von den Vorzügen einer solchen Verbindung zu überzeugen, aber je länger es dauerte, desto weiter entfernten wir uns voneinander. Es tat mir weh, dass sie ihrem Vater nicht vertraut hat. Ich könnte sie doch niemals unglücklich sehen.«

Angermüller war klar, dass hier ein Vater seine Handlungsweise, vor allem vor sich selbst, zu rechtfertigen versuchte.

»Aber warum hat Selma dann so hysterisch auf Ihren Vorschlag reagiert, den jungen Mann zu heiraten? Fühlte sie sich nicht doch unter Druck gesetzt? Sie hat ja sogar Kontakt zu einer Beratungsstelle für Migrantinnen aufgenommen.«

»Hat sie das?«, fragte Altül erstaunt und schüttelte den Kopf. »Das wusste ich nicht. Ich hoffe, Sie denken nicht, wir hätten beabsichtigt, eine Zwangsheirat, wie das hier in den Medien immer genannt wird, durchzusetzen, oder einen Ausweg nur im Ehrenmord gesehen.« In den Worten des Geschäftsmannes schwang bittere Ironie.

Angermüller machte eine unentschiedene Geste. »Ich weiß nicht, was ich denken soll, ich weiß nur, dass Selma ziemlich verzweifelt gewesen sein muss.«

»Wie gesagt, Selma war mein Augenstern, sie hat immer alles bekommen, jeden Wunsch hab ich ihr zu erfüllen versucht. Einmal habe ich dann etwas von ihr verlangt, und sie hat mich nicht einmal ausreden lassen.« Kummervoll blickte er zu Boden. So ganz selbstverständlich war Selmas Weigerung, den Sohn des Geschäftsfreundes zu heiraten, denn wohl doch nicht gewesen. Die Möglichkeit, dass seine Tochter selbst den Mann aussuchen wollte, mit dem sie ihr Leben verbringen würde, schien Altül gar nicht in den Sinn gekommen zu sein.

»Glauben Sie eigentlich wirklich, Selma hat sich an einen unbekannten Ort abgesetzt, Herr Altül?«, wollte Jansen in der entstandenen Stille wissen. Ob dem Mann die Fragen passten, die sie ihm stellten, vermochte Angermüller nicht zu beurteilen. Altül beantwortete sie alle mit gleich bleibender geduldiger Zuvorkommenheit.

»Was hätten wir sonst glauben sollen?«, fragte er irgendwie hilflos zurück. »In den ersten Wochen haben wir doch immer damit gerechnet, dass sie wieder nach Hause kommt. Aber je länger es dauerte ...« Er brach ab und sah aus dem Fenster.

»Hatte sich denn in den Tagen vor ihrem Verschwinden etwas an Selma verändert? An ihren Gewohnheiten, ihrem Freundeskreis, ihrem Verhalten?«

Erol Altül hob nur ratlos die Schultern. »Ich kann Ihnen diese Frage nicht beantworten. Wie gesagt, unser Verhältnis war sowieso verändert, nachdem ich ihr den Vorschlag gemacht hatte, den Sohn meines Partners zu heiraten. Außerdem«, er hielt einen Moment inne. Er sah sehr niedergeschlagen aus. »Seit Selma weg ist, frage ich mich manchmal, ob ich meine Tochter überhaupt gekannt habe. Wissen Sie, ich verbringe den Großteil meiner Zeit hier in der Firma, wie auch heute den Freitagnachmittag. Und meine Frau, die bestimmt mehr dazu sagen könnte, ist vor einigen Monaten mit unserem Jüngsten in die Türkei gegangen. Sie konnte die vielen Erinnerungen im Haus, in der Stadt und die ständigen Gedanken, die sie sich hier um Selma gemacht hat, die immer wiederkehrenden Fragen, nicht mehr ertragen.«

Angermüller nickte verständnisvoll. »Haben Sie den Namen Gül gelegentlich bei Ihrer Tochter gehört?«, versuchte er es trotzdem noch einmal.

»Ich kann mich jedenfalls nicht erinnern. Wer ist das?«

»Das ist eine von Selmas Freundinnen.«

»Meine Frau hätte da vielleicht helfen können. Wie gesagt ...« Er brach ab. Den Beamten war inzwischen klar, dass sie von Erol Altül keinerlei lohnende Erkenntnisse, die ihnen irgendwie weiterhelfen würden, zu erwarten hatten, und so bedankten sie sich für seine Zeit.

»Ich hoffe, Ihre Vermutung ist falsch«, sagte er noch zu ihnen, als sie sich verabschiedeten. »Beten Sie für mein Kind, dass es ihm gut geht.«

Sie ließen einen verzweifelten Mann zurück, der nicht

wusste, dass er seine Tochter schon längst verloren hatte, auch als sie noch bei ihm war. Angermüller und Jansen kehrten noch einmal zurück ins Büro. Der Kriminaldirektor war längst in sein Wochenende verschwunden, hatte aber hinterlassen, dass er bei der kleinen Frühbesprechung am Montag ein schlüssiges Ermittlungskonzept betreffs der Rosenmorde erwarte, schließlich sei der Fall ärgerlicherweise jetzt in den Fokus der öffentlichen Aufmerksamkeit gerückt.

»Da war auch noch ein Anruf von der Fahndung«, berichtete Thomas Niemann und sah auf seine Notizen. »Eine Zeugin, eine Derya Derin, die eigentlich dich sprechen wollte, Georg, hatte noch einen neuen Hinweis zu einer Vermissten.«

»Was für einen Hinweis?«

»Nicht viel, nur dass die vermisste Gül Seden mehrfach gesehen worden ist, wie sie in einen weißen Lieferwagen eingestiegen ist. Und auf dem Auto war eine Rose abgebildet.«

»Ah ja. Danke.«

»Jetzt, wo die Zeitungen nur noch vom Rosenmörder schreiben, spielen alle gleich wieder verrückt«, kommentierte Jansen kopfschüttelnd. Sie setzten sich zu dritt zusammen und rekapitulierten den Stand der Dinge. Da war die erstaunliche Erkenntnis über Leo Panknins Beziehung, die sie überprüfen mussten, aber ansonsten landeten sie bei ihrem Puzzle aus Namen, Daten und Fakten immer wieder bei der Übereinstimmung, dass die beiden toten Frauen wie auch die verschwundene Selma Altül das Krisenzentrum für Migrantinnen aufgesucht hatten. Viel war das nicht.

Angermüller konnte sich nicht so recht auf das Gespräch konzentrieren. Derya versuchte also doch weiterhin auf eigene Faust, Nachforschungen über Gül anzustellen. Woher wusste sie das mit dem Lieferwagen? War der Rose darauf wirklich Bedeutung beizumessen?

»Was ist eigentlich mit dem toxikologischen Gutachten, das deine Freundin Ruckdäschl in Auftrag geben wollte?«, störte Niemann seine Überlegungen.

»Noch einmal für alle zum Mitschreiben: Die Ruckdäschl ist nicht meine Freundin. Langsam gehen mir eure olbernen Sprüche auf den Keks«, stellte Angermüller gereizt klar.

»Das Gutachten dauert, wenn's schnell geht, immer noch zwei Wochen«, fuhr er dann in ruhigerem Ton fort. »Glaubst du denn, das würde uns weiterhelfen, wenn wir wissen, ob und wie sie vergiftet wurden?«

»Weiß nicht, vielleicht«, erklärte Niemann lahm und streckte ächzend seine Arme aus. »Ich würde jetzt auch ganz gern Feierabend machen. Schließlich ist Freitagabend und die ganzen Sesselpupser sitzen bestimmt schon beim dritten Bier. Wie sieht's mit euch aus?«

Angermüller sah, dass Jansen unentschlossen mit den Schultern zuckte, und fand das erstaunlich, da er sonst immer gern früh in seine Freizeit startete, wenn sie nicht gerade mitten in der heißen Phase einer Ermittlung steckten. Er jedenfalls musste jetzt unbedingt bei Derya anrufen und ihr noch einmal schonend beibringen, dass sie die Finger von eigenen Nachforschungen nach ihrer Mitarbeiterin lassen sollte. Sie würde natürlich wissen wollen, warum, aber auch wenn sie das sehr schockieren würde, er musste ihr jetzt sagen, was sie über Selma herausgefunden hatten und dass Gül vielleicht tatsächlich in Gefahr war.

Thomas verabschiedete sich ins Wochenende, Claus Jansen kehrte noch einmal an seinen Schreibtisch zurück und Angermüller suchte im Internet Deryas Nummer heraus und rief bei ihr zu Hause an.

»Ja«, tönte es unwillig aus dem Hörer.
»Hallo, Koray, hier ist Georg.«
»Hi.«

»Sag mal, kannst du mir bitte kurz deine Mutter geben?«
»Nö.«
»Wieso? Ist sie nicht zu Hause?«
»Gut erkannt.«

Das war also der nette Junge, für den Derya ihren Sohn hielt.

»Wo ist sie denn? Kann ich sie irgendwie erreichen?«
»Auftrag ausliefern. Übers Handy.«
»Bist du dann vielleicht so freundlich und gibst mir ihre Nummer?«

Wie aus der Pistole geschossen rasselte Koray die Zahlen herunter.

»Moment, ich brauch erst mal was zum Schreiben!«
»Nein«, seufzte Angermüller nicht ganz ernst, als er aufgelegt hatte. »Die jungen Leute heutzutage! Da kommt unsereiner nicht mehr mit.«

Jansen nebenan brummte zustimmend.

»Sag mal«, Angermüller erhob sich und stellte sich vor dem Büro seines Kollegen in den Türrahmen, »was machst du eigentlich noch hier? Dich packt doch sonst immer schon Freitagnachmittag das Saturday Night Fever! Was ist los, Claus?«

Lustlos tippte Jansen auf seiner Computertastatur. »Ich bin zum Grillen eingeladen, mit Fassbier und selbst gefangenen Forellen«, murmelte er. »Vorher muss ich mich aber noch umziehen.«

»Das hört sich doch gut an. Es ist nach halb sieben, was machst du dann noch hier?«

Der Kollege druckste ein wenig herum. »Es ist bei Vanessas Eltern. Ich soll die Familie kennenlernen.«

Da lag der Hase im Pfeffer! Es musste schon fast ein halbes Jahr sein, dass diese Vanessa in Jansens Leben eine Rolle spielte. So eine dauerhafte Beziehung hatte es in der ganzen Zeit, in der er mit Jansen zusammenarbeitete, noch nie gegeben.

»Ach so, jetzt wird es richtig ernst, ja?«, fragte Angermüller nicht ohne Häme.

»Hör bloß auf!« Jansen stöhnte genervt und hackte noch energischer in die Tasten. Angermüller wollte gerade zu einer tröstenden Antwort ansetzen, da meldete sich das Handy auf seinem Schreibtisch.

»Hallo, Astrid, was gibt's?«

»Wir haben gestern gar nicht über das Wochenende gesprochen. Was hast du für Pläne?« Diese Frage erstaunte Angermüller. Waren seine drei Damen nicht von Martin auf seinen Kahn eingeladen worden? »Pläne? Ehrlich gesagt war ich ziemlich beschäftigt. Da hab ich noch gar nicht drüber nachgedacht.«

»Julia und Judith haben nämlich gefragt, ob du heute Abend nicht nach Hause kommst.«

»Ich habe noch etwas zu erledigen und weiß noch nicht, wie spät es wird.«

»Dienstlich?«

»Ja, dienstlich«, antwortete er bestimmt. Er musste heute unbedingt noch mit Derya sprechen, weil er es für seine Pflicht als Polizist hielt, sie eindringlich davor zu warnen, eigenmächtig irgendwelche gefährlichen Unternehmungen zu starten. Und vielleicht wäre es ja noch überzeugender, das nicht per Telefon, sondern persönlich zu tun.

»Also kannst du noch gar nichts sagen?«

»Ich möchte den Kindern nichts versprechen, was ich nicht halten kann. Wenn es sehr spät wird, gehe ich wieder in mein Ferienhaus«, erwiderte er, um einen unbeschwerten Tonfall bemüht.

»Ah ja«, kam es reserviert von der anderen Seite.

»Warum nicht?«, fragte er deshalb. »Wie ich gestern am

Rande mitbekommen habe, verbringt ihr doch ohnehin alle drei das Wochenende mit Freund Martin.«

»Das stimmt, ich hatte ganz vergessen, dir davon zu erzählen. Entschuldige«, antwortete Astrid schuldbewusst. »Aber ich war wohl etwas im Stress die letzten Tage.«

»Du hast mein vollstes Verständnis. So was kann einem schon mal passieren«, meinte Georg, und es wirkte fast ein wenig boshaft.

»Na dann.« Astrid klang ein wenig unentschlossen.

»Falls wir uns nicht mehr sehen, wünsche ich euch ein wunderschönes Wochenende. Grüß mir die Mädchen!«, verabschiedete sich Angermüller.

»Schade, dass du deine Kinder jetzt am Wochenende gar nicht siehst, wo sie doch gerade erst von einer langen Reise zurückgekommen sind.«

»Stimmt. Aber ich habe die Verabredung zum Segelwochenende nicht getroffen.«

Ach, ich hab doch Glück mit meinem Sohn, dachte Derya zufrieden, als sie mit dem voll geladenen Wagen unterwegs zu ihrer Kundin war. Er ist wirklich ein lieber Junge. Dank Korays Hilfe lag sie jetzt wieder gut in der Zeit. Trotz der unangenehmen Fragen in ihrem Hinterkopf hatte der Kopfschmerz sich wieder verflüchtigt. Sie hatte das Fenster geöffnet und ließ sich den kühlen Fahrtwind um die Nase wehen. Die Sonne hatte den Himmel zurückerobert, ein weites Blau lag über den Hügeln, und es würde einer dieser langen, hellen Abende werden, die Frühjahr und Sommer hier im Norden so einzigartig machten. Bliestorf war ein kleines Dorf, südlich von Lübeck. Als Derya die Autobahn überquert hatte, angelte sie ihr Handy aus der Tasche, rief Frau Trede an und sagte ihr, dass sie in etwa zehn Minuten bei ihr sein würde.

In Baumsberg bog sie nach rechts ab, fuhr über den Elbe-Lübeck-Kanal und anschließend durch Kronsforde. Rechterhand tauchte schon der Forst Bliestorf auf. Nun war es nicht mehr weit. Derya überlegte, ob sie versuchen sollte, Friede auf dem Handy zu erreichen, wenn sie ihr Büffet abgeliefert hätte. Bis dahin wäre Friedes Kaffeeklatsch wahrscheinlich zu Ende; vielleicht könnte Derya sie dann zu Hause aufsuchen – es war ja ohnehin nicht mehr so weit von Bliestorf bis zum Bartels-Hof. Sie konnte Friede nicht länger ihre Vermutungen in Bezug auf den Jungen vorenthalten, und vielleicht stellte sich dann alles als großer Trugschluss heraus. In diese Überlegungen versunken zuckelte sie langsam über die leere Landstraße.

Plötzlich durchfuhr es sie wie ein Blitz: Der Wagen, der ihr gerade entgegengekommen war – das war er! Das war der weiße Lieferwagen mit der Rose! Derya trat abrupt auf die Bremse, hörte es im Laderaum scheppern, dachte mit Entsetzen an die spanische Gurkensuppe und drehte sofort um, kaum, dass der Wagen zum Stehen gekommen war. Die Reifen quietschten, als sie wieder Gas gab und in die Richtung fuhr, aus der sie gerade gekommen war. Da! Sie konnte den Kastenwagen schon vor sich sehen. Sie nahm die Geschwindigkeit zurück und folgte ihm in gleich bleibender Entfernung. Jetzt betätigte er den Blinker und bog nach links in den Wald ab.

Derya tat es ihm nach. Im Vorüberfahren sah sie an der Einfahrt in den Schotterweg, unter dem Verkehrszeichen, das nur Forstfahrzeugen die Nutzung erlaubte, ein altes, halb verrottetes Firmenschild mit verblasster Schrift an einem Baum lehnen. Sie fuhr so langsam, dass sie das weiße Auto gerade noch sehen konnte und nicht aus den Augen verlor. Ein dichter Mischwald stand rechts und links des Weges, die Sonnenstrahlen fielen fast waagerecht durch das frische Blattwerk.

Auf einmal war der Lieferwagen verschwunden. Als Derya näher kam, stellte sie fest, dass hier nach links ein Weg abbog, viel kleiner und enger als der, auf dem sie sich befand. Gras wuchs auf dem Boden. Nur zwei tiefe Furchen bildeten die Spur. Wer weiß, wie dieses Querfeldeinfahren ihrem Auto bekommen würde. Aber er war mit Sicherheit hier hineingefahren. Nun war sie sowieso schon mitten in der Wildnis, dann war das hier jetzt auch egal.

Kurz entschlossen lenkte Derya in den zugewachsenen Waldweg. Die hohen Grashalme streiften den Boden ihres Wagens, manchmal auch eine Unebenheit des Untergrunds, und überhängende Zweige kratzten an den Seiten. Es hoppelte und ruckelte immer tiefer in den Wald hinein. Derya verdrängte entschlossen den Gedanken an die köstliche Fracht in ihrem Laderaum, der dieses Durchrütteln sicher nicht gut bekam. Jetzt machte der Weg eine Biegung und sie konnte den weißen Lieferwagen nicht mehr sehen. Die Bäume wurden niedriger, gingen in Buschwerk über und machten einer Lichtung Platz. Dort, hinter einem etwas baufälligen Drahtzaun, entdeckte sie den anderen Wagen. In einiger Entfernung stand auf dem eingefriedeten Land eine Art Schuppen oder Hütte. Niemand war zu sehen. Schnell hielt sie an, setzte ein wenig zurück und stellte den Motor ab. Sie spürte plötzlich ihr Herz wie wild klopfen und holte ihr Handy heraus. Sie wusste zwar nicht, was das hier zu bedeuten hatte, aber es war wohl besser, sie würde jetzt Georg anrufen. Sie suchte nach seiner Karte, die sie extra zu Hause noch eingesteckt hatte. Je länger sie suchte, desto mulmiger wurde ihr. Verdammt, warum hab ich seine Nummer nicht gleich eingespeichert, schimpfte sie mit sich selbst. Endlich hatte sie das Teil gefunden und tippte mit fliegenden Fingern seine Nummer. Sie hörte das Freizeichen – einmal, zweimal, dreimal – und betete, er möge rangehen. Schließlich war er Polizist, er musste doch immer erreichbar sein!

»Guten Abend«, sagte plötzlich eine Stimme neben ihr. »Sie sind der Partyservice? Sehr schön.«

Zu Tode erschrocken nahm Derya das Handy vom Ohr.

Das Gespräch mit seiner Frau hatte Angermüller mit einer gewissen Genugtuung erfüllt. Dieses Mal lag es wirklich nicht an ihm, wenn am Wochenende kein Familienleben zustande kam. Der heutige Abend wäre ohnehin ein kurzes Vergnügen mit den Kindern gewesen, da sie morgen für ihren Segeltörn wahrscheinlich früh aufstehen mussten und deshalb früh zu Bett gingen. Er war gern mit den Mädchen zusammen, aber nur zum Gute-Nacht-Sagen lohnte es sich nicht, nach Hause zu fahren. Aus dem Nebenzimmer hörte er seinen Kollegen seufzen.

»Na, Claus, geht's zum Schafott?«, meinte er spöttisch und lugte um die Ecke in Jansens Büro.

»Oh Mann«, antwortete der nur, schaltete seinen Computer aus und rollte mit seinem Schreibtischstuhl zurück. »So langsam muss ich wohl wirklich. Und du wohnst also im Ferienhaus?«

Angermüllers Handy meldete sich erneut.

»Hab ich das noch nicht gesagt? Ich hüte Steffens Haus, so lange der verreist ist«, antwortete er leichthin auf Jansens Frage. »Und du wirst die Grillparty überleben, Claus. Das versichere ich dir. Vielleicht sind deine zukünftigen Schwiegereltern ja ganz nett«, sagte er tröstend. Und dann flüchtete er vor dem Radiergummi, der in seine Richtung geflogen kam, und griff nach dem klingelnden Handy. Er hörte nur ein schnelles Tuten, der Anrufer hatte wohl schon wieder aufgelegt. Als er sich die Nummer des versäumten Anrufs zeigen ließ, kam sie ihm irgendwie bekannt vor. Er nahm den Zettel hoch, auf dem er vorhin Deryas Anschluss notiert hatte. Tatsächlich, das war Deryas Nummer. Es gab wohl doch so etwas wie Gedankenübertragung. Er drückte auf Anrufen, hörte das Freizeichen, aber niemand nahm ab. Dreimal versuchte er noch, sie zu erreichen, doch Derya ging nicht ran. Komisch, dachte er. Erst versucht sie, mich anzurufen, und dann ist sie nicht mehr erreichbar. Sehr komisch.

»Ich geh dann mal«, sagte Jansen und sah nicht so aus, als ob er es auch tun würde. Ganz langsam erhob er sich von seinem Stuhl. »Schönes Wochenende, Georg. Was hast du Nettes vor?«

»Darüber hab ich mir ehrlich gesagt noch gar keine Gedanken gemacht.«

Dafür machte er sich jetzt Gedanken über Deryas Verhalten. Warum ging sie nicht an ihr Handy? Er probierte es noch einmal und noch einmal – dann war ihr Mobiltelefon offensichtlich ausgeschaltet worden. Das fand er jetzt noch merkwürdiger. Er überlegte kurz, dann rief er Deryas Festnetzanschluss an. Wieder hatte er Koray mit dieser unwilligen Attitüde am Apparat.

»Nö«, antwortete der Junge einsilbig auf die Frage, ob seine Mutter schon nach Hause gekommen wäre.

»Kannst du mir dann zufällig sagen, wo die Kundin wohnt, zu der sie fahren wollte?«

»Zufällig nicht«, sagte Koray lahm, und als Angermüller schon ungeduldig nachhaken wollte, fuhr er fort, »aber hier liegt ein Zettel: Frau Trede, Bliestorf.«

»Klasse! Das hilft mir schon weiter«, freute sich Angermüller und wollte das Gespräch gleich wieder beenden.

»Telefon?«, fragte Koray.

»Wie? Ach so, steht da eine Telefonnummer? Ja, natürlich, das wäre auch gut.«

Schnell griff er nach einem Blatt Papier und notierte, was Koray ihm sagte.

»Was will die Polizei überhaupt von meiner Mutter? Oder ist das privat?«

»Keine Angst – sie hat nichts verbrochen. Sollte sie zu Hause auftauchen, soll sie mich bitte gleich auf meinem Handy anrufen. Danke dir für die Hilfe und tschüss!«, sagte Angermüller schnell und legte auf, denn er wollte den Jungen nicht mit seinen unbewiesenen Mutmaßungen beunruhigen. Er wählte die Nummer der Kundin in Bliestorf, die sofort am Apparat war.

»Ich versteh nicht, wo Frau Derin bleibt! Dabei hat sie doch vorhin angerufen und gesagt, in zehn Minuten ist sie hier!«, jammerte Frau Trede.

»Und wie lange ist das her?«

»Schon mehr als eine halbe Stunde«, beschwerte sich die Kundin in vorwurfsvollem Tonfall. »Um halb acht kommen meine Gäste und das Büffet ist noch nicht da. Was soll ich denn bloß machen?«

Der Kommissar bedankte sich für die Auskunft, konnte Frau Trede aber auch keinen Rat geben.

»Bist du noch da, Claus?«, rief er über die Schulter durch die offen stehende Bürotür in den Flur. Sogleich erschien Jansen wieder im Büro. Er machte ein verwundertes Gesicht.

»Ja. Warum?«

»Ich vermute, dass da jemand leichtsinnigerweise im Alleingang versucht, unseren Rosenmörder zu jagen und jetzt in einer bedrohlichen Situation gelandet ist. Wenn ich mich irren sollte, dann tut's mir leid, dich von deinem Grillabend abzuhalten.«

»Ist doch kein Problem«, grinste Jansen bei diesen Worten. Sie holten ihre Dienstwaffen aus dem Schrank.

»Die Details erzähl ich dir auf dem Weg.«

Angermüller hatte das Gefühl, seinem Kollegen mit diesem Einsatz nach Feierabend einen echten Dienst zu erweisen. Mit zufriedener Miene unterrichtete Jansen umgehend seine Freundin per SMS, dass er dienstlich verhindert sei und es spät werden könnte.

»Damit muss man eben immer rechnen bei unserem Job, oder? Und wenn Vanessa damit ein Problem hat ...«, meinte er achselzuckend und steckte sein Handy weg. Sie nahmen den Fahrstuhl und eilten dann zum als ›Käfig‹ bezeichneten Mittelgeschoss des Parkhauses, wo die Dienstwagen bereitstanden. Voller Tatendrang sprang Jansen in den Passat. Kaum hatte Angermüller die Beifahrertür geschlossen, lenkte er auch schon rasant in Richtung Ausfahrt. Bald ließen sie Lübeck auf der Kronsforder Allee in Richtung Südwesten hinter sich.

»Und du glaubst also, deine Nachbarin könnte dem Typen auf die Spur gekommen sein, weil sie nach ihrer Mitarbeiterin sucht, die wiederum nach dieser Selma gesucht hat, die vor einem Jahr verschwunden ist«, rekapitulierte Jansen, was ihm sein Kollege soeben berichtet hatte. »Na ja«, machte er dann auf seine unnachahmlich skeptische Art. »Wie soll sie denn darauf gekommen sein?«

»Ich hab dir ja gesagt, das ist nur eine Vermutung, so ein Bauchgefühl.«

»Bist ja für bekannt«, meinte Jansen und klopfte seinem Beifahrer mit der flachen Hand auf den leicht gewölbten Bauch. Angermüller achtete gar nicht darauf.

»Aber ich denke, ich liege nicht falsch. Derya weiß, genau wie wir, dass die beiden toten Mädchen in der Beratungsstelle waren. Vielleicht ist auch sie inzwischen drauf gekommen, dass Selma Altül dort gewesen ist und dass Gül das gewusst hat. Und dann hat sie irgendeinen Zusammenhang früher als wir herausgefunden.«

»Tscha, kann sein, kann aber auch nich sein«, meinte Jansen gleichmütig und fragte dann neugierig: »Sach ma, diese Derya, ist das eigentlich 'ne Bekannte von dir?«

»Ach, Derya ist eine Nachbarin von Steffen. Und wo ich jetzt da wohne, hab ich sie halt kennengelernt.«

»Ah ja.«

»Aber als ich vorhin gehört habe, dass Gül von jemandem mit einem Auto abgeholt wurde, auf dem eine Rose aufgemalt ist, das hat mich schon hellhörig gemacht«, argumentierte Angermüller weiter. »Und geklingelt hat's dann bei mir, als dieser Anruf von Derya kam, oder besser der Versuch, mich anzurufen. Das ist doch wirklich eigenartig, oder? Außerdem ist sie auch bei ihrer Kundin nicht zur angekündigten Zeit aufgetaucht. Jetzt probier ich immer wieder, sie zu erreichen, aber ihr Handy ist ausgeschaltet.«

»Ist schon komisch, ja.«

»Jetzt fahr bitte nicht so wie der Teufel«, mahnte Angermüller. »Ich versuch nämlich nebenbei nach Deryas Wagen zu schauen.«

Sie gelangten nach Bliestorf und erreichten das schmucke Haus von Frau Trede, ohne dem fröhlich-roten Lieferwagen von ›Deryas Köstlichkeiten‹ irgendwo begegnet zu sein.

»Nein, Frau Derin ist hier leider immer noch nicht aufgetaucht«, gab eine völlig aufgelöste Frau Trede Auskunft. »Und nun braucht sie auch bald nicht mehr kommen«, setzte sie verärgert hinzu und deutete zum Gartentor. »Da, sehen Sie! Meine ersten Gäste. Was soll ich denn jetzt machen?«

»Wir können Ihnen da leider nicht helfen. Wir wissen auch nicht, was Frau Derin dazwischengekommen ist.«

»Meinen Sie denn, ihr ist vielleicht was passiert?«, fragte Deryas Kundin nun doch ein wenig verunsichert.

»Wir hoffen nicht. Aber ich verspreche, ich gebe Ihnen Bescheid, wenn wir Genaueres wissen«, sagte Angermüller großzügig, denn die Frau tat ihm leid. Er wollte sie, als Deryas Kundin, nicht noch mehr verärgern. »Vielleicht geben Sie Ihren Gästen einfach erst mal was zu trinken.«

Mit diesem klugen Ratschlag ließen sie die verzweifelte Gastgeberin zurück und stiegen wieder in ihren Dienstwagen. An Gesprächsstoff würde es der Festgesellschaft heute Abend jedenfalls nicht mangeln.

»Also Claus, sofern du dazu in der Lage bist, würde ich vorschlagen, wir fahren jetzt ganz langsam die Strecke in Richtung Lübeck ab.«

»Es wird mir schwerfallen, aber ich werde mein Bestes geben. Und wenn wir die Frau und ihr Auto nicht finden?«

Über diese Möglichkeit schien Angermüller gar nicht erst nachdenken zu wollen und schüttelte unwillig den Kopf. »Jetzt lass uns erst mal fahren.«

In gemächlichem Tempo verließen sie das Dorf. Auf der rechten Seite reihten sich Wiesen und Felder, gegenüber begrenzte der Forst Bliestorf die Straße. Vor ihnen bog ein ausladendes landwirtschaftliches Fahrzeug von einem Feldweg auf die Hauptstraße.

»Oh Mann, auch noch son Maidöscher.«

Mit einem Seufzer blieb Jansen hinter dem Trecker und seinem Anhang, der sich nicht schneller als mit 20 Kilometern die Stunde vorwärts bewegte. Angermüller suchte konzentriert mit den Augen jede Einmündung, jeden Parkplatz ab. In Ruhe und Beschaulichkeit glänzte die Landschaft in der Abendsonne, nur ganz vereinzelt kam ihnen ein Auto entgegen. Der Bauer vor ihnen verließ mit seinem Riesengefährt die Hauptstraße auf einem Weg, der nach rechts zu einem Gehöft abzweigte.

»So ein Mist, dass ihr Handy ausgeschaltet ist. Sonst hätten wir es wenigstens darüber mit einer Ortung versuchen können«, schimpfte Angermüller.

»Ob das hier auf dem Lande bei der Größe der Zellen was genutzt hätte, weiß man auch nicht. Die Funkzellen sind hier manchmal mehrere Quadratkilometer groß, und ...«, Jansen unterbrach sich plötzlich. »Hast du da drüben das Schild gesehen?«

Wieder einmal staunte Angermüller, wie sein Kollege sich zuweilen auf mehrere Dinge gleichzeitig konzentrieren konnte. Bevor er nachfragen konnte, was Jansen meinte, war der, so schnell wie nur ein geübter Rallyefahrer das beherrschte, auf die Bremse getreten und änderte mit einigen kurzen Vor- und Zurückstößen die Fahrtrichtung um 180 Grad. Angermüller, der schon bei wesentlich höheren Geschwindigkeiten diese plötzlichen Manöver hatte aushalten müssen, unterdrückte einen Kommentar.

»Na, hab ich doch richtig gesehen. Und, ist das interessant?«, meinte Jansen und hielt an der Einmündung eines Schotterweges in den Wald. Er deutete auf das ziemlich ramponierte Schild, das am Pfahl eines Verkehrszeichens lehnte. »Hier Weihnachtsbaumverkauf – Dezember Sa–So, 8–16 Uhr – Baum- und Rosenschule Möller – 500 Meter«, las Angermüller. Es dauerte einen Moment, bis er wusste, woher es ihm bekannt vorkam.

»Weihnachtsbäume. Das ist interessant, da hast du recht!«

»Allerdings. Ab in die Pampa«, antwortete Jansen unternehmungslustig. Der Passat rumpelte in den Wald hinein. Angermüller versuchte, die Umgebung zu beobachten und gleichzeitig den Kilometerzähler im Auge zu behalten. Sie folgten dem Forstweg, der sie immer tiefer zwischen die dicht an dicht stehenden Bäume führte, bis Angermüller irgendwann feststellte: »Wir sind jetzt schon 800 Meter weit gefahren. Ich glaube nicht, dass wir hier noch richtig sind. Das muss irgendwo abgegangen sein.«

»Meinst du? Ein ganzes Stück zurück, da war vorhin links

so ein kleiner Weg, aber den hab ich gar nicht ernst genommen.«

»Lass uns umdrehen.«

Geschickt wendete Jansen auf der engen Schneise und fuhr langsam den Schotterweg wieder zurück. »Hier ist es«, sagte er plötzlich, nachdem sie ein ganzes Stück weit gekommen waren, und hielt den Wagen an. Sie schauten aus den offenen Seitenfenstern in die schmale Öffnung zwischen den Bäumen. »Als alter Indianer würde ich sagen, hier ist vor Kurzem der Weiße Mann mit seinem Blechross entlang geritten.«

Deutlich waren die von Reifenprofilen frisch aufgerissene Spur im feuchten Untergrund und das niedergedrückte Gras dazwischen zu erkennen. Sie bogen in den engen, von Grün überwucherten Pfad ein. Ganz behutsam lenkte Jansen den Wagen über den unebenen Boden. Sie sprachen nichts mehr. Konzentriert waren ihre Augen auf den Verlauf der Strecke vor ihnen gerichtet. War es die ganze Zeit geradeaus gegangen, änderte der Weg auf einmal seinen Verlauf und machte einen weiten Bogen nach rechts. Der Wald wurde lichter. Sie entdeckten beide gleichzeitig den roten Lieferwagen, der vielleicht 20 Meter vor ihnen abgestellt war. Sofort setzte Jansen ein paar Meter zurück und stellte den Motor ab. Für ihr weiteres Vorgehen war keine große Absprache nötig.

Die Kommissare näherten sich vorsichtig Deryas Wagen und fanden ihn leer. Der Schlüssel steckte noch. Inzwischen hatten sie auch das umzäunte Gelände auf der Lichtung ausgemacht, wo hinter dem Zaun der weiße Kastenwagen parkte. Die letzten Sonnenstrahlen tauchten die mit hohem Gras und vereinzelten jungen Tannen bewachsene Fläche in ein goldenes Licht. Das Holzhäuschen mit der kleinen Bank davor hatte etwas Romantisches. Ein leichter Wind rauschte durch die Baumwipfel, ein Raubvogel ließ seinen fremdartigen Ruf ertönen und auf der Bank saß eine Frau. Abendfrieden.

Unschwer hatte Angermüller an den karottenroten Haaren erkannt, wer dort saß. Ihre Waffen im Anschlag und nach allen Seiten sichernd, näherten sich die Beamten der Einfriedung und duckten sich unwillkürlich hinter dem weißen Kastenwagen, den sie jetzt erreicht hatten, als ein Mann aus der Tür der Hütte nach draußen trat. Angermüller hielt verblüfft die Luft an, als er sah, wer da auf der Bank neben Derya Platz nahm und ihr einen Trinkbecher darbot.

Ein paar Wortfetzen schallten zu ihnen herüber. Erst jetzt nahmen sie wahr, dass Derya die Hände auf den Rücken gebunden waren und ein Strick um ihre Fußgelenke sie am Weglaufen hinderte. Der Mann legte seinen Arm um Deryas Schulter und redete auf sie ein. Sie schüttelte den Kopf. Da hielt er ihn mit einer Hand fest und versuchte mit der anderen, ihr die Flüssigkeit aus dem Becher gewaltsam einzuflößen. Angermüller und Jansen sahen sich an. Sie mussten handeln. Geduckt rannten sie auf das Gelände, einer auf die rechte, der andere auf die linke Seite, und suchten Schutz hinter Tannen und Gebüsch. Das war so blitzschnell gegangen, dass der Mann nichts bemerkt hatte. Außerdem war er zu sehr damit beschäftigt, Derya zum Trinken zu zwingen. Die würgte, spuckte und jammerte.

Jetzt waren sie nahe genug.

»Polizei!«, rief Angermüller und hielt ebenso wie Jansen seine Dienstpistole auf den Mann gerichtet. »Stehen Sie langsam auf und nehmen Sie die Hände hinter den Kopf!«

Erstaunt drehte der Mann seinen Blick in ihre Richtung, stellte den Becher auf der Bank ab und tat, wie ihm geheißen. Die Beamten richteten sich zu voller Größe auf und begannen langsam mit erhobenen Waffen auf ihn zuzugehen. So schnell, dass sie es erst realisierten, als es zu spät war, drehte er sich plötzlich auf dem Absatz um und verschwand durch die direkt neben ihm liegende Tür in der Hütte. Einen Moment später zerriss ein Schuss die Stille des Waldes. Derya, die nur noch wie gelähmt dagesessen hatte, seitdem Angermüller und Jansen so plötzlich vor ihr aufgetaucht waren, stieß einen lauten Entsetzensschrei aus.

In großen Sprüngen setzten die Polizisten zu dem Holzhäuschen und drückten sich, Deckung suchend, rechts und links der Tür mit dem Rücken gegen die Wand. Als Erster glitt Jansen mit gezückter Waffe hinein, Angermüller folgte. Ihnen bot sich ein gespenstischer Anblick. Überall brannten Kerzen, der Boden war über und über mit Rosenblättern bedeckt. Auf einer Art Tisch lag ein Mensch. Es dauerte ein paar Sekunden, bis sie im Halbdunkel des flackernden Kerzenscheins Einzelheiten erkennen konnten. Eine Frau lag da, bis zum Hals mit einem weißen Tuch bedeckt und ebenfalls von Rosenblättern und -blüten überhäuft. Auf dem Boden lag ein Mann, neben ihm ein Jagdgewehr. Von seinem Kopf war nicht mehr viel übrig und es war klar, dass er nicht mehr am Leben war.

Angermüller trat neben die aufgebahrte Frau und suchte nach ihrem Puls.

»Sie lebt«, stellte er erleichtert fest. »Veranlasst du bitte alles Notwendige? Ich muss mich um Derya kümmern«, bat er seinen Kollegen. Jansen nickte und zückte sogleich sein Handy.

Leichenblass und mit schreckgeweiteten Augen sah Derya ihn an, als Angermüller zu ihr nach draußen kam. Er holte sein Taschenmesser heraus und zerschnitt die Stricke, die sie um Arme und Beine fesselten. Sie ließ es teilnahmslos geschehen. Dann setzte er sich neben sie, legte einen Arm um sie und streichelte ihr beruhigend über die Hände.

»Alles in Ordnung, Frau Nachbarin?«, fragte er sie mitfühlend. Als hätte jemand die Schleusentore geöffnet, begann Derya hemmungslos zu schluchzen und klammerte sich Halt suchend an Angermüller.

»Ist ja gut«, murmelte der und strich ihr sanft über den Rücken. Es dauerte eine ganze Weile, bis Derya wieder etwas ruhiger wurde. Sie löste sich aus der Umarmung und setzte sich auf.

»Was ist mit Gül?«

Immer noch unter Tränen stellte sie diese Frage.

»Sie lebt. Der Arzt ist schon unterwegs.«

»Und was ist mit ihm?«, flüsterte sie dann. Das Entsetzen über das soeben Erlebte stand ihr ins Gesicht geschrieben. Angermüller sah sie ernst an und schüttelte nur kurz seinen Kopf. Da schlug Derya die Hände vor die Augen und begann wieder leise zu weinen. Erneut versuchte er, sie zu trösten und zu beruhigen, was ihm nur in Maßen gelang.

»Sei ganz ruhig. Wir sind ja hier, wir sind bei dir. Es kann dir nichts mehr passieren.«

Doch er ahnte, dass es weniger Angst als der Schock war, der Derya in den Gliedern saß. Ihre Zeugenvernehmung würde man nachholen müssen. Glücklicherweise dauerte es nicht mehr lange, bis der Notarzt eintraf und man sich sogleich um sie kümmerte. Da sie auf keinen Fall ins Krankenhaus, sondern lieber nach Hause wollte, bekam sie nur eine beruhigende Spritze. Ein Streifenwagen brachte sie zurück nach Lübeck. Angermüller versprach Derya, sich um ihren Wagen zu kümmern. Ihm fiel Frau Trede ein. Die hatte zum Glück noch keine Lösung für ihr ausgebliebenes Büffet gefunden und war überglücklich, als Angermüller ihr telefonisch die Lieferung in einer halben Stunde ankündigte. Er wusste zwar, das würde Ärger geben, aber er nahm es auf seine Kappe, einfach zwei Kollegen von der Streife mit diesem ungewöhnlichen Auftrag nach Bliestorf zu schicken.

Inzwischen wimmelte es von Fahrzeugen und Menschen auf der Lichtung. Das Gelände war sofort weiträumig abgesperrt worden. Auch ein Vertreter der Staatsanwaltschaft war erschienen, um sich vor Ort ein Bild von den Geschehnissen zu machen. Gül wurde auf allerschnellstem Wege ins Krankenhaus gebracht, wo ihr umgehend der Magen ausgepumpt werden sollte, nachdem man in der Hütte auf diverse Packungen schwerster Morphinpräparate und Opioide wie MST, Dicodid und Dolantin gestoßen war.

Die Kriminaltechnik sicherte die zahlreichen Spuren in dem kleinen Innenraum, wobei Ameise es nicht unterlassen konnte, sich mehrfach über die ekelhafte Sauerei zu beschweren, die der Täter mit seiner Selbsttötung mittels Schuss durch das Kinn in den Kopf verursacht hatte. Bis Frau Dr. Ruckdäschl ihn nachdrücklich zur Ordnung rief und anmahnte, er solle sich gefälligst wie ein Profi benehmen.

Angermüller und Jansen hatten sich inzwischen außerhalb des Häuschens umgesehen. Der umgebende Zaun war an vielen Stellen schadhaft und das Holzgatter vor der Einfahrt gebrochen. Das ganze Gelände machte einen ziemlich verwilderten Eindruck, und es schien, als ob es schon seit einigen Jahren nicht mehr von der Baumschule genutzt wurde. Auf einmal stieg Angermüller der betörende Duft in die Nase, den er inzwischen unter hundert anderen Düften sofort wiedererkennen konnte. An die Rückwand der Hütte lehnte sich, schwer an ihren vielen zartrosa Blüten tragend, eine Rosa alba der Sorte Félicité Parmentier.

KAPITEL XII

Der Kriminalhauptkommissar fühlte sich hellwach, als er kurz nach Mitternacht Deryas Wagen in der kleinen Straße hinter dem Burgfeld abstellte. Obwohl es eine ziemlich kühle Nacht war, setzte er sich mit dem restlichen Barolo aus der Flasche, die er tags zuvor geöffnet hatte, draußen auf die Terrasse. Der Himmel war klar. Je länger er im Dunkel saß, desto mehr Sterne konnte er mit bloßem Auge erkennen. Doch es fiel ihm schwer, sich den Tiefen der besternten Unendlichkeit zu überlassen. Zu sehr aufgewühlt war sein Inneres von den Ereignissen der letzten Stunden.

Die Bilder in seinem Kopf jagten sich. Die Lichtung im Wald, Derya gefesselt vor der Hütte, die aufgebahrte Gül zwischen all den Kerzen und Blüten und der Mann, dessen Werk das alles war, der mit zerfetztem Schädel daneben lag. Das Rätsel um dessen Persönlichkeit, um seine Motive, ließ Angermüller keine Ruhe. Schließlich hatte er den Mörder, der sich nun selbst gerichtet hatte, persönlich gekannt, nicht gut, aber immerhin hatte er einmal mit ihm bei Tisch gesessen. Unvorstellbar wäre ihm in diesem Moment ein Zusammenhang zwischen den toten Mädchen und diesem Menschen erschienen. Diese Erkenntnis hinterließ beim Kommissar ein ungutes Gefühl. Da war er wieder, der schmale Grat, auf dem sich Gut und Böse entschied. Gut und Böse? Davon konnte man in diesem Fall eigentlich gar nicht sprechen. Eher ging es um Licht oder Finsternis in einer gequälten Seele.

Dann tauchte vor seinem inneren Auge die üppig blühende Rosa alba auf, die sie hinter der Hütte gefunden hatten. Schon vermeinte er, wieder ihren einzigartigen Duft wahrzunehmen.

Die Vermutung, dass sich zu Füßen der Rose ein weiteres Grab verbarg, hatte sich binnen Kurzem bestätigt. Frau Dr. Ruckdäschl wollte sich gleich am Vormittag um den Zahnstatus bemühen. Dann würden sie wissen, ob sie tatsächlich auf die sterblichen Überreste von Selma Altül gestoßen waren. Aber Angermüller war sich dessen jetzt schon sicher. In der Hütte hatten sie einige Aufzeichnungen gefunden, eine Art Tagebücher, mit einem ziemlich deutlichen Hinweis auf die Tote hinter dem Häuschen. Bei dem Gedanken an Selmas Vater lief dem Kommissar ein unangenehmer Schauer über den Rücken. Noch vor einigen Stunden, bei ihrem Besuch am Nachmittag, hatte sich der Mann an die Hoffnung geklammert, dass seine Tochter am Leben sei. So schrecklich die Gewissheit über Selmas Schicksal auch war, vielleicht verschaffte ja die Möglichkeit zu trauern seiner Seele wieder mehr Ruhe.

Langsam spülte Angermüller den letzten Schluck Wein durch seinen Mund, während seine Erinnerung bei den vergangenen Stunden verweilte. Deryas Alleingang hätte sehr böse enden können, aber immerhin hatte sie wahrscheinlich dadurch Gül das Leben gerettet. Der Notarzt meinte, sie könnten frühestens am Montag mit der jungen Frau reden. Gül war eine wichtige Zeugin. Sie war wahrscheinlich die Einzige, die noch mehr Licht ins Dunkel der Beziehungen des Täters zu seinen Opfern bringen konnte.

Am Montag würden sie auch Deryas Vernehmung durchführen. Angermüller hoffte, dass seine Nachbarin ohne nachhaltiges Trauma aus diesem Erlebnis hervorgehen würde. Schließlich war ihr Leben bedroht worden, von einem Menschen, den sie kannte, den sie sogar für einen Freund hielt. Und außerdem hatte dieser Mensch mindestens drei junge Frauen auf dem Gewissen. Jäh zu erkennen, dass sich hinter der Person, die sie mochte und der sie vertraute, so viel Schreckliches, Bedrohliches verborgen hatte, und dies zu verkraften, war sicher nicht einfach.

Endlich spürte Angermüller eine gewisse Schwere in seinem Körper. Gähnend verließ er die Terrasse und lag bald darauf in seinem Gästezimmer in einem unruhigen Schlaf.

Der Kriminaldirektor hatte es vorgezogen, am gestrigen Abend nicht mehr zum Tatort zu fahren, aber hartnäckig, wie er bei diesem Thema war, hatte er die Staatsanwaltschaft von der Notwendigkeit einer Pressekonferenz überzeugt. Seit den Veröffentlichungen am Tag zuvor, unter dem Tenor Rosenmörder, Rosenmädchen, Rosenmorde, und was man sich sonst noch an Kombinationen ausdachte, war das Medieninteresse bis zu den überregionalen Zeitungen und Sendern angewachsen. Schon lange nicht mehr war eine Pressekonferenz in der Lübecker Bezirkskriminalinspektion derart gut besucht, dass der dafür vorgesehene Raum aus allen Nähten platzte.

Auch Angermüller durfte am Sonnabendvormittag mit den anderen vor den Mikrofonen sitzen, da der Kriminaldirektor zwar der kommissarische Leiter der Mordkommission, Angermüller aber der Ausführende vor Ort war. Obwohl die Auswertung ihrer Funde und Ermittlungen noch lange nicht abgeschlossen war, konnten sie die meisten Fragen der Journalisten zufriedenstellend beantworten, sie konnten einen Täter vorweisen, sie hatten zwei Menschenleben gerettet, sie waren Helden. Die Presse würde nur Gutes über die Lübecker Kripo zu berichten wissen. Harald Appels war hoch zufrieden.

Angermüller hatte es trotzdem eilig, hier wegzukommen. Es gab Wichtigeres für ihn zu tun. Er hatte noch einiges zu erledigen, denn er wollte sich um jemanden kümmern.

»Georg, du?«, begrüßte Derya überrascht ihren Nachbarn, als er am frühen Nachmittag vor ihrer Tür stand. Sie war in einen Morgenmantel gehüllt und hatte um ihren Kopf ein Handtuch wie einen Turban geschlungen. Angermüller erschien sie viel kleiner, als er in Erinnerung hatte.

»Ich dachte, vielleicht hast du ja Lust auf ein spätes kleines Mittagessen? Du musst sagen, wenn du lieber deine Ruhe haben willst. Ich würde es verstehen, wäre aber schade um die schönen Sachen.« Er hob den Korb hoch, den er in der Hand hielt und aus dem ein Baguette und ein Strauß Pfingstrosen ragten.

»Ach so, ja, hier«, er überreichte ihr die Blumen. »Die sind auf jeden Fall für dich, auch wenn du mich wieder wegschickst. Hast du denn schon gegessen?«

»Nein. Und ich freu mich, dass du da bist. Vielen Dank für die Blumen. Komm doch rein. Ich muss nur noch meine Haare trocknen.«

Georg ging mit seinem Korb in die Küche, sah den Tisch und die Stühle in dem kleinen Garten davor und beschloss, dass sich düstere Gedanken im hellen Sonnenschein bestimmt am besten vertreiben ließen. Ihn hatte weniger der Wunsch nach einem gemeinsamen Mittagessen als die Frage nach Deryas Gemütslage hier herüber gebracht. Vielleicht wollte er auch wieder gutmachen, dass er nicht früher auf Deryas Ängste um ihre Mitarbeiterin eingegangen war. Im Nachhinein fühlte er sich nicht ganz unschuldig an der tödlichen Gefahr, der Derya sich ausgesetzt hatte. Geschäftig begann er den Tisch zu decken und seine mitgebrachten Delikatessen darauf zu verteilen.

»Oh, das sieht ja schön aus«, freute sich Derya, als sie in einem geblümten Sommerkleid zu ihm hinaus kam. »Und es gibt Spargel!«

»Ich habe gedacht, ich muss mich ein wenig um dich kümmern, nachdem, was gestern ...«, er unterbrach sich. »Auf jeden Fall heißt es ja, Essen und Trinken hält Leib und Seele zusammen, und ich dachte mir, damit können wir schon mal anfangen.«

»Da hast du wohl recht. Das ist wirklich lieb von dir.«

Georg hatte zum lauwarmen Spargel alle möglichen Köstlichkeiten aufgetischt: einen zarten Eiersalat, kräftigen Katenschinken, feine Räucherforelle und Avocado-Zitronen-Creme. Außerdem sollte es danach noch etwas Käse und Erdbeeren geben, und ein Stückchen von seiner herrlich saftigen Schokoladentorte. Derya kostete von allem ein wenig, war begeistert von Georgs Avocado-Creme und dem Eiersalat, aber es war ihr anzumerken, dass sie nicht wirklich Hunger hatte.

»Sag mal, irgendwas ist anders an dir!«, stellte Georg auf einmal fest und sah Derya kritisch an, die sich gerade ein kleines Stück Spargel, umhüllt mit Schinken, in den Mund geschoben hatte. Fast hätte sie sich verschluckt, denn sie musste plötzlich laut loslachen. Das kann sie also schon wieder, dachte Georg erleichtert.

»Ach Georg, du bist unglaublich!«, sie deutete auf ihren Kopf. »Hier. Meine Haare.« In einem dunklen, warmen Braunton, mit einem Hauch ins Rötliche, glänzten Deryas Locken in der Sonne. »Letztes Mal mit Kupfer ist's ja schiefgegangen. Aber ich färb mir öfter die Haare, vor allem wenn ich das Gefühl habe, ich brauch in meinem Leben eine Veränderung. Dann fange ich einfach bei den Haaren an. Vielleicht hilft's ja auch dieses Mal. Zumindest hat's mit Kastanienrot geklappt.«

»Es sieht auf jeden Fall gut aus«, lächelte Georg. »Wie geht es dir denn heute?«

Derya machte eine unschlüssige Bewegung. »Ehrlich gesagt, ich weiß es noch nicht. Als ich gestern nach Hause kam, hab ich mich sofort hingelegt. Und nach dieser Spritze habe ich geschlafen wie ein Stein. Ich habe überhaupt nicht mitbekommen, wann Koray nach Hause kam, und kann mich auch nicht erinnern, geträumt zu haben«, sie sah Georg an.

»Ich weiß es nicht. Ich glaube, ich habe noch gar nicht richtig begriffen, was geschehen ist.«

»Ich glaube, das ist normal. Wahrscheinlich wirst du noch eine Weile brauchen, das für dich zu verarbeiten.«

Gedankenverloren nickte Derya bei diesen Worten.

»Ihr habt sicher gestern mit Friede gesprochen«, fragte sie leise. »Wie hat sie es aufgenommen?«

Georg seufzte. »Erstaunlich gefasst, wie man so schön sagt. Ruben war auch da und hat ihr beigestanden.«

Friede und Ruben saßen bei Kerzenschein ins Gespräch vertieft an einem Tisch im Garten hinter dem Haus, als Angermüller und Jansen auf dem Bartels-Hof auftauchten.

»Hallo, Georg, je später der Abend«, hatte Friede ihn erfreut, aber leicht erstaunt begrüßt. »Dürfen wir euch ein Glas Wein anbieten?«

»Vielen Dank, Friede«, antwortete Angermüller und fühlte sich ausgesprochen unwohl. »Das ist mein Kollege, Kommissar Jansen. Wir sind dienstlich hier und haben keine guten Nachrichten. Es geht um Ronald.«

»Was ist passiert?« Ihre Stimme bebte bei dieser Frage.

»Können wir vielleicht hineingehen?«, fragte Jansen.

Im Schein der Lampe über dem Küchentisch hatte Angermüller dann gesehen, wie blass Friede unter ihren weißblonden Locken plötzlich aussah. Aber sie saß völlig aufrecht auf der Bank und folgte ruhig und aufmerksam Angermüllers Ausführungen, stellte sogar manchmal ganz sachlich eine Zwischenfrage. Ab und zu griff sie nach der Hand ihres Sohnes, der neben ihr Platz genommen hatte und dessen Gesicht eher stummes Entsetzen ausdrückte.

Friede hatte ausgesagt, dass Ronald schon immer unter starken Depressionen litt. Deswegen war er damals auch aus dem Schuldienst ausgeschieden. »Ich habe mich schon vor sehr langer Zeit von ihm trennen wollen. Aber mir war klar, das überlebt er nicht. Einerseits war ich zu stark für ihn, andererseits brauchte er mich.« Auch diese Feststellungen hatte sie so nüchtern getroffen wie ein Forscher, der über seine Probanden spricht. »Also bin ich bei ihm geblieben, anfangs auch wegen der Kinder. Unser Zusammenleben war klar geregelt. Ich führte mein Leben, wie ich es wollte, Ronald akzeptierte alle Bedingungen, Hauptsache, er konnte bleiben. Leider ist es nicht besser geworden mit ihm. In den letzten Jahren kam dann auch noch eine schwere Medikamentenabhängigkeit bei ihm dazu.«

Derya schüttelte den Kopf, als Georg ihr das erzählte, und sah ihn ungläubig an. »Aber wie konnte er nur so was Schreckliches tun?«

»Er war krank. Ronald war psychisch krank. Und die Medikamente haben seine ohnehin vorhandenen Wahnvorstellungen wohl noch befördert.«

»Aber davon habe ich nie etwas bemerkt. Ich verstehe das nicht«, sagte Derya ungläubig und traurig zugleich. »Die arme Friede.«

Angermüller nickte. Er sagte ihr nicht, dass er dachte, dass Friede etwas geahnt haben musste. Sie war Psychologin, sie wusste über Ronalds Probleme Bescheid. Sie hatte ihn des Öfteren im Krisenzentrum aushelfen lassen, dies ihnen gegenüber aber nicht erwähnt. Ob bewusst oder unbewusst, darüber war Georg sich nicht sicher. Dass auch niemand anders ihnen darüber berichtet hatte, lag einfach daran, dass Ronald nicht zu den offiziellen Helfern zählte, als Friedes Mann quasi zur Familie gehörte und völlig vertrauenswürdig erschien.

Ganz bestimmt aber musste Friede bemerkt haben, dass ihr Mann sich heimlich selbst Rezepte in ihrer Praxis ausschrieb für die Medikamentencocktails, mit denen er die jungen Frauen in den Tod beförderte. Vielleicht nahm sie ja an, er brauchte die Drogen alle für sich selbst, obwohl er mit diesen Mengen Pferde hätte einschläfern können. Aber selbst wenn sie etwas geahnt hatte – wahrscheinlich hatte sie aus Angst vor der Wahrheit die Augen lieber fest verschlossen.

Angermüller und seine Kollegen hatten gestern Nacht auch noch die Verbindungen zu den Grundstücken in Neustadt und Eutin offen gelegt. Von Friede erfuhren sie, dass Ronald diesen Dr. Brecht von einem Krankenhaushilfsprojekt für Kalkutta kannte. So wusste er bestens Bescheid über das große Grundstück am Binnenwasser und die langen Abwesenheiten des Dr. Brecht. Und mit dem Wagen der Baumschule, den sich Ronald regelmäßig bei seinem Sohn auslieh, fiel er nirgendwo als unbefugter Besucher auf. Von Ruben erfuhren sie, dass er schon seit Jahren von seinem Chef den Lieferwagen dauerhaft für private Nutzung gestellt bekam und ihn sich quasi mit seinem Vater teilte.

Da Ronald den Nachnamen von Friede als Ehenamen angenommen hatte, war auch niemand darauf gekommen, dass er mit einer Anni Nickel verwandt sein könnte. Ronalds alte Mutter war nämlich die einzige noch lebende Schwester der verstorbenen Hausbesitzerin in Eutin und ihr Name fand sich unter den Mitgliedern der Erbengemeinschaft.

»Hallo!« In einem überdimensionalen roten T-Shirt mit dem Mondstern der türkischen Flagge und in Boxer-Shorts stand Koray in der Tür, offensichtlich gerade erst aufgestanden. »Mama, sag mal, was war gestern eigentlich los? Deine Kundin hat hier angerufen, Georg hat ein paar Mal angerufen und du warst irgendwie verschollen. Und als ich nach Hause kam, warst du überhaupt nicht wach zu kriegen.«

Offensichtlich hatte der Junge sich doch Sorgen gemacht. Derya lächelte schwach.

»Das ist eine lange Geschichte.«

Koray schien sofort zu spüren, dass es eine besondere

Bewandtnis haben musste mit dem, was am Vorabend passiert war, denn er gab seiner Mutter einen Kuss auf die Wange und strich ihr zärtlich über die Schulter. Dann ließ er sich auf einem Stuhl neben ihr nieder, schnitt sich ein riesiges Stück Baguette ab und legte dick Käse darauf.

»Erzähl doch mal«, forderte er sie auf, biss in das Weißbrot und sah sie interessiert an. Derya schien kurz zu überlegen und begann dann mit Güls Verschwinden, schilderte ihre Sorgen und ihre Nachforschungen nach der jungen Frau, ihre Begegnung mit Güls Freundinnen und wie sie von dem weißen Lieferwagen erfahren hatte. Irgendwann mischte sich Georg ein und erklärte Koray, warum er ihn angerufen hatte, erzählte, wie sie auf Deryas Spur gekommen waren und dadurch schließlich den sogenannten Rosenmörder gefunden hatten.

»Krass, ey«, sagte Koray nur, als er das Ende gehört hatte, und schüttelte seinen Lockenkopf. Irgendwann hatte ihn die Schilderung der Ereignisse so in Anspruch genommen, dass er vergessen hatte, sein riesiges Käsebaguette weiter zu essen. Auch Koray war anzumerken, wie fassungslos ihn machte, was Ronald, den er seit seiner Kindheit kannte, sich und anderen getan hatte. Doch vor allem schien der Junge jetzt den neuen Nachbarn in einem anderen Licht zu sehen. Er begegnete Georg auf einmal in einer Mischung aus Ehrfurcht und Verwunderung und stellte ihm erstaunlich viele Fragen nach seinem beruflichen Alltag.

»Bulle ist wohl doch gar kein so schlechter Job«, meinte er schließlich nachdenklich und stopfte sich den Rest Baguette in den Mund.

»Ich dachte, du willst Gangsta-Rapper werden?«, fragte Derya ihren Sohn erstaunt. Der zuckte mit den Achseln.

»Mal sehn«, antwortete er kauend und grinste. »Man muss sich ja immer noch ein paar Möglichkeiten offenhalten.«

Koray aß noch mehr Baguette mit Käse, denn Spargel war

ihm wohl doch zu exotisch. Dann machte er sich über ein großes Stück Schokoladentorte her, stopfte noch ein paar Erdbeeren nach, und trollte sich zurück in sein Zimmer. Derya und Georg blieben einfach in der Sonne sitzen und sprachen erst einmal nichts.

»Es hat mir auf jeden Fall gutgetan, über das alles noch einmal zu reden. Vielleicht muss ich es noch ein paar Mal machen, das scheint zu helfen«, meinte Derya nach einer Weile und fuhr fort: »Ach, ich freue mich schon so darauf, wenn ich Gül im Krankenhaus besuchen darf. Das kannst du dir gar nicht vorstellen.«

Georg sah, dass Derya Tränen in den Augen hatte bei diesen Worten. Aber sie lächelte gleichzeitig. Es waren wohl Freudentränen.

»Und weißt du, dass wir genau heute vor einer Woche mit Friede und Ronald zusammengesessen haben?«, fragte sie plötzlich und schaute Georg fassungslos an.

»Ja, das ist verrückt«, nickte der. »Manchmal denke ich auch, im richtigen Leben passieren Geschichten, die kann sich kein Mensch so ausdenken.«

»Wer weiß, wie das alles gekommen wäre, wenn dein Freund Steffen jetzt nicht weggefahren wäre und wenn du nicht hier eingezogen wärst.« Mit wohligem Schaudern schien Derya sich das auszumalen. »Stell dir das doch mal vor: Wir hätten uns bestimmt gar nicht kennengelernt!«

Georg musste lächeln. »Das wäre wirklich schade gewesen!«

Ja, das wäre es, bekräftigte er sich selbst noch einmal in Gedanken. Diese nette, kleine Person, die so mitfühlend und hilfsbereit sein konnte, die so ansteckend lachte, die heulte wie ein Schlosshund, wenn ihr danach war, die vielleicht ein bisschen viel redete, ein bisschen abergläubisch und manchmal ein bisschen verrückt war – er war froh, sie getroffen zu haben. Trotz ihres Hangs zur Schauspielerei hatte sie so gar nichts Unechtes oder Unehrliches an sich.

Ihm ging durch den Kopf, was in den paar Tagen, die er in Steffens Haus verbracht hatte, so alles geschehen war. Und was sich für ihn verändert hatte. Ob der Zeit geschuldet, die er für sich allein zum Nachdenken hatte oder bestimmten Dingen, die passiert waren, er hatte endlich zu mehr Klarheit gefunden. Georg Angermüller stieß einen wohligen Seufzer aus.

»Jetzt lass uns über was Schönes reden«, sagte er zu Derya.

»Worüber denn?«

Er überlegte einen Moment. »Erzähl mir von Istanbul.«

ENDE

ANHANG

SO KOCHT UND ISST DER KOMMISSAR

ZITRONEN-THYMIAN-HUHN

Zutaten für 4 Personen:
1 Freilandhuhn von 1,2–1,5 kg
1 unbehandelte Zitrone, heiß abgespült
einige Zweiglein frischer (oder getrockneter) Thymian
Salz
frisch gemahlener, schwarzer Pfeffer
Olivenöl

Das Huhn unter fließendem kaltem Wasser innen und außen abspülen und mit einem Küchenkrepp abtrocknen. Dann innen salzen, die leicht eingeritzte Zitrone und den Thymian hineingeben und außen mit dem Olivenöl einpinseln, das mit einem knappen TL Salz und einer guten Prise Pfeffer gemischt wurde. Das war schon alles. Geben Sie das Huhn in einen mit kaltem Wasser ausgespülten, offenen Bratentopf und schieben Sie es in den auf ca. 200° vorgeheizten Backofen. Nach ungefähr 30 Minuten hin und wieder mit dem austretenden Bratensaft benetzen. Etwa eine Stunde dauert es und Sie haben ein goldbraunes Zitronen-Thymian-Huhn mit krosser Haut.

Dazu schmeckt ein schön frischer Salat – Kopf- oder anderer Blattsalat, ein Tomatensalat mit Zwiebeln, eigentlich jede knackige, frische Mischung – ein knuspriges Weißbrot und natürlich die selbst gemachte Knoblauchmayonnaise.

AÏOLI – KNOBLAUCHMAYONNAISE AUS SÜDFRANKREICH

Zutaten:
3–6 Knoblauchzehen (je nach Geschmack)
Salz
Zucker
100 ml gutes Olivenöl
2 ganz frische Eigelb, zimmerwarm
1–2 EL Zitronensaft

Die original Aïoli enthält mindestens 6 Knoblauchzehen und ich finde ihr kräftig-scharfes Aroma ganz wunderbar. Aber wem das zu heftig ist, der nimmt einfach weniger von der gesunden Knolle.

Die Knoblauchzehen im Mörser fein zerdrücken oder mit dem Mixstab in einem hohen Gefäß pürieren. Je eine Prise Salz und Zucker sowie nacheinander dann die Eidotter zufügen, und weiter mit dem Mixstab bearbeiten, bis alles eine cremige, lockere Konsistenz hat. Nun unter fortwährendem Rühren tröpfchenweise das Olivenöl zugeben und Sie erhalten eine dicke, durch das Öl leicht grünlich getönte Mayonnaise. Am Schluss vorsichtig mit Zitronensaft abschmecken.

Diese Mayonnaise mundet bestens zu gebratenem Fisch oder Fleisch, zu Meeresfrüchten, zu bissfest gekochten Gemüsen, kalt oder warm, zu hart gekochten Eiern und vielem mehr.

GEORGS UNGLAUBLICH KÖSTLICHER SCHOKOLADENKUCHEN

Zutaten:
4 Eier zimmerwarm, getrennt
Prise Salz
200 g Zucker
200 g gute, sehr dunkle Schokolade
(mind. 70% Kakaoanteil)
200 g Butter
200 g abgezogene, fein gemahlene Mandeln
½ Päckchen Backpulver
Puderzucker

Die Eiweiße mit einer Prise Salz schnittfest schlagen und die Eigelbe mit dem Zucker zu einer schaumigen Creme rühren. Bitterschokolade und Butter bei kleiner Hitze schmelzen, etwas abkühlen lassen und langsam unter die Eigelb-Zuckermischung rühren. Danach behutsam die Mandeln und das Backpulver untermischen und ganz zum Schluss das steif geschlagene Eiweiß vorsichtig unterziehen. In eine gefettete, bemehlte Springtortenform geben und im ca. 160° warmen Ofen (jeder Backofen ist anders…) ungefähr 40 Minuten backen. Nach dem Abkühlen aus der Form auf eine Kuchenplatte gleiten lassen und mit Puderzucker besieben.

Ganz ohne Mehl gebacken, ist dieser dunkle Kuchen sehr saftig und aromatisch und hat fast etwas von einer Praline. Wer mag, kann ihn auch mit etwas Orangenlikör oder Brandy tränken. Das Backwerk hält sich mindestens eine Woche frisch und ist ganz wunderbar als Dessertkuchen geeignet, pur oder in Kombination z.B. mit Sahne und/oder Früchten und/oder Vanilleeis.

SCHWIEGERMUTTER JOHANNAS RHABARBERKUCHEN

Zutaten für den Teig:
200 g Dinkelmehl
100 g kalte Butter
1 Ei
3 EL Zucker
½ – 1 TL Zimt
mind. ½ TL Salz

Zutaten für den Belag:
300 g Rhabarber, gewaschen, geputzt, in 2 cm langen Stückchen
4 Eier, getrennt
Prise Salz
200 g Zucker
1 MSP Vanille
abgeriebene Schale einer unbehandelten Zitrone
100 g Mandelblättchen
Puderzucker

Für den Knetteig das Mehl in eine Schüssel geben und eine Mulde hineindrücken. Das Ei einschlagen, die in Stücke geschnittene Butter, Zucker, Zimt, Salz hinzufügen, und alles schnell zu einem geschmeidigen Teig verkneten. In Folie gewickelt im Kühlschrank eine halbe Stunde ruhen lassen.

Die Eiweiße mit Salz und der Hälfte des Zuckers steif schlagen. Die Eigelbe werden mit dem restlichen Zucker cremig gerührt. Dann fügen Sie die Vanille und die Zitronenschale zu und rühren langsam den Rhabarber und die Mandelblättchen unter. Zum Schluss wird vorsichtig das steif geschlagene Eiweiß untergehoben.

Den Teig in eine gefettete, bemehlte Tarte- oder Springform drücken und dabei einen ca. 2–3 cm hohen Rand formen. Übrigens bin ich inzwischen zum Ausrollen mit dem Nudelholz übergegangen, nachdem ich in eine Backmatte aus Silicon investiert habe. Ich kann diese Methode sehr empfehlen: Der Teig wird so ausgerollt, dass er rundherum etwa 3 cm über den Durchmesser der Backform hinausgeht. Dann einfach unter die Backmatte mit dem ausgerollten Teig fassen und das ganze umgedreht über die Backform legen. Die Backmatte abziehen, den Teig leicht in die Form drücken, auch den Rand, und diesen zum Schluss mit einem Messer begradigen.

Die Füllung auf den Teig geben, glatt streichen und im vorgeheizten Backofen bei ungefähr 140° für ca. 40 Minuten backen. Abkühlen lassen und vor dem Servieren mit Puderzucker besieben. Statt mit Rhabarber ist dieser Kuchen auch mit Johannisbeeren sehr empfehlenswert.

SPARGELZEIT BEI ANGERMÜLLER

Natürlich liebt der Kommissar den Spargel vor allem klassisch, nicht nur weil das relativ schnell und unkompliziert zuzubereiten, sondern auch eine ausgewogene Geschmackskomposition ist: Ein Pfund Spargel pro Person, einen Hauch mehr als bissfest, aber nicht weich gekocht, nur mit flüssiger Butter und neuen Kartoffeln, oder mit rohem oder gekochtem Schinken, vielleicht auch mit mild geräuchertem Lachs, einem kleinen Kalbschnitzel natur oder auf der Haut gebratenem Zander. Und Angermüller kauft selbstverständlich den frischen

Spargel aus der Region, dann, wenn Saison ist, und nicht im Dezember den von Wer-weiß-wo eingeflogenen.

Manchmal lässt er sich das edle Gemüse aber auch auf andere Weise munden.

WARMER ODER KALTER SPARGEL MIT ZWEI VINAIGRETTE-VARIATIONEN

Zutaten als Vorspeise für 4 Personen:
1 kg frischer Spargel, geschält (als Hauptspeise die doppelte Menge nehmen)
Salz
Zucker

Balsamico-Vinaigrette

5 EL milder Balsamico
15 EL gutes Olivenöl
1 TL Honigsenf
Salz
frisch gemahlener, schwarzer Pfeffer

Kräuter-Vinaigrette

2 hart gekochte Eier
5 EL gutes Öl
15 EL milder Weißweinessig
1 TL Dijonsenf (evtl. mit Estragon)
Salz
frisch gemahlener, schwarzer Pfeffer

Zucker oder Ahornsirup

1 Schalotte, fein gehackt
1 EL Kapern, fein gehackt
4 EL Petersilie, fein gehackt
4 EL Schnittlauch, fein geschnitten

Den Spargel in reichlich mild gesalzenem Wasser, dem ein EL Zucker zugefügt wurde, maximal 15 Minuten kochen, sodass er beim Anstechen mit einer Gabel nachgibt, aber nicht weich ist. Abgießen und unter einem sauberen Tuch auf einer angewärmten Platte anrichten, wenn Sie ihn warm genießen wollen.

Für die Balsamico-Vinaigrette einfach alle Zutaten zusammengeben und mit dem Schneebesen gut aufschlagen oder in einem Mixbecher mischen. Über den Spargel verteilen und servieren. Dazu schmeckt knuspriges Weißbrot.

Wenn Sie die Kräuter-Vinaigrette bevorzugen, hacken Sie zunächst die hart gekochten Eier fein, vermischen sie gut mit Essig, Öl, Senf und schmecken mit Salz, Pfeffer und Zucker oder Ahornsirup ab. Zum Schluss mischen Sie Schalotte, Kapern, Petersilie und Schnittlauch darunter.

Auch zum warmen Spargel mit Kräuter-Vinaigrette mundet Baguette, aber als Hauptspeise serviert, passen mindestens ebenso gut neue Kartoffeln.

Übrigens schmeckt Spargel – in diesem Fall bevorzuge ich ihn lauwarm – auch sehr gut zusammen mit der Aïoli am Beginn des Rezeptteils. Dann wiederum am besten mit knusprigem Baguette.

TAGLIATELLE ASPARAGHI AL PANCETTA – BANDNUDELN MIT GRÜNEM SPARGEL UND ITALIENISCHEM BAUCHSPECK (WIE SIE TONI IM »AL GIARDINO« IN KELLENHUSEN SERVIERT)

Zutaten für 4 Personen:
500 g grüner Spargel
60 g Butter
Thymian- oder Rosmarinzweig
150 g Pancetta (Bauchspeck)
4 Eigelb
3 EL geriebener Parmesan
Salz
schwarzer Pfeffer aus der Mühle

500 g frische Tagliatelle

Vom grünen Spargel die trockenen Schnittstellen abschneiden, waschen und anschließend in kochendem Wasser ca. 5–6 Minuten blanchieren. Anschließend in kleine Stücke schneiden, 2–3 cm, und in 30 g Butter zusammen mit dem Thymian-/Rosmarinzweig kurz anbraten. Die Pancetta in feine Streifen schneiden und mit der restlichen Butter kurz in einer zweiten Pfanne anbraten.

Zweig entfernen. In einem Gefäß die Eigelbe mit dem Parmesan gut verrühren.

Die Pancetta in die Pfanne zum Spargel geben. Die Tagliatelle in Salzwasser al dente kochen, abtropfen und mit Spargel und Pancetta vermischen. Dann mit Salz und Pfeffer abschmecken und zum Schluss die Eigelb-Parmesan-Mischung unterziehen. Sofort servieren.

*Und wenn Sie Ihre Nudeln selbst herstellen wollen,
kommt hier*

TONIS TAGLIATELLE-REZEPT

Zutaten:
*300 g italienischer Hartweizengrieß, besonders zur
Nudelherstellung geeignet
1 ganzes Ei
6 Eigelb
1 EL Olivenöl
1 EL Salz*

Mehl in eine Schüssel geben, alle anderen Zutaten hinzufügen und zu einem geschmeidigen Teig verkneten. In Klarsichtfolie eingewickelt ca. 1 Std. ruhen lassen.

Anschließend den Teig auf bemehlter Arbeitsfläche 2–3 mm dünn ausrollen. Von Hand mit einem scharfen Messer Nudeln von beliebiger Breite aus dem Teig schneiden. Einfacher geht es mit einer Nudelmaschine. Den Teig portionsweise durch die Nudelmaschine zu Bandnudeln in gewünschter Breite drehen. Die Nudeln entweder trocknen lassen oder frisch in kochendem Salzwasser al dente kochen. Die Pasta ist fertig, sobald sie an die Oberfläche kommt.

Buon Appetito!

TÜRKISCHE KÖSTLICHKEITEN AUS DERYAS KÜCHE

Die wechselvolle Geschichte des Landes, seine Größe und seine Lage zwischen Orient und Okzident, zwischen Mittelmeer, Kaukasus und Arabien, haben in der Türkei eine bunte, abwechslungsreiche Küche entstehen lassen. Leider wird in Deutschland türkisches Essen oft nur mit Döner – wogegen in guter Qualität ja nichts zu sagen ist – gleichgesetzt. Aber zumindest wer bei uns türkische Märkte oder Supermärkte vor der Tür hat – in Berlin gibt es reichlich davon – der müsste angesichts des riesigen Angebots an Obst und Gemüse, der bunten Palette der Vorspeisentheken und der großen Auswahl an frischem Geflügel-, Lamm-, Rind- und Kalbfleisch und auch Fisch erkennen, dass an türkischen Tafeln noch ganz andere Genüsse serviert werden. Immer wieder kann man auch lesen, dass die türkische Küche der französischen und der chinesischen, die zu den besten der Welt gezählt werden, an Vielfalt und Einzigartigkeit in nichts nachsteht. Vielleicht stimmen Sie dem ja zu, wenn Sie erst einmal einige von Deryas Köstlichkeiten selbst ausprobiert haben. Die folgenden Rezepte sind alle wunderbar für ein Büffet geeignet, aber auch als Vorspeisen, Hauptgerichte oder Beilagen zu empfehlen.

COUSCOUS-SALAT

<u>Zutaten für 6 Personen:</u>
200 g Couscous nach Anleitung gekocht, erkaltet, aufgelockert
1 kleine grüne Paprikaschote von der hellgrünen, zarten Sorte, entkernt, klein gewürfelt
4 Tomaten, enthäutet, entkernt, klein gewürfelt
1 Handvoll schwarze Oliven, in dünne Scheiben geschnitten
4–5 Lauchzwiebeln, in Ringe (½ cm) geschnitten
6 Stängel großblättrige Petersilie
4 EL Olivenöl
1–2 EL Zitronensaft
Salz
Rosenpaprikapulver

Den Couscousgrieß mit Paprika, Tomaten, Oliven, Lauchzwiebeln mischen. Von der Petersilie die Blätter zupfen, nicht ganz fein hacken und ebenfalls dazugeben. Olivenöl mit Zitronensaft und Salz nach Geschmack verrühren. Vorsicht mit dem Zitronensaft, dass es nicht zu sauer wird. Zum Schluss mit einer Prise Rosenpaprikapulver würzen, über den Salat geben und alles vorsichtig vermischen. Auf eine Platte geben, mit ganzen Oliven, Tomatenscheiben und Petersilienblättchen dekorieren und bis zum Servieren kühl stellen – dann schmeckt der Couscous-Salat so richtig erfrischend.

Wer mag, kann auch ein paar Blättchen fein hackte Minze beigeben.

YOĞURTLU PATLICAN KÖZLEME – AUBERGINEN-JOGHURT

Zutaten für 4–6 Personen:
400 g Auberginen
Saft einer halben Zitrone
1 EL Salz
300 g stichfester Joghurt (am besten schmeckt natürlich der türkische mit 10% Fett)
3–5 Zehen Knoblauch, nach Geschmack
Salz
frisch gemahlener schwarzer Pfeffer

Die gewaschenen, abgetrockneten Auberginen im Backofen bei 250° für ca. 30 Minuten auf einem Grillrost garen, ab und zu wenden. Mit einer Gabel einstechen, um zu prüfen, ob sie gar sind. Anschließend ungefähr 10 Minuten abkühlen lassen. Dann die Haut entfernen und das Fruchtfleisch nicht ganz fein im Mörser zerdrücken oder im Mixer pürieren. Gut mit dem Joghurt und dem zerdrückten Knoblauch vermischen und mit Salz und Pfeffer abschmecken. Mit Fladenbrot servieren.

Von diesen Joghurt-Vorspeisen gibt es viele Varianten. Hier noch zwei, die mir meine Freundin Nurşen serviert hat:

YOĞURTLU ISPANAK – SPINAT-JOGHURT-CREME

Zutaten für 4–6 Personen:
300 g junger Spinat (notfalls tiefgekühlter Blattspinat)
1 große Zwiebel
2 EL Olivenöl
1 TL Paprikamark (Biber Salçası gibt es in türkischen Geschäften)
1 TL Tomatenmark
Salz
frisch gemahlener schwarzer Pfeffer
Pul Biber (scharfe türkische Gewürzmischung aus Chili, Paprika und Salz)

4–5 Knoblauchzehen
300 g stichfester Joghurt
Pul Biber und
schwarzer Pfeffer zum Bestreuen

Frischen Spinat putzen, waschen und klein schneiden. Die Zwiebeln würfeln und in einer ausreichend großen Pfanne in Olivenöl anbräunen. Das Paprikamark, das Tomatenmark, je eine Prise Salz, schwarzen Pfeffer und Pul Biber hinzufügen und unter Rühren weitere 2 Minuten schmoren. Nun den Spinat unterrühren, das Ganze bei kleiner Hitze etwa 10 Minuten köcheln und ab und zu umrühren. Abkühlen lassen.

Den zerquetschten Knoblauch mit dem Joghurt mischen, den abgekühlten Spinat unterrühren und gegebenenfalls nochmals mit Salz abschmecken. Zum Servieren in eine Schüssel *oder tiefe Platte füllen und mit wenig schwarzem Pfeffer und Pul Biber bestreuen. Dazu Fladenbrot reichen.*

YOĞURTLU KABAK SALATASI – ZUCCHINI-JOGHURT-VORSPEISE

Zutaten für 4–6 Personen:
2 kleine Zucchini, gewaschen, ungeschält, grob geraffelt
1–2 EL Olivenöl
300 g stichfester Joghurt
4–5 Knoblauchzehen
50 g Walnüsse, im Mörser zerquetscht
½ Bund Dill, fein gehackt
½ TL Pul Biber (scharfe türkische Gewürzmischung aus Chili, Paprika und Salz)

In einer ausreichend großen Pfanne das Öl erhitzen und die Zucchini darin ca. 10 Minuten schmoren. Anschließend abkühlen lassen. In einer Schüssel den Joghurt mit dem zerquetschten Knoblauch, den Walnüssen, den geschmorten Zucchini und dem Dill mischen, gut verrühren und mit Salz abschmecken.

Vor dem Servieren mit dem Pul Biber bestreuen und dazu Fladenbrot reichen.

BÖREK

Börek ist eine für die türkische Küche typische Spezialität, die es in vielerlei Variationen gibt. Typisch für diese Pasteten ist der dünne Teig, genannt Yufka oder Filoteig, eine Art Blätter- oder Strudelteig, der immer in mehreren Schichten verwendet wird, und die unterschiedlichsten, würzigen Füllungen birgt. Im Gegensatz zum bei uns üblichen Blätterteig ist Yufka meist ohne Fett hergestellt und wird erst beim Zubereiten mit Öl, Butter, Milch, manchmal auch Ei eingepinselt. Yufka-Teigblätter bekommen Sie in unterschiedlichen Formen und Größen frisch in der Kühltheke im türkischen Supermarkt.

SIGARA BÖREĞI – ZIGARETTEN-BÖREKS

<u>Zutaten für 6 Personen als Vorspeise/Zwischengang:</u>
15 dreieckig geschnittene Yufka-Teigblätter
100–150 g Schafskäse (am besten der kräftige aus Bulgarien)
1 Tasse gehackte, großblättrige Petersilie
½ TL Pfeffer
½ TL Pul Biber (scharfe türkische Gewürzmischung aus Chili, Paprika und Salz)
Pflanzenöl

Schafskäse zerbröckeln und mit der Petersilie mischen. Auf die gegenüber der Spitze liegende breite Seite des Yufkablattes 1–2 EL von der Füllung geben, Pfeffer und Pul Biber darüber streuen und in Richtung Spitze aufrollen. Die Finger in lauwarmes Wasser tauchen und damit die Spitze des Teigröllchens befeuchten und zukleben. In heißem Öl in der Pfanne goldgelb frittieren, auf einem Küchenkrepp entfetten und heiß servieren.

PATATESLI BÖREK – KARTOFFEL-PASTETE

<u>Zutaten für 4–6 Personen als Hauptgericht:</u>
5 große Yufka-Teigblätter
2 Eier
200 ml Milch
3 EL Joghurt
3 EL Olivenöl

für die Füllung:
5–6 mittelgroße Kartoffeln, geschält
2 Zwiebeln, in dünne Scheiben geschnitten
Olivenöl
1 Tasse gehackte, großblättrige Petersilie (wenn gewünscht)
Salz
½ TL Pul Biber (scharfe türkische Gewürzmischung aus Chili, Paprika und Salz)
½ TL frisch gemahlener schwarzer Pfeffer
½ TL Kimyon (Kreuzkümmel, Cumin)
100–150 g Schafskäse

1–2 EL Schwarzkümmel

Die Kartoffeln in Salzwasser halbgar kochen. Abkühlen lassen und grob raffeln. Die Zwiebeln in Öl glasig dünsten. Dann die Zwiebeln mit Kartoffeln, zerbröckeltem Schafskäse und ggfs. mit der Petersilie mischen, mit Salz abschmecken und Pfeffer, Kimyon und Pul Biber dazu geben – wer es kräftiger möchte, kann von Letzteren auch mehr nehmen.

Eine Auflaufform mit Öl auspinseln und mit 1 Lage Yufka belegen, sodass die Ränder über die Form lappen. Die Eier in einer ausreichend großen Schüssel mit der Milch, dem Olivenöl und dem Joghurt verschlagen. Die auf die Formgröße zugeschnittenen Teigblätter in diese Mischung tauchen, abtropfen lassen und auf die erste Lage Yufka legen. Mit einem weiteren Teigblatt wiederholen. Nun die Füllung darauf geben, den überstehenden Teig nach innen klappen. Mit den beiden letzten Teigblättern wie beschrieben verfahren und sie als Deckel darüberlegen. Mit der Eiermilch einpinseln, den Schwarzkümmel darüberstreuen und für 30 Minuten kalt stellen. Im Backofen bei ca. 150° in 20–30 Minuten goldbraun backen. Patatesli Börek schmeckt am besten nicht heiß und nicht kalt, sondern lauwarm.

Anstelle der Kartoffeln könnten Sie auch Spinat nehmen oder andere Gemüse – wie wäre es z.B. mit Lauch? Lassen Sie Ihrer Fantasie freien Lauf und probieren Sie doch einmal neue Füllungen: Würziges Hackfleisch, mit oder ohne Gemüse, mit oder ohne Schafskäse, Pilze oder Spinat und Schafskäse – vielleicht auch einmal Fisch? Wichtig ist: Immer die Form gut mit Öl einpinseln und die erste Lage Blätterteig »trocken« hineinlegen. Die nächsten Lagen müssen nicht unbedingt in Eiermilch getaucht werden, es reicht auch, sie großzügig mit einer Öl- oder Butter-Milchmischung einzupinseln.

FASULYE – GRÜNE BOHNEN MIT TOMATEN NACH ASLIS REZEPT

Zutaten für 4–6 Personen:
500 g grüne Bohnen, die lange, flache Sorte,
in 2–3 cm langen Stücken
2 mittelgroße Zwiebeln, in Scheiben geschnitten
1 EL Tomatenmark
Salz
schwarzer Pfeffer
Olivenöl
4 Tomaten, enthäutet, in kleine Stücke geschnitten
½ Glas Wasser
1 EL Zucker

In einem Topf einen guten Schuss Olivenöl erhitzen, Bohnen und Zwiebeln hineingeben, Tomatenmark, Salz und Pfeffer zufügen, alles gut vermischen, Deckel auflegen und bei mittlerer Hitze ca. 5 min anschmoren. Dann die Tomaten, den Zucker und zum Schluss das Wasser beigeben, gut umrühren und mit geschlossenem Deckel auf kleiner Flamme kochen, bis die Bohnen weich sind. Nun das Ganze abkühlen lassen, in eine Schüssel füllen und kalt genießen. Ein einfaches, aber sehr erfrischendes, fruchtiges Gemüsegericht – mit Fladenbrot genießen und etwas Schafskäse oder wie einen Salat zum Fleisch.

ÇERKEZ TAVUĞU – TSCHERKESSISCHES HUHN IN WALNUSSSOSSE

<u>Zutaten für 6 Personen als Vorspeise:</u>
1 Huhn von ca. 1,2 kg, in 6 bis 8 Teile zerlegt
1 Bund Suppengrün, geschnitten
1 TL Salz
4 Nelken
1 Lorbeerblatt
1 l heißes Wasser

2 mittelgroße Zwiebeln, sehr fein gehackt
60 g Butter
200 ml von der Hühnerbrühe

150 g Walnusskerne
3 Scheiben Weißbrot
2 TL Rosenpaprikapulver
1–2 Knoblauchzehen
mind. 200 ml von der Hühnerbrühe
Salz
frisch gemahlener schwarzer Pfeffer

Rosenpaprikapulver
4 EL Walnussöl
großblättrige Petersilie, fein gehackt

Die Hühnerteile zusammen mit Suppengrün, Salz, Lorbeerblatt und Nelken in einen Topf geben und mit dem heißen Wasser übergießen. Das Ganze aufkochen und dann auf milder Hitze ca. 30 Minuten kochen lassen, bis das Hühnerfleisch gar, aber noch fest ist. Dann aus der Brühe nehmen und abkühlen lassen. Die Brühe durch ein Sieb gießen. Die Haut von den Hühnerteilen abziehen und das Fleisch von den Knochen lösen. Anschließend in mundgerechte Stücke schneiden.

In einem Topf die Butter zerlassen und darin die Zwiebeln hellbraun werden lassen. Nun die Fleischstücke hinein geben, 200 ml von der heißen Brühe hinzufügen, und 10 bis 15 Minuten auf kleiner Flamme köcheln lassen, bis fast alle Flüssigkeit verdampft ist. Das Fleisch und die Zwiebeln herausnehmen und auf eine Servierplatte häufen.

Für die Soße die Walnusskerne, das zerbröckelte Weißbrot, den zerdrückten Knoblauch und das Paprikapulver im Mixer pürieren – wer will, kann es auch in einem ausreichend großen Porzellanmörser machen. Nun nach und nach immer ein paar Löffel von der Hühnerbrühe hinzugeben und gut mischen, bis eine dickflüssige, glatte, sämige Soße entsteht. Mit Salz und Pfeffer abschmecken und über das Hühnerfleisch geben, sodass es komplett davon bedeckt ist. Das Walnussöl darüber träufeln, mit ein wenig Paprikapulver bestäuben und rundherum mit der fein gehackten Petersilie garnieren. Bis zum Servieren kühl stellen.

Die Zubereitung dieser Vorspeise ist weniger aufwendig, als sie sich vielleicht anhört, und ich versichere Ihnen: Das Tscherkessische Huhn schmeckt einfach köstlich!

KÖFTE

Dieses türkische Gericht mit Buletten, Frikadellen oder Fleischpflanzerl zu übersetzen, würde der unglaublichen Vielzahl unterschiedlicher Varianten einfach nicht gerecht. Gebraten, gegrillt, gekocht oder roh, aus Lamm- oder Rinderhack, manchmal gefüllt, auch vegetarisch z.B. mit Bulgur, oder aber aus Geflügelfleisch – die Bandbreite der Köfte-Zubereitungen ist schier unerschöpflich. Im Folgenden finden Sie ein Rezept, das zumindest von den Gewürzen her typisch ist, wie ich glaube. Diese Köfte schmecken warm oder kalt und sind dadurch auch für ein Büffet hervorragend geeignet:

Zutaten für 6–8 Personen bei einem Büffet:

500 g möglichst fein Gehacktes, Lamm und Rind gemischt
1 große Zwiebel, sehr fein gehackt
2 EL großblättrige Petersilie, sehr fein gehackt
1 leicht gehäufter TL Salz
¼ TL Oregano
¼ TL Kümmel, gemahlen
¼ TL Piment, gemahlen
¼ TL Zimt
1 TL Rosenpaprikapulver
½ TL frisch gemahlener schwarzer Pfeffer
Butterschmalz zum Braten

Alle Zutaten in einer Schüssel gut zu einem Fleischteig verkneten und anschließend daraus Röllchen von ca. 1,5 cm Durchmesser und 5–6 cm Länge formen. In einer Pfanne in reichlich heißem Butterschmalz ungefähr 10–15 Minuten braten und dann auf einem Küchenkrepp entfetten. Warm oder kalt genießen.

Wer es mag, kann anstelle der Zwiebel auch Knoblauchzehen nehmen, ungefähr 8 Stück, fein zerquetscht – sehr aromatisch!

NURŞENS SCHNELLES *HELVA*-GRIESSDESSERT MIT PINIENKERNEN

Zutaten für 4 Personen:
2 EL Butter
50 g Pinienkerne
100 g Hartweizengrieß
250 g Zucker
1 Glas halb Wasser, halb Milch

In einer großen Pfanne die Butter schmelzen und die Pinienkerne darin 2 Minuten auf großer Flamme erhitzen. Den Grieß zugeben und bei mittlerer Hitze unter ständigem Rühren hellbraun rösten. Nun Zucker, Milch und Wasser zugeben und auf kleiner Flamme so lange weiter rühren, bis das Ganze fest geworden ist.

Das Grießdessert wird warm serviert, schmeckt aber auch kalt hervorragend.

EINLADUNG ZUM TÜRKISCHEN FRÜHSTÜCK
BEI DERYA

Ein einfaches türkisches Frühstück, so wie ich es in Istanbul kennengelernt habe, besteht aus Käse, oft Schafskäse, Oliven, frischen Gurken, Tomaten, Peperoni, sowie Honig oder Marmelade. Dazu isst man Weißbrot und trinkt natürlich viel schwarzen, gesüßten Tee. Wenn aber Gäste kommen, serviert Derya daneben noch ganz andere köstliche Dinge.

Es gibt dann zum Beispiel Pastırma, mageres Rindfleisch, das mit einer Gewürzmischung aus Kreuzkümmel, Bockshornklee, Knoblauch, Tomatenmark, Paprikapulver, Nelken, Salz und Zimt eingerieben und dann luftgetrocknet wird. Es wird in dünnen Scheiben serviert und schmeckt wunderbar zu Sütlü Pide, einem mit Milch gebackenen, leicht süßlichen Fladenbrot.

Vielleicht bietet Derya auch dünne, süße Pfannkuchen an, dazu Aprikosen in Sirup und den unvergleichlichen türkischen Joghurt oder Kaymak, eine Art feste Sahnecreme, vergleichbar der englischen Clotted Cream.

Und natürlich darf Suçuk nicht fehlen, die berühmte türkische Knoblauchwurst. Man reicht sie in Scheiben geschnitten, pur in der Pfanne gebraten, oder auch in einem Omelett. Ein bekanntes Omelettrezept zum Frühstück ist das folgende:

MENEMEN – OMELETT MIT PEPERONI, TOMATEN UND SCHAFSKÄSE

<u>Zutaten für 4 Personen:</u>
1 Zwiebel, grob gehackt
2 milde, grüne Peperoni, entkernt, in Ringe geschnitten
3 Tomaten, enthäutet, entkernt, gewürfelt
6 Eier
Salz
Pfeffer
100 g Schafskäse
Olivenöl

Etwas Olivenöl in einer Pfanne erhitzen und die Zwiebel darin bei mittlerer Hitze glasig bis goldig werden lassen. Die Peperoni hinzufügen, 2 Minuten unter Rühren anbraten und dann die gewürfelten Tomaten zugeben. Die Eier mit Salz und Pfeffer verschlagen und über die Gemüse in die Pfanne geben. Alles gut vermischen und dann die Eier auf kleiner Flamme stocken lassen. Zum Schluss den zerbröckelten Schafskäse untermischen und kurz mit erhitzen. Heiß servieren.

Wer mag, kann natürlich nach den Peperoni auch noch klein geschnittene Suçuk hinzufügen, bevor Tomaten und Eier hineingemischt werden. Ansonsten gibt es zum Frühstück als Beilage Pide, das mittlerweile auch bei uns überall erhältliche türkische Fladenbrot, am besten im Ofen kurz aufgebacken, und dazu natürlich süßen, schwarzen Tee.

Vielleicht möchten Sie ja Ihre Freunde auch einmal zu einem großen türkischen Frühstück einladen. Alle hier genannten Spezialitäten erhalten Sie in türkischen Lebensmittelmärkten.

*Weitere Krimis finden Sie auf den
folgenden Seiten und im Internet:
www.gmeiner-verlag.de*

ELLA DANZ
Kochwut
....

326 Seiten, Paperback.
ISBN 978-3-89977-797-0.

MORD À LA MINUTE Ein entsetzlicher Fund auf Gut Güldenbrook: In der Kühlkammer liegt Christian von Güldenbrook – kalt und tot. Auf dem ansehnlichen Herrensitz im Hinterland der Lübecker Bucht lebt und arbeitet der berühmte Meisterkoch Pierre Lebouton, Star der beliebten Kochsendung »Voilà Lebouton!«.

Bei seinen Ermittlungen stößt Kommissar Georg Angermüller auf Konkurrenz und Feindschaft unter den Mitarbeitern, Show-Kandidaten und den Bewohnern des Gutes. Auch Lebouton rückt in den Fokus der Ermittlungen, zumal er kein überzeugendes Alibi hat. Bis plötzlich jede Spur von ihm fehlt …

ELLA DANZ
Osterfeuer
....

326 Seiten, Paperback.
ISBN 978-3-89977-677-5.

TÖDLICHES OSTERFEST Die erfolgreiche Kochbuchautorin Trude Kampmann wollte das Osterwochenende mit ihren Freundinnen eigentlich nutzen, um ihnen die Schönheiten ihrer ostholsteinischen Wahlheimat zu zeigen und sie mit eigenen Kreationen aus der Landhausküche zu verwöhnen. Doch die Vorfreude wird getrübt, als auch Margot aus dem Auto steigt, von der sich Trude gewünscht hatte, sie nie wieder zu sehen. Als Margot zwei Tage später, am Morgen nach dem traditionellen Osterfeuerfest, tot im Mühlteich gefunden wird, sind Ruhe und Frieden auf dem malerischen Anwesen endgültig dahin …

Ein äußerst verzwickter Fall, der dem Lübecker Hauptkommissar Georg Angermüller gewaltig auf den Magen schlägt.

Wir machen's spannend

ELLA DANZ
Steilufer

....

375 Seiten, Paperback.
ISBN 978-3-89977-707-9.

NICHT JEDER MAG COUSCOUS An einem verregneten Sommertag wird in der Lübecker Bucht ein Toter gefunden. Sein Gesicht ist vollkommen zerstört - die Identifizierung ist zunächst unmöglich. Nicht weit vom Fundort entfernt wird der Pâtissier eines Feinschmeckerrestaurants, ein junger Algerier, vermisst. Der Fall scheint klar, denn auch das Motiv ist schnell gefunden: Rassismus. Tatverdächtig ist eine Clique Neonazis.

Anna Floric, die Chefin des Restaurants, bekommt es mit der Angst zu tun. Viele ihrer Mitarbeiter stammen aus Nordafrika. Ihre größte Sorge jedoch gilt Lionel, ihrem zwölfjährigen Sohn. Als die Ermittlungen sich immer zäher gestalten und auch noch dunkle Wolken über seinem Privatleben aufziehen, droht Kommissar Georg Angermüller seine Seelenruhe und die allseits bekannte Vorliebe für gutes Essen zu verlieren ...

SANDRA DÜNSCHEDE
Todeswatt

....

327 Seiten, Paperback.
ISBN 978-3-8392-1058-1.

BLUTIGES STRANDGUT Nordfriesland, im März. Im Morgengrauen wird auf der Insel Pellworm eine Leiche an den Strand gespült. Bei dem Toten handelt es sich um den Anlageberater Arne Lorenzen. Kommissar Thamsen vermutet den Mörder im Kundenkreis des Bankers, da viele seiner Anleger nach dem großen Börsencrash am Neuen Markt hohe Geldbeträge verloren haben.

Auch der Spediteur Sönke Matthiesen gehört zu den Geschädigten. Er hatte sein letztes Geld in einige Aktiendeals gesteckt und steht nun endgültig vor dem Aus. Doch hat der gebeutelte Fuhrunternehmer wirklich etwas mit Lorenzens Tod zu tun?

Wir machen's spannend

HANS-JÜRGEN RUSCH
Gegenwende

374 Seiten, Paperback.
ISBN 978-3-8392-1044-4.

PUTSCHVERSUCH Juli 2007. Zwei Männer, unterwegs mit ihrer Segeljacht nach Helgoland, werden auf offener See entführt. Wenig später entdeckt die Journalistin Svenja Windisch auf einer Autobahnbaustelle in Bremen ein männliches Skelett.

Svenja wittert die große Story. Doch ihre Recherchen führen sie zurück in die eigene Vergangenheit. Zurück in die ersten Monate des Jahres 1990. Damals lernte sie während des Sturms auf die Stasi-Zentrale in Berlin den Stralsunder Bürgerrechtler Robert Bigalke kennen. Und sie erfuhr von einem drohenden Militärputsch, der Gegenwende …

JOCHEN SENF
Kindswut

322 Seiten, Paperback.
ISBN 978-3-8392-1047-5.

BERLINER IRRENHAUS Fritz Neuhaus aus Berlin-Charlottenburg ist ein echter Lebenskünstler – und einfach viel zu gutmütig. Erst lässt er sich dazu überreden, seinen betrunkenen Freund Ludwig als Grabredner zu vertreten, dann »überzeugt« ihn Frau Stadl, seine Nachbarin aus dem feudalen Vorderhaus, während einer Geschäftsreise auf ihren Sohn Philip in ihrer Wohnung aufzupassen. Der 17-Jährige sitzt dort völlig verstört in einem Schrank, trägt eine Pitbull-Maske und äußert sich nur in Tierlauten. Was Fritz nicht ahnt: Zwischen Sohn und Mutter ist ein mörderischer Zweikampf entbrannt – und er steckt längst mittendrin …auf ihn. Als zwischen Sohn und Mutter ein mörderischer Zweikampf entbrennt, ist es längst zu spät – Fritz Neuhaus steckt schon mittendrin …

Wir machen's spannend

JAN BEINSSEN
Feuerfrauen
....
373 Seiten, Paperback.
ISBN 978-3-8392-1043-7.

GEGEN DIE ZEIT Die Nürnberger Antiquitätenhändlerin Gabriele Doberstein hat sich auf die Beschaffung wertvoller Gemälde spezialisiert, die in der Fachwelt als verschollen gelten. Unterstützt wird sie dabei von ihrer jüngeren Freundin Sina Rubov, einer Studentin der Elektrotechnik.

Nach dem Fall der Mauer ist das ungleiche Duo im Osten unterwegs: Auf der Ostseeinsel Usedom soll sich in einem alten Nazi-Bunker bei Peenemünde eine verborgene Schatzkammer befinden. Doch als die beiden Frauen in das Innere der Festung eindringen, erleben sie eine gefährliche Überraschung ...

UWE KLAUSNER
Odessa-Komplott
....
278 Seiten, Paperback.
ISBN 978-3-8392-1053-6.

TÖDLICHE SEILSCHAFTEN Berlin, 31. August 1948. Die verstümmelte Leiche einer Stadtstreicherin wird in der Nähe des Lehrter Bahnhofs gefunden. Nichts Besonderes im Berlin der Nachkriegszeit und so glaubt Hauptkommissar Tom Sydow zunächst an einen Routinefall. Doch warum sammelte das Mordopfer Zeitungsausschnitte über den stadtbekannten Kriegsgewinnler, Schieber und Spekulanten Paul Mertens?

Bei seinen Ermittlungen kommt Sydow einer Organisation auf die Spur, deren Verbindungen in höchste Kreise von Justiz und Politik zu reichen scheinen ...

nicht lange suchen: Die Tätowierung unter der linken Achsel Mertens ist auffällig genug ...

Wir machen's spannend

BERND KÖSTERING
Goetheruh

....

374 Seiten, Paperback.
ISBN 978-3-8392-1045-1

GOETHES ERBEN Ganz Weimar fiebert den Feierlichkeiten zur »Kulturhauptstadt Europas« entgegen. Doch mitten in den Vorbereitungen werden aus dem berühmten Goethehaus wertvolle Exponate gestohlen. Die einzigen Hinweise sind Zitate des Dichters, die der Täter an Stadtrat Kessler sendet. Hendrik Wilmut, Dozent für Literaturgeschichte in Frankfurt am Main und ausgewiesener Goethe-Kenner, wird von Kessler gebeten, diese Zitate zu analysieren. Langsam und geduldig tastet sich Wilmut durch die Literatur und die Psyche des Täters – ohne zu ahnen, dass er damit nicht nur sich selbst in größte Gefahr bringt …bedeutet als die deutsche Klassik, ist durch sein Verschulden in höchste Gefahr geraten …

C. PUHLFÜRST / M. ULBRICH
Mords-Sachsen 4

....

273 Seiten, Paperback.
ISBN 978-3-89977-718-5.

DIE SACHSEN LASSEN DAS MORDEN NICHT Kriminelle Machenschaften in ganz Sachsen – erdacht und aufgeschrieben von Sachsens besten Schreibtischtätern – versammelt in 19 neuen Kriminalgeschichten, die an den verschiedensten »mörderischen« Schauplätzen des Freistaates spielen.

Wir machen's spannend

BÄRBEL BÖCKER
Henkersmahl
....

371 Seiten, Paperback.
ISBN 978-3-8392-1041-3.

QUOTENKNÜLLER Florian Halstaff, Redakteur einer TV-Talkshow, bereitet eine Sendung über unerklärliche Krankheits- und Todesfälle vor, die ganz Köln in Atem halten. Noch ist unklar, ob die Ursache Virusinfektionen oder Nahrungsmittelvergiftungen sind.

Dann überschlagen sich die Ereignisse: Florian erhält einen dubiosen Drohanruf, kurz darauf wird die Show abgesagt – vom Unterhaltungschef des Senders höchstpersönlich. Als schließlich auch noch Florians bester Freund und Vorgesetzter plötzlich und unerwartet stirbt, klingeln bei ihm sämtliche Alarmglocken …

KLAUS ERFMEYER
Tribunal
....

324 Seiten, Paperback.
ISBN 978-3-8392-1060-4.

OHNE GEWISSEN Essen und das Ruhrgebiet bereiten sich auf das Großereignis »Kulturhauptstadt 2010« vor. Als der Psychologe Paul Bromscheidt der Kanzlei Hübenthal & Knobel die Idee anträgt, aus diesem Anlass eine Ausstellung zum Thema »Justiz und Gewissen« in Deutschlands größter unterirdischer Bunkeranlage zu organisieren, sind die Anwälte begeistert. Erwartungsvoll folgen Stephan Knobel und seine Kollegen dem eloquenten Bromscheidt in das Stollensystem. Doch die Führung wird zur Entführung – und für die Geisel zur Konfrontation mit einem Täter, der eine zynische Abrechnung zelebrieren will …

GMEINER

Wir machen's spannend

Das neue KrimiJournal ist da!

**2 x jährlich das Neueste
aus der Gmeiner-Krimi-Bibliothek**

In jeder Ausgabe:

- Vorstellung der Neuerscheinungen
- Hintergrundinfos zu den Themen der Krimis
- Interviews mit den Autoren und Porträts
- Allgemeine Krimi-Infos
- Großes Gewinnspiel mit ›spannenden‹ Buchpreisen

*ISBN 978-3-89977-950-9
kostenlos erhältlich in jeder Buchhandlung*

KrimiNewsletter
Neues aus der Welt des Krimis

Haben Sie schon unseren KrimiNewsletter abonniert?
Alle zwei Monate erhalten Sie per E-Mail aktuelle Informationen aus der Welt des Krimis: Buchtipps, Berichte über Krimiautoren und ihre Arbeit, Veranstaltungshinweise, neue Krimiseiten im Internet, interessante Neuigkeiten zum Krimi im Allgemeinen.
Die Anmeldung zum KrimiNewsletter ist ganz einfach. Direkt auf der Homepage des Gmeiner-Verlags (www.gmeiner-verlag.de) finden Sie das entsprechende Anmeldeformular.

Ihre Meinung ist gefragt!
Mitmachen und gewinnen

Wir möchten Ihnen mit unseren Krimis immer beste Unterhaltung bieten. Sie können uns dabei unterstützen, indem Sie uns Ihre Meinung zu den Gmeiner-Krimis sagen! Senden Sie eine E-Mail an gewinnspiel@gmeiner-verlag.de und teilen Sie uns mit, welches Buch Sie gelesen haben und wie es Ihnen gefallen hat. Alle Einsendungen nehmen automatisch am großen Jahresgewinnspiel mit ›spannenden‹ Buchpreisen teil.

Wir machen's spannend

Alle Gmeiner-Autoren und ihre Krimis auf einen Blick

ANTHOLOGIEN: Mords-Sachsen 4 • Sterbenslust (2010) • Tödliche Wasser • Gefährliche Nachbarn • Mords-Sachsen 3 • Tatort Ammersee (2009) • Campusmord (2008) • Mords-Sachsen 2 (2008) • Tod am Bodensee • Mords-Sachsen (2007) • Grenzfälle (2005) • Spekulatius (2003) **ARTMEIER, HILDEGUND:** Feuerross (2006) • Drachenfrau (2004) **BAUER, HERMANN:** Verschwörungsmelange (2010) • Karambolage (2009) • Fernwehträume (2008) **BAUM, BEATE:** Ruchlos (2009) • Häuserkampf (2008) **BECK, SINJE:** Totenklang (2008) • Duftspur (2006) • Einzelkämpfer (2005) **BECKMANN, HERBERT:** Mark Twain unter den Linden (2010) • Die indiskreten Briefe des Giacomo Casanova (2009) **BEINSSEN, JAN:** Feuerfrauen (2010) **BLATTER, ULRIKE:** Vogelfrau (2008) **BODE-HOFFMANN, GRIT / HOFFMANN, MATTHIAS:** Infantizid (2007) **BOMM, MANFRED:** Kurzschluss (2010) • Glasklar (2009) • Notbremse (2008) • Schattennetz • Beweislast (2007) • Schusslinie (2006) • Mordloch • Trugschluss (2005) • Irrflug • Himmelsfelsen (2004) **BONN, SUSANNE:** Der Jahrmarkt zu Jakobi (2008) **BODENMANN, MONA:** Mondmilchgubel (2010) **BOSETZKY, HORST [-KY]:** Unterm Kirschbaum (2009) **BOENKE, MICHAEL:** Gott'sacker (2010) **BÖCKER, BÄRBEL:** Henkersmahl (2010) **BUTTLER, MONIKA:** Dunkelzeit (2006) • Abendfrieden (2005) • Herzraub (2004) **BÜRKL, ANNI:** Schwarztee (2009) **CLAUSEN, ANKE:** Dinnerparty (2009) • Ostseegrab (2007) **DANZ, ELLA:** Rosenwahn (2010) • Kochwut (2009) • Nebelschleier (2008) • Steilufer (2007) • Osterfeuer (2006) **DETERING, MONIKA:** Puppenmann • Herzfrauen (2007) **DIECHLER, GABRIELE:** Engpass (2010) **DÜNSCHEDE, SANDRA:** Todeswatt (2010) • Friesenrache (2009) • Solomord (2008) • Nordmord (2007) • Deichgrab (2006) **EMME, PIERRE:** Pizza Letale (2010) • Pasta Mortale • Schneenockerleklat (2009) • Florentinerpakt • Ballsaison (2008) • Tortenkomplott • Killerspiele (2007) • Würstelmassaker • Heurigenpassion (2006) • Schnitzelfarce • Pastetenlust (2005) **ENDERLE, MANFRED:** Nachtwanderer (2006) **ERFMEYER, KLAUS:** Tribunal (2010) • Geldmarie (2008) • Todeserklärung (2007) • Karrieresprung (2006) **ERWIN, BIRGIT / BUCHHORN, ULRICH:** Die Gauklerin von Buchhorn (2010) • Die Herren von Buchhorn (2008) **FOHL, DAGMAR:** Das Mädchen und sein Henker (2009) **FRANZINGER, BERND:** Leidenstour (2009) • Kindspech (2008) • Jammerhalde (2007) • Bombenstimmung (2006) • Wolfsfalle • Dinotod (2005) • Ohnmacht • Goldrausch (2004) • Pilzsaison (2003) **GARDEIN, UWE:** Die Stunde des Königs (2009) • Die letzte Hexe – Maria Anna Schwegelin (2008) **GARDENER, EVA B.:** Lebenshunger (2005) **GIBERT, MATTHIAS P.:** Bullenhitze (2010) • Eiszeit • Zirkusluft (2009) • Kammerflimmern (2008) • Nervenflattern (2007) **GRAF, EDI:** Bombenspiel (2010) • Leopardenjagd (2008) • Elefantengold (2006) • Löwenriss • Nashornfieber (2005) **GUDE, CHRISTIAN:** Homunculus (2009) • Binärcode (2008) • Mosquito (2007) **HAENNI, STEFAN:** Brahmsrösi (2010) • Narrentod (2009) **HAUG, GUNTER:** Gössenjagd (2004) • Hüttenzauber (2003) • Tauberschwarz (2002) • Höllenfahrt (2001) • Sturmwarnung (2000) • Riffhaie (1999) • Tiefenrausch (1998) **HEIM, UTA-MARIA:** Totenkuss (2010) • Wespennest (2009) • Das Rattenprinzip (2008) • Totschweigen (2007) • Dreckskind (2006) **HUNOLD-REIME, SIGRID:** Schattenmorellen (2009) • Frühstückspension (2008) **IMBSWEILER, MARCUS:** Altstadtfest (2009) • Schlussakt (2008) • Bergfriedhof (2007) **KARNANI, FRITJOF:** Notlandung (2008) • Turnaround (2007) • Takeover (2006) **KEISER, GABRIELE:** Gartenschläfer (2008) • Apollofalter (2006) **KEISER, GABRIELE / POLIFKA,**

Wir machen's spannend

Alle Gmeiner-Autoren und ihre Krimis auf einen Blick

WOLFGANG: Puppenjäger (2006) **KLAUSNER, UWE:** Odessa-Komplott (2010) • Pilger des Zorns • Walhalla-Code (2009) • Die Kiliansverschwörung (2008) • Die Pforten der Hölle (2007) **KLEWE, SABINE:** Die schwarzseidene Dame (2009) • Blutsonne (2008) • Wintermärchen (2007) • Kinderspiel (2005) • Schattenriss (2004) **KLÖSEL, MATTHIAS:** Tourneekoller (2008) **KLUGMANN, NORBERT:** Die Adler von Lübeck (2009) • Die Nacht des Narren (2008) • Die Tochter des Salzhändlers (2007) • Kabinettstück (2006) • Schlüsselgewalt (2004) • Rebenblut (2003) **KOHL, ERWIN:** Flatline (2007) • Grabtanz • Zugzwang (2006) **KOPPITZ, RAINER C.:** Machtrausch (2005) **KÖHLER, MANFRED:** Tiefpunkt • Schreckensgletscher (2007) **KÖSTERING, BERND:** Goetheruh (2010) **KRAMER, VERONIKA:** Todesgeheimnis (2006) • Rachesommer (2005) **KRONENBERG, SUSANNE:** Kunstgriff (2010) • Rheingrund (2009) • Weinrache (2007) • Kultopfer (2006) • Flammenpferd (2005) **KURELLA, FRANK:** Der Kodex des Bösen (2009) • Das Pergament des Todes (2007) **LASCAUX, PAUL:** Feuerwasser (2009) • Wursthimmel • Salztränen (2008) **LEBEK, HANS:** Karteileichen (2006) • Todesschläger (2005) **LEHMKUHL, KURT:** Nürburghölle (2009) • Raffgier (2008) **LEIX, BERND:** Fächertraum (2009) • Waldstadt (2007) • Hackschnitzel (2006) • Zuckerblut • Bucheckern (2005) **LOIBELSBERGER, GERHARD:** Die Naschmarkt-Morde (2009) **MADER, RAIMUND A.:** Glasberg (2008) **MAINKA, MARTINA:** Satanszeichen (2005) **MISKO, MONA:** Winzertochter • Kindsblut (2005) **MORF, ISABEL:** Schrottreif (2009) **MOTHWURF, ONO:** Werbevoodoo (2010) • Taubendreck (2009) **MUCHA, MARTIN:** Papierkrieg (2010) **NEEB, URSULA:** Madame empfängt (2010) **OTT, PAUL:** Bodensee-Blues (2007) **PELTE, REINHARD:** Inselkoller (2009) **PUHLFÜRST, CLAUDIA:** Rachegöttin (2007) • Dunkelhaft (2006) • Eiseskälte • Leichenstarre (2005) **PUNDT, HARDY:** Deichbruch (2008) **PUSCHMANN, DOROTHEA:** Zwickmühle (2009) **RUSCH, HANS-JÜRGEN:** Gegenwende (2010) **SCHAEWEN, OLIVER VON:** Schillerhöhe (2009) **SCHMITZ, INGRID:** Mordsdeal (2007) • Sündenfälle (2006) **SCHMÖE, FRIEDERIKE:** Bisduvergisst (2010) • Fliehganzleis • Schweigfeinstill (2009) • Spinnefeind • Pfeilgift (2008) • Januskopf • Schockstarre (2007) • Käfersterben • Fratzenmond (2006) • Kirchweihmord • Maskenspiel (2005) **SCHNEIDER, HARALD:** Wassergeld (2010) • Erfindergeist • Schwarzkittel (2009) • Ernteopfer (2008) **SCHRÖDER, ANGELIKA:** Mordsgier (2006) • Mordswut (2005) • Mordsliebe (2004) **SCHUKER, KLAUS:** Brudernacht (2007) **SCHULZE, GINA:** Sintflut (2007) **SCHÜTZ, ERICH:** Judengold (2009) **SCHWAB, ELKE:** Angstfalle (2006) • Großeinsatz (2005) **SCHWARZ, MAREN:** Zwiespalt (2007) • Maienfrost • Dämonenspiel (2005) • Grabeskälte (2004) **SENF, JOCHEN:** Kindswut (2010) • Knochenspiel (2008) • Nichtwisser (2007) **SEYERLE, GUIDO:** Schweinekrieg (2007) **SPATZ, WILLIBALD:** Alpenlust (2010) • Alpendöner (2009) **STEINHAUER, FRANZISKA:** Wortlos (2009) • Menschenfänger (2008) • Narrenspiel (2007) • Seelenqual • Racheakt (2006) **SZRAMA, BETTINA:** Die Konkubine des Mörders (2010) • Die Giftmischerin (2009) **THÖMMES, GÜNTHER:** Das Erbe des Bierzauberers (2009) • Der Bierzauberer (2008) **THADEWALDT, ASTRID / BAUER, CARSTEN:** Blutblume (2007) • Kreuzkönig (2006) **VALDORF, LEO:** Großstadtsumpf (2006) **VERTACNIK, HANS-PETER:** Ultimo (2008) • Abfangjäger (2007) **WARK, PETER:** Epizentrum (2006) • Ballonglühen (2003) • Albtraum (2001) **WICKENHÄUSER, RUBEN PHILLIP:** Die Seele des Wolfes (2010) **WILKENLOH, WIMMER:** Poppenspäl (2009) • Feuermal (2006) • Hätschelkind (2005) **WYSS, VERENA:** Todesformel (2008) **ZANDER, WOLFGANG:** Hundeleben (2008)

Wir machen's spannend